Salley Vickers

Die Versuchungen des Mr. Golightly

Salley Vickers

Die Versuchungen des Mr. Golightly

Roman

Aus dem Englischen
von Gabriele Weber-Jarić

Claassen

Die Originalausgabe erschien 2003 unter dem Titel
Mr. Golightly's Holiday bei Fourth Estate, London.

Claassen Verlag
Claassen ist ein Verlag der Ullstein Buchverlage GmbH

ISBN 3-546-00349-7

Gesetzt aus der Sabon und Cantoria bei
Franzis print & media GmbH, München
Druck: GGP Media, Pößneck

Für meinen Vater, der – stets tapfer in der Not –
den Zauber der heiteren Sichtweise an mich weitergab,
in tiefer Liebe.

»Mit fester Hand zuzugreifen, mit leichter Hand loszulassen – dies ist eines der großen Geheimnisse glücklicher Liebe …«

Robert Orage

März

1

Eines Nachmittags, Mitte März, als die grün-weißen Schneeglöckchen unter den verschlungenen Weißdornhecken windzerzaust hervorschauten, die blassen Primelflecken ihren ersten Reiz eingebüßt hatten und die kräftigen, sonnigen Osterglocken in voller Blüte standen, bog ein alter, noch mit Holzrahmen ausgestatteter Kombi nach Great Calne ein. Eigentlich gab es in der Grafschaft Devon kein anderes Calne, weder ein großes noch ein kleines, und sollte es jemals eins gegeben haben, dann war es seit langem versunken und dem gleichmütig sich ausbreitenden Moor anheim gefallen. Great Calne liegt in den Ausläufern von Dartmoor, einem jener urzeitlichen Landstriche, die der einfachen Bevölkerung Englands auch im einundzwanzigsten Jahrhundert noch als Weideland zur Verfügung stehen – wenngleich man anmerken sollte, dass es sich bei der »einfachen Bevölkerung« heutigentags gewissermaßen um eine Seltenheit handelt.

Sam Noble, der nichts Besseres zu tun hatte, als seine Hündin Daphne auszuführen, die nach der tot geborenen Zwillingsschwester seiner Mutter benannt worden war, schaute mit unverhohlener Neugier zu, wie der Fahrer seinen Wagen um die Ecke des *Stag and Badger* lavierte. An der Gartenmauer des Pubs kam man kaum vorbei, und Fahrer erlitten hier oftmals Schiffbruch. Sam Noble war ein wenig enttäuscht, als nichts passierte. Von Natur aus war er nicht besonders gehässig, doch Great Calne hatte kaum etwas Sensationelles zu bieten, und Sensationen war er als Filmregisseur einst gewohnt gewesen. Er hatte Hoffnungen gehegt, mit einem Film über weibliche Jockeys (der nachträglich

Aufsehen erregte) in Cannes die Goldene Palme zu gewinnen; nun lebte er seit fünf Jahren in Great Calne, wo das Aufregendste darin bestand, dass Morning Claxon in der ehemaligen Teestube ein alternatives Gesundheitszentrum einrichten wollte.

Es gab noch einen weiteren Zeugen für die Ankunft des Wagens, einen weniger auffälligen. Johnny Spence hatte wie üblich die Schule geschwänzt und konnte sich vor vier Uhr nirgendwo ungestraft blicken lassen. Bei der Ankunft des Fremden saß Johnny – wie es seine Gewohnheit war – in den oberen Ästen einer Eibe, die ihren ehrwürdigen Schatten über die Kirchhofmauer breitete sowie über den Garten von Pfarrerin Meredith Fisher, dieser Tage Bewohnerin des Pfarrhauses. Johnny, dessen Nachforschungen stets gründlich waren, wusste, dass die Frau Pfarrerin sich wegen ihres Pastoralpsychologiekurses unten in Plymouth aufhielt und vor sechs nicht zurück sein würde. Daher konnte er in aller Ruhe beobachten, wie der alte Morris – der nach seiner Einschätzung einiges wert sein durfte – geschickt um die Ecke bog und bis in die Einfahrt von Spring Cottage rollte. Seit Emily Popes Tod wurde Spring Cottage von ihrer Tochter Nicky an Feriengäste vermietet.

Emily Pope weilte schon eine Weile unter den Verstorbenen, und Nicky war inzwischen klar geworden, dass das Spring Cottage nicht leicht zu vermieten war. Ab und zu war es von Familien gemietet worden, die sich über die veraltete Einrichtung und die Feuchtigkeit beklagt hatten. Eine Frau aus Clapham behauptete, sie hätte Giftpilze entdeckt. Als über Nickys neue Website *www.moorferien.co.uk* die Anfrage eines Herrn eintraf, hatte dies gewisse Erleichterung bei ihr ausgelöst. Der Herr hatte sich als »Schriftsteller auf der Suche nach friedlicher Umgebung, mit leicht zu erlaufenden Geschäften und Pub« bezeichnet. Solchen Anforderungen entsprach Spring Cottage hundertprozentig. Schriftsteller waren bekanntermaßen nachlässige Menschen – vermutlich würde dieser hier im Schlafzimmer rauchen; doch andererseits war er ein Mann, und ihm würde vielleicht der Wackelkontakt der hinteren Kochplatten entgehen oder auch, dass die avocadogrüne Ausstattung des Badezimmers (einstmals Emily Popes ganzer Stolz) mittlerweile grauenhaft aus der Mode geraten war. Im ersten Hochgefühl des Ferienhausvermietens hatte Nicky Unsummen für einen norwegischen Holzofen ausgegeben, den ihr ein Vertreter mit Aussicht auf weitere Annehmlichkeiten verkauft hatte. Jene hatten sich nie eingestellt, stattdessen schwängerte der Ofen, auf der Website ein nicht unwesentliches Detail, das Erdgeschoss mit Rauch, wenn der Wind falsch stand. Darüber hatte sich die Frau aus Clapham ebenfalls beschwert; woraufhin Nadia Fawns, die in Backen einen Antiquitätenladen führte, Nicky mehrere Heizlüfter verkauft hatte, die dem Problem hoffentlich ein Ende bereiten würden.

Sam Noble war unter etlichen rückwärts gerichteten, flüchtigen Blicken mit Daphne über die Hauptstraße von Great Calne bereits hoch in Richtung Moor gegangen, als der Fahrer begann, den Kombi auszuladen. Lediglich Johnny Spence bot sich die Gelegenheit ihm dabei zuzusehen. Johnny besaß eine ausgeprägte Beobachtungsgabe, wenn es darum ging, die Lage zu sondieren. Hätte man ihn befragt, hätte er den Fremden als »dicklichen alten Typen, der sich nicht richtig rasiert hat« beschrieben. Allerdings war Johnnys Position im Geäst der Eibe nicht dazu geeignet, ihm einen Blick auf das auffallendste Merkmal im Gesicht des Neuankömmlings zu gewähren – ein Augenpaar, dessen wahre Farbe sich schwerlich bestimmen ließ, da sie von den düsteren Schattierungen eines sturmzerwühlten Meeres zur leuchtend klaren Frische eines frühen Morgenhimmels umzuschlagen vermochte.

Wie es aussah, war der Besucher jedoch kräftig, denn er leerte den Kombi im null Komma nichts. Es handelte sich indes um eine vergleichsweise geringe Anzahl von Gegenständen: ein angeschlagener Koffer, eine verbeulte Reisetasche, ein Laptop, ein tragbarer Stereorekorder, der so aussah, als könnte er eine Menge Krach machen, und mehrere Pappkartons, von denen einer die Aufschrift einer bekannten Weinhandlung trug. Also immerhin einer, der trinkt, hätte Colin Drover, der das Gasthaus am Ort führte, womöglich angemerkt. Andererseits hatte der Besucher seinen eigenen Alkohol mitgebracht – was für einen Gastwirt womöglich eine Enttäuschung darstellen konnte. Doch beim Trinken wie bei so vielem anderen führt die Neigung auf einem Gebiet gewöhnlich zur Erkundung umliegender Felder.

Und die Zuversicht des Gastwirtes wäre berechtigt gewesen. Nachdem der Fremde seinen Kombi entladen und einen Teil seiner Habe im beengten Wohnraum von Spring Cottage verstaut hatte, schlenderte er über die Hauptstraße zum Gasthaus hoch, hielt für einen Moment inne, um die draußen angeschlagene Speisekarte zu studieren, auf der eine »Schmackhafte Küche & Kleine Gerichte« versprochen wurden und stieß danach die dicke Doppeltür auf, um sich in die vom Kaminfeuer erwärmte Gaststube zu begeben.

2

Der Name des Gasthauses von Great Calne lautete *Stag and Badger* – für die Ortsansässigen *Stag and Badge* – und Colin Drover, der Wirt des Hauses, hielt sich, als Mr. Golightly an die Theke trat, gerade hinten auf, um Paula zu bitten, sich mit den Krabben zu beeilen. Die Gäste bevorzugten ihre Krabben ohne Schale, doch Paula war nur mit Gottes Hilfe zum Pulen zu bewegen. Stets hatte sie eine Ausrede parat – wenn nicht ihre Periode, dann der schmerzende Rücken ihres Freundes, wiewohl Colin beim besten Willen nicht einsah, was eins mit dem anderen zu tun hatte; zudem kannte er Jackson schon eine Weile, denn er war mit ihm zur Schule gegangen, und beide hatten die Fünfzig bereits um ein paar Jahre überschritten. Wie bei den meisten Zusammenstößen mit Paula zog ihr Arbeitgeber den Kürzeren, woraufhin er beschloss, sich der Person, die er am Tresen stehen sah, ein wenig aufmerksamer zu widmen.

»Guten Abend. Was darf ich Ihnen bringen?« In der unterschwelligen Hoffnung, der gastfeindlichen Schalenhaftigkeit seiner Krabben entgegenzuwirken, verlieh der Gastwirt seinen Worten einen besonders teilnahmsvollen Unterton.

Der neue Kunde lächelte zurück. Er wirkte angenehm und schien – stattlich gebaut und mit einer alten Tweedjacke und Wollhemd vernünftig bekleidet – ebenfalls ein Landbewohner zu sein. Doch als er sprach, vermochte Colin seinen Akzent nicht einzuordnen. Walisisch vielleicht, dachte er, oder ein Anflug von Derbyshire? Mütterlicherseits besaß Colin Verwandte im Peak District.

»Besten Dank. Ein Glas Ihres Special Bitter, wenn Sie so nett wären.«

Colin Drover hatte die Freude am Zapfen eines echten Bieres nie verloren. Er war stolz auf sein Bier – seiner Meinung nach noch immer der König unter den alkoholischen Getränken. Trotz des ganzen Aufstandes, der heutzutage um Wein gemacht wurde, war ein zünftiges Glas urwüchsigen Bieres in Colins Augen nicht zu überbieten. Ein solider, gestandener Biertrinker war im *Stag and Badger* stets willkommen.

Er zapfte das Bier mit Schaumkrone und setzte es behutsam auf dem Tresen ab, wo der Schaum auf- und abwippte und dann sanft über den Glasrand schwappte. Der Mann auf der anderen Seite des Tresens behandelte das Getränk mit der gleichen Andacht und hob das Glas an seine Lippen, um das dunkle, goldene Gebräu unter der cremigen Schicht wegzutrinken, und Colin Drover beobachtete gespannt seine Reaktion.

Der Fremde schluckte und seufzte, und der Wirt des *Stag and Badger* seufzte ebenfalls in nachempfundenem Vergnügen. »Geht doch nichts über ein schönes Bier, sage ich immer«, bemerkte er mit der stillen Freude, die mit einem befriedigenden Geschäftsabschluss einhergeht.

»Nichts außer vielleicht einem zweiten«, verkündete der Fremde verheißungsvoll. Er schien der selbstgenügsame Typ zu sein, nicht geschwätzig, doch auch keiner von der trübseligen Sorte. Er stand ruhig da und ließ die Atmosphäre auf sich wirken, unter halb verhangenen Lidern, so, als ob er seine Gedanken verschleiern wollte. Keiner, der viel preisgab, aber einer, der dennoch ein wertvoller Kunde werden könnte, folgerte Colin Drover, während er sich zwang, in die Küche zurückzukehren, um es abermals mit Paula aufzunehmen.

Der Neuankömmling warf einen Blick in die Runde und musterte seine Umgebung. Das Wirtshaus machte einen gediegenen Eindruck: Ausstattung in Mahagoni, Messingleuchten und im Restaurantbereich, wo die Tische zum Abendessen gedeckt worden waren, eine Tapete mit Waldmotiv wie aus dem Naturschutzprospekt. In diesem Teil des Pubs, wo auch der Fremde stand, konnten sich gehobenere Trinker auf Stühlen niederlassen. Der Fremde schien sich nicht zu dieser Sorte zu zählen, denn nach einem weiteren Schluck wandte er sich ab und begab sich um die Ecke in die Schankstube, und zwar just in dem Moment, als ein dünner junger Mann mit einem Ohrring und einer eng sitzenden Wollmütze durch die Eingangstür trat.

Als ob es sich um seinen Stammplatz handelte, nahm der junge Mann einen der Hocker in der Stube ein. Luke Weatherall war Dichter, der sich an den meisten Abenden um diese Zeit je nach Tagesleistung tröstete oder belohnte. Dieser spezielle Abend war dem Trost vorbehalten – im Verfassen seiner Ballade, die auf einer Schöpfungsgeschichte der nordamerikanischen Indianer beruhte, hatte er sich festgefahren. In Lavinia Galsworthys umgebauter Scheune außerhalb des Dorfes, wo Luke eine Einzimmerwohnung gemietet hatte, hatte er den mit den eigenen nutzlosen Strophen bedeckten Bogen Papier an der Pinnwand seines Zimmers befestigt und mit Wurfpfeilen darauf geschossen. Dann hatte er sich den Hang hinunter zum *Stag and Badger* aufgemacht. In solchen Momenten fragte Luke sich meistens, ob er nicht vielleicht besser eine andere Volksgruppe für seine Dichtung gewählt hätte, diejenige der Inder beispielsweise, über die umfangreicheres Material und damit weniger Raum für dichterische Zweifel vorhanden waren.

»'n Abend«, begrüßte er den Mann, der kam und sich neben ihn setzte. Luke war ein umgänglicher Mensch, aber zugleich hoffte er, von seinen schöpferischen Problemen abgelenkt zu werden.

Der andere quittierte seinen Gruß mit einem leichten Nicken und für den Bruchteil einer Sekunde blitzte vor Luke das Bild eines Bergsees auf, in dem sich auf vollkommene Weise ein leuchtend klarer Enzianhimmel spiegelte. Vielleicht waren die Strophen doch nicht so verkehrt gewesen.

»Golightly mein Name. Was darf ich Ihnen kommen lassen?«

»He, danke, Mann. Ein Bitter wäre klasse.«

Der Fremde winkte der Bedienung, einem schmächtigen Mädchen mit langem roten Haar, das sie im Nacken sittsam von einem Samtband zusammengehalten trug.

Mr. Golightly, dem alles Hübsche gefiel, warf einen liebenswürdigen Blick in ihre Richtung und bestellte. »Wie war denn das Wetter hier so?«, erkundigte er sich und bewies damit, dass er ein waschechter Engländer war und die Kunst des Thekengesprächs beherrschte.

Das Mädchen stellte die beiden Gläser so ab, dass nicht ein Tropfen über den Rand auf die glänzende Thekenfläche schwappte.

»Allenfalls mittelmäßig, es hat entsetzlich geregnet, aber ein paar Gottestage waren auch dabei.«

»Sie meint diese seltenen sonnigen Tage«, erklärte Luke, der ein feines Gefühl für die Gefahren gesellschaftlicher Ausgrenzung besaß.

Doch in Bezug auf seinen neuen Bekannten schien seine Sorge unbegründet, denn Mr. Golightly offenbarte abermals sein einnehmendes Lächeln. »Ach ja«, bemerkte er zustimmend. »Solche Tage kenne ich!«

Er schien nicht gesonnen, die Unterhaltung fortzusetzen; deshalb wandte sich Luke der Zeitung zu, die für die Gäste auslag, schlug die letzte Seite auf und vertiefte sich in das Kreuzworträtsel. Die nordamerikanische Schöpfungsgeschichte hatte seine Lebensumstände auf grausame Weise eingeschränkt; die einzige Möglichkeit an eine Zeitung zu gelangen, bot sich ihm, wenn er abends in den *Stag* hinunterging.

Die Tür öffnete sich erneut und gewährte sowohl einer befreienden Brise Märzwind Zutritt als auch einem aprikosenfarbenen Spaniel, der gefolgt von seinem Besitzer hereingetrabt kam. Sam Noble, der ehemalige Filmregisseur, zählte ebenfalls zu den Stammgästen des Lokals. Für ihn bestand keine Notwendigkeit, seine Bestellung aufzugeben; die rothaarige Bedienung stellte wortlos einen Gin-Tonic vor ihm ab.

Sam zögerte für einen Moment, so, als würde er mehr als nur Neugier verraten, falls er dies täte, und ließ sich dann ostentativ an Mr. Golightlys freier Seite nieder. »Abend auch«, begann er. »Zu Besuch in der Gegend?«

Die Frage war eigentlich überflüssig, da er Mr. Golightlys Ankunft im Spring Cottage am Nachmittag verfolgt hatte. Vielleicht erriet Mr. Golightly das. Jedenfalls bestätigte er lediglich, dass er vorübergehend hier wohnte.

»Im Dorf, nicht wahr?«, fragte Sam. Es gehörte zu seinen Gepflogenheiten, so zu tun, als wisse er mehr und zugleich weniger über seine Nachbarn als eigentlich der Fall war. »Urlaub?«, fragte er noch einmal nach.

Sams Erkundigungen trugen jedoch keine Früchte, denn der andere antwortete auf seine Fragen mit stets demselben undurchsichtigen Lächeln. Er schien sich mehr für den Spaniel zu interessieren, der sich zu ihm gesellt hatte und sein Geschlechtsteil kokett an seinem Stiefel rieb.

»Netten Hund haben Sie da. Eine Hündin, nicht wahr?«

»Richtig. Daphne«, erwiderte Sam leicht gekränkt, weil sein Haustier offensichtlich mehr Eindruck schindete als er selbst. Andererseits wusste der Neuankömmling noch nichts von der Goldenen Palme. Zeit genug, das Thema später anzuschneiden. »Nach meiner Tante benannt«, fügte er hinzu. »Meine Mutter hatte eine Zwillingsschwester, die bei der Geburt starb. Heutzutage würde man dergleichen als Trauma bezeichnen.« Insgeheim war er stolz auf die Tragödie, die die Geschichte seiner Familie überschattete.

Doch selbst die Erwähnung jener Katastrophe schien die Laune des Neuankömmlings nicht zu trüben. »Oh ja, vermutlich«, bemerkte er. Er sagte es, als ob er fast hätte ergänzen wollen, dass man derlei zu seiner Zeit anders beurteilt hatte – Leben und Tod, das schien seine Haltung auszudrücken, waren bei weitem nicht so wichtig, um ihretwegen den Genuss eines gepflegten Bieres zu unterbrechen.

Sam Noble, der spürte, dass das Gespräch im Sande verlaufen war, wandte sich zu dem Mann um, der an die Theke getreten war, um »eine Zwanzigerpackung *Lambert and Butlers*« zu bestellen.

Jackson, der Freund von Paula hinten in der Küche, war der Handwerker von Great Calne, wenn auch nicht so ganz klar war, ob seine Fähigkeiten diese Bezeichnung wirklich verdienten. Was Jackson anging, fragten die Bewohner des Dorfes sich häufig, warum um alles in der Welt sie sich überhaupt um ihn bemühten – eine existenzielle Frage gewissermaßen, denn Jackson handelte, wie die meisten seiner Zunft, mit zweifelhaften Versprechen. Niemand bei klarem Verstand nimmt einen Handwerker ernst, wenn er verspricht, am kommenden Mittwoch zu erscheinen; erst recht nicht, wenn der Zusatz »Punkt neun« angehängt wird. Wie alle Welt weiß, heißt »kommenden Mittwoch« bei Handwerkern bestenfalls in ein paar Monaten, und kein Mensch, der in England zur Welt gekommen und dort aufgewachsen ist, würde jemals etwas anderes erwarten.

Jackson wiederum nutzte den zugestandenen Spielraum auf extreme Weise aus, da er »kommenden Mittwoch« als eine Frist von ein paar Jahren interpretierte. Und die Ergebnisse seiner Arbeit, so er dann erschien, konnten kaum als zufriedenstellend bezeichnet werden. Er hatte Emily Popes Dusche unten im Spring Cottage installiert – noch bevor es an Feriengäste vermietet wurde –, und als sie die Dusche erstmalig ausprobierte, zuckte ein Stromstoß durch ihren nackten Körper, von dem die Leute behaupteten, er habe wahrscheinlich dazu beigetragen, dass man sie ein Jahr später gänzlich zu Grabe tragen musste.

Jacksons Hauptinteresse bestand darin, Dachse und Mädchen zu jagen. Was Letztere betraf, würde ihm zwar niemand die Einstellung eines Gentlemans nachsagen, doch immerhin diejenige eines Demokraten. Er war nicht zimperlich, was das Äußere eines Mädchens betraf, vorausgesetzt, es war bereit, sich ohne großes Trara seines Schlüpfers zu entledigen. Gewiss war es umso besser, wenn ein Mädchen attraktiv war, letztlich war das Jackson egal.

Was mit dem Mädchen geschah, nachdem es sich einmal auf ihn eingelassen hatte, war ein anderes Thema. Paula hingegen war in die Annalen eingegangen, weil sie Jacksons Interesse wach zu halten vermochte, obwohl sie in puncto Schlüpfer unberechenbar geworden war. Die Gründe für seine ungewöhnliche Beständigkeit waren selbst Jackson nicht vollkommen klar. Wie viele aggressiv auftretende Männer fürchtete er sich vor Gewalttätigkeiten und wusste nicht recht, was eine abgelegte Paula alles veranstalten würde. Mehr als einmal hatte sie sich bedrohlich auf den Satz Küchenmesser bezogen, mit denen im *Stag and Badger* Würste und kalte Braten aufgeschnitten wurden. Jackson hatte den leisen Verdacht, dass Paulas Hirn in ausreichend aufgewühltem Zustand auf die Idee kommen könnte, andere Fleischsorten aufzuschneiden. Deshalb stellte man sich besser gut mit ihr; die Dachse waren eine andere Sache.

In der Zeit vor Paula hatte Jackson vage vorgehabt, die rothaarige Barbedienung Mary Simms zu beglücken. Doch Mary strebte nach Höherem. Sie hatte sich vor kurzem an der Open University in ein Seminar über romantische Lyrik eingeschrieben und hatte anderes im Sinn, als ihre Zeit mit einem Tagedieb wie Jackson zu vertun. »Wie kommst du voran?«, fragte sie Luke, der das Kreuzworträtsel mit gerunzelter Stirn studierte. Luke war Dichter, und zu dem Seminar über romantische Lyrik war sie nicht rein zufällig gekommen.

»›Prophet des Alten Testamentes, gekürzt im Sommer häufig zu sehen‹ – fünf Buchstaben?«, erkundigte er sich laut, ohne die Person wahrzunehmen, die sprach. Was die Bibel anging, befand er sich auf unbekanntem Terrain – seine Stärke waren die amerikanischen Indianer.

Sam Noble beschloss, sein Glück mit Jackson zu versuchen. »Irgendeine Chance, dass Sie demnächst mal den Teich in Ordnung bringen«?, fragte er. Es handelte sich um eine Routinefrage; der Teich wartete bereits seit dem Tag darauf in Ordnung gebracht zu werden, an dem Sam in den Ort gezogen war und seine Karriere im Showgeschäft aufgegeben hatte.

Jackson, der für Stadtmenschen eine ganz besondere Verachtung übrig hatte, kniff seine Schweinsaugen zusammen, als ob er angestrengt nachdenken müsste. »Donnerstag bin ich bei Ihnen«, verkündete er orakelhaft – »spätestens Freitag. In Ordnung?«

»Sehr schön«, entgegnete Sam steif. »Ich erwarte Sie bis spätestens Freitagmittag.« Nach fünf Jahren neigte er noch immer zu der irrigen Annahme, dass er seiner einstmaligen Stellung in Beruf und Gesellschaft wegen bei Jackson Pluspunkte hatte.

Eine Familie tauchte auf, Eltern mit zwei kleinen Kindern, die Colin Drover aus der Fassung brachten, weil sie Krabben »ohne Schale« verlangten. Der Gastwirt lief nach hinten – in Paulas Bereich – und kehrte rotgesichtig zurück, um anzubieten, dass sie »mit Schale« für ein Pfund weniger zu haben seien. »Ma-ma«, greinte der kleine Junge, der sofort begriffen hatte, dass sich die Gelegenheit bot, Theater zu machen, »ich mag keine mit Schalen.«

»Natürlich nicht, mein Schatz«, erklärte seine Mutter. »Ich bin sicher, dass der nette Mann uns welche ohne Schalen besorgt.«

»Unfug«, bemerkte der Vater. »Schalen sind doch lustig! Daisy findet, dass sie lustig sind, nicht wahr, Daisy?« Er strahlte seine Tochter an und rechnete dabei im Kopf aus, dass das Essen vier

Pfund weniger kosten würde, wenn sie die Krabben allesamt mit Schalen nähmen. Er wollte zur Sportsendung wieder zu Hause sein; seine Idee war es nicht gewesen, auswärts essen zu gehen.

»Mag keine Schalen«, beharrte sein Sohn dickköpfig. Daisy war erst vier – was wusste die schon? Die aß sowieso noch nicht das, was Erwachsene aßen.

Mr. Golightly, der einen Punkt in der Ferne betrachtet hatte, schwenkte seinen Blick nun in Richtung Restaurant, und der Junge hielt plötzlich den Mund und schabte mit seinen Schuhen am Tischbein. Es waren neue Schuhe, in den Ferien gekauft. Die Ferien gingen zu Ende und der Junge wollte nicht zurück in die Schule, wo man ihn auf dem Schulhof schikanierte und seinen Kopf in ein Mädchenklo getunkt hatte.

»Schalen sind lustig«, wiederholte sein Vater. Wie die meisten Wiederholungen wirkte auch diese nicht überzeugend. Doch in derselben Minute tauchte ein grinsender Colin Drover von hinten mit vier Tellern voll nackter, dampfender, rosiger Krabben auf. Aus unerklärlichen Gründen hatte Paula nachgegeben und die Krabben gepellt.

»Na also«, bemerkte der Vater mit gespielter Heiterkeit. Die Aussicht auf vier eingesparte Pfund hatte sich mit der Ankunft der Krabben in Luft aufgelöst. Doch am Montag wären die Kinder wieder in der Schule und der Ferien-Horror wäre ausgestanden. »War das nicht nett von dem Mann, Daisy?«, soufflierte er, schon etwas besser gelaunt.

Mr. Golightly hatte seinen Blick von dem Tisch abgewandt, doch der Junge beobachtete ihn weiterhin. Der sah ein bisschen aus wie der Mann auf dem Bild, das sein Lehrer im Klassenzimmer aufgehängt hatte, dachte der Junge, der Mann von ganz früher, der die Vögel füttert.

Mr. Golightly trank sein Bier aus, ließ sich von dem hohen Hocker gleiten und schaute in die Runde, als wolle er sich von der Gesellschaft im *Stag and Badger* verabschieden.

»Sechs senkrecht, Prophet im Alten Testament«, bemerkte er, als er auf dem Weg zur Tür hinter Luke Weatherall vorbeiging. »Hosea. Kein übler Typ«, fügte er hinzu.

3

Spring Cottage war so benannt worden, weil es über eine natürliche Wasserversorgung verfügte: Das Grundwasser stieg im Boden von Devon auf und trat gelegentlich durch die porösen Mauern des alten Gebäudes an die Oberfläche. Das Cottage lag inmitten eines verwilderten Gartens, der einen Blick auf Hügel freigab; dieser dehnte sich bis zu den Feldern aus, die zum Fluss abfielen. Dank der jüngsten Regengüsse tönte der Dart wie ein hungriger Löwe, als Mr. Golightly am anderen Morgen aus seiner Hintertür trat.

Es war noch früh, vor sechs; der Glanz der Sterne schwand und ein nahezu runder Mond hing still wie ein gelber Lampion im Westen. Über den Hügeln türmten sich schwarze Wolken zu merkwürdigen Gebilden auf, die an Erzählungen aus dem Fernen Osten gemahnten: Drachen, seltsam geschnäbelte Vögel, gefahrvolle Klippen. Hinter den Wolken war ein Marmorhimmel zu sehen, von trüben grünlichen und perlfarbenen Streifen geädert. Ein kundiger Wetterbeobachter hätte vorhersagen können, dass es ein schöner Tag werden würde, denn jenseits, im Osten, deutete ein feiner Goldbelag auf anbrechendes Licht.

Mr. Golightly saugte die Luft schnüffelnd wie ein Jäger ein. Sie roch nach lebendigem Getier und saftigem Wachstum, nach Sprießendem, Ländlichem, das seinem Herzen Auftrieb gab. Alle Herzen bedürfen zuweilen des Auftriebes, und dasjenige von Mr. Golightly stellte keine Ausnahme dar. Er war nach Great Calne gekommen, um Urlaub zu machen. Jahre war es her, dass seine Aufgaben ihm einen solchen Luxus gestattet hatten, doch seit einer Weile hatte er empfunden, dass eine Sache, die er vor ewiger Zeit begonnen hatte, neu gestaltet werden müsste. Warum nun gerade Great Calne gewählt worden war, um dies in Angriff zu nehmen, konnte Mr. Golightly möglicherweise selbst nicht beantworten. Allerdings verstand er, vielleicht besser als die meisten, dass wichtige Fragen generell nicht zu beantworten sind.

Die Feinheiten des World Wide Web hatten sich Mr. Golightly noch nicht erschlossen; trotz seiner Geschäftserfahrung war er aufgrund anderweitiger Pflichten und Belange, denen er sich zu stellen hatte, mit dem Internet nicht vertraut. Einer seiner wertvollen Berater hatte seine Bedürfnisse – »Ferienwohnung in friedlicher ländlicher Umgebung« – in die Suchmaschine Alphaomega eingegeben und hatte mithilfe der Website von Nicky Pope das Spring Cottage entdeckt.

Das Resultat machte bislang einen zufrieden stellenden Eindruck. Mr. Golightly schien ohnehin nicht sehr wählerisch zu sein. Er wirkte eher so, als ob ihm ein Ort so lieb wie jeder andere sei. Allem Anschein nach sagte ihm die einfache Unterkunft zu – ein Schlafzimmer (auf der Website als Elternschlafzimmer aufgeführt), das fast komplett von einem schwarz gestrichenen Doppelbett aus Eisen ausgefüllt wurde; eine Kammer (zweites Schlafzimmer), in die alte Vorhänge gestopft worden waren, Zeitschriften, Teppichläufer, ein Kamingitter, ein Trainingsrad und prall gefüllte Plastiktüten mit der Korrespondenz zwischen Emily Pope und dem Finanzamt, die Nicky Pope – als allein stehende Mutter mit Arbeit durchaus gesegnet – sich für eine spätere freie Minute aufgehoben hatte.

Im Erdgeschoss lag das Wohnzimmer (Salon mit Essecke), das einen Klapptisch aus Eiche aufwies, mehrere mit geblümtem Stoff bezogene gemütliche Clubsessel, ein rückenfeindliches orangefarbenes Schlafsofa, das Emily Pope in den sechziger Jahren im Lauf einer kurzzeitigen Midlifecrisis erstanden hatte, einen Schwarzweißfernseher und die ultramoderne Ausgabe des norwegischen Holzofens; darüber hinaus eine enge Spülküche (Einbauküche m. modern. Komfort), die eine Mikrowelle, launische Kochplatten, ein paar Schränke mit Kunststofffurnier und zusammengewürfeltem Geschirr und einen wimmernden Kühlschrank beherbergte; weil Nicky Pope losmusste, ehe sie es recht geschafft hatte zuzusehen, dass alles in Ordnung war, enthielt dieser noch einen Becher Billigmargarine, eine vertrocknete Zitronenhälfte und fünf Dosen eines Sechserpacks Cola, Hinterlassenschaften, die aus dem Aufenthalt der Claphamer Dame stammten.

Seinerzeit, ehe es der Baugenehmigungen bedurfte, war die Spülküche schief und schräg an der Außenmauer des Cottage befestigt und auf die Schnelle mit einer gewellten Asbestplatte gedeckt worden, was heutzutage jeden pflichtbewussten Baupolizisten in lautes Fluchen hätte ausbrechen lassen. Insofern hatte Nicky Pope Glück, dass Mr. Golightly, anders als die Claphamer Dame, keinem Selbsterhaltungstrieb frönte; vielleicht waren Sicherheit und Gesundheit aber auch keine wesentlichen Angelegenheiten für ihn.

Wenn der Regen fiel, trommelte er auf das Spülküchendach. Es stand Mr. Golightly noch bevor, das Geräusch als zauberhaft oder nervtötend zu empfinden. Ein baufälliger Zaun mit sündhaft wackeliger Pforte, die in den Garten führte, lief an der Spülküche entlang. Doch an diesem Morgen wurde Mr. Golightly von keinem jener Dinge beeinträchtigt: Er stand da und lauschte dem Rauschen des Flusses, der durch die tiefer gelegenen Wiesen floss, und er nahm wahr, dass die Hügel, durch die sich der Dart seinen Weg zum Meer bahnte, wie zarte Brüste geformt waren.

Auf dem Feld, zu dem der vernachlässigte Garten abfiel, weidete ein brauner Ackergaul mit einem weiß geflammten Nasenrücken. Jenseits davon säumte eine Buchenhecke, deren Laub eigensinnig auf herbstlichem Rostbraun bestand, weitere Felder, deren Erde der junge Frühjahrsweizen mit grünlichem Glanz überzog.

Eine Krähenschar war bereits dabei, die Erde nach Nahrung zu durchsuchen, während eine Gruppe ihrer weniger emsigen Verwandten in den nackt gespreizten Zweigen einer Esche hockte und sich als klare Silhouette vor dem aufkommenden Morgenlicht abzeichnete. Während Mr. Golightly ihnen zusah, stieß ein Elsternpaar herab, schimmernd, balancierte mit seinen langen Schwänzen und ließ sich unter den Krähen nieder, um der Szene die Glanzlichter der Alten Meister aufzusetzen.

»Eine bringt Kummer, zwei bringen Freude.«

Mr. Golightly sprach die Worte vor sich hin. Es war ein uraltes Sprichwort, alt wie jedes Menschenwerk, und im Moment entsann er sich nicht, wann er es zum ersten Mal gehört hatte. Doch ebenso wie andere Leute, die auf dem Land aufgewachsen sind, ließ er nicht zu, dass die Vernunft den Aberglauben ersetzte: Der Anblick der einherstolzierenden, gescheckten Vögel beflügelte seine Stimmung umso mehr.

Und nun, als sollte dieses Feuer noch weiter geschürt werden, tauchte über einem der brustförmigen Hügel ein Sonnenlichtsplitter auf, nicht mehr als ein orangefarbener Schnitz, der sich im Nu zu einer leuchtenden Kugel rundete. Rüschen aus glühendem Rot durchzogen den grüngrauen Himmel, an dem sich mehr und mehr Lichtstreifen zeigten.

»Sei gelobt!«, sagte Mr. Golightly.

Er sprach leise, wie zu einem geliebten Menschen, der der geäußerten Botschaft nicht bedarf, um zu verstehen.

Das Pferd, das den Sinn der stummen Worte zu erfassen schien, machte sich zu dem Zaun auf, der den Garten von Spring Cottage begrenzte. »Hallo, alter Junge.« Mr. Golightly strich mit einem Finger über den langen samtenen Nasenrücken und wünschte, er hätte daran gedacht, Zuckerwürfel einzustecken. In einem der Pappkartons, die er mitgebracht hatte, waren etliche Sachen verstaut, die in einem normalen englischen Dorfladen nicht ohne weiteres zu bekommen waren: Dosen mit Sardellen, Gläser mit eingelegten Walnüssen, Marmite, ein Topf mit feuchtem Stilton, Chilischoten, Pinienkerne, eine französische Wurst, Frank Cooper's Oxford Marmelade, gezuckerte Mandeln – obgleich Mr. Golightly trotz der beiden letzten Posten im Allgemeinen nicht zu Süßigkeiten neigte. Er war ohne Zucker groß geworden und insofern zählte dieser nicht zu den normalen Bestandteilen seiner Kost.

»Tut mir Leid, alter Knabe.« Seine Stimme drückte Bedauern aus, es machte ihm Spaß, Tiere zu verhätscheln, die in der Regel nicht nachtragend waren, wenn man ihren Wünschen nicht entsprach.

Wie eine Antwort auf seine Entschuldigung wurde freches Geschnatter laut; Mr. Golightly wandte sich von Samson ab und blickte in die Richtung, aus der der Lärm zu kommen schien. Der Nachbargarten war von dichtem Stacheldraht umzäunt. Hinter dem Drahtgewirr konnte Mr. Golightly inmitten einiger Enten und weißer Gänse mit glänzenden orangefarbenen Schnäbeln eine weibliche Gestalt ausmachen.

Mr. Golightly war von Natur aus höflich, ebenso war ihm daran gelegen, zur Wahrung seiner Ruhe mit seinen Nachbarn in Frieden zu leben. Zu häufig hatte seine Arbeit in Kämpfen geendet, und er war nicht gewillt, seinen Urlaub durch Fehden beeinträchtigen zu lassen. Ein Krieg zwischen Nachbarn konnte, wie er aus langer Erfahrung wusste, vernichtender sein als jeder andere.

»Hallo«, sagte er und bot seine Hand trotz des Stacheldrahtzaunes zum Gruße dar.

Sein Gegenüber erwiderte nichts, sondern starrte ihn an. Es handelte sich um eine Form des Starrens, die einen Menschen mit schlechtem Gewissen in Unbehagen versetzen konnte, doch falls Mr. Golightly ein schlechtes Gewissen besaß, verriet ihn nichts. Er hielt dem Blick stand, bis die Frau nachgab und ihre Hand ausstreckte.

»Passen Sie auf die Stacheln im Zaun auf.«

»Gute Zäune, gute Nachbarn.«

Mr. Golightly hätte nicht erklären können, warum er diese Bemerkung gemacht hatte. Er hielt es nicht mit der modernen Gewohnheit, permanent sein Innenleben zu erforschen, sondern sprach eher aus, was ihm in den Sinn kam.

»Ellen Thomas«, sagte seine Nachbarin, die seinen Kommentar zu übergehen schien, dann wandte sie sich ab.

»Golightly«, entgegnete Mr. Golightly und schaute ihr hinterher; die grauen Augen von Ellen Thomas verrieten, dass sie ein Mensch war, der litt.

Zurück in seinem Cottage, leerte er den Proviantkarton und arrangierte den Inhalt ordentlich in den Kunststoffschränken. Er sah sich nach einem Wasserkessel um, den er nach einer Weile im Schränkchen unter der Spüle entdeckte. Kein Stecker. »Besser eine Einkaufsliste machen«, beschloss er.

Oben im Schlafzimmer packte er den Rest aus, ganz gewöhnliche Dinge: einige Nachthemden, Pantoffeln, ein paar Wolljacken, mehrere warme Hemden, Wollsocken, Unterwäsche. Sein reichlich abgewetzter Toilettenbeutel mit Reißverschluss lag bereits im avocadogrünen Bad. Keine Krawatte – er war im Urlaub. Unter den anderen Gegenständen befand sich ein kleiner, aufklappbarer

Bilderständer, der das Porträt eines jungen Mannes mit mitleiderregender Miene einrahmte.

Mr. Golightly betrachtete das Gesicht, als er das Bild am Bett aufstellte. »Die Liebe ist der Preis der Liebe«, dachte er, während er dank der Warnung, die Nicky Pope angeheftet hatte, mit eingezogenem Kopf die steile Treppe zum Wohnzimmer hinunterging; dort machte er Anstalten, sich mit der Gebrauchsanleitung auseinander zu setzen, die neben dem norwegischen Ofen lag.

Gebrauchsanleitungen zählten zu den Dingen, für die Mr. Golightly wenig Geduld aufbrachte. Er schlug die Broschüre auf, die den Titel trug »Nordwaldöfen – die supermoderne Art, altmodisch zu leben« und las: »Die Klappe zur linkshändigen Seite der oberen Öffnung muss ungeschlossen werden, während das Material der Feuer niedergelegt wird.«

Was zum Teufel sollte das nun wieder heißen?

4

Ellen Thomas lag auf ihrem Sofa und schaute hinaus zu den Schafen, die sich auf dem Hang in rätselhaften Runen formierten. Ihr ging durch den Sinn, dass sie zu Weisheit und Erkenntnis gelangen könnte, wenn sie nur in der Lage wäre, die Runen zu entziffern.

Keine Menschenseele wusste davon, doch kurz nachdem Robert, ihr Ehemann, gestorben war, hatte Ellen ein seltsames Erlebnis mit einem Ginsterbusch gehabt. Sie war mit Wilfred, ihrem Hund, im Moor spazieren gegangen und hatte wie gewöhnlich, wenn sie in der Zeit nach Roberts Tod spazieren ging, geweint. Was das Weinen um Robert anging, besaß sie keine Hemmungen, aber ihre Tränen schienen nur zu kommen, wenn sie sich in Bewegung setzte. Verhielt sie sich still, blieben sie in ihr angestaut und übten einen unerträglichen Druck in der Herzgegend aus.

Es lag etwas im Schreiten durch die raue Moorgraslandschaft, durch schmatzenden Morast, entlang des blassen, mit Flechten bewachsenen Dornendickichts, das eine Schneise in die Gebilde ihrer inneren Barrieren schlug; erst wenn sie auf der Felsnase des Hügels, auf der Spitze des *tor*, angelangt war, konnte sie sich auf dem Grat des Horizontes gegen den Wind stellen und wie ein Hund heulen.

Es geschah an einem frühen Nachmittag, zu einem Zeitpunkt, an dem die meisten Menschen noch beim Mittagessen saßen: Sie war auf dem Rückweg eines solchen Spazierganges, bei dem sie ihren Gefühlen hatte freien Lauf lassen können, als Wilfred an einer Gruppe Ginsterbüsche zu schnüffeln und zu winseln begann.

Da Ellen auf Wühlmäuse oder Kaninchen tippte, nahm sie Wilfred an die Leine und versuchte, den Hund an dem Gebüsch vorbeizuzerren. Doch er hielt so eisern dagegen, dass die Leine ihrer Hand entglitt – und Wilfred jagte unter hysterischem Bellen zurück nach Hause.

Ellen, die bereits im Begriff war ihm hinterherzulaufen, wurde von einem untrüglichen Gefühl gebannt, dass der Ginster mehr als eine Wühlmaus oder ein Kaninchen barg. Eine heftige, auflodernde Empfindung sprang ihr Herz gleich einem wilden Tiger an, und eine Stimme, süß und schrecklich zugleich, drang aus dem goldenen Busch zu ihr.

»Ich bin die Liebe«, erklärte sie.

Ellen war kein Mensch, der sich zu einer Religion bekannte. Auf eine Nachfrage hätte sie sich als Atheistin bezeichnet, bestenfalls als Agnostikerin; deshalb erschrak sie, als sie die Worte hörte, und nahm anfänglich an, sie habe sich getäuscht.

»Ich bin Ellen Thomas«, bot sie zaghaft zur Erwiderung an und wartete darauf, verabschiedet zu werden. Doch die Verabschiedung fand in Form einer weiteren Überraschung statt.

»Tue ihnen kund.«

»Was?«, fragte Ellen.

»Tue ihnen kund!«, wiederholte die Stimme in ihrem sanften Befehlston.

Ellen wartete noch ein wenig länger, doch dem Ginsterbusch waren keine weiteren Verlautbarungen zu entnehmen. Trockenen Auges wanderte sie nach Hause, ihrem Hund hinterher.

Ellen wusste nicht, wie sie dem Befehl nachkommen sollte. Sie hatte keine Ahnung, was diese rätselhaften Worte bedeuten könnten. Was immer es war, so lautete deren Botschaft nicht – dessen war sie gewiss –, dass sie sich anschicken sollte, den Menschen zu predigen. Kein Wesen, nicht einmal eins, das der Inbegriff der Liebe war, würde sie, Ellen Thomas, auswählen, den Menschen in seinem Namen zu predigen. Sie überlegte, ob das, was man von ihr verlangte, hieße, sie solle das Erlebte schriftlich bezeugen, doch auch das kam ihr eher unwahrscheinlich vor. Robert war Journalist gewesen und hatte sie gelegentlich gebeten, Texte zu kommentieren; doch abgesehen davon und von den Anmerkungen, die sie ab und an in das Kochbuch ihrer Großmutter schrieb, besaß sie keine Übung im Schreiben; schon in der Schule hatte sie sich darin nicht besonders hervorgetan.

Gebeten zu werden, die Liebe zu verkündigen, ist an sich schon allerhand, darum gebeten zu werden, wenn man nicht einmal zum Glauben neigt, ist schrecklich. Angesichts des Ausmaßes und der Unmöglichkeit der Aufgabe, die man ihr gestellt hatte, streckte Ellen die Waffen.

Roberts Verlust hatte ihr das immanent Trügerische jeglicher Gewissheit vor Augen geführt. Die anhaltende Zuneigung ihres Mannes hatte das Leben unveränderlich erscheinen lassen. Als Robert fort war, verlor sich auch diese Illusion und mit ihr alle anderen menschlichen Anbindungen. Doch selbst in seiner Abwesenheit hatte das Wissen um Roberts stete Liebe ihr das Gefühl von einer Gleichgestimmtheit des Lebens gegeben. Der geheimnisvolle Befehl des Ginsterbusches beraubte Ellen ihres früheren Ichs und der Sicherheiten, die Roberts Tod überdauert hatten. Die Spaziergänge wurden zu einer unentbehrlichen Gewohnheit, am Tag und in der Nacht, sie war weniger auf der Suche nach einer Lösung des Problems, das sich ihr ungebeten gestellt hatte, als einfach nur auf der Flucht.

Nach ihren Spaziergängen war sie vor Müdigkeit wie erschlagen. Die freundliche Landschaft, die sie einst genossen hatte, nahm einen bedrohlichen Charakter an. Das Laubwerk in den Bäumen wurde bösartig, schüttelte Blätter und eiskaltes Wasser ab, wenn sie vorbeikam. Die Hecken wisperten unheilvoll im Wind, der über sie herfiel und sie wie ein unsichtbarer Kläger mit Strafpredigten verfolgte. Metalltore klapperten auf schaurige Weise, hinterließen auf ihren Waden blaue Flecken oder verursachten schrill quietschende Geräusche, die ihr in den Ohren schmerzten. Die Sonne, rot und finster starrend, versank am Horizont, um ihr nachzuspüren. Egal, ob sie draußen oder drinnen war, sie ängstigte sich auf Besorgnis erregende Weise.

Nacheinander, wie Ratten, denen man nachsagt, dass sie das sinkende Schiff verlassen, hatten ihre normalen Fähigkeiten zu schwinden begonnen und sie als überlebenden, glücklosen Passagier auf dem herrenlosen Wrack ihrer früheren Persönlichkeit zurückgelassen, das in gefahrvollen, fremden Gewässern umhertrieb. Es war ihr, als könne sie spüren, wie der Boden unter ihren

Füßen nachgab, sie merkte, wie das Deck erbebte und sie bedrohlich aus dem Gleichgewicht stieß, nach unten in die eisige Dunkelheit, wo gestaltlose, unförmige Dinge lauerten und wo der Tod segensreiche Erlösung bedeutete und Zerfall einfacher als Widerstand erschien.

Mit dem letzten Rest ihrer versickernden Kräfte zwang sie sich, Brook Farm, das Bauernhaus, das sie mit Robert über zwanzig Jahre lang bewohnt hatte, zu verkaufen und in den kleinen, einfachen, nichts sagenden Bungalow zu ziehen, in dem sie sich sonderbarerweise sicher glaubte. Qualvoll hatte sie sich der Möbelstücke entledigt, derentwegen sie und Robert gelacht, geplant, gestritten, auf denen sie sich geliebt und mannigfaltigste Tätigkeiten einer langjährigen Ehe ausgeführt hatten, denn das, was sie in ihrem gemeinsamen Leben angesammelt hatten, passte nie und nimmer in ihr neues Heim. Hier hatte sie sich schließlich verborgen, denn, wie sie feststellte, war ihr insbesondere die Gesellschaft anderer Menschen unerträglich.

Auf dem langen Sofa, das zum Objekt einer letzten Kaufanstrengung geworden war, nachdem sie vom Boden ihres Energiefasses alles Verbliebene aufgekratzt hatte, lag sie, für sich selbst unkenntlich, und starrte mit der nüchternen Klarheit einer tödlich Verwundeten nach draußen. In solchen Momenten erschien es ihr, als ob sie sich nie wieder erheben, sondern auf ihrer langgestreckten Plattform einfach erfrieren würde, gleich einem verirrten Zugvogel, der gezwungen war, in einem kalten und unbekannten Land zu überwintern.

Eines Morgens, als sie damit beschäftigt war hinauszublicken, wurde ihr bewusst, dass die Eigenschaften dessen, was sie sah, einem alchimistischen Verwandlungsprozess unterzogen worden waren.

Ellen war Aquarellmalerin gewesen und hatte ein gutes Einkommen aus dem Verkauf ihrer Bilder an einen hiesigen Kunstgewerbeladen bezogen. Sie besaß ein genaues Auge und eine geduldige Hand, und die Welt war, so wie sie sie gesehen hatte, schön und reizvoll gewesen. Doch nun war alles, was sie einst als farbenfroh, lyrisch, oder auch als dramatisch erkannt hatte, einem weiten, unauslöschlichen Einerlei aus Licht gewichen.

In den Monaten, die sie mittlerweile auf dem Sofa verbracht

hatte, war Ellen der Lösung der Aufgabe, welche das Wesen im Ginsterbusch ihr gestellt hatte, nicht näher gekommen. Doch der Anblick der veränderten Welt linderte ihr Gefühl der Unzulänglichkeit nicht, sie empfand ihn wie einen Vorwurf. Sie schaute hinaus, dahin, wo immer noch dieselben Bäume und Hügel und Schafe waren, doch in der Unendlichkeit des Raumes, der sie umgab und durchsetzte, befanden sich, wie sie nun wusste, die unergründlichen und unnachgiebigen Mächte der Liebe und Gnade, und ihr, Ellen Thomas, war auferlegt worden, davon zu berichten.

Das intensive und strahlende Licht, das Ellen im Kern aller Dinge erkannt hatte, durchdrang ihr Wesen wie ein Skalpell. Außerhalb von ihr schien es keine Sicherheit und innerhalb von ihr keine Zuflucht zu geben. Sie konnte niemandem erzählen, was sich zugetragen hatte – es sei denn, sie wollte, dass man sie für unzurechnungsfähig hielt. Sie fürchtete, sich jemandem zu zeigen, denn sie glaubte, dass ihr der Geruch des Irrsinns anhing.

Während des Tages starrte sie, abgesehen von den allernotwendigsten Haushaltsverrichtungen, aus dem Fenster, ein Schatten zwischen zwei Welten; sie betrachtete die Landschaft und wartete auf die Wiederholung des schrecklichen Befehls, denn sie wusste, nachdem sie der Wahrheit zum Opfer gefallen war, würde sie nie mehr von ihr weichen, sondern sich um jeden Preis Gehör verschaffen. Nachts lag sie in einem halb toten, halb lebendigen Dämmerzustand und hatte Angst, die Stimme würde sie abermals aufsuchen.

Die Art, in der die Liebe Ellen Thomas angefallen hatte, war eher wild als lieblich gewesen, und wie viele, die sich in ihren Schlingen verfangen hatten, wünschte sie, von der Erfahrung verschont geblieben zu sein.

5

Nach fünfundvierzig Minuten fruchtlosen Bemühens war Mr. Golightly zu der Erkenntnis gelangt, dass die Bedienungsanleitung des hypermodernen Ofens nur von seinem geschäftlichen Kontrahenten verfasst und vertrieben worden sein konnte. In der Firma hatte er es niemandem gegenüber zugegeben, doch in letzter Zeit gab es immer mehr Anzeichen dafür, dass das Unternehmen seines Konkurrenten das seinige allmählich zu verdrängen drohte. Es handelte sich um ein Unternehmen, das auf dem Rücken seiner eigenen weltweiten Organisation aufgebaut worden war – weshalb dessen Ausdehnung ihn umso mehr verbitterte. Um sich von derlei unerfreulichen Gedankengängen abzulenken, machte er sich daran, die restliche Ausstattung von Spring Cottage in Augenschein zu nehmen.

Er entdeckte die beiden Heizlüfter, leicht angeschlagen und rostend im Einbauschrank unter der Treppe. Nun, das war schon einmal ein Segen. Er konnte es sich leisten, den Ofen etwas höflicher zu behandeln. In einem der Kunststoffschränke befand sich ein Toaster, zum Glück mit Stecker; ferner irgendein defektes Gerät, augenscheinlich zum Mahlen gedacht; im Schrank unter der Treppe ein Bügeleisen, das bessere Tage gesehen hatte, und ein unmögliches Bügelbrett. Es hatte einmal Zeiten gegeben, in denen er sich mit dem Mahlen abgegeben hätte, aber nicht im Urlaub. Und da seine Sekretärin nicht da war, um Kommentare abzugeben, bestand auch kein Anlass zum Bügeln. Geröstetes Brot war etwas anderes: Für Toastreiter mit gekochtem Ei besaß Mr. Golightly eine Schwäche …

Es war fast neun, und ein Spaziergang zum Laden wäre eine Gelegenheit, die Versorgungslage von Great Calne zu erkunden. Er hoffte, nicht allzu weit fahren zu müssen. Der Kombi machte zuweilen Mätzchen, und er hatte keine Lust, nach einem Mechaniker suchen zu müssen, der in der Lage wäre, ihn zu richten. Natürlich konnte er immer nach jemandem schicken, der aus der Firma herunterkäme, doch schließlich war er ja in Urlaub gefahren, um all das einmal hinter sich zu lassen.

Mr. Golightly streifte einen grünen Parka über und stieg den Hügel zu dem Lebensmittelladen hoch, wo ein junger Mann mit zerzaustem Bart Orangen im Schaufenster stapelte.

»Guten Morgen«, sagte Mr. Golightly. Und er sprach die Wahrheit, denn die vollends aufgegangene Sonne beleuchtete das Dörfchen Great Calne ohne jegliche Zurückhaltung.

»Kommt drauf an«, erwiderte der Bart, während er vom Schaufenster zurücktrat. »Mist!«, als die Orangen sich nicht fügten und hinunter- und über den Fußboden rollten.

»Ach herrje.« Mr. Golightly sagte das nur zu sich selbst. Er hatte eine Tüte Milch, frisch und »unbehandelt« – er hielt nichts von »toter« Milch in der Packung –, ein halbes Dutzend Eier, einheimischen Käse, Tomaten und ein paar dunkle Brötchen zusammengetragen.

»Sie wohnen im Spring Cott?«, fragte der junge Mann, während er zu viele Tomaten in eine winzige Papiertüte stopfte.

»Ja, genau. Nette Lage.«

»Für Kröten vielleicht. Höllisch feucht. Ich wollte da nicht absteigen, soviel steht fest.«

Ich bin nicht außerhalb, dies hier ist Hölle …

Während Mr. Golighty den Hügel wieder hinunterwanderte, klangen ihm Worte im Ohr, die ihm stets als besonders schwermütig erschienen waren. Doch Trübsinn war nicht erlaubt – es gab gekochte Eier und Toast, auf die man sich freuen konnte, er war hier im Urlaub und das, um sein großes Werk umzuschreiben.

Vor vielen Jahren hatte Mr. Golightly eine dramatische Dichtung verfasst, die sich nach schleppendem Erstverkauf langsam zu einem Bestseller entwickelt hatte. Mit der Zeit hatten die Nebenprodukte dieses Unterfangens zugenommen und die Basis einer weltweiten Organisation begründet. Das Werk beruhte auf seiner

Betrachtung des menschlichen Lebens – den Liebesarten, Hoffnungen, Ängsten, Lüsten, Fehlschlüssen, Bestrebungen, falschen Sicherheiten, Vergeblichkeiten, Unaufrichtigkeiten, Einbildungen, Grausamkeiten und der allgemeinen Tendenz zu unheilbarer Torheit. In seiner humorvollen Art bezeichnete Mr. Golightly sein Werk gern als »Komödie«, doch darin ähnelte er, wie ihm aufgefallen war, dem Dramatiker Tschechow.

Als Tschechow der Generalprobe eines seiner Stücke beiwohnte, entdeckte er zu seiner Überraschung, dass der Regisseur (bei dem es sich um keinen Geringeren als den großen Russen Stanislawski handelte) sein Werk als Tragödie inszeniert hatte. Es gab keine Lacher, wie Tschechow amüsiert feststellte, bis auf die, die der einsame Zuschauer, der humorvolle Stückeschreiber selbst von sich gab.

Mr. Golightlys Opus magnum besaß etwas von der Doppelbödigkeit, die den *Kirschgarten* prägt. Vielleicht lag es daran oder an den allmählich sinkenden Verkaufszahlen, dass er das Werk umzuschreiben gedachte. Es war zwar alles in allem ziemlich gut gelaufen, jahrelang hatte es die internationalen Bestsellerlisten angeführt, aber die zündende Idee war ihm gekommen, als er eines Abends den Fernseher eingeschaltet hatte und vor einer der zahllosen Seifenopern sitzen geblieben war.

Mr. Golightlys Arbeit war dermaßen zeitraubend, dass ihm die rasanten Entwicklungen des modernen Kulturgeschehens oftmals entgingen. Seine Philosophie lautete, dass alles, was sich durchsetzte, zu gegebener Zeit auch ihn erreichen würde. Dass Millionen Menschen ihr Leben danach ausrichteten, sich pünktlich zu Beginn ihrer Lieblingsseifenoper vor dem Fernseher einzufinden, war Mr. Golightly neu gewesen.

Doch das zählte zu den Gaben, die ihn auf seinem Gebiet unschlagbar machten. Anstatt sich zu entrüsten oder die Einstellung »zu meiner Zeit war das anders« zu vertreten (für die ältere Generation einer der üblichen Fallstricke), bemerkte er sogleich die Vorteile. Sein eigenes Werk, so fand er, nachdem er eine Reihe gängiger Sendungen getestet hatte, besaß Ähnlichkeiten mit den modernen Seifenopern – lediglich die Sprache und die Episoden müssten der Zeit angepasst werden. Seine Figuren unterschieden sich nur scheinbar von denjenigen der Gegenwart. Die menschliche Natur hatte sich nicht verändert, soviel war gewiss, allein die Sitten und Moden hatten sich gewandelt.

Und dann war da noch der wundervolle Gedanke, Urlaub zu machen …

Ein Beitrag über »Stress am Arbeitsplatz« hatte Mr. Golightly beeindruckt. Er war nach *Neighbours* gesendet worden, der Seifenoper, die seine Sekretärin gern anschaute und an der er selbst Geschmack gefunden hatte. Stress war offenbar ein Leiden, das man soeben erst entdeckt hatte, und Mr. Golightly kam nicht umhin, sich selbst als Kandidaten dieser gesundheitlichen Beeinträchtigung zu betrachten. Offenbar standen jede Menge Gegenmittel zur Verfügung – Tai-Chi, Reiki, Pilates, Yoga, Reflexbehandlung, Hypnose, Homöopathie, Psychotherapie, Akupunktur, Massage –, doch etwas in Mr. Golightly stieß sich an derlei Heilmethoden, die ihm, soweit er sie nachvollziehen konnte, irgendwie zudringlich erschienen.

Doch »Urlaub« war etwas anderes: Dergleichen verwies auf alte Zeiten – Zeiten, in denen er sich auf seinen Lorbeeren hatte ausruhen und sich an dem Erreichten hatte erfreuen können. Und was konnte besser sein, als die längst überfällige Pause mit einer Überarbeitung seines großen Machwerks zu verbinden?

Niemand außer dem Künstler kennt das merkwürdige Vergnügen, der Stimme eines Werks zu folgen, das, noch ungeboren, mit all seinen unerschlossenen Möglichkeiten und Kräften im dämmrigen Dunkel des schöpferischen Herzens liegt. Mr. Golightlys Schritt federte unmerklich, als er den Hang hinunter- und seiner auf ihn wartenden Seifenoper entgegenging. Er würde die Eier kochen, würde sich einen Becher Kaffee mit nicht pasteurisierter Milch einschenken, die er im Laden des elenden jungen Mannes erstanden hatte, und würde den Laptop aufbauen, in dessen Gebrauch Mike ihn vor seinem Aufbruch unterwiesen hatte.

Mike, darüber waren sich alle in der Firma einig, war der vollkommene Engel. Seine Geduld war sprichwörtlich, und er hatte erklärt, wenn nötig selbst nach Great Calne herunterzukommen, sollte Mr. Golightly mit dem neu installierten E-Mail-System Probleme haben.

Mr. Golightly hatte seinen Kaffee aus dem Spiderman-Becher getrunken, den er in der bunt gemischten Ansammlung von Geschirr entdeckt hatte; um seine E-Mails abzurufen, klappte er seinen Laptop auf. Mike hatte erklärt, das System verlange eine E-Mail-Adresse und etwas, das man als »Server« bezeichnete. Er hatte *golightly@golightly.com* eingerichtet und empfahl, den jetzt möglichen Ausbau zu einer Website in Angriff zu nehmen. Seit einer Weile war Mike der Ansicht, eine Website würde für die Firma Golightly eine sinnvolle Innovation bedeuten, und er hoffte, den Chef im Lauf des Urlaubs von den wirtschaftlichen Vorteilen zu überzeugen.

Den Laptop mit dem Telefon zu verbinden erforderte ein wenig Fummelei mit den Kabeln, die Mike in weiser Voraussicht beigelegt hatte; es war nach zehn, als Mr. Golightly sich einwählen konnte. Trotzdem noch genügend Zeit, um mit der Arbeit zu beginnen – der Tag war ja noch jung.

Mehrere E-Mails, von einem Ton angekündigt, erschienen auf dem Bildschirm. Die erste enthielt eine Nachricht des Servers cosmos.com, eine Werbeanzeige eines Reisebüros, die ein Billigangebot für eine Tauchreise an das Rote Meer mit einschloss.

In seinen jüngeren, tatkräftigeren Tagen hatte Mr. Golightly diesen Teil der Welt häufig besucht. Doch die grüneren, weniger aufregenden Weiden Englands waren seiner Meinung nach besser zur Erholung geeignet. Das Rote Meer würde ihn zu weit in die Vergangenheit führen, und dies galt es zu vermeiden, wenn man Veränderungen plante.

Die zweite Nachricht stammte von Bill, seinem gut aussehenden persönlichen Assistenten, und betraf eine Spende einer Hilfsorganisation für die Dritte Welt, der Mr. Golightly den Gebrauch seines Firmennamens genehmigt hatte.

Die dritte besaß weder erkennbaren Namen noch Adresse.

Welches ist der Weg dahin, wo das Licht sich teilt?

So lautete die verwirrende Botschaft.

Wissenschaftliche Fragen hatten Mr. Golightly nie besonders interessiert. Wenn in der Vergangenheit überhaupt Fragen gestellt wurden, war er derjenige gewesen, der zum Fragen neigte. Martha, seine Sekretärin, diejenige, die ihm *Neighbours* empfohlen hatte, würde wahrscheinlich behaupten, das sei »typisch

Mann«. Kommentare dieser Art hörte er von Martha seit kurzem häufiger. Sie diente der Firma Golightly seit vielen Jahren treu und ergeben, doch in jüngster Zeit schien sie die Tendenz moderner junger Frauen übernommen zu haben – eine unglückselige Tendenz, wie Mr. Golightly zuweilen empfand: Männer zu kritisieren oder, vielleicht genauer gesagt, Männer offen zu kritisieren, denn Mr. Golightly war ein viel zu gewiefter Kenner der menschlichen Natur, um zu denken, dass Männer in den geheimen Gedankengängen der Frauen jemals ungeschoren davongekommen waren.

Was würde Martha mit der rätselhaften Frage anfangen, der er sich nun gegenübersah? Sie schien eine versteckte Anspielung auf seinen Namen zu enthalten. Und wer um alles in der Welt konnte sie gesendet haben? Normalerweise waren seine Handlungen zum Zweck reibungsloser Abläufe innerhalb der Firma von einem gewissen Mysterium umgeben; er war es nicht gewohnt, mit direkten Fragen konfrontiert zu werden, insbesondere solchen, die sich dunkel auf seine Person bezogen.

Mr. Golightly hatte seinen Computer auf dem Klapptisch aufgestellt; von dort aus bot sich der Blick auf den Garten und die tiefer gelegenen Felder. Im Hinausschauen sah er das Pferd, das in der Sonne stand und die Wärme auf seinem kastanienbraunen Fell genoss. Es lag etwas Tröstliches in der Haltung des Pferdes. Ohne rechte Absicht stand Mr. Golightly vom Tisch auf und wanderte nach draußen.

Samson, der eine Bewegung wahrnahm, kam neugierig herbei. Abermals verspürte Mr. Golightly Gewissensbisse wegen der Zuckerwürfel. Doch sicherlich wäre der Pferdebesitzer ohnehin dagegen. Es war bedrückend, wie selten heutzutage die mannigfaltigen Vorzüge der Welt genutzt wurden, um den Geschöpfen Freude zu bereiten. Mr. Golightly war von Martha in Sachen Alkohol gewarnt worden, die empfohlene Menge pro Woche nicht zu überschreiten. Es hatte Zeiten gegeben, zu denen ihr Chef auf eine Art vom Weinstock gekostet hatte, die jeden modernen Gesundheitsapostel in den Wahnsinn getrieben hätte, und dennoch konnte Mr. Golightly keine Anzeichen dafür entdecken, dass er aufgrund seiner vergangenen Exzesse sichtlich gelitten hätte.

Nebenan lag Ellen Thomas auf ihrem Sofa. Sie schaute nach

draußen, dorthin, wo die Krähen den frisch gesäten Weizen restlos von den Feldern fraßen. Ein Ausspruch ihres verstorbenen Ehemannes kam ihr in den Sinn. »Man soll das Säen nicht wegen der Vögel lassen«, hatte er immer gesagt, wenn er von übertriebener Sparsamkeit abriet. Ihr neuer Nachbar erinnerte sie in seiner vollmundigen Art ein wenig an Robert. Sie könnte ihm ein paar der Enteneier schenken, azur wie die Himmelsspiegelung in der Pfütze draußen auf dem umgedrehten Fass, das sie aus einem Grund aufgestellt hatte, der ihr inzwischen entfallen war.

Wie konnte jemandem etwas »entfallen«? Auch das hatte Robert ihr einmal erklärt. Und wie konnte man das, was sich losgerissen hatte, wieder dorthin schaffen, wohin es gehörte …?

6

Es war Donnerstag und deshalb stellte die Eibe für Johnny Spence kein sicheres Versteck dar. Pfarrerin Meredith Fisher war zu Hause und würde umherlaufen, ihre Nase in anderer Leute Angelegenheiten stecken oder ihren Gemeindepflichten nachkommen, je nachdem, wie man es sah. Johnny lebte nach der Devise des Laissez-faire: Ihm war ganz gleich, was die Frau Pfarrerin tat, solange sie ihn nicht bei seiner Nutzung des Kirchhofs störte. Das Konzept des Heiligtums ist ein altes, und indem er die Umgebung des Herrn für seine Zwecke nutzte, folgte Johnny einer langen und ehrwürdigen Tradition. Doch er war nicht der Erste, der aus einem sicheren Versteck von einem der vom Herrn Ernannten vertrieben wurde. Wer kann schon sagen, ob der Herr selbst die Einstellungen jener, die es auf sich genommen hatten, in seinem Namen zu sprechen, billigen würde? Angesichts der Umstände musste Johnny sich nach einem anderen Ort umschauen, um sich zu verbergen.

Die Kirche von Great Calne mit ihrem eckigen, normannischen Turm wurde auf einer Seite von dem Pfarrhaus und auf der anderen von dem Lebensmittelladen flankiert. Hügelabwärts auf der gegenüberliegenden Straßenseite lag das Spring Cottage, wo Johnny erst am Vortag die Ankunft von Mr. Golightly beobachtet hatte.

Johnny war darin geübt, sich unsichtbar zu machen, seit seine Mum sich mit seinem Stiefvater eingelassen hatte. Wie jede frühkindliche Erziehung kam ihm das hervorragend zustatten. In der Schule war sein Fehlen dermaßen selbstverständlich geworden, dass es nicht länger auffiel und in offiziellen Listen wurde sein Name häufig gar nicht mehr geführt. Die Überzeugung, ein Nichts zu sein, ist ein mächtiger Zauber, der davor schützt, wahrgenommen zu werden; doch Johnny kannte die Welt gut genug, um zu wissen, dass man wiederum besser nichts für selbstverständlich hielt. Die Tatsache, dass er für die Behörden nicht existierte, erlaubte ihm nicht, fahrlässig zu sein. Wie ein junger Kater flitzte er die Straße hinunter und durch das Gatter vom Spring Cottage. Vorsichtig, wie er war, fand er den Typen, den er ausspioniert hatte, so weit ganz nett und wollte sich den Kombi ohnehin einmal etwas genauer anschauen.

Der Himmel hatte sich indigoblau gefärbt, und die Sonne spannte ein wetteiferndes Lichtsegel aus. Eine Krähenschar flog in geheimnisvoller Übereinstimmung auf, wie Vogelschwärme dies tun, tummelte sich im grünblauen Himmel, versammelte sich erneut, um dann ebenso plötzlich auseinander zu fallen und sich wie ein Konfettiregen auf einer Teufelshochzeit über die Felder zu verteilen oder im Rotbuchengeäst Platz zu finden. Die Sonnentupfer auf dem Vogelgefieder riefen unstete, huschende Funken hervor. Und nun klärte der Himmel sich eilends wieder auf, als wäre er einem zungenfertigen Verführer erlegen, blau getünchte Streifen erschienen und Wolkenfetzen, so malerisch gebauscht wie an einem italienischen Deckengewölbe, begannen einander ausgelassen über den sich erneuernden Himmel zu jagen.

Mr. Golightly, der an seinem Laptop saß, beobachtete dieses Schauspiel. Es war erstaunlich, was erreicht werden konnte, wenn man ein System einfach sich selbst überließ. Das war die Politik, nach der er sein Geschäft zu führen versuchte. In der ersten Zeit hatte er die Zügel fester gehalten und alles mehr oder weniger selbst erledigt. Doch das war vor der Katastrophe gewesen, die alles verändert hatte. Heutzutage hielt er sich, wie jeder in der Firma wusste, an die Vorteile des Delegierens. Und ebenjene hatten es ihm ermöglicht, diesen Urlaub zu nehmen und sein großes Werk zu einer Seifenoper umzuschreiben, die er – auf den Titel war er ein wenig stolz – *So ist das Leben* nennen wollte.

Doch wie in Gottes Namen anfangen?

Als Erstes musste er eine Auswahl von Charakteren festlegen. Bis vor kurzem hätte er sie in ein kleines, ledergebundenes Notizbuch eingetragen, das er noch immer mit sich führte für den Fall, dass er eine Idee oder einen nützlichen Ausspruch festhalten wollte. Doch nun, da ihm ein Computer zur Verfügung stand, sollte er wohl besser neue Gepflogenheiten übernehmen …

Er öffnete einen Ordner, wie Mike es ihm gezeigt hatte, und »speicherte« ihn unter *SIDL* ab. Danach tippte er umständlich »Auswahl der Charaktere« ein, hielt inne und überlegte, ob das nicht eher in einen Ordner namens »Vorbereitungen« gehörte – ein praktischer Ratschlag zur Organisation seines Materials, den er in der Firma aufgeschnappt hatte, von Muriel aus der Buchhaltung.

Anders als Mike oder Bill, Mr. Golightlys persönliche Assistenten, arbeitete Muriel nicht direkt an der vordersten Front des Unternehmens. Sie war eine bescheidene Seele, sehr zurückhaltend, doch seit der Gründung mit von der Partie. Muriel besaß ein umfangreiches Gedächtnis. Wenn Mr. Golightly sich nicht hundert Prozent sicher war, wie man ein Wort schrieb, fragte er Muriel. Als er an sie dachte, fiel ihm ein, dass er seinen *Oxford English Dictionary* noch holen musste, den er unter den Beifahrersitz des Kombis geklemmt hatte. Bill hatte empfohlen, dass Mike auf den Laptop doch eine CD-Rom mit dem OED laden sollte, eine Datei die anscheinend jedes englische Wort enthielt, das man nachschlagen wollte. Doch Mr. Golightly fand, dass ein Computerbildschirm kein Ersatz für ein richtiges Buch war, das man in den Händen halten konnte. Gewöhnlich las er das Wörterbuch im Bett, eine Beschäftigung, die vermutlich weder Mike noch Bill wirklich verstanden hätten. Ein wenig verstohlen – er mochte es nicht, sich für seine Vorlieben verteidigen zu müssen – hatte er die beiden Bände der gekürzten OED-Ausgabe kurz vor seinem Aufbruch in den Kombi gestopft.

Die Leute in der Firma wussten zu berichten, dass der Chef, wenn er in Zorn geriet, Feuer und Hagelkörner speien konnte, doch in diesen Tagen war Mr. Golightly vorwiegend friedlich gestimmt, und sein innerer Zustand drückte sich in seinen körperlichen Bewegungen aus. Johnny Spence, der aus den Jahren des Zusammenlebens mit seinem Stiefvater menschliche Schritte schneller bemerkte als jede Katze, gewahrte Mr. Golightly erst, als er um die Ecke des Cottage bog. Mit einem Satz war Johnny unter dem Kombi und zog sich im Liegen die Kapuze seiner ausgebeulten Jacke tief in sein Gesicht.

Mr. Golightly stand ein paar Minuten neben der geöffneten Wagentür und glättete ein Eselsohr auf einer Seite des zweiten Bandes *Marl-Z*. Unterdessen pfiff er vor sich hin. Er war alt genug, um das BBC-Radioprogramm *Pfeifen Sie bei der Arbeit* aus vergangenen Jahren zu kennen, und die Aufforderung hatte seit damals seine Gewohnheiten geprägt.

Johnny Spence, der unter dem Kombi eingeklemmt lag, vernahm die Takte aus *Fidelio* und fühlte sich seltsam getröstet. Er war mit Beethovens einziger Oper nicht vertraut, doch diejenigen, die für die Freiheit kämpfen, sind durch vielerlei Bande miteinander verknüpft. Vielleicht erkannte Johnny in der Musik des längst verstorbenen Komponisten ein Thema, das im Einklang mit seinen eigenen revolutionären Zielen stand.

Mr. Golightly hatte die zerknitterte Seite glatt gestrichen und blieb weiterhin pfeifend noch für ein Weilchen stehen, um die Definition eines Wortes, das er vergessen hatte, nachzulesen. Sein Gedächtnis, das einmal sehr umfangreich gewesen war, machte seit kurzem Schwierigkeiten. In der Firma hatte er das kaschiert, doch es gab Zeiten, in denen er plötzlich unter beunruhigenden Leerstellen und Aussetzern litt; es kam vor, dass ihm ein vertrautes Wort fehlte oder ein Name abhanden gekommen war. Doch selbst das leistungsfähigste Gedächtnis kann nicht alles behalten, tröstete er sich, und ein schadhaftes Gedächtnis hatte seine Vorzüge. Es verringerte die Wahrscheinlichkeit, nachtragend zu sein. Die Neigung, nachtragend zu sein, war eine Angewohnheit, die Mr. Golightly peinlich berührte, wenn er ihr begegnete; sie erinnerte ihn zu sehr an frühere Zeiten.

Johnny Spence verhielt sich mucksmäuschenstill unter dem Kombi. Der alte Typ hatte sich nicht von der Stelle gerührt – von seinem Platz aus konnte er seine Schuhe erkennen, die Sorte mit kleinen Löchern an der Spitze, abgenutztes, aber piekfeines Leder. Er musste pinkeln – warum zum Teufel stand der alte Mistkerl da immer noch rum?

Mr. Golightlys Aufmerksamkeit war von einem Wort auf der zerknitterten Seite des Wörterbuches angezogen worden: »uberty«, das, wie er las, wie »puberty« ausgesprochen wurde, bedeutete »reich an freigebiger Mildtätigkeit«, ein Zustand, den er bereit war gutzuheißen. Dies war ein weiteres vergessenes Vergnügen des dichterischen Schaffens: die Gelegenheit, sich ein passendes Wort zu merken und es zu gegebener Zeit unterzubringen. Zu schade, dass das Wort für seine Seifenoper zu veraltet war. Bill und Mike waren zu respektvoll, um darauf hinzuweisen, doch von Martha, deren Äußerungen weniger reich an freigebiger Mildtätigkeit waren, hatte er erfahren, dass die Sprache seines ursprünglichen Werkes als überholt und schwer verständlich galt.

Trotz all seiner Vergesslichkeit konnte Mr. Golightlys Verstand sich noch immer ohne Schwierigkeiten mit zwei Dingen gleichzeitig befassen, und während er über die Tücken der Dichtkunst nachsann, überlegte er, wie er mit dem kleinen Jungen in dem Kapuzenwams verfahren sollte, der unter dem Kombi versteckt lag.

Als er gesehen hatte, wie Johnny unter das Chassis getaucht war, hatte er eigentlich vor, ihn zu ignorieren. Seit kurzem war leben und leben lassen eine seiner Devisen, und wenn der Junge den Morris zu seinem Versteck auserkoren hatte, dann war ihm das einerlei. Doch etwas im Gesicht des Jungen hatte ihn berührt, als er ihn unter dem Kombi verschwinden sah. In ihm wurde die Erinnerung an einen anderen kleinen Jungen wach und hielt ihn davon ab, zum Laptop zurückzukehren.

Obwohl er sich selbst gern als grundsätzlich kreativ betrachtete, war es tatsächlich Jahre her, dass Mr. Golightly versucht hatte, seine Ideen in die Tat umzusetzen. Vielleicht verspürte er eine gewisse Furcht vor der Inangriffnahme dieses unsicheren Unterfangens. Oder vielleicht veranlasste ihn auch die Erinnerung, die Johnny Spence hervorgerufen hatte, dazu zu sagen: »Ich frage mich, ob du etwas zu dir nehmen möchtest?«

Johnny Spence dachte zunächst nicht, dass diese Worte an ihn gerichtet sein könnten. Ohne erklärende Anrede hatte Mr. Golightly einen sehr förmlichen Ton angeschlagen. Nachdem er sich selbst gehört hatte, korrigierte er sich.

»He, du da unter dem Auto, hast du Lust auf eine Cola?«

Dies wurde in einem Ton geäußert, der Johnny, noch ehe er wusste, was er tat, unter dem Kombi hervorrollen ließ. Er lag auf dem Boden, halb auf der Seite und schielte zu Mr. Golightly hoch.

Der alte Sack würde ihn bestimmt zu seinem Stiefvater oder zum Jugendamt bringen.

Die Sonne, die sich hinter eine Wolke geschoben hatte, kam in diesem Augenblick wieder hervor; wie von ungefähr ließ sie einen Strahl auf die nichtige Erde fallen und verklärte für einen kurzen Moment das nach oben gerichtete Gesicht des kleinen Johnny Spence. Mr. Golightly schluckte krampfhaft und streckte eine Hand aus.

»Im Kühlschrank ist Cola. Wenn du Kekse möchtest, muss einer von uns zum Laden hoch laufen.«

»Ich aber nicht«, entgegnete Johnny Spence. Er übersah die Hand und stand auf. Ganz egal, was passierte, er würde sich nicht zur Schulzeit im Laden von Steve Maddows blicken lassen, darauf konnte er dankend verzichten.

»Nun, wenn du ohne auskommst …« Nach Mr. Golightlys Theorie ernährte sich das moderne Kind von Keksen; doch sollte der Junge hungrig sein, gäbe es immer noch Brot und Marmite und die Frank-Cooper's-Marmelade. Mit seiner noch immer ausgestreckten Hand berührte er den Jungen sanft an der Schulter. »Komm doch mit rein«, schlug er vor.

7

Auf der gegenüberliegenden Straßenseite vom Spring Cottage lag zurückgesetzt hinter einer hässlichen, ungepflegten Einfahrt ein lang gestrecktes, flaches Gebäude, das die aufgemalte und von der Sonne abgeblätterte Aufschrift *Nutkin's Tea-Rooms* trug. Es war auf dem besten Weg, baufällig zu werden, auch wenn eine weitere Zeile ein »reichhaltiges Teegedeck mit landesüblicher Creme« verhieß. Tatsache war, dass die einzigen Konsumenten von landesüblicher oder sonstiger Creme inzwischen aus braunen Ratten bestanden, vor deren huschenden Raubzügen sich Paulas Mum dermaßen gegruselt hatte, dass sie ihre kleine Putzstelle aufgeben musste. Und diejenigen, denen das Gebäude gehörte, fragten sich, was sie mit dem verfluchten Schuppen anfangen sollten.

In der Vergangenheit war die Teestube eine nützliche, wenn auch geringe Einkommensquelle für diejenigen Bewohner von Great Calne gewesen, die weder Renten- noch Sozialhilfeempfänger waren und für ihren Lebensunterhalt selbst sorgen mussten. Während der Ferienzeit waren regelmäßig Busladungen mit Touristen angekommen, und die Menschen von Great Calne hatten dort bisweilen selbst gern einen leichten Imbiss eingenommen. Das war noch zu der Zeit, als die Karte Suppe und Salatgerichte umfasste, mit wahlweise hellen oder dunklen »frisch gebackenen« Brötchen, die zweimal wöchentlich von *Bunn's Bakery* im nahe gelegenen Oakburton geliefert wurden.

In jenen Tagen wurde die Teestube von Patty und Joanne geleitet, einem lesbischen Paar der alten Schule. Sie hatten Great Calne verlassen, nachdem gemunkelt worden war, dass Patty Nicky

Popes Tochter Tessa gegenüber zudringlich geworden sei. Tessa war für ihre Hirngespinste bekannt, und die Gemüter im Dorf waren – nach dem Weggang der beiden Frauen, die wegen ihrer ruhigen Art beliebt gewesen waren – erhitzt. Einige fanden, der Gerechtigkeit wäre eher gedient gewesen, wenn man Tessa Pope für ihre verlogene Art ordentlich eins hinter die Ohren gegeben hätte, anstatt sie bei der Pfarrerin zur Beratung anzumelden.

Die Teestube wurde von einem pensionierten Ehepaar aus London erworben, Hugh und Heather Wright, die den Namen »Nutkins« gleichzeitig auf ihr Haus hoch oben über dem Dorf übertrugen. Doch nachdem Heather mit einem Dozenten für mittelalterliche Sozialgeschichte auf und davon gelaufen war – er war erschienen, um die verschwundenen Dörfer Dartmoors zu erforschen und war stattdessen mit Mrs. »Nutkin« verschwunden – hatte Hugh Trost bei Morning Claxon gefunden, einer Heilpraktikerin, die mit Kristallen arbeitete.

Als überzeugte Befürworterin gesunder Ernährung hatte sie Hugh gegen Creme eingenommen – eigentlich gegen jede Art von Cholesterin.

Bei den Bewohnern von Great Calne weckten alternativ klingende Namen wie »Morning« kein großes Vertrauen. Die Geschichte von Patty und Joanne hatte eine gewisse Toleranz für Homosexualität hervorgebracht – genau genommen für die unterschiedlichsten Formen der Sexualität –, doch bei allem, was nach »Hippie« klang, neigte das Dorf zu Misstrauen. Eine mit dem Namen »Morning« konnte hier nicht mit Sympathie rechnen. Denn es war eine teuflische Angelegenheit gewesen, jene langhaarigen Besetzer aus dem Pfarrhaus zu vertreiben, das die ganze Zeit, nachdem Pfarrer Malcolm an der Parkinson'schen Krankheit gestorben war, leer gestanden hatte. Die Unmengen von Bierdosen und selbst gedrehten Kippen waren in die Annalen des Ortes eingegangen. Mornings Pläne, die Teestube in ein alternatives Gesundheitszentrum umzuwandeln, hatten Argwohn statt Zustimmung erregt. Und dann war da noch die Frage des Parkplatzes, der an Sam Nobles Garten grenzte.

Der Parkplatz der Teestube war auf etwas unübliche Weise hangaufwärts auf der anderen Straßenseite angelegt worden. Er befand sich hinter dem Gemeindehaus, trug ein Schild mit der

Aufschrift »Parken nur für Gäste der Teestube« und wurde vorrangig von den Kindern aus Great Calne benutzt, um dort Fahrrad fahren zu lernen. Sam, ein Mann, der sowohl den *Guardian* als auch den *Daily Telegraph* las und sich in seinen Rechten bestens auskannte, bestand darauf, dass der Lärm, den ein alternatives Gesundheitszentrum verursachen und der in sein Schlafzimmer dringen würde, unzumutbar war.

Ein Treffen des Gemeinderates wurde einberufen, bei dem Morning sich leidenschaftlich zu den Vorzügen indischer Kopfmassage äußerte. Da sie nicht im Ort wohnte – sie kam lediglich übers Wochenende und schickte dann Hugh den ganzen Tag lang in den Garten, um, wie die Leute sagten, der ersten Frau eins auszuwischen, indem sie ihn die Sträucher, die diese gepflanzt hatte, ausnahmslos wieder ausgraben ließ –, weil sie also nicht im Ort wohnte, wurde ihr Mitspracherecht in Frage gestellt und ihren Worten kein Gewicht verliehen.

Bei dem Parkplatz handelte es sich in Wirklichkeit um erstklassiges Baugelände. Sams Albtraum war, dass ein Spekulant es kaufen und dort ein profitables Objekt bauen würde. Zwar wurden in dem Gebiet selten Baugenehmigungen erteilt, doch für Geld, das wusste Sam genau, war schließlich alles zu haben. Die indische Massagedame war nicht wirklich zurechnungsfähig. Selbst wenn sie persönlich nicht vorhatte, den Parkplatz zu bebauen, wäre sie für jeden Spekulanten leichte Beute, würde bestochen, und dann wären Ruhe und Frieden für immer dahin! Nein, der bei weitem beste Plan war, das Dorf als Kollektiv auftreten zu lassen und die Teestube von Hugh Wright zurückzukaufen; denn dann könnte Sam den Parkplatz überwachen.

Zu diesem Zweck hatte Sam eine Kosten-Nutzen-Rechnung aufgestellt und auf seinem Computer ausgedruckt. Er wollte jeden im Dorf persönlich aufsuchen und eine Interessengruppe ins Leben rufen.

Der Morris-Kombi stand vor dem Ferienhaus, als Sam zum Spring Cottage kam und mit dem Handteller gegen die Haustür schlug. Es gab weder Klingel noch Klopfer; zu den Zeiten, als Emily Pope dort lebte, gingen die Leute immer hintenherum; doch der neue Mieter war noch nicht lang genug hier, dass man Anstandsregeln auf diese Weise ignorieren konnte.

Johnny Spence war bei seiner zweiten Coladose angelangt, als Sam klopfte, und Johnnys Reaktion bestand darin, sich nach einem Versteck umzusehen. Unter der Treppe befand sich ein eingebauter Schrank, doch kaum hatte er ihn erspäht, berührte Mr. Golightly abermals mit der Hand seine Schulter. Indem er einen Finger auf seine Lippen legte, formte er verschwörerisch die Worte: »Du wartest hier!«

Zu seiner eigenen Überraschung gehorchte Johnny seinem Gastgeber, der sich mit seinem eigentümlichen, lautlosen Schritt zur Diele begab.

Um die Vordertür zu öffnen, musste man ein wenig nachschieben: Die Tür war selten benutzt worden, und das Holz war in der Winterfeuchtigkeit aufgequollen, sodass Mr. Golightly im Öffnen der Tür fast über den Mann stolperte, der draußen stand.

»Guten Morgen. Sam Noble – wir haben uns neulich abends oben im *Stag* kennen gelernt.«

Eine Hand wurde dargeboten, doch Mr. Golightly war verdrossen, weil seine Unterhaltung mit Johnny unterbrochen worden war, und seine Entgegnung fiel lauwarm aus.

»Ja?«

Er hoffte, dieser Besuch würde keinen Präzedenzfall bilden. Er musste tunlichst vermeiden, dass der Eindruck entstand, im Spring Cottage treffe man sich, um ein wenig zu plaudern.

»Erfreut, Sie wiederzusehen. Ich komme wegen der Teestube vorbei.«

»Der Teestube?« Mr. Golightlys Miene war von abweisender Ausdruckslosigkeit. Von Tee bekam er Kopfschmerzen – er rührte das Zeug kaum an.

»Alles dabei«, erklärte Sam. »Kosten-Nutzen-Rechnung.« Er schlug mit einem zusammengerollten Papierbündel auf seine Handfläche. »Projekt für das Dorf. Mir wäre an Ihrer Meinung gelegen.«

»Ah ja«, erwiderte Mr. Golightly mehrdeutig. Er war nach Great Calne gekommen, um den Belangen der Welt zu entfliehen. Das Letzte, was er wünschte, war, in die Streitereien vor Ort verwickelt zu werden – oder überhaupt in irgendeine Art von Streit.

Johnny Spence hatte – nach anfänglichem Befolgen von Mr. Golightlys Befehl – einen Abstecher hoch in das Schlafzimmer gemacht, um sich kurz umzuschauen. Der Raum sah nicht nach dem eines Perversen aus. Nicht, dass Johnny sich großartig etwas daraus machte. Der Schwachkopf, der den ganzen letzten Sommer im Wohnwagen gelebt hatte, oben auf dem Parkplatz am Rand des Moors, beim Haus der alten Lavinia Galsworthy, wo man nicht parken durfte, hatte ihn angegrapscht und Johnny hatte ihm sein Knie in die Eier gerammt. Wenn dieser Typ hier auf dumme Gedanken käme, war Johnny gewappnet. Doch irgendwie machte er nicht den Eindruck.

Mr. Golightlys Angestellte hätten Johnny mitteilen können, dass unauffälliges Herumschnüffeln beim Chef nicht möglich war. Er besaß eine superfeine Wahrnehmung. Es wurde behauptet, dass sein Konkurrent einst, vor ewigen Zeiten, für ihn gearbeitet und damit für seinen Rausschmiss gesorgt hatte; andererseits kursierten Gerüchte, nach denen sie sich wegen einer Frau in die Haare geraten waren. Diejenigen, die den Chef kannten, fanden, dass Letzteres unwahrscheinlich war – die Vorstellung eines unverzeihlichen Übergriffes passte da schon besser ins Bild. Als Martha einmal, reichlich unschuldig, einige seiner archäologischen Fundstücke aus dem Archaikum verstellt hatte, um sie vernünftig zu reinigen, hatte sie sich eine Abreibung eingehandelt, die für etliche Wochen die Stimmung getrübt hatte. Seitdem hielt der Chef seinen Schreibtisch selbst in Ordnung, was, wie Martha hinter seinem Rücken erklärte, bedeutete, dass diese widerlichen alten Brocken, die von Gott weiß wann stammten, immer mehr verstaubten, was Gift für ihr Asthma war.

Nachdem Mr. Golightly Sam verabschiedet hatte, schaute er zur Treppe. Falls er Johnnys Nachforschungen bemerkt hatte – wie ihm das gelungen sein sollte, war unerfindlich –, musste er beschlossen haben, darüber Stillschweigen zu bewahren, denn er äußerte lediglich: »Gibt es sonst noch etwas, das ich für dich tun kann, ehe du gehst?«

Bei dem Gedanken ans Weggehen krampfte sich Johnnys Magen zusammen, wie damals, als seine Mum zu ihrer Operation verschwunden war und er bei seiner Tante Jean auf dem Sofa hatte schlafen müssen. Nicht dass Jean seine richtige »Tante« gewesen wäre: Sie war die Freundin seiner Mum, seit er sich erinnern konnte und er und seine Mum und Tante Jean zusammen oben bei

Plymouth gewohnt hatten. Damals, als seine Mum im Krankenhaus lag, hatte Onkel Glenn, der Freund von Tante Jean, Johnny in seinem Cabrio zu ihr hingefahren.

»Kann ich mal ein Stück in Ihrem Wagen fahren?«

Mr. Golightly seufzte unhörbar. Was sollte aus seinem Arbeitsplan werden? Doch die haselnussbraunen Augen des Jungen blickten ihn mit offenkundigem Flehen an.

Ein plötzlicher Schmerz durchzuckte Mr. Golightlys linken Brustkasten im oberen Viertel. Er bekämpfte seine Gereiztheit und entgegnete: »Nun, weit können wir nicht fahren, aber ... vielleicht könntest du mir den nächsten Ort zeigen, wo man vernünftig einkaufen kann.«

Das war einfach. Oakburton lag drei Meilen die Straße hinunter und war so voll von Supermärkten und Weinläden, wie man es sich nur wünschen konnte. Unter Johnnys Anleitung erreichten sie Oakburton in bemerkenswert kurzer Zeit, wenn man das Alter des Kombis bedachte, und wenig später führte Johnny seinen neuen Bekannten durch *Somerfields*.

Nicht, dass auch nur eins der dort erhältlichen Lebensmittel etwas mit Feldern oder mit Sommer zu tun gehabt hätte, dachte Mr. Golightly im Stillen. Er erstand einen Plastiksack mit kümmerlich aussehenden Kartoffeln, ein paar Dosen eingelegter Tomaten, die im Angebot waren (vier zum Preis für drei), Toilettenpapier, Küchenrollen und einen Küchenreiniger, der Mr. Muskel hieß, ein Name, der ihn ansprach. Als sie die Kasse erreichten, hielt Johnny, der hinter ihm herumgetrödelt hatte, eine Überraschung parat.

»Sieben Pfund vierundneunzig.«

»Sieben vierundneunzig«, wiederholte die Kassiererin eine Sekunde später mit gelangweiltem Desinteresse.

Mr. Golightly zückte eine Zehnpfundnote, und sie zogen weiter in den direkt daneben liegenden *Oak Deli*. Johnny spazierte umher, während Mr. Golightly einen Brie, einige Scheiben Knoblauchwurst, Olivenöl, Weinessig und ein paar gefüllte Oliven erwarb. Mit den erstandenen Delikatessen in der Tasche schaute er sich nach der kleinen Eisenwarenhandlung um, die ihm beim Einbiegen in den Ort aufgefallen war.

»Farbe« »Holz« »Glas« »Schlüssel« versprach ein Schaufenster, während das benachbarte »Gas« »Haushaltswaren« »Installationen« »Fundstücke« verkündete.

Die Vorstellung von »Fundstücken« gefiel Mr. Golightly. Das Äußere dieses Ladens sagte ihm zu und im Betreten fühlte er sich angesichts der merkwürdigen Anhäufung von Krimskrams umgehend heimisch. Hier waren Farben, Stöpsel fürs Bad, Salatsiebe, Teewärmer, Mehlsiebe, Schrauben und Haken und Messingschlösser jeder Größe, Schrotkorn, Wärmflaschen, Deckel für Marmeladengläser, Zitronenpressen, Thermosflaschen und Sturmlampen vorhanden. Insbesondere gab es dort eine Milchkanne, die aussah wie eine Kuh. Mr. Golightly verweilte ein wenig bei der Kuh, doch zum Schluss erwarb er eine Wärmflasche mit gestricktem Überzug, ein paar Kleiderhaken, die wie kleine hölzerne Menschen mit steifen Beinen geformt waren, einige Elektrostecker und eine Packung Feueranzünder.

An der Tür des Ladens war eine altmodische Glocke angebracht, die scheppernd Johnnys Eintreten ankündigte. Mr. Golightly wies auf die Kuh. »Die würde meiner Mum gefallen«, bemerkte Johnny. »Acht Pfund neunundvierzig«, sagte er, noch ehe der ältere Mann an der Kasse dazu gekommen war, die Einzelteile zu addieren.

»Wie hast du das herausbekommen«?, fragte Mr. Golightly.

»Mit'm Kopf.«

»Ach was«, sagte Mr. Golightly. Er hatte von lächerlichen Wunderkindern gehört und hoffte, dass er um des Himmels willen nicht an ein solches geraten war.

8

Sam Noble war enttäuscht, dass seine kurze Unterhaltung mit dem Mieter vom Spring Cottage keine Gelegenheit geboten hatte, die Geschichte mit der Goldenen Palme an den Mann zu bringen. Die Bewohner von Great Calne hatten sie ausnahmslos gehört – viele von ihnen etliche Male.

Die Möglichkeit, die Geschichte, wie er einst vom Erfolg gestreift worden war, noch einmal zu erzählen, hatte sich immer seltener ergeben; besonders in den letzten fünf Jahren, seitdem Sam nach seiner Scheidung von Irene von London aufs Land gezogen war. Bisweilen bereute Sam die Trennung von Irene. Seinerzeit hatte die Welt sich ihm wie eine Perlenmuschel dargeboten. Die Trennung war auf die knappe Niederlage in Cannes erfolgt und durch eine flüchtige Verbindung mit einer Stewardess aus Malta beschleunigt worden. Doch seither schien die Muschel zugeschnappt zu sein, und die Perlen, die seiner geharrt hatten, blieben unerreichbar.

Es traf zu, dass Irene nicht die Quelle seiner Inspiration gewesen war: Sie hatte in einem fort geredet, und lange vor dem Auftritt der Stewardess hatte Sam aufgehört, sie zu beachten. Doch nun fehlte ihm zuweilen ihre Geschwätzigkeit, ihre Bemerkungen, die sie über den Garten machte und ob sie das Moos auf der Terrasse mit chemischem Unkrautvernichter behandeln oder lieber natürliche Mittel verwenden sollten. Es gab Zeiten, in denen ihm sogar ihr warmer, tröstlich alternder Körper im Bett an seiner Seite fehlte.

Allein in dem Doppelbett zu schlafen – seit es auf legitime

Weise für eine doppelte Belegung frei geworden war, blieb es bedrückend leer –, hatte Sams Selbstbewusstsein untergraben. Er träumte unruhig von nackten weiblichen Jockeys und wachte am Morgen vorzeitig auf. In seiner Praxis in Oakburton hatte Dr. Rhys sich mit ihm sogar über Prozac unterhalten, doch zuletzt hatte Sam beschlossen, dass er lieber allein, ohne etwas Chemisches, damit fertig werden wollte. Schließlich hatte er noch immer seinen eigenen Kopf – zumindest ging er davon aus!

Dr. Rhys war jung und attraktiv und glaubte an den hippokratischen Eid. Das und seine mitfühlende Art führten dazu, dass ihm der ganze Psychokram aufgebürdet wurde. Er hatte angedeutet, dass es vielleicht gut wäre, wenn Sam mit jemandem »reden« würde. Doch Sam befürchtete, der »jemand« könnte sich als die Frau Pfarrerin herausstellen, die ihre therapeutischen Fähigkeiten gern anwandte. Jeder wusste, dass sie einen Tick in Bezug auf männliches Sexualverhalten hatte. Sie hatte George, der die Gräber aushob und unten auf der Folly Farm bei der Geburt der Lämmer aushalf, einen Schrecken eingejagt, als sie ihm während der Trauerhilfe Fragen stellte, die man schwerlich als anständig bezeichnen konnte, wenn man überlegte, dass die Leiche der Frau, mit der er fünfzig Jahre lang verheiratet gewesen war, gerade erst frisch im Grab lag. Und das in einem Grab, welches ihr trauernder Gemahl liebevoll mit den eigenen Händen ausgehoben hatte. Doch in den heutigen Zeiten drehte sich alles um Sex am Arbeitsplatz und um das, was die Frau Pfarrerin auf beunruhigende Weise »sich mit sich selbst befassen« nannte, etwas, das reichlich wenig mit den Geboten der heiligen Ehe zu tun hatte.

Sam interessierte sich nicht sonderlich für die Einstellung der Anglikanischen Kirche in Bezug auf Sexualpraktiken oder für sonst irgendetwas in dieser Richtung. Er hatte die meiste Zeit seines Berufslebens in Hampstead gewohnt und würde sich selbst als einen menschenfreundlichen Atheisten bezeichnen. Dennoch legte er keinen Wert darauf, nach seinen morgendlichen Erektionen befragt zu werden, erst recht nicht von einer Frau Pfarrerin. George, so ging das Gerücht, war ermuntert worden, darüber Tagebuch zu führen.

Jedenfalls war das nicht die Aufmerksamkeit, nach der er sich unbedingt sehnte; er vermisste mehr die intellektuelle Anregung.

Die leeren Morgenstunden hatten eine neue Idee geboren, die nach künstlerischer Umsetzung verlangte – ein Film über Versuche mit Schäferhunden.

Laut Nicky Pope war der Mensch, der im Spring Cottage eingezogen war, Schriftsteller. Gewiss war ihm daran gelegen, von Sams Beziehungen zur Filmindustrie zu hören.

Den ersten Tag am Schreibtisch konnte Mr. Golightly abhaken. Der Einkaufsbummel mit Johnny hatte sich bis zum Lunch hingezogen. Nach ihrer Rückkehr war das Cottage kalt gewesen, und der Junge hatte auf eigene Faust das Handbuch des Holzofens gelesen und offenbar begriffen. Ein Wunder, wie Mr. Golightly fand, weitaus nützlicher als einige der ihm bekannten. Klar wie der helllichte Tag mussten die wirr aussehenden Diagramme für Johnny sein, der an Schaltern geknipst, gedreht, sie justiert und es dann sogar geschafft hatte, die Packung mit den Feueranzündern zu öffnen, die dermaßen uneinsichtig verpackt war, dass Mr. Golightly daran gescheitert war. Anschließend wäre es unhöflich gewesen, ihn nicht zum Essen einzuladen; es war ein bescheidenes Mahl, bei dem sie in Anbetracht der Art, wie Johnny die Brötchen verschlang, ruhig eine wundersame Vermehrung hätten gebrauchen können.

Johnny war kurz nach vier aufgebrochen, und bis Mr. Golightly gespült, abermals seine E-Mails durchgesehen und eine Anfrage von Muriel bearbeitet hatte – es war erschreckend, was die Regierung dieser Tage an Umsatzsteuer einstrich –, war es viel zu spät gewesen, um sich noch an die Arbeit zu begeben. Stattdessen schlenderte er zum *Stag and Badger*, wo er geschickt ein Gespräch mit Sam Noble umging, indem er dem jungen Dichter mit der Wollmütze abermals bei seinem Kreuzworträtsel half.

Mr. Golightly war ein Kreuzworträtselnarr, eine Leidenschaft, die er mit Muriel im Büro teilte. Im Lauf der Zeit hatte er sich angewöhnt, das Kreuzworträtsel der *Times* gemeinsam mit ihr zu lösen. Einer der Gründe, im Wörterbuch zu schmökern, war der, ausgefallene Begriffe zu entdecken, die auftauchen konnten, denn Verfasser von Kreuzworträtseln gehörten bekanntlich einer teuflischen Rasse an. Ihm war einmal nahe gelegt worden, dass am Anfang das Wort gewesen sei, und wenngleich die Dinge seiner

Meinung nach sowohl einfacher als auch komplizierter als das waren, handelte es sich um eine Theorie, der er ein gewisses Wohlwollen entgegenbrachte.

Vor langer Zeit hatte Mr. Golightly das Prinzip der synchronen Ereignisse entdeckt, das Gesetz bedeutsamer Zufälle, nach deren Anzeichen er seine Geschäftspraktiken ausrichtete, was womöglich deren allgemeinen Erfolg bewirkte. Daher war er nicht allzu verwundert, als er in der *Times* unter 4 senkrecht »verkürzte Jugend sorgt für Abhilfe – sechs Buchstaben« entdeckte.

»Uberty!«, verkündete Mr. Golightly, womit er Luke rücksichtslos jede Möglichkeit nahm, einen Vorschlag zu machen.

Zum Glück war Luke nicht auf Wettkampf aus. »Was soll das sein? Nie davon gehört.«

Doch in dem Moment bahnte sich ein stämmiger junger Mann mit einem ordinären Sakko, der den Duft eines ebenso ordinären Rasierwassers verströmte, seinen Weg zur Bar.

»Guten Abend, Wolford, Brian Wolford.« Der Mann streckte eine gut gepolsterte Hand aus. Vielleicht lag es an dem übermächtigen Geruch des Rasierwassers, dass Mr. Golightly die Hand des anderen nicht ergriff. Eher bedächtig nahm er sein Bierglas von der Theke.

»Golightly«, sagte er. »Sie kennen Mr. Weatherall?«

»Sie sind der Schreiberling«, bemerkte Wolford, Luke überging er. Seine Worte klangen wie eine Anschuldigung.

»Mein Freund ist ebenfalls Schriftsteller«, erklärte Mr. Golightly betont.

Doch Luke war mehr an der Lösung des Kreuzworträtsels interessiert. »Also was heißt das denn nun?«

»Ist schon komisch«, sagte Wolford. »Ich arbeite drüben im Gefängnis. Da erlebt man reichlich merkwürdige Sachen. Ich habe mir oft gesagt, darüber müsste man ein Buch schreiben. Vielleicht komme ich mal auf ein Plauderstündchen bei Ihnen vorbei. In jedem von uns steckt schließlich ein Dichter, nicht wahr?«

»Uberty?«, fragte Mr. Golightly und richtete seine Worte ausschließlich an Luke. »Das ist die Milch der frommen Denkungsart«, erklärte er ein wenig wichtigtuerisch.

Am nächsten Morgen war Mr. Golightly entschlossener denn je, mit seiner Seifenoper zu beginnen. Als er aus dem Fenster starrte und nach Eingebungen suchte, entdeckte er Samson, der wie angewachsen auf der Wiese stand. Feine Regenkolonnen wurden in dunstigen Bataillonen über die Felder geweht. Ein Turmfalke, der gebieterisch auf Luftkissen ruhte, kreiste über dem fallenden Regen. Am Thron des Taglichts in getupften Dämmer tauchend, den Falken … Mr. Golightly überkam das Verlangen nach einer Tasse Kaffee.

Doch dummerweise hatte er vergessen, dass der Junge am Vortag die Milch ausgetrunken hatte.

Oben im Laden bemerkte der bärtige Steve mit sichtlicher Genugtuung: »Milch ist aus, fürchte ich, auch die H-Milch. Hätte aber Soja, wenns das auch tut. Prima Wetter für Flossenfüßler, was.«

Mr. Golightly hielt nichts von Soja in seinem Kaffee. Er kaufte eine kleine Dose Kondensmilch und wanderte missgelaunt den Hügel hinunter. Der Elan vom Vortag war dahin. Die ungeschriebene Seifenoper war zu einer widerspenstigen Geliebten geworden, einer, die sich sogar den zärtlichsten Absichten widersetzte.

Der Kaffee mit Kondensmilch verbesserte seine Laune nicht, aber dennoch saß Mr. Golightly um zehn abermals am Klapptisch. Lieber doch noch einmal nach den E-Mails sehen, für den Fall, dass etwas in der Firma anlag …

Drei Nachrichten, von diesem flotten Ton angekündigt, tauchten im »Posteingang« auf. Eine von Muriel, die sich auf eine der vielen unbeglichenen Rechnungen bezog, denen sie in immer größerem Umfang hinterherlaufen mussten, eine von einer Firma, die in Spanien Wohnanteile verkaufte und eine von dem gestrigen anonymen Korrespondenten:

Wer ist des Regens Vater?

So lautete die verwirrende Frage.

Mr. Golightly wusste nicht, was er davon halten sollte. Er war in der Kunst des E-Mailens viel zu ungeübt, um Hinweise auf die Identität des Fragestellers entdecken zu können, und wenngleich er nicht zugeben wollte, Opfer eines anonymen Briefschreibers geworden zu sein, war es vielleicht doch an der Zeit, Mike eine E-Mail zu schreiben.

Nachdem er einen Moment überlegt hatte, tippte er:

Lieber Mike,
wenn mir jemand eine E-Mail schickt, woher weiß ich dann, wer derjenige ist? Und wie antworte ich ihm?

Er grübelte noch ein Weilchen und ergänzte dann:

Stets der deine, Golightly.

Zuvor hatte Mr. Golightly noch nie einen Grund gehabt, Mike oder sonst einem der Firmenangestellten zu schreiben. Es führte ihm vor Augen, wie wenig er sich in Wahrheit mit den gängigen Kommunikationsformen auskannte. Nun, da er allein in Spring Cottage lebte, ohne jemanden, der ihn beschützte oder verteidigte, übermannte ihn ein unbekanntes Gefühl der Verletzlichkeit.

Die Regenkolonnen hatten sich in eintöniges Nieseln aufgelöst, und Mr. Golightly dachte, er könnte sich ein wenig die Füße vertreten, bevor er mit der Arbeit begänne. Der Dart verschwand zwischen Hügeln, die an diesem Tag von einem Nebelschleier umhüllt wurden, und Seemöwen waren ins Landesinnere geflogen, was auf stürmisches Wetter draußen auf dem Meer schließen ließ. Die Luft war von Feuchtigkeit geschwängert, doch Mr. Golightly hatte den Großteil seines Lebens unter sonnenversengten Himmeln verbracht, und die kühle Feuchte der englischen Landluft war wie Balsam.

Als er draußen stand, wurde sein Gesicht sanft benetzt. Er musste zugeben, dass er durcheinander war: nicht allein wegen des geisterhaften E-Mailers, sondern auch wegen des Inhaltes der Botschaften. Die Anspielungen auf die Vaterschaft und die Erwähnung des Regens erweckten den Eindruck, dass ein unbekannter Korrespondent ihn kundigen Auges beobachtete – ein Gefühl, dass seine gewohnte Sicherheit in Frage stellte.

Zurück im Cottage, verkündete der »Posteingang« den Empfang einer weiteren E-Mail. Er machte sie auf und las:

chef,
nach unten scrollen – da kommen name und adresse des absenders – dann mit dem cursor auf »antworten« klicken, danach erscheint platz für nachricht – nachricht schreiben und auf »senden« klicken –
ganz einfach! grüße, mox

Auch dieser Mitteilung haftete etwas Beunruhigendes an. Mike schien sich der einfachsten Stilregeln entledigt zu haben, wie beispielsweise großer Anfangsbuchstaben. Und dann der Ton, der zwar nicht direkt respektlos, jedoch auf atypische Weise vertraulich war – der Kreis und das Kreuz neben der Unterschrift deuteten vermutlich auf Küsse und so weiter. Vermutlich gehörten derlei Liebesbekundungen zur E-Mail-Etikette. War er am Ende angehalten, gleichermaßen zu verfahren?

Er folgte Mikes Anweisungen, scrollte über die anonyme Botschaft hinweg nach unten und entdeckte nemo@nemo.com. Wer immer derjenige war, sie hatten offenbar eine uralte Sprache gemein. Nemo; augenscheinlich wünschte dieser jemand, der »niemand« war, nicht erkannt zu werden.

Leicht zittrig klickte Mr. Golightly auf »Antworten«, und sogleich tat sich eine freie Fläche zum Verfassen seiner Antwort auf. Doch was um Himmels willen antwortete man einem anonymen Briefeschreiber? Mike hatte einmal beiläufig die Neigung von E-Mailern erwähnt, sich zu überintimen Mitteilungen zu versteigen. Mr. Golightly hatte diese Information einfach abgetan – es war kaum die Art von Schwierigkeiten, in die er sich zu bringen gedachte. Doch stand er nicht gerade im Begriff, in ebendiese Falle zu tappen?

Und er musste zugeben, dass er auf den anonymen Briefeschreiber neugierig geworden war.

Für eine Minute saß er reglos da, und dann stellte er fest, dass er geschrieben hatte:

Wer ist's, der den Ratschluss verdunkelt?

Mr. Golightly war sich selbst nicht vollkommen darüber im Klaren, woher dieser Wortlaut stammte. Doch andererseits tauchten viele Dinge, die ihm einfielen, einfach so auf – wie aus der Luft gegriffen … Konnte man sich vorstellen, dass E-Mails so reisten, durch die oberen Sphären des Äthers? Er sah sich selbst mit einem Paar Silberschuhen geräuschlos durch die stillen, kalten Regionen weit entfernter Welten ziehen …

In diesem Augenblick drang lautes Hämmern an der Hintertür und eine erhobene Stimme an sein Ohr.

»Hallo-ho! Jemand zu Hause?«

»Jemand, den ich kenne und der sich auskennt, behauptet, dass da mit der Jury was gemauschelt wurde.«

Sam Noble befand sich seit fast einer Stunde im Spring Cottage. Mr. Golightly hatte seinen Besucher, ein wenig boshaft, zu dem orangefarbenen Sofa geführt, doch unbequemes Sitzen stellte für den zum Reden Entschlossenen kein Hindernis dar. Sam hatte zwei Portionen Kaffee aus dem Spiderman-Becher entgegengenommen und geleert und war mit seiner Geschichte über *Was heißt schon braves Mädchen?*, seinem Film über weibliche Jockeys bereits ziemlich weit gediehen.

»Jeder war der Ansicht, die Sache sei im Kasten.« Reichlich glücklicher Zufall für diesen Menschen, dachte Sam, dass er ihn in Bezug auf die Filmindustrie ins Bild setzen konnte.

Mr. Golightly, der immer noch an die Tugend der Höflichkeit glaubte, litt still vor sich hin. Geschützt von seinem getreuen Mitarbeiterstab war er selten unerwünschter Gesellschaft ausgesetzt, und ihm fehlten die geläufigen Floskeln, um einen unliebsamen Gast loszuwerden.

»Natürlich war es ein abgekartetes Spiel«, betonte Sam erneut. »Jeder wusste, dass die Palme eigentlich dem *Braven Mädchen* gebührt hätte.«

»Ja?«, bemerkte Mr. Golightly.

»Fraglos.«

Es entstand eine Pause, in der Mr. Golightly schwieg. Er hatte nicht gewusst, dass Selbstbespiegelung alles Geistige erlahmen ließ.

»Was haben Sie denn so vor?«, erkundigte sich Sam, der eine schwache Erinnerung daran zustande brachte, dass gesellige Anteilnahme Dialog beinhaltet.

»Vorhaben«? Die Frage hatte einen aufdringlichen Beigeschmack; sie erinnerte Mr. Golightly an die Provokation des E-Mail-Schreibers.

»Ja, an was schreiben Sie? Roman, oder?« Sam riet auf gut Glück. Gewöhnlich handelte es sich um einen Roman, den Menschen wie dieser voranbringen wollten, wenn sie in abgelegenen Orten wie Great Calne auftauchten. Die dachten alle, in ihnen stecke ein Dichter.

»Nicht direkt«, erwiderte Mr. Golightly steif.

»Wenn es sich um ein Drehbuch handelt, dann könnte ich, wenn es sich irgendwie –«

»Kein Drehbuch«, wehrte Mr. Golightly ab. »Vielen Dank«, setzte er hinzu. Er unterließ es, seine Finger im Rücken zu überkreuzen, weil er diesen Aberglauben als kindisch empfand. Doch er ärgerte sich, weil er gezwungen worden war zu flunkern.

»– wenn es ein Drehbuch gewesen wäre, dann wäre ich genau der Richtige für Sie.«

Im Lauf der Jahre hatte Mr. Golightly erkannt, dass man in gewissen Situationen nicht die Wahrheit sagen durfte. Im Allgemeinen folgte er zwar der Devise, auf Teufel komm raus die Wahrheit zu sagen, doch es gab auch Situationen, in denen die Wahrheit wie eine Lüge wirkt.

»Es handelt sich um ein Epos«, behauptete er, »in dem die moralische und geistige Geschichte der Menschheit entfaltet werden soll.« Das müsste ausreichen. Niemand bei Verstand konnte das Interesse an einem solchen Unterfangen teilen.

»Tatsächlich?«, fragte Sam Noble. »Der junge Bursche in Lavinias Scheune schreibt eine Ballade. Wissen Sie was, wir sollten uns zu einer Schreibgruppe zusammentun. Gegenseitig unsere Arbeiten lesen, Ideen austauschen. Was halten Sie davon?««

Es gab keine wartenden E-Mails, als sich Mr. Golightly nach dem Aufbruch seines Besuchers erleichtert abermals an seinen Laptop setzte. Da Sam Noble die Dose Kondensmilch aufgebraucht hatte, würde, falls er Kaffee trinken wollte, ein nächster Ausflug zum Laden notwendig sein.

Mr. Golightly hatte gehört, dass Immanuel Kant eine derartige Kaffeeabhängigkeit entwickelt hatte, dass man ihn, als der Kaffee einmal auf sich warten ließ, murmeln hörte: »Nun, immerhin bliebe einem noch das Sterben; es würde lediglich den Tod bedeuten, und da es in der nächsten Welt Gott sei Dank keinen Kaffee gibt, würde sich das Warten darauf erübrigen.« Allmählich fühlte Mr. Golightly mit dem reizbaren Philosophen. Es schien unmöglich, sich ohne die anregende Wirkung des Koffeins an die Überarbeitung des Werkes zu machen, das er Sam Noble mit einer gewissen Form von Ironie vorgestellt hatte. Doch nach seinem Besucher sah er sich außerstande, eine weitere Begegnung mit dem Bärtigen oben im Laden zu verkraften. Vielleicht sollte er nach Oakburton fahren, gleichzeitig den Kombi voll tanken und sich mit etwas mehr Proviant versorgen, ehe er sich an die Arbeit setzte?

Da es Freitag und insofern Pfarrerin Meredith Fishers Tag für ihren Aufenthalt in Plymouth war, lungerte Johnny Spence wieder in der Eibe herum. Ihr Nadelwerk war dicht und von dem Nieselregen drang kaum etwas zu dem Baumbewohner durch, der in der Gabel des Baumstammes lag und wie ein wachsamer Jaguar nach unten spähte.

Der Spähblick des Jaguars registrierte, dass Mr. Golightly den Kombi auf die Straße lenkte. Johnny kam der Gedanke zu fragen, ob er noch einmal mitfahren dürfe, doch wie bei allen wilden Tieren wurde Johnnys Instinkt von Vorsicht geleitet. Seine Begegnung mit dem Bewohner von Spring Cottage war überraschend gut verlaufen. Allerdings hatte Johnnys Leben bisher gezeigt, dass man schon reichlich verrückt sein musste, wenn man auf dieser Welt jemandem traute.

Jedenfalls konnte er sich, nachdem der alte Kerl aus dem Weg war, Zutritt zum Haus verschaffen und noch mal ein bisschen herumschnüffeln.

Johnny glitt von der Eibe herab, flitzte wachsamen Auges über die Straße und um die Ecke zur Rückseite des Spring Cottage, wo – das hatte er bei seinem ersten Besuch schon festgestellt – das Fenster offen blieb. Also kein Problem – ein Klacks sozusagen.

Samson wanderte zu dem Drahtzaun und sah zu, wie die Jungengestalt ein Bein hob und sich auf die Fensterbank schwang, mit seinem Arm durch ein offenes Fenster nach innen griff und drinnen verschwand.

Auf der anderen Fensterseite entdeckte Johnny den Laptop auf dem Klapptisch. Er brauchte fünf Minuten, um das Passwort herauszuknobeln. Eilig überflog er die Inhalte. Nichts Interessantes. Kein Porno. Ein paar E-Mails, kein Sex oder Liebeskram. Es gab jemanden namens Muriel, doch sie schien nicht so wichtig zu sein.

Auch das Obergeschoss bot keine neuen Offenbarungen. Ein Buch neben dem Bett; *SOS, Jeeves!*. Sonst alles wie gehabt.

Im Untergeschoss stand ein Karton mit Sachen. Mehr Bücher: *Die Ethik* von Spinoza, *Die Predigten von John Donne, Die Odyssee,* Shakespeare, Jane Austen, George Eliot, Damon Runyon, Raymond Chandler, Philip Pullmann, ein Haufen Gedichtbände. *Der Wind in den Weiden* – ein Kinderbuch – und noch ein Kinderbuch, das Johnnys Mum ihm geschenkt hatte, als er sieben war, *Alice*. Vielleicht war der alte Typ doch ein Perverser.

Johnny hielt nach einer unerforschten Ecke Ausschau, um seine Neugierde zu stillen. Neben der Musikanlage stand ein Karton mit Tonbändern und CDs – klassisches Zeug und ein bisschen Rock – Ella Fitzgerald, Peggy Lee, Elvis, David Bowie, das Zeug, auf das alte Raver standen –, kein Rap oder Thrash, aber das hätte sowieso keiner erwartet.

Mr. Golightly war bis zum Dorf gelangt, als ihm seine Kreditkarte einfiel. Normalerweise führte er weder Bargeld noch Karte mit sich, weil seine Angestellten seine Geldangelegenheiten regelten. Doch einer der Gründe, Urlaub zu machen, war die Möglichkeit, die Freuden der Selbstbeschränkung kennen zu lernen. Bill, sein persönlicher Assistent, hatte dafür eigens eine »goldene« Kreditkarte besorgt. Von »Platin« war die Rede gewesen, doch dagegen hatte Mr. Golightly sich gewehrt – Platin, das nicht mit einer poetischen Tradition behaftet war, urteilte er als den edleren Tugenden des Goldes unterlegen. Als er die üblichen Utensilien für die Innentasche seiner Jacke zusammensuchte, hatte er offensichtlich vergessen, das hübsche Etui hinzuzufügen, in dem die Karte, kostbar umhüllt, von der ausstellenden Institution übersandt worden war. Wie Martha sagen würde, würde er demnächst noch seinen eigenen Namen vergessen!

Johnny besaß Erinnerungen an Elvis, weil seine Mum, ehe sie seinen Stiefvater traf, die Angewohnheit hatte, mit Johnny in ihren Armen, zu einem Band mit dem Titel *Elvis: the Greatest Hits* zu tanzen. Als Mr. Golightly zurückkehrte, um seine Karte zu holen, wurde er von einem vertrauten Bassbariton empfangen, der verkündete, jemand könne tun, was er wolle, außer auf seine blauen Wildlederschuhe zu treten. »Ah«, sagte er im Betreten des Salons, wo er auf ein entsetztes Jungengesicht stieß, »auch ein Fan ...!«

Im Kühlschrank waren noch immer ein paar Coladosen aus der Sechserpackung übrig. Johnny trank eine davon, während Mr. Golightly sich eine Tasse schwarzen Kaffee zubereitete und sie gemeinsam dem King lauschten. Als das Band jedoch eine bestimmte Stelle erreichte, dachte Mr. Golightly sich einen Vorwand aus, um das Zimmer zu verlassen.

Der Text erinnerte ihn zu deutlich an jemanden, der stets in seinen Gedanken weilte.

9

Mr. Golightlys CD-Runde mit Johnny war zu Ende gegangen. Zu Johnnys Verwunderung waren keine Fragen zu seiner Anwesenheit im Spring Cottage gestellt worden. Sein merkwürdiger Gastgeber schien davon auszugehen, der Zweck seines Besuches habe im Knüpfen von musikalischen Banden bestanden. Er hatte Johnny noch ein paar andere CDs vorgespielt, und Johnny hatte sie, nachdem er den Schock, eine Cola statt einer Kopfnuss angeboten zu bekommen, überwunden hatte, recht unterhaltsam gefunden. Mr. Golightly klang erfreut, als sein Gast sich nach einem der Stücke erkundigte.

»Steve Reichs *Music for Eighteen Musicians* – ein einfallsreiches Werk. Wen hörst du denn am liebsten?«

Johnny erklärte, dass er Badly Drawn Boy mochte.

»Irgendein besonderes Stück, dass ich mir besorgen sollte?«, wollte Mr. Golightly wissen.

Johnny sagte, sein jüngstes Album *Have You Fed the Fish* sei ziemlich cool.

»Ich werde es mir merken. Wenn du das nächste Mal vorbeikommst, könnte ich dir ein paar Schubertlieder vorspielen, *Die Winterreise* ist besonders schön. Doch nun habe ich Dringendes zu erledigen und du hast gewiss auch Aufgaben, denen du dich widmen musst …?«

Es war fast Mittagszeit, und Johnny legte sich abermals wie ein Jaguar in die Eibe, während sein Gastgeber zum Klapptisch zurückkehrte, um frisch gerüstet zur Tat zu schreiten. Zuerst Kaffee. Doch Hölle und alle Teufel, er hatte noch immer keine Milch!

Mr. Golightly zog seine Uhr zu Rate. Es nutzte alles nichts, also doch ein Weg hoch zum Laden zu dem aggressiven jungen Mann mit Bart. Allerdings traf er dort auf eine ebenfalls leicht aggressive Nachricht mit grünem Kugelschreiber, die ohne Umschweife verkündete, zwischen eins und zwei sei der Laden geschlossen. Jetzt nach Oakburton zu fahren, würde einen weiteren Teil des Tages rauben, für den er sich treu gelobt hatte, mit der Arbeit zu beginnen. Aber ohne Kaffee zu arbeiten ... Mr. Golightly spürte, dass sein Mitgefühl mit dem streitbaren Philosophen wuchs.

Ellen Thomas, die auf ihrem Sofa lag, hörte das Windspiel im Birnbaum. Ein Mann stand draußen hinter den verglasten Terrassentüren, die eine zerbrechliche Schranke zwischen ihr und dem entsetzlichen weißen Glühen dort drüben schufen. Die Sonne hinter seinem Kopf bildete einen leuchtenden kleinen Kranz, sodass sie anfänglich glaubte, er sei der Todesengel, eigens erschienen, um sie zu erlösen. Dann erkannte sie, dass es sich lediglich um ihren neuen Nachbarn mit diesem komischen Namen handelte.

Ellen versuchte, das überwältigende Gefühl von Mattigkeit abzuwerfen, das sie wie die Last einer schweren Decke niederdrückte. Vorsichtig hob sie ihren Körper vom Sofa. Alles was sie tat, verrichtete sie inzwischen langsam, da sie wusste, wenn sie sich zu rasch bewegte, würde sie in eine Million Einzelteile zerspringen.

»Ich habe Sie gestört«, sagte Mr. Golightly. Aus Verlegenheit wippte er ein wenig auf dem Fußballen. »Es tut mir Leid.« In der Hand hielt er einen kleinen blassrosa Krug, der an der Kante angeschlagen war.

»Nein«, entgegnete Ellen wahrheitsgemäß. Sie war bereits zu sehr aus dem Gleichgewicht, als dass man sie noch durch irgendetwas hätte stören können.

»Es ist nur so«, begann ihr Nachbar, »dass mir dummerweise die Milch ausgegangen ist.«

»Oh, Milch ...«, bemerkte Ellen Thomas. Sie ließ es klingen, als ob es sich um eine ihr unbekannte Sache handele.

»Es klingt verrückt«, fuhr Mr. Golightly fort, »doch mir ist aufgefallen, dass ich mich ohne Kaffee nicht an die Arbeit machen kann. Und der Laden ist über Mittag zu, deshalb dachte ich ...« Er bot den Krug unbeholfen dar, wie ein kleiner Junge, der ein Friedensangebot macht.

»Ich kann Sie zu einer Tasse Kaffee einladen, falls es das ist, was Sie wünschen?« Was war bloß über sie gekommen, dergleichen zu sagen?

Mr. Golightly stockte. Es war nicht das, was er wünschte. Was er sich mehr als alles andere wünschte, war, mit seinem Projekt in die Gänge zu kommen. Doch Ellen Thomas zeigte sich nachbarschaftlich – abzulehnen wäre unfreundlich. »Vielen Dank«, entgegnete er höflich.

Er trat an seiner Gastgeberin vorbei durch die Tür in einen Raum, der ihn an eine Schiffskabine erinnerte: sauber und ordentlich, kaum Möbel außer zwei Sofas, die im rechten Winkel standen. Die Wände waren kahl bis auf ein Bild, das er wiedererkannte, Krähen, die durch ein grellgelbes Ährenfeld flogen. Die Frau passte irgendwie nicht hierhin.

»Bis zum vergangenen Jahr habe ich in einem eindrucksvolleren Haus gelebt.« Demnach war sie in der Lage, Gedanken lesen zu können.

»Ich war auch einmal eindrucksvoller«, erwiderte Mr. Golightly mit einem Anflug von Bedauern.

»Wissen Sie«, hub Ellen an, deren Gedanken zum Kühlschrank wanderten – war Milch darin? Sie hatte nicht die leiseste Ahnung –, »ich habe sagen hören, dass wir uns im Älterwerden mit dem Gefühl des Bedeutungsverlustes vertraut machen sollten, doch ich würde es eher Bedeutungslosigkeit nennen.«

»Wo ist der Tanz und Lärm der Tänzerfüße, die reichen Mahle und die Feste?«, fragte Mr. Golightly. Es handelte sich um eine rein rhetorische Frage: Es war beruhigend festzustellen, dass seine Nachbarin derart gelassen auf ihre veränderten Lebensumstände reagierte.

Ellen Thomas öffnete ihren Mund und erschrak, als ihm weitere ungebetene Worte zu entnehmen waren. »Sie können zum Lunch bleiben, falls etwas zu essen da ist.« Und mehr aus Nervosität über das, was sie gesagt hatte, als aus dem Wunsch zu gefallen lächelte sie.

Ellen Thomas war nie eine schöne Frau gewesen; falls ihr Äußeres überhaupt kommentiert wurde, wurde sie als »angenehm aussehend« beschrieben. Doch wenn sie lächelte, wurde ihr Gesicht auf eine Art verwandelt, die ihr Mann unwiderstehlich gefunden hatte. Mr. Golightly, der beschlossen hatte, allem, was ihn fürderhin aufhielte, zu widerstehen, merkte, dass er dem Lächeln nicht gewachsen war.

Und ich hätte ohnehin zu Mittag essen müssen, entschuldigte er sich vor sich selbst, während er über den Draht zum Spring Cottage zurückstieg, um dem Weinkarton eine Flasche leichten Mosels zu entnehmen.

Ellen entsann sich der Platzdeckchen und Leinenservietten in der Schublade der Eichenanrichte, ein Vermächtnis von Roberts Patin, und unter den Anweisungen seiner Gastgeberin deckte Mr. Golightly den Tisch. Er fand, dass etwas Tröstliches im Ausführen von Befehlen lag.

In der Küche schlug Ellen Enteneier auf. Ich bin eine ausgeleerte Eierschale gewesen, dachte sie. Sie hackte Sauerampfer, der im Garten gepflückt worden war, und quirlte die Eier in einer weißen Schüssel schaumig. Gelb und Weiß, die Farben der Narzissen, die sie unter dem Birnbaum gepflanzt hatte.

»Haben Sie Platz genommen?«, rief sie zum anderen Raum durch, wo ihr Gast saß, eine Leinenserviette in seinen Hemdkragen gestopft. »Ein Omelette muss wie der Blitz gegessen werden, sonst zerfällt es …«

Die Unterhaltung während des Mittagessens verlief herzlich, aber förmlich. Mr. Golightly war enorm erleichtert festzustellen, dass seine Nachbarin weder Hilfe bei irgendeinem Schreibprojekt zu beanspruchen noch seine Unterstützung zu Aktionen zur Verbesserung von Great Calne einzufordern schien. Stattdessen erzählte sie von örtlichen Eigenheiten: Das Gewässer, das durch die Wiesen unterhalb von ihnen floss, wurde Heiliger Fluss genannt, weil dort einst ein Einsiedler einer Ottergemeinde gepredigt hatte.

Mr. Golightly war beeindruckt. Otter, erklärte er, seien bekanntlich verstockt – der Einsiedler musste ein Mann seltener Ausstrahlung gewesen sein oder eine ungewöhnliche Redegabe besessen haben.

Sie gingen zu der Launenhaftigkeit des Frühlingswetters über, den unsinnigen Bestimmungen der Europäischen Wirtschaftskommission, die eine hiesige Apfelsorte bedrohte, und zu der Lage im Nahen Osten, wenngleich Mr. Golightly sich entschuldigte, weil er dieses Thema nicht weiter vertiefen wollte.

Ellen genoss die Gelegenheit, Rücksicht zu nehmen. Es existierten genügend Dinge, denen sie selbst nicht gern ausgesetzt werden wollte. Geschickt verlieh sie dem Gespräch eine Wendung. Sie erklärte, dass sie Künstlerin gewesen sei und ihren Lebensunterhalt durch das Malen der umliegenden Landschaften bestritten hatte, gab ihrem Gast indes zu verstehen, dass sie diese Tätigkeit wie vieles andere nach dem Tod ihres Mannes aufgegeben hatte.

»Das tut mir Leid«, bekannte Mr. Golightly aufrichtig. Die kraftraubende Wirkung der Trauer war ihm selbst nicht fremd.

Nach dem Mittagessen fühlte er sich ungewöhnlich schläfrig. Gemeinsam hatten er und seine Gastgeberin die Flasche Mosel geleert. Beim Kaffeetrinken ließ er sich Zeit, drückte dann sein Bedauern aus und stieg unter Samsons unverwandtem Blick bedächtig über den Stacheldraht in den Garten von Spring Cottage.

Als er wieder seinen Platz am Klapptisch eingenommen hatte, merkte er, dass er seine Umgebung ein wenig verschwommen wahrnahm. Sich kurz einmal auszustrecken könnte nicht schaden – es würde ihn beleben, ihm Schwung verleihen, um mit der Arbeit an der Seifenoper zu beginnen.

Im Nachbarhaus spülte Ellen Thomas die Gläser, das Besteck und das Geschirr. Sie verstaute die Platzdeckchen und Leinenservietten sorgsam in der Schublade der Anrichte. Welch ein Segen, dass sie sie in letzter Minute vor dem Möbelverkauf gerettet hatte. Zu Mittag hatte sie mehr als sonst gegessen – und sie nahm an, dass ihr der Wein zu Kopf gestiegen war.

Mit einem Mal wünschte sie sich nichts sehnlicher, als draußen zu sein. Für zu lange Zeit hatte sie nur noch in der Dämmerung hinauszuschleichen vermocht, mit Wilfred, wie ein Verbrecher auf der Flucht – kaum dass man dergleichen einen »Spaziergang« nennen konnte. Nun fand sie, ein kleiner Marsch wäre genau das Richtige.

Sie rief den schwarzen Labrador herbei. Gemeinsam liefen sie hinaus und den Weg hoch, der zum Moor anstieg. Während sie beobachtete, wie der Hund an den Hecken entlang schnüffelte, entdeckte ihr geschultes Auge winzige Blumen, gleich Schneeflocken, und sie beugte sich herunter, um ihre Nase zu ihrer verborgenen Süße zu führen. Es gibt wenige Wohltaten, dachte Ellen Thomas – leicht schwindlig vom Wein und vom Bücken –, die so willkommen sind wie weiße Veilchen.

10

Pfarrerin Meredith Fisher haushaltete nicht mit ihrem Gewissen. Sie hegte es, wie eine stolze Mutter ein frühreifes Kind hegt. Und ebenso wie viele solcher Mütter geizte sie nicht mit den Gaben, die ihr Augapfel besaß.

Kein Ereignis in Great Calne ging unbemerkt an seiner wachsamen Gemeindepriesterin vorüber, und eine so bedeutsame Angelegenheit wie die Ankunft des neuen Bewohners von Spring Cottage hatte schwerlich übersehen werden können. Wenn sie noch keinen Antrittsbesuch abgestattet hatte, war das mitnichten aus Faulheit geschehen.

Meredith verrichtete ihre seelsorgerische Arbeit schonungslos. Jeden Mittwoch und Freitag gab sie den Pastoralpsychologiekurs für Süd-Devon am Plymouth College, was für Johnny Spence den großen Vorteil hatte, dass die Eibe an der Pfarrhausmauer in dieser Zeit zur Verfügung stand.

Es steht zu hoffen, dass der Unterricht der Pfarrerin darüber hinaus noch weitere Vorteile abwarf. Es ist jedoch eine traurige Tatsache, dass ein Hang zur Erforschung des menschlichen Innenlebens von den Forschungsobjekten nicht immer geteilt wird. Mit ihren Versuchen, die Gemeinde von Great Calne zu therapieren, war Meredith Fisher auf Granit gestoßen. Laut Statistik war es unwahrscheinlich, dass ihr Dorf seinem Anteil an sexuellem Missbrauch entgangen war – doch wenn dem so war, dann waren hier sowohl Opfer als auch Täter in einer unheiligen Allianz des Stillschweigens verbunden. Und Ehebruch, obwohl fraglos weit verbreitet, wurde, wenn nicht direkt begrüßt, so doch offenbar geduldet. Anscheinend gab es keine christlichen Wege, um den Geplagten zu helfen.

Daher war es ein Geschenk für die Pfarrerin, als diese brandneue Gelegenheit auftauchte, eine Psyche der Normalität anzupassen. (Es war wohl bekannt, dass Schriftsteller neurotisch waren, und dieser war allein stehend, was bei einem Mann im Allgemeinen auf eine Form sexueller Funktionsstörung hinwies.) Meredith Fisher berief sich grundsätzlich auf die Lehre des Lichts; es gab keine dunkel bedrückenden Nischen der menschlichen Seele, die sich die Pfarrerin nicht zu erhellen in der Lage sah.

Die Gelegenheit, Licht in die dunkleren Nischen ihres Nachbarn zu tragen, ergab sich am Samstag bei ihrem Frühstück aus Weizenflocken, Toast und Gelee.

»Hast du den Schriftstellertypen gegenüber schon besucht?«, fragte ihr Mann Keith beiläufig hinter dem *Express* hervor. Er war darauf erpicht, einen Abstecher nach Newton Abbot zu machen und auf »Banoffee Pie« zu wetten, der für das Rennen um Viertel nach zwei mit sieben zu eins gesetzt war. Um dies erfolgreich abzuwickeln, musste seine Frau abgelenkt werden. Seit kurzem hatte sich ein beunruhigender Trend angebahnt, den Samstag zu einem Tag zu machen, an dem sie »Dinge gemeinsam taten«, was Keith im Keim zu ersticken hoffte.

Auf das Allgemeinwohl und andere höhere Anliegen ist in der Regel Verlass, sie wiegen schwerer als häusliche Belange, und Keith gewahrte aufatmend, dass seine Frau bereits an der Tür von Spring Cottage stand, als er seinen Renault rückwärts aus der Einfahrt setzte. Er würde es leicht bis Newton Abbott schaffen, seine Wette auf Banoffee Pie abgeben und danach noch ein paar Pluspunkte bei Ihr-der-man-gehorchen-musste sammeln, indem er im Supermarkt vorbeisprang und die Wochenendeinkäufe tätigte.

Mr. Golightly hatte bereits den Wasserkessel für eine zweite Tasse Kaffee aufgesetzt und stand im Begriff, Clifford Curzons Interpretation von Schuberts *Impromptus* aufzulegen, als an der Tür geklopft wurde. Das Mittagessen mit Ellen Thomas war sättigend und unterhaltsam gewesen, doch seine dichterischen Pläne hatte es nicht vorangetrieben. Gerade einmal für fünf Minuten hatte er die Augen zugetan und schon war es Abend gewesen … Doch was du heute kannst besorgen, das verschiebe nicht auf morgen, lautete seine Devise, und an diesem Morgen war er frisch und früh aufgewacht und bereit, sich an die Arbeit zu begeben.

Der Ruck, mit dem die Tür für Sam Noble aufgestoßen worden war, hatte ihren Hang, stecken zu bleiben, verringert; ein Umstand, den Mr. Golightly bedauerte, als er erkannte, dass er einen neuerlichen Besucher vor sich hatte, einen, der augenscheinlich damit beschäftigt war, den Garten seines Bestandes an harmlosen Wildblüten zu berauben. Hoffentlich handelte es sich wenigstens um die Gärtnerin, die Nicky Pope ihm angekündigt hatte.

Pfarrerin Fisher streckte eine erdige Hand aus – in der anderen hielt sie einen Strauß erschlaffenden Löwenzahns.

»Oh hallo. Meredith Fisher.«

»Golightly«, sagte Mr. Golightly, indem er den Silben seines Namens ein wenig Nachdruck verlieh.

»Ich bin die Pfarrerin – fallen Sie aber vor Schreck nicht gleich tot um.«

»Nein«, erwiderte Mr. Golightly. Wenn jemand kurz davor stand, tot umzufallen, dann gewiss nicht er.

»Ich lege das Unkraut wohl lieber mal ab, nicht wahr?«, fragte Meredith und rieb die Erde begeistert in ihre andere Hand. »Besser spät als nie! Ich bin gekommen, um Sie in der Gemeinde von Great Calne willkommen zu heißen.«

»Was ich meinen Gemeindemitgliedern gegenüber gern betone«, erklärte Pfarrerin Meredith, »ist, dass es sich bei der Liebe um ein *Tätigkeitswort* handelt.«

»Ah«, sagte Mr. Golightly und tat sein Bestes, um zu verbergen, dass seine Gedanken abschweiften.

Einst hatte auch er geglaubt, viel über die Liebe zu wissen. Dass eine Frau mit steifem Kragen (wenngleich Pfarrerin Fisher an diesem Morgen lediglich einen Rollkragenpullover trug, um auf ihre Berufung hinzuweisen) sich bei dem Thema mit ihm messen wollte, erschien ihm ein wenig lächerlich.

»Sehen Sie, es ist der aktive Teil, um den es geht.«

Mr. Golightly hatte viel über die mannigfachen Facetten der Liebe nachgedacht. Wie bei der Pfarrerin hatte es auch bei ihm eine Zeit gegeben, in der er schonungslos gewesen war, wenn es um seine Liebe ging. Für Jahre hatte er den Menschen seine Hilfe im Tausch gegen ihre uneingeschränkte Treue gewährt – doch wenn diese Treue, wie es angesichts der Unwägbarkeit aller Dinge unumgänglich war, nachließ oder schwankte, hatte er mit einer Heftigkeit reagiert, die er im Nachhinein bedauerte.

»Tatsächlich?«, hörte er sich sagen. Ein Fehler. Er kannte die menschliche Natur gut genug, um zu wissen, dass er sich damit auf ein Streitgespräch eingelassen hatte.

»Oh, ich finde schon«, entgegnete Pfarrerin Meredith, und in ihren Augen leuchtete etwas auf, das Mr. Golightly inwendig schaudernd als Eifer erkannte. Eifer war inzwischen, gleich der Heftigkeit, ein Zustand geworden, den er zu meiden suchte. »Sehen Sie …«

Vor langen Jahren, als Mr. Golightly noch häufiger in der Welt umherwanderte, hatte er immer wieder Menschen wie Pfarrerin Meredith getroffen. Er hatte den Eindruck gewonnen, dass ihr Auftauchen Ärger bedeutete. Überall mussten sie sich einmischen und nie konnten sie mit dem Gegebenen zufrieden sein.

In der Vergangenheit hatte er solche Menschen dahin zu lenken versucht, wo sie ihre Überzeugungskraft sinnvoll einsetzen konnten. Einige, musste er jetzt zu seiner Schande gestehen, hatte er beauftragt, um für sein Unternehmen zu werben. Doch seit der Katastrophe war er gegenüber jeglichem Bestreben, das Los der Menschheit verbessern zu wollen, misstrauisch geworden. Die Welt stellte keine Bühne mehr für seine großen Gesten dar. Die Vorstellung allein wirkte unsäglich bombastisch …

Das Schlimmste an solchen Menschen war, dass es höllische Kraft kostete, dem um sich greifenden Feuer ihrer Weisheiten zu entrinnen. Pfarrerin Fisher redete wie ein Wasserfall. Sie erging sich in einer leidenschaftlichen Interpretation der »Bedeutung der Evangelien«, die, wie Mr. Golightly verschwommen erfasste, vor gefühlsmäßigen Schutz- und Allheilformeln strotzte, bis sie vom Geräusch eines Wagens draußen abgelenkt wurde. Das, erklärte sie, müsste ihr Mann Keith sein, der vom Einkaufen zurückgekehrt sei.

Mr. Golightly verspürte Keith gegenüber fast so etwas wie die Dankbarkeit eines Hundes, der sieht, dass ein Fremder Anstalten macht, einen hinderlichen Dorn aus seiner Pfote zu ziehen. Er führte die Pfarrerin zur Tür, doch sie blieb noch stehen, um ihm einen nächsten Besuch und eine zeitgenössische feministische Auslegung der Parabeln in Aussicht zu stellen. »Ich werde dafür sorgen, dass Keith mal vorbeikommt, um Ihnen mit dem da zu helfen«, erklärte sie schließlich, indem sie auf die harmlosen Löwenzahnblüten wies.

»Nein«, erwiderte Mr. Golightly bestimmt. »Goldener Haarkranz, der verblasst …« Er mochte solche Hinweise, die daran erinnerten, dass auch alles Menschliche zuletzt wieder zu Staub werden würde.

»Wie bitte?«

»Löwenzahn. Wenn er verblüht, sieht er wie der Wedel eines Schornsteinfegers aus«, fügte er zusammenhanglos hinzu.

»Es wird gut für Keith sein – für seine Gesundheit«, bemerkte Pfarrerin Meredith, indem sie diese unverständliche Belanglosigkeit überging.

»Aber nicht für die meine.«

»Nun, wenn Sie sicher sind …?«, fragte seine Nachbarin, belebt von dem Gedanken an eine bevorstehende Auseinandersetzung.

»Todsicher!«, erwiderte Mr. Golightly und zog flugs die Tür zu.

Es war eine Weile her, seit er sich um seine E-Mails gekümmert hatte. Er hatte sich gerade dazu anschicken wollen, als jene verflixte Frau aufgetaucht war. Er wählte sich ein und wartete auf das Signal, das die eingetroffenen Nachrichten ankündigte. Doch statt des inzwischen vertrauten musikalischen »Plops« begleitete ein hässliches Geräusch die Botschaft, dass keine Verbindung zu seinem »Provider« zustande käme.

Mr. Golightly wurde von einem verwirrenden Gefühl der Hilflosigkeit übermannt. Er war es nicht gewohnt, dass ihm Informationen vorenthalten wurden. Aus allen Ecken und Enden seines weltweiten Unternehmens standen ihm je nach Bedarf alle erdenklichen Informationen zur Verfügung, die von seinem Trupp beflissener Hilfskräfte zusammengestellt wurden. Ratlos begab er sich zum Telefon, um in der Firma anzurufen. Doch Hölle und alle Teufel, er hatte vergessen, dass Samstag war – der Tag, an dem die Angestellten gemäß langjähriger Tradition frei hatten! Er hinterließ die knappe Bitte, jemand möge ihn zurückrufen und wählte sich abermals ein. Dieses Mal folgte dem hässlichen Geräusch die

Ankündigung, dass der »Server« den »Namen des Teilnehmers« nicht erkenne.

Mr. Golightly hätte der Aussage sofort zugestimmt, dass man dem Widerspenstigen am besten mit Standhaftigkeit begegne. Doch wäre Pfarrerin Fisher jetzt hier gewesen, um ihren Nachbarn an den Bibelspruch »Seid standhaft und ihr werdet euer Leben gewinnen« zu erinnern, wäre sie womöglich schroff abgefertigt worden. Wenn man gewohnt ist, ein riesiges Imperium zu beherrschen – oder selbst ein kleines –, stellt man ungern fest, dass man in einem Bereich machtlos ist. Mr. Golightly waren derlei Widrigkeiten fremd; er fühlte sich daraufhin plötzlich ausgehungert.

Der Besuch von Pfarrerin Fisher hatte den größten Teil des Morgens beansprucht, es ging auf die Mittagszeit zu; Mr. Golightly beschloss, zwei Fliegen mit einer Klappe zu schlagen und auf ein Bier und eine Wurst zum *Stag and Badger* hoch zu laufen, sodass er sowohl seinen Hunger stillen als auch seine Wut abreagieren konnte.

Luke Weatherall hatte an diesem Morgen ebenfalls dichterische Rückschläge erlitten. Mit seiner Ballade war es nicht so recht vorangegangen oder vielmehr, es war vorangegangen um drei ganze Strophen, die sich aber beim Durchlesen als zu offenkundig vom Versmaß des *Hiawatha* beeinflusst herausstellten. Luke hatte Longfellows *Hiawatha* während der Recherchearbeiten zu seiner Ballade gelesen und vermochte sich dem eindringlichen Rhythmus des Gedichtes nicht zu entziehen. Ein Abstecher zum *Stag and Badger* könnte das rechte Gegenmittel sein.

Mr. Golightly und Luke stießen aufeinander, als sie sich dem Gasthaus näherten; eins führte zum anderen, und der ältere Mann lud den jüngeren zu einem Drink ein. Luke war immerhin sein erster gesellschaftlicher Kontakt in Great Calne gewesen. Vielleicht erkannte Mr. Golightly das Gefühl nicht vollkommen, doch was er spürte war: Hier war ein Freund in Zeiten der Not.

Als Mary Simms nach hinten flitzte, um einen Blick auf ihr Haar zu werfen und ihren Lippenstift nachzuziehen, bemerkte sie beiläufig, dass der Schriftsteller vom Spring Cottage hereingekommen sei. Luke erwähnte sie nicht; in Bezug auf ihn hatte sie Pläne, und keine Frau die auch nur ein bisschen Verstand hat, verrät ihre Pläne, wenn es um einen Mann geht. Doch Paulas Intuition reagierte auf die feinsten Signale.

»Luke Weatherall ist da, oder?«

Paula hatte persönliche Gründe, diese Frage zu stellen. Wenn sie jemanden dazu bewegen könnte, ihr Zimmer zu mieten, könnte sie zu Hause ausziehen und bei Jackson einziehen. Nachdem sie sich umgeschaut hatte, war ihr Luke als der geeignetste Kandidat ins Auge gefallen. Schließlich wäre er dann näher am Dorf und am *Stag and Badger*, und Lavinia Galsworthy war eine pingelige Ziege. Luke dürfte froh sein, ihrem widerlichen Getue und ihrer beschissenen kleinen Bude zu entkommen.

Paulas Absicht, mit Jackson zusammenzuziehen, entsprang mehr einer gewissen Entschlossenheit denn irgendwelchen wärmeren Gefühlen. Sie liebte Jackson nicht, eher im Gegenteil. Doch sie hatte Jacksons Wunsch, sie loszuwerden erkannt, ebenso wie seine Furcht vor ihr, und diese Verbindung gab ihr einen machtvollen Antrieb. Vor Jahren hatte ihr Dad ihre Mum verlassen, und seitdem lag ihre Mum ihr auf der Tasche. Wenn Paula mit Jackson zusammenzöge, könnte sie beiden ein Schnippchen schlagen.

Mary wurde rot. »Das ist mir nicht aufgefallen.«

»Erzähl keinen Scheiß!«, entgegnete Paula und ließ gekonnt ein scharfes Stahlmesser auf eine Kirschtomate niederfahren. »Jeder, der noch halb beieinander ist, sieht doch, wie erpicht du darauf bist, dass er dich besteigt!« Mary Simms ging ihr auf die Nerven.

Luke Weatherall fand den Bewohner von Spring Cottage sehr einfühlsam, als er ihm bei einem Glas Brewer's Best sein Problem mit *Hiawatha* anvertraute. Auch Mr. Golightly war aufgegangen, dass bereits bestehende Kunstwerke hemmend auf das eigene Schaffen wirken konnten. Stand er denn nicht einem ähnlichen Hindernis gegenüber? Sein Opus magnum, das einen derart gewaltigen Eindruck hinterlassen hatte, schien ein unüberwindbares Hindernis für sein jetziges Werk zu sein, das, wie er allmählich befürchtete, vielleicht niemals an den Erfolg des Originals heranreichen würde.

Luke trank sein Bier aus und fragte, ob er sich revanchieren könne. Abzulehnen wäre unhöflich gewesen. Während des Gespräches war Mr. Golightly der Gedanke gekommen, dass er sich vielleicht zu viel zugemutet hatte. Die Kameradschaft wirkte tröstlich, die Gesellschaft des jungen Mannes war angenehm und ein zweites Bier würde nicht lang dauern.

Mary Simms sagte: »Das Moor würde mir Sorgen machen, wenn ich der arme Kerl wäre.«

Es war von einem Ausbruch aus dem Gefängnis von Dartmoor berichtet worden, und Sam Noble und Barty Clarke diskutierten die Nachricht mit jedem, der sich an dem Thema beteiligen wollte.

»Weswegen sitzt er denn?« Das war Paulas Mum, die kurz bei Paula vorbeigeschaut hatte und sich nun bei einem kleinen Glas süßen Cidre und Käse-und-Zwiebel-Chips ausruhte.

»Kinderschänder«, sagte Barty Clarke.

Bei Barty, einem hoch gewachsenen Mann mit blond-weiß meliertem Schnurrbart und sanften blauen Augen, handelte es sich um den Auktionator des Dorfes, der zudem eine eigene Zeitung herausgab. Sie trug den Namen *Backenbridge Review* und wurde unter den Ortsansässigen *Wadenbeißer* genannt, da ihr Hauptzweck in der boshaften Verbreitung lokaler Klatschgeschichten bestand.

»Nein, es war Vergewaltigung hat mein Brian mir erzählt.« Das war Cherie Wolford, die Mutter des Gefängniswärters, die im Nachbarhaus von Paula und ihrer Mum in der Rabbit Row wohnte. Wenngleich Wolford drüben in Princetown in Gefängnisnähe ein eigenes Haus besaß, war er häufig zu Besuch in Calne, wo seine Mutter sein altes Zimmer, wann immer er dort zu übernachten wünschte, für ihn bereithielt. Brian hatte, wie Cherie jedermann mitzuteilen beliebte, die Universität besucht; seine Fähigkeiten als Diskjockey waren auf Studentenpartys mehr als gerühmt worden. Er hatte sogar damit geliebäugelt, hauptberuflich Diskjockey zu werden, sagte seine Mutter, doch zuletzt hatte er sich wegen der Pension und der größeren Sicherheit für den Gefängnisdienst entschieden. Great Calne – oder zumindest Cherie Wolford – war stolz auf das, was er erreicht hatte.

»Wo ist da der Unterschied?«, bemerkte Barty verstimmt, weil ihm seine Rolle als Lieferant von Klatschnachrichten streitig gemacht wurde.

Mary Simms versuchte, Luke in das Gespräch einzubeziehen.

»Hör sie dir an«, bemerkte sie und neigte ihren kupferfarbenen Kopf ein wenig zur Seite. Ein Junge, mit dem sie einmal aus gewesen war, hatte gesagt, das stehe ihr gut. »Als ob die alle noch nie etwas angestellt hätten ...« Mary war weichherzig. Sie dachte nicht gern an die Männer, die in diesem trostlosen, kalten Gefängnis eingesperrt waren und niemanden hatten, der sie einmal in die Arme nahm.

Doch Luke war zu sehr in die Probleme der Kunst vertieft, um sich für ein Drama aus dem wahren Leben zu interessieren. »So wie ich das sehe«, begann er, »begibt man sich erst an den Dialog, nachdem man den Handlungsfaden festgezurrt hat, richtig?«

Mr. Golightly hatte keine Ahnung, ob das richtig oder falsch war. In Wahrheit fühlte er sich leicht überfordert. Der junge Mann schien voller Enthusiasmus, doch ebenso voll unbekannter Begrifflichkeiten. Und in den Gesprächen ringsumher wurden beunruhigende Saiten angeschlagen.

Sie plauderten nun alle eifrig über den entflohenen Sträfling. Colin Dover bemerkte, seiner Ansicht nach sei das Ganze der mangelnden körperlichen Züchtigung der Jugend zuzuschreiben; Paulas Mum erklärte, es sei eine Schande, Kinder zu schlagen, doch, bitte, da könne man sehen, was passierte, wenn man es unterließ; Cherie Wolford betonte, nach Meinung ihres Sohnes Brian sollten alle Vergewaltiger kastriert werden; und Paula, die kurz zu ihrer Mutter herausgekommen war, verkündete, das wäre überflüssig, wenn ihr jemand zu nahe käme.

Lediglich Mary Simms, die ganz allgemein gesagt hatte, ihr gefiele der Gedanke nicht, dass überhaupt jemandem Leid widerfahre, hörte zu, als Mr. Golightly bemerkte: »Hass ist wie Alkohol oder wie Zigaretten. Erst wenn wir versuchen, davon loszukommen, merken wir, wie abhängig wir davon sind.«

»Oh ja«, erklärte sie beifällig und beugte sich über die Theke. »Das stimmt. Aber bitte, warum ist das so?«

Mr. Golightly wandte sich um, um die Bardame in Augenschein zu nehmen. Mary Simms hatte grüne Augen, und die Mittagssonne, die durch die von ihr selbst am Morgen auf Hochglanz polierten Fensterscheiben fiel, malte kräftige leuchtende Tupfer auf ihr Kupferhaar. Schauet her, lautete die Botschaft, und erfreuet euch!

»Vielleicht unterschätzen wir die Mächte, die uns zerstören können«, gab er zu bedenken.

Ein ausgesprochener Gedanke zieht im Allgemeinen den nächsten nach sich. Mr. Golightlys Überlegungen, die um die menschliche Vorliebe für das Unheilvolle kreisten, waren bei dem niemals fernen Bild seines eigenen Sohnes angekommen. Gleich der hübschen Bardame war er ebenfalls ein Dulder gewesen. Auch das hatte schließlich zur Katastrophe geführt. Der Junge hatte sich geweigert, auch nur einmal seine prinzipielle Bejahung in Frage zu stellen.

Es war drei Uhr, als Luke und Mr. Golightly schließlich den *Stag and Badger* verließen. Er war länger geblieben, als er es sich eigentlich für seine Mittagspause vorgenommen hatte; doch das Gespräch mit Mary Simms und die darauffolgenden Gedanken in der Stille ließen ihn ungern in die Einsamkeit zurückkehren.

»Kaffee?«, schlug er vor.

Auf eine Tasse kam Luke gerne mit. Er hatte noch ein paar Ideen mit seiner Schöpfungsgeschichte, die er dem neuen Freund unbedingt erzählen wollte.

Gemeinsam gingen sie den Hang zum Spring Cottage hinunter. Wolken, die über das Gesicht der Sonne hinwegzogen, jagten lang gezogene Kämme welliger Schatten über die grünen Felder. Während er das sanfte Farbspiel der Natur betrachtete, spürte Mr. Golightly, dass sich allmählich der Frieden wieder einstellte, der durch die Gespräche im Gasthaus gestört worden war. Der natürliche Wechsel von Licht und Schatten in der Landschaft war erholsam nach den schwermütigen Gedanken.

Wenngleich sie auch nicht unwillkommen waren; sie waren ebenso willkommen wie der Regenbogen, denn war nicht jede Erinnerung an seinen Sohn wie das reinste Sonnenlicht und wie Wasser?

11

Das Dickicht der Dornenbüsche bot keine ausreichende Tarnung, doch es bildete einen schattigen Windschutz, an dem der Mann entlangrannte. Er lief gebückt, in einer Art geduckten Springens, mehr wie ein gehetztes Tier – ein geschlagener Hund, ein räudiger Tiger, der einem lärmenden fahrenden Zirkus entflohen war, oder wie ein Wolf aus einem heruntergekommenen Zoo –, nicht so sehr wie ein menschliches Wesen. Das Licht war noch matt, und der Nebel formte seltsame Gebilde in den Tiefen und Senken des Moorgeländes.

Der Mann steuerte auf den Hügel zu, der in der nebligen Ferne nicht mehr als ein dunkler Punkt gewesen war und jetzt zum Greifen nah schien. Doch jeder gehetzte Sprung, den er machte, schien ihn seinem Ziel nicht näher zu bringen. Sein Atem kratzte im Rachen wie Sand, der drohte, zu tief in seine keuchende Lunge eingesogen zu werden.

Am äußersten Ende des lang gestreckten Dornendickichts machte er Halt und krümmte seinen schweren Körper zu dem kleinstmöglichen Bündel. Seine Ohren waren wie die jedes gejagten Tieres höchst wachsam, und er hatte – mehr als Gefühl denn als Geräusch – die feinste Andeutung einer Luftschwingung wahrgenommen.

Während er mit gespitzten Ohren niederkauerte und sein Herz in schmerzhaften Stößen hämmerte, spürte er wie schon zuvor den Wunsch, aus seiner Deckung hervorzutreten und sich zu ergeben, wem oder was auch immer sich seinem Versteck näherte. Doch er widerstand dem Impuls. Er hatte Tag und Nacht mit der Stimme der Schlange gelebt, die ihm den Trost des Verrats anbot.

Sonntag war der Tag, an dem sich Mr. Golightly aus alter Gewohnheit eine Erholungspause von seinen Geschäftsangelegenheiten gönnte. Doch als er an diesem speziellen Sonntagmorgen in dem kleinen kalten Schlafzimmer seines Feriendomizils erwachte, fand er nicht unbedingt, dass er diese Erholung verdient hatte.

Abermals schienen vierundzwanzig Stunden verflogen zu sein, ohne dass er einen Strich getan hatte. Am vorherigen Nachmittag hatte er das genossen, was Luke als »Fachsimpelei« bezeichnet hatte, und zwar bei etlichen Tassen Kaffee und – in Lukes Fall – fast einem ganzen Päckchen *Silk Cut*. Danach war es das Natürlichste der Welt gewesen, den jungen Mann zurück zum *Stag and Badger* auf ein erstes abendliches Bier zu begleiten, das irgendwie zu einem zweiten geführt hatte.

Als er aus dem Fenster zum Garten hinausschaute, sah er, dass Samson vor einem Krähenpublikum umhertänzelte. Luke hatte ein Fitnessstudio unten in Newton Abbey erwähnt. Eine kleine sportliche Betätigung könnte auch ihm nicht schaden.

Draußen war es kalt. Die Häuser von Great Calne lagen gemütlich schlummernd unter einer weichen weißen Nebeldecke. Seine Bewohner schienen noch in ihren Betten zu liegen bis auf Wilfred, den Hund von Ellen Thomas, der bereits auf den Beinen war, um die Hecken nach Wühlmäusen abzusuchen, eine Tätigkeit, die er indes bereitwillig aufgab, als sich bessere Abenteuer boten.

Auf dem Weg brach er zuweilen aus, um in großen Sprüngen huschenden Schemen aus Fell und Knochen nachzusetzen. Neben der Viehschwelle, die die Grenze zum Moor kennzeichnete, stand Lavinia Galsworthys Haus, wo Luke in seiner Einzimmerwohnung logierte, doch Mr. Golightly unterließ es vorbeizuschauen. Es war noch zu früh, um einen Besuch abzustatten, und für den Augenblick war sein Bedarf an menschlichen Begegnungen gedeckt.

Wilfred, ein treuer Jünger seiner Gattung, jagte in der Hoffnung auf Kaninchen los. Mr. Golightly schritt ruhig aus und folgte dem schlammigen Pfad zwischen den Ginsterhecken. Im Vorbeigehen gewahrte er die gespenstisch in Reih und Glied stehenden flechtenbedeckten Dornenbüsche, die sich wie eine einhellige Gruppe Geschworener dem vorherrschenden Wind gebeugt hatten.

Der Mann, der in der kalten Morgenluft schwitzte, blieb in der Hocke, als der Hund langsam auf ihn zukroch; ein schwarzer Hund wie derjenige, von dem seine Tante behauptet hatte, sie könne ihn auf seiner Schulter sehen, als er noch ein Junge war. Zögernd streckte er seine Hand aus, und der Hund kam näher, stand da, während seine rosafarbene Zunge die gefährlichen Zähne beleckte, und starrte mit braunen, unirdischen Augen. Der geduckte Mann und der Labrador blickten einander an. Dann stieß der Hund einen dunklen Laut aus, leckte die Hand des Mannes und entfernte sich aus dem Dorn.

»Guter Hund«, bemerkte Mr. Golightly zerstreut, als Wilfred zurückgesprungen kam. Sollte es Antworten auf nicht zu beantwortende Fragen geben, dann fand man sie vielleicht im Moor, dort, wo die Natur in einem fort arbeitete und auf menschliche Unterstützung nicht angewiesen war.

Und als wolle sie diese Menschen unähnliche Betriebsamkeit beweisen, tauchte plötzlich die Sonne aus dem Nichts auf, borgte sich eine verwegene Schicht reinsten Blaus von dem blank geputzten Himmel und warf sie mit einem Pinselstrich auf eine Pfütze; ein Pfauenauge, das sich im Datum geirrt hatte, flatterte wirr vorbei, sein schillerndes, zerrissenes Abbild flackerte unstet im Spiegel des torfigen Gewässers; und irgendwo lockte eine Goldammer eine zukünftige Liebste mit einem Lied, in dem sie »ein Stückchen Brot ohne Käse« anbot.

Die anderen Vögel stimmten voller Verachtung für das bescheidene Brautgeschenk der Goldammer ihre eigenen Einladungen an zukünftige Gefährten an und zettelten einen eifrigen vorehelichen Tumult wohlklingender Gesänge an.

Der Mann hinter den Dornen hörte das Lied der Vögel, stand still und ließ zu, dass die ihn verzehrende Angst um ein Geringes nachließ. Die Vögel, entflammt von ihrem unbarmherzigen Fortpflanzungstrieb, zwangen ihn innezuhalten, ihre zarten, süßen Stimmen stachen in sein Ohr und durchbohrten es, sogleich strömte die weite, unsichtbare Sphäre, die die Grenzen dieser Welt umschließt und in der zu aller Zeit Musik ertönt, herein.

Mr. Golightly vernahm dieselbe Musik und blieb auf dem schlammigen Pfad stehen. Die Menschen fragten zuweilen nach Sinn und Gehalt einer Sache – für ihn war es ebenjenes scheinbar sinnlose Dasein der Vögel, das ihn mit Befriedigung erfüllte. Wilfred war neben ihm zum Stillstand gekommen, die glänzenden Kotkugeln der Kaninchen auf dem Pfad wiesen darauf hin, dass die Objekte seiner persönlichen Hingabe nicht weit entfernt sein konnten. Der Hund wartete geduldig, weil er erfasste, dass sich hier ein anderes Wesen für einen Moment in seinem ureigenen Zustand der Lobpreisung befand.

Pfarrerin Meredith Fisher hatte ihre Predigt beendet, und die Gemeinde stimmte ein wenig verhalten das Schlusslied »Wir pflügen die Felder und streuen die gute Saat aufs Land …« an. Die Pfarrerin hatte die Bildlichkeit dieses Liedes benutzt, um in ihrer Predigt von den Gefahren ungeschützten Geschlechtsverkehrs zu sprechen. Seit einer Weile führte sie eine Kampagne mit der Absicht, im *Stag and Badger* einen Automaten mit Kondomen aufstellen zu lassen, doch Kath, die Frau von Colin Drover, war katholisch erzogen worden. Sie war zwar vom Glauben abgefallen, doch die erlernten Prinzipien waren ihr geblieben.

Pfarrerin Fisher war – ebenfalls aus Prinzip – eine Feindin jeglicher Abneigungen, insbesondere solcher sexueller Natur. Ihr Aufklärungsprogramm wandte sich gegen die Vorstellung, irgendein körperlicher Akt zwischen mündigen Erwachsenen könnte abstoßend sein. Dennoch gab es Tatsachen, die berücksichtigt werden mussten – Aids und Geschlechtskrankheiten waren Gefahren, die der moderne Christ nicht außer Acht lassen durfte.

Sie hatte diesen Gedanken der dösenden Gemeinde dargelegt; anwesend waren an diesem Morgen Paulas Mum und ihre Tante Edna, die zu Besuch war, um mithilfe eines Wochenendes frischer Landluft über Onkel Rons Tod hinwegzukommen. Zudem waren ein paar der alten Glöckner erschienen, weil Pfarrer Malcolm ihnen, bevor er der geistigen Umnachtung anheimfiel, aufgetragen hatte, auf die neue Amtsinhaberin zu »achten«, und das war das Wenigste, was sie ihm schuldeten. Auch Tessa saß da, die Tochter von Nicky Pope. Tessa machte eine religiöse Phase durch. Ihr war während einer Unterrichtsstunde über zeitgenössische bosnische

Geschichte die Jungfrau erschienen, man hatte sie ins Krankenzimmer geschickt, wo sie sich hatte hinlegen sollen.

Und dann war da noch Barty Clarke, der Auktionator und Herausgeber des *Backenbridge Review*.

Es war ganz gut, dachte Pfarrerin Fisher, dass Mr. Clarke da war. Seine vornehme Gestalt ragte unter den eher in sich zusammengesunkenen Gemeindemitgliedern auf. Er pflügte die Felder und streute mit kräftiger Bassstimme, hatte der Predigt schmeichelhafte Aufmerksamkeit geschenkt und sich dabei augenscheinlich Notizen gemacht.

Als sie ihrer Berufung gefolgt war, hatte Meredith Fisher sich tapfer gegen Widrigkeiten gewappnet. Der Weg eines modernen Christen, zumal wenn er weiblich war, konnte nur mühselig sein. Wäre Gott, der Herr eine Frau gewesen, hätte er schwerlich einer größeren Herausforderung begegnen können. Da bedeutete es eine willkommene Abwechslung, wenn ein Mitglied der Gemeinde Interesse wie Mr. Clarke bekundete.

Nachdem die Pfarrerin am Ende des Gottesdienstes jedem Gemeindemitglied die Hand geschüttelt hatte – was jemandem, der weniger optimistisch als sie gestimmt war, als enttäuschend kurzes Erlebnis erschienen wäre –, nahm Barty sie zur Seite und befragte sie zu ihren Ausführungen in Bezug auf den gleichgeschlechtlichen Verkehr. Er wirkte beeindruckt, als sie erklärte, sie beruhten ausnahmslos auf eigenen Erfahrungen. Die Pfarrerin fand es ermutigend, auf dem steinigen Weg der Erleuchtung auf einen Pilgergefährten zu stoßen – noch dazu auf einen Mann.

Oben im Moor saß Mr. Golightly auf der hohen Granitbank des Felsplateaus mit Wilfred an seiner Seite. Pralle smaragdgrüne Kissen aus Moos schmückten die felsige Erhebung, und die zarten Blätter und Blüten des Steinbrechs wuchsen wie fein geschnitzte Kameen zu seinen Füßen. Mr. Golightly roch die feuchte Erde und badete seine Augen im reinen Licht. Er betrachtete die Szenerie zu seinen Füßen: der grün und braun und golden gescheckte Moorboden, der Stausee etwas weiter entfernt, auf dessen Wasser das Licht wie poliertes Silber glänzte, das steile Gefälle darunter, auf dem Baumstümpfe und leuchtendes Brombeergebüsch in die Tiefe stürzten, um im tosenden Dart unterzugehen.

All das, so fand er, war gut. Was also war falsch? Warum waren die Schöpfungen der Natur dermaßen anmutig und lebendig im Vergleich zu der der Menschheit? Auch die Menschheit war schließlich Teil der Natur. Doch ungleich allem anderen in der Natur schienen die Menschen dazu zu neigen, die Welt mit Irrtümern und Missgriffen zu überhäufen, mit heillosen Anspielungen und kleinlichen Ansprüchen, die nie – die Vernunft würde dies gewiss bestätigen – erfüllt werden konnten. Vernunft war angeblich nur dem Menschen gegeben, doch fraglos hatten alle wahrhaft wichtigen Dinge wenig mit Vernunft zu tun.

In niedergedrückter Stimmung kehrte er zum Spring Cottage zurück und entdeckte, dass eine Nachricht auf seinem Anrufbeantworter hinterlassen worden war.

»Hallo, Chef! Habe deinen Anruf erhalten, rufe später wieder zurück. Tschüs!«

Verflixt! Die elenden E-Mails hatte er vollkommen vergessen. Er überlegte, ob er sich jetzt damit abgeben sollte. Die modernen Kommunikationssysteme schienen zweischneidige Schwerter zu sein – sie anzuwenden war anstrengend und sie setzten einen ungewollter Einmischung aus. Er begab sich zum Klapptisch und öffnete den Laptop. Dieses Mal funktionierte der Zugang zur E-Mail ohne Schwierigkeiten und in Sekundenschnelle zeigte der »Posteingang« an, dass drei neue Nachrichten warteten.

Die erste stammte von Mike.

chef – probiers weiter mit dem server – er spielt manchmal verrückt, aber nicht aufregen – ich ruf an –

mox

Na gut, wieder das Übliche. Aber Mike hatte Recht, der launische Server hatte sich besonnen.

Die nächste Nachricht war von Martha, die erklärte, sie wolle sich mit ihm wegen ein paar zukünftiger Termine über den »Kalender beugen«.

In der dritten stand:

Und welches ist die Stätte der Finsternis?

12

Morning Claxon, die gekommen war, um das Wochenende mit Hugh oben im »Nutkins« zu verbringen, hatte sich am Sonntag auf ihre morgendliche Laufrunde begeben. Ebenso wie Mr. Golightly nahm sie nicht am Gottesdienst in der Dorfkirche teil. Morning war Heidin, und es wurde gemunkelt, dass sie zur letzten Sommerwende nackt im Widecombe Moor bis zum Sonnenaufgang getanzt hatte. Die Klatschgeschichten erzählten außerdem, dass der Steinkreis, in dem sie getanzt haben soll, von Jackson angelegt worden war, als die Leute von Kanal Vier nach einer location für einen Film über satanische Bräuche gesucht hatten.

Morning war aufgeschlossen und stand dem christlichen Glauben wohlgesonnen gegenüber. Sie war überzeugt, dass Jesus in Wahrheit Heide gewesen war; es hatte sie beglückt, in einem Vortrag, der in Totnes gehalten wurde, zu erfahren, dass eine der gnostischen Sekten – von der man in weiten Kreisen Totnes' glaubte, dass Jesus ihr angehört hatte – einen geweihten Trank zu sich nahm, der aus Menstruationsblut und Sperma bestand. Obgleich es unter Heiden als Lieblingsgetränk galt, hatte man in Great Calne an Menstruationsblut und Sperma noch keinen Geschmack gefunden, die Kommunikanten bevorzugten weiterhin die gebräuchlichere Mischung aus Wein und Oblaten und selbst bei diesem Mahl war die Anzahl der Konsumenten verhältnismäßig gering, wie die Sonntagsgemeinde bewies.

Morning drosselte ihr Tempo, als sie den Hügel hinunterlief, wo man sich leicht den Knöchel verstauchen konnte. An der Kirche kam sie gerade rechtzeitig vorbei, um zu bemerken, dass Pfarrerin Meredith sich mit Barty Clarke unterhielt. Eine Schande, wenn Frauen ihr Äußeres so vernachlässigten, überlegte Morning, und sie beschleunigte ihren Laufschritt, als sie die ebene Strecke erreichte. Die Frau Pfarrer könnte mit einer flotteren Brille und Augen-Make-up um einiges besser aussehen.

Ein bellender Labrador kam ihr in großen Sätzen entgegengesprungen.

»Wilfred!«, tadelte Ellen Thomas, die auf die Straße getreten war, um nach ihrem Hund Ausschau zu halten.

Der schwarze Labrador hatte es unter dem Stacheldrahtzaun hindurch in den Garten vom Spring Cottage geschafft. Als Mr. Golightly den Hund dort nach dem gemeinsamen Spaziergang im Moor entdeckte, brachte er ihn ein zweites Mal nach Hause.

Morning zog ihren Bauch ein und richtete ihre Wirbelsäule auf, weil sie wusste, dass eine gute Haltung die Brüste einer Frau zur Geltung brachte. Ein mehr als mittelalter Mann, im Erscheinungsbild gänzlich unauffällig, gehörte nicht unbedingt zu denen, die besondere Regungen in ihr erweckten. Dennoch, ein Mann war ein Mann, und eine Gelegenheit, ihre Pläne voranzutreiben, durfte nicht verschenkt werden. Sie hatte den Kampf, die Teestube in ein alternatives Gesundheitszentrum umzuwandeln, keineswegs aufgegeben und trug sich mit der Hoffnung, einen Pilates-Kurs einzurichten.

Mr. Golightly war von Natur aus offen für alle Freuden, die sich ihm darboten. Er genoss den Anblick wohlgeformter Brüste, und nun ruhten seine Blicke auf denjenigen von Morning Claxon – so, wie er kurz zuvor angehalten hatte, um Büschel leuchtend gelben Schöllkrauts zu bewundern. »Guten Morgen, meine Dame«, sagte er. Hätte er einen Hut getragen, hätte er ihn gelüftet, so einen majestätischen Eindruck machte die junge Frau, die vor ihm stand. Morning Claxon bedachte ihren ältlichen Bewunderer mit einem Lächeln. »Dame? Meine Freunde würden etwas anderes behaupten!«

Mr. Golightly wirkte höflich verdutzt.

»Ich heiße Morning«, erklärte die neue Bekanntschaft. Das traf nicht wirklich zu: Der Name, auf den man sie getauft hatte, lautete Maureen, doch er hatte sich nicht recht in die Alternativkultur des Südwestens gefügt.

»Ah«, bemerkte Mr. Golightly.

Ellen Thomas wandte sich ab, um ins Haus zu gehen.

»Oh, Mrs. Thomas«, begann Morning, der einfiel, warum sie sich vorgenommen hatte, bis zu Ellens Haus zu laufen.

Morning hatte mitbekommen, wie Nicky Pope oben im Laden erwähnt hatte, dass Ellen Thomas »kränklich« wirke. So, wie sie aussah, schien die Frau an einem chronischen Erschöpfungssyndrom zu leiden, mit Sicherheit jedoch an einer Art von Nahrungsmittelallergie. Als Morning bemerkte, dass das Haus, vor dem sie standen, den Namen »Foxgloves«, Fingerhut trug, entsann sie sich, dass sie vorgehabt hatte, der Post Bescheid zu geben. Hughs Haus »Nutkins« sollte ab sofort in »Morning Glory« umbenannt werden.

»Kann ich auf einen Sprung reinkommen?«, fragte sie und setzte ihr wärmstes Lächeln auf.

Mr. Golightly entdeckte einen Anflug von Panik in den Augen von Ellen Thomas. Nach seinem Spaziergang war er in der Stimmung, die Ärmel hochzukrempeln und sich sogleich an seine Seifenoper zu machen. Doch Ellen Thomas hatte sich nachbarschaftlich gezeigt, und eine Frau in Not weckte seinen Beschützerinstinkt.

»Ah, ich hatte mich ebenfalls gefragt, ob ich auf ein Wort … ?«

»Selbstverständlich …« In dem Blick, mit dem Ellen Thomas Mr. Golightly streifte, war so etwas wie Erleichterung zu erkennen, als sie beide Besucher mit einer unbestimmten Geste hereinbat.

»Und dann«, Morning Claxons Sprechweise hatte etwas von dem Ton eines Bademeisters, »gibt es noch Darmspülungen …«

Mr. Golightly, dessen Stuhlgang keiner Regulierung bedurfte, schaute zu Ellen Thomas, die mit leerem Blick aus dem Fenster starrte.

»Es tut mir furchtbar Leid, Sie zu unterbrechen«, sagte er zu Morning, »doch ich müsste mich mit Mrs. Thomas kurz, ähm, über die Sache unterhalten, über die wir gesprochen haben, als ich neulich hier war …«

»Welche Sache?«, fragte Ellen Thomas, fast schon barsch. Mornings beseeltes Lächeln hatte in ihr Phantasien der Selbstverstümmelung ausgelöst.

»Die, ähm …«, er blickte kurz zu dem weiblichen Eindringling hinüber. »Ich fürchte, es ist privater Natur«, erklärte er dann lahm.

»Oh, bitte«, entgegnete Morning, »lassen Sie sich durch mich bloß nicht stören. Ich muss los, oder Hughie gerät außer sich. Er kriegt Zustände, wenn er nicht weiß, wo ich bin.« Den Rücken gerade, wie es sich gehörte, erhob sie sich vom Sofa. »Nein, stehen Sie nicht auf – ich finde allein hinaus.« Offenbar herrschte eine gewisse *Tendresse* zwischen den beiden alten Leutchen – sie war die letzte, die sich dem Wirken Cupidos in den Weg stellen wollte!

Nachdem die Vordertür hörbar ins Schloss gefallen war, bedeckte Ellen Thomas ihr Gesicht mit den Händen.

Mr. Golightly saß da und sagte nichts, sondern schaute zuerst auf das Bild der Krähen, die über das Ährenfeld flogen, und dann hinüber zu den Schafen auf den ungemalten Hügeln; sie wirkten nicht lebendiger als die Tiere auf dem Landschaftsgemälde – eher wie Spielzeugfiguren, die man auf einem Puppenbauernhof aufgestellt hatte.

Nach einer Weile hub Ellen an: »Sehen Sie, seit mein Mann gestorben ist …« und gab auf. Es lag nicht wirklich an Robert. Aus irgendeinem Grund wollte sie Mr. Golightly nicht anlügen, noch nicht einmal, indem sie nur etwas unterschlug.

»Sehen Sie«, setzte sie wieder an. »Ich wurde gebeten, aufgefordert …« Wie konnte sie es in Worte fassen …? Und dennoch, irgendwie wollte sie es ihm erklären. »Ich wurde aufgefordert, den Menschen … von der Liebe zu künden«, schloss sie matt.

Mr. Golightly, der diesen Zustand genauestens kannte, seine Wahrhaftigkeit und seinen Schrecken ebenso wie sein Vermögen, zu beflügeln und zu zerstören, blickte sie an, sagte aber immer noch nichts.

»Ich weiß nicht, wie man das macht«, gestand Ellen Thomas. Heiße Wut überfiel sie, als sie sich die unmögliche Aufgabe vor Augen hielt, die man ihr aufgenötigt hatte.

»Ja«, sagte Mr. Golightly, »da es der Menschheit an großer Weisheit und Kraft fehlt, sollte sie darum beten, von der Erfahrung der Liebe verschont zu bleiben.« Und er seufzte und spürte, dass er wie kein anderer zu erkennen vermochte, wie unergründlich dieser Zustand war, vielleicht am meisten für diejenigen, die ganz in ihm aufgingen.

»Ich meine«, sagte Ellen Thomas, die Mut aus ihrem Wutanfall schöpfte, »warum gerade ich? Was, um Gottes willen, weiß ich denn schon?«

»Nun«, erwiderte Mr. Golightly, »da Sie mich fragen«, und sein Blick mit den merkwürdig wandelbaren Eigenschaften, der mit seltener Offenheit auf sie gerichtet gewesen war, wandte sich nun wieder den dunklen Krähen zu. »Ich würde sagen – es lässt sich schwer erklären –, vielleicht ist es das, was Sie wissen: dass die Liebe über das Leben hinausreicht.«

Die Sichel des Mondes war kalt und schmucklos in den Himmel gestiegen, als der Mann den Aussichtspunkt auf dem Hügel verließ. Er hatte das getan, weshalb er gekommen war, und nun musste er sich Nahrung beschaffen – sein Magen lärmte wie eine Glocke mit eisernem Klöppel. Der Tag und die Nacht auf der Flucht hatten den Rest seiner Kraft aufgezehrt, die in den Jahren der Gefangenschaft weniger und weniger geworden war. Seine Gliedmaßen zitterten vor Hunger und Erschöpfung, als er den steil abfallenden Talhang hinunterstieg und sein Knöchel sich im Zweig eines verschlungenen Brombeers verfing, der seine Haut aufritzte.

Im Wohnzimmer von Ellen Thomas war es dunkel, weil sie sich nicht die Mühe gemacht hatte, die Lichter einzuschalten. Nach dem Abschied ihres Nachbarn war sie auf dem Sofa liegen geblieben. Er hatte sie in Obhut genommen, Anteilnahme gezeigt, und als er nun fort war, fehlte er ihr. Tränen liefen über ihr Gesicht, als sie in die farblose Dunkelheit starrte.

»Sterben? Sterben?«, fragte der junge Mond verlockend.

Samson stand sicher und geborgen im Stall, doch das Geisterpferd, das keine Ställe kannte, zog schemenhafte Ellipsen. Seit einigen Wochen hatte sie es gelegentlich gegen Abend im leichten Galopp neben Samson gesehen – ein weißes Pferd, in der Farbe alten Elfenbeins.

Nicht nur sie verfolgte die Kreise, die das Pferd mit wildem Hufschlag und fliegender Mähne zog. Auch der Mann, der sich leise auf die verglasten Terrassentüren zubewegte und ein Kribbeln im Genick verspürte, wandte sich um. Ellen Thomas fiel diese kurze Bewegung auf.

Der Mann näherte sich jetzt den Glastüren und tastete mit einer Hand, um zu sehen, ob er sie aufschieben konnte. Ein sanftes Gleiten und er trat ein.

Ellen Thomas verlagerte ihre Glieder unmerklich, um in Erwartung des Todes eine bequemere Stellung einzunehmen. Nun, endlich war er gekommen. Sie wartete auf die Berührung, plötzlich und schrecklich, und betete, Robert möge bereitstehen, um sie sicher hinüberzugeleiten.

Der Mann, der die reglose Gestalt auf dem Sofa nicht bemerkte, stahl sich zu der Tür am anderen Ende des Raumes, die sich im kühlen Mondschein abzeichnete. Er tastete sich an der Wand entlang und fand seinen Weg zur Küche. Nicht viel im Kühlschrank, doch ein hungernder Mensch ist nicht wählerisch. Er stieß eine Kristallschale mit drei eingelegten Pflaumen zur Seite und holte ein paar hart gekochte Eier hervor. Gerade hatte er die Eierschalen zwischen seinen Handflächen zerdrückt, als das Licht anging und er in der plötzlichen Beleuchtung auf frischer Tat ertappt wurde.

April

1

Mr. Golightly war mit seiner Seifenoper kaum vorangekommen. Am frühen Abend schaltete er den Schwarzweißfernseher ein – für den Empfang musste er die Antenne mehrfach drehen – und schaute sich in der Hoffnung auf Anregungen *Neighbours* an. Ohne Zweifel verfügten die Autoren der Serie über eine Begabung, an der es ihm gebrach. Als er nach einem einfachen Abendbrot seinen regulären Abendspaziergang hoch zum *Stag and Badger* unternahm, um das Kreuzworträtsel mit Luke zu lösen und (irgendwie pessimistisch gefärbte) Bemerkungen über das Tagesergebnis auszutauschen, begegneten ihm ringsum in dem Gerede der Menschen von Great Calne ebenjene kleinen alltäglichen Dramen, die er vergebens in sein Drehbuch einzuflechten suchte. Daraufhin stellte sich ihm eine Frage. Sprachen die Figuren im Fernsehen so, wie sie es taten, weil die Menschen um ihn herum so dachten und sprachen? Oder war es, fragte er sich, umgekehrt? Glichen Menschen aus Fleisch und Blut allmählich erfundenen Gestalten, indem sie das nachahmten, was sie auf der Fernseh- oder Kinoleinwand gesehen oder in einem Buch gelesen hatten? In diesem Fall läge, wie und worüber man schrieb, tatsächlich in Gottes Hand.

Vielleicht war es diese Bürde, die Mr. Golightlys Vorhaben verzögerte. Jeden Morgen wachte er mit eiserner Entschlossenheit auf. Nach einem Gang durch den Garten, bei dem er den Himmel nach Anzeichen des bevorstehenden Wetters absuchte (er hatte wenig Vertrauen zum Wetterbericht), plauderte er mit Samson, kehrte dann ins Haus zurück und legte Musik auf. (Er hatte einige der unbekannteren Italiener entdeckt und hörte zurzeit Corelli, den er, wie er fand, reichlich fortschrittlich über *Amazon* bestellt hatte.) Danach wusch und rasierte er sich, kochte eine Tasse Kaffee, die oft noch von einer zweiten gefolgt wurde. Anschließend war er bereit, sich am Klapptisch niederzulassen.

Doch er konnte machen, was er wollte, die Tage verstrichen, und er kam über ein Nachahmen – oder eher ein Wiederbeleben der ursprünglichen Gestalten nicht hinaus. Diese sah er deutlich vor seinem geistigen Auge.

Mr. Golightlys geistiges Auge war alles andere als kurzsichtig, sodass er die vertrauten Figuren und Gesichter jener, die er vor langer Zeit erschaffen hatte, schnell wieder im Blick hatte. Dank des Originals war auch die Handlung schon »festgezurrt«, wie Luke sagen würde. Insofern dürfte die Aufgabe, die er sich gestellt hatte, eigentlich ein Kinderspiel sein. Doch woher nur ein Kind nehmen? Diese Frage stellte er sich eines Morgens voller Reue.

Sein eigener Sohn wiederum … er hatte sich die kindliche Denkart, nach der er suchte, bewahrt, pflegte in ungewöhnlichem Ausmaß jene Unnachgiebigkeit, die Eltern so oft ein Dorn im Auge war. Eigentlich waren Kinder erfundenen Gestalten äußerst ähnlich: Wie sie sich entwickelten, ließ sich nicht vorherbestimmen, geschweige denn vorhersehen. Nachdem man sie in die Welt gesetzt hatte, schlugen sie ihren eigenen, oftmals widersetzlichen Lebenswandel ein.

Ebenso wie in dem Werk, das er vor ewigen Zeiten geschrieben hatte. Inwieweit war er für all die Fehlschläge und Missgeschicke verantwortlich gewesen? Hätte es anders kommen können? Und die Liebesgeschichte – die, wie er gehofft hatte, die tragischen Elemente der Handlung auffangen würde und dann offen geblieben war –, war das alles seine Schuld? Die Erzählung und die Figuren hatten ein eigenes Leben angenommen. Gewiss, sie hatten sich im Rahmen der Gesetze bewegt, die fraglos von ihm geschaffen worden waren, doch dann schienen sie sich seinem Einfluss mehr und mehr zu entziehen.

Er seufzte und drückte auf die Starttaste des CD-Spielers. »Well, if your baby leaves you, and you've gotta tale to tell –«

Das war auch so eine Sache. Der Schmerz, der Beziehungen jeder Art zu begleiten schien. Mr. Golightlys Fuß wippte im Takt der

Musik, die das Klopfen an der Tür übertönte. Das Klopfen wurde mit Nachdruck wiederholt.

»Teufel auch!«, rief Mr. Golightly nicht gänzlich aufrichtig, denn er war an einem Punkt angelangt, an dem Unterbrechungen irgendwie ein Segen waren.

Die Tür hatte sich im Aprilregen abermals verzogen. Als er sie schließlich aufgetreten hatte, sah Mr. Golightly eine Person vor sich, die ihm vage bekannt vorkam: ein muskulös aussehender, rothaariger junger Mann, der einen groß karierten Sportblazer trug.

»Brian Wolford. Wir haben uns oben im *Stag* kennen gelernt.«

Der Gefängniswärter aus Princetown, fiel Mr. Golightly ein, während er sich fragte, was der hier wollte.

Was immer es war, Brian Wolford wartete nicht auf eine Einladung, sondern trat zielstrebig ein. Mr. Golightly stellte »Heartbreak Hotel« auf »Pause« und bot Kaffee an.

»Vielen Dank, rühre ich nicht an.«

»Etwas anderes zur Belebung?« Eine Dose Cola war aus dem Sechserpack noch übrig.

»Sie bieten mir doch hoffentlich kein Aufputschmittel an, oder? ’tschuldigung, nur ein Witz am Rande. Nein, danke, ich rühre auch keinen Zucker an, geschweige denn Süßstoff.« Wolford entblößte makellose Zähne.

Mr. Golightlys Zähne waren fast schon antik zu nennen, und er zeigte sie selten, doch sein Grinsen erinnerte inzwischen an das eines betagten Hundes, der sein leidiges Herrchen zu überlisten versucht.

»Milch?«

»Bedaure, fettfreie Diät!« Wolford, dessen Verhalten keinerlei Bedauern erkennen ließ, rieb seine Brust. Es entstand der Eindruck, dass das, was sich unter seinem Hemd verbarg, unzweifelhaft ebenso behaart war wie seine Hand.

»Wasser?«

»Lieber nicht, wenn es ungefiltert ist.«

»Kein Problem«, erwiderte Mr. Golightly. Mit Interesse stellte er fest, dass es größere Aufmerksamkeit hervorrief, Gastfreundschaft abzulehnen, als sie zu erbitten.

»Was dagegen, wenn ich mich niederlasse?«

»Oh, tut mir furchtbar Leid …« Er hatte als Gastgeber sein Bestes versucht, doch diese übergroße Selbstsicherheit forderte zur Unhöflichkeit auf.

»Tut mir Leid, Sie zu behelligen, doch es geht um den Typen, der abgehauen ist«, erklärte Wolford vertraulich. Beim Sprechen schnalzte seine Zunge ein wenig an den Zähnen.

Es gab niemanden, der sie in dem sonnenbeschienenen Salon, in dem der Staub tanzte, hätte belauschen können; doch ein vertraulicher Ton, bemerkte Mr. Golightly im Stillen, hat mehr mit der Bedeutung zu tun, die der Sprecher sich beimisst, als mit dem Wunsch nach Verschwiegenheit. »Ja?«

»Sache ist, dass wir da oben nicht glauben, dass er die Gegend verlassen haben kann. Wir hatten das Moor schneller abgeriegelt, als Sie für ein Hinternkratzen brauchen –« Mr. Golightly rückte seine Gesäßbacken unbehaglich zurecht –, »und deshalb fragen wir noch mal rum, damit die Leute in ihrem Gedächtnis kramen, verstehen Sie?«

Früher hatte Mr. Golightly unzweifelhaft einen Hang zum Strafen besessen, doch die Zeit hatte ihn nachsichtiger gemacht, und inzwischen versuchte er, sich in Milde zu üben. Sein Sohn hatte eine Vorliebe für Bösewichter und Missetäter gehabt – hatte ihre Gesellschaft sogar derjenigen angesehener Intellektueller vorgezogen, wo er doch leicht neben den Besten hätte bestehen können. Das Bild des entflohenen Sträflings, der wie ein wildes Tier von Männern wie Wolford gejagt wurde, rief in seinem Herzen schmerzhafte Erinnerungen an andere Verfolgungen wach.

Vielleicht bemerkte der Gefängniswärter Anzeichen von Widerwillen, jedenfalls nahm er eine förmlichere Haltung an.

»Dachte nur, ich komme mal vorbei und bitte Sie, die Augen offen zu halten. Sie sind neu in der Gegend. Vertrautheit macht unaufmerksam.« Wolford bleckte die oberen Zähne. »Vielleicht fällt Ihnen etwas auf, das den Leuten hier entgeht.«

»An welchem Tag ist das passiert?«, erkundigte sich Mr. Golightly. Sein Gedächtnis mochte ihn in jüngster Zeit zwar im Stich gelassen haben, doch an das Fluchtdatum konnte er sich genau erinnern: Es war jener Tag im *Stag and Badger* gewesen, an dem die Sonne auf dem Haar von Mary Simms geschimmert hatte. Ein Gefängniswärter spielte bei der Fahndung sicher keine offizielle

Rolle. Der Besuch, vermutete Mr. Golightly, hatte mehr mit dreister Neugier zu tun oder, Gott bewahre, damit, dass hier noch einer in der Kunst des Schreibens Unterstützung suchte.

»Also, wo ich Sie jetzt schon mal in den Klauen habe, wenn Sie mir die Freiheit gestatten, ich hab da noch so eine Idee für ein Buch. Wenn Sie schon davon gehört haben, unterbrechen Sie mich einfach«, bat Wolford und lehnte sich genüsslich in dem Clubsessel zurück.

Von seinem Wachposten in der Eibe hatte Johnny Spence das Kommen und Gehen in Great Calne verfolgt. Es waren Osterferien, und er hatte eigentlich keinen Grund, sich zu verstecken. Doch sein Stiefvater war zu Hause, seine Mum irgendwo unterwegs, und deshalb bot sein Heim keine Sicherheit. Und Johnny besaß nicht gerade viele Freunde – eigentlich keinen, nachdem er Dave Sparrow die Zähne eingeschlagen hatte, weil der behauptet hatte, er sei schwul. Teils aus Langeweile und weil er nicht gern Gelegenheiten vertat, beschloss Johnny nachzusehen, ob es in der Kirche etwas Lohnenswertes zu stehlen gab.

Während Johnny wie ein Jaguar vom Baum glitt, verließ Brian Wolford Spring Cottage. Die Idee zu einem Roman über das, was einen Sexualverbrecher umtrieb, hatte Golightly nicht kommentiert. Er hatte ziemlich deutlich gemacht, dass sich sein Interesse in Grenzen hielt. Wahrscheinlich Neid, dachte Wolford. Solche Schreibertypen waren höllisch heikel, wenn man ihnen zu nahe trat.

Wolfords Natur war unberechenbar; als Kind hatte er seine Lieblingskaninchen bewusst verhungern lassen, und die Katze seiner Mutter wusste ihm aus dem Weg zu gehen, wenn er schlechte Laune hatte. Als er Johnny Spence bemerkte, legte er einen Schritt zu und schaffte es, sich den Jungen an der Kirchenpforte zu schnappen.

»Was soll denn das?«, fragte Johnny und rieb anklagend seinen Arm. Wolfords Griff war so fest, dass er auf der Haut blaue Flecken hinterließ. Oben im Gefängnis war allgemein bekannt, dass man sich besser gut mit Wolford stellte.

»Was hast du in der Kirche zu suchen?«

»Wollte nur mal reinschauen.« Johnny wusste, wo Wolford arbeitete. Sein Stiefvater pflegte ihm gern zu sagen, dass er da eines Tages landen würde.

»Oh, wir sind also Kirchgänger?«

»Hab dem Typ da drüben versprochen, ich würde für ihn reingehen«, erklärte Johnny eilig und nickte in Richtung Spring Cottage.

»Klar«, erwiderte Wolford. »Und warum will Mr. Golightly, dass du das tust?«

Inspiration ist demokratisch – sie lässt große Künstler im Stich, ohne mit der Wimper zu zucken, und findet sich bei kleinen Straßenjungen ein. »Wollte, dass ich ihm ein Gesangbuch hole.« Elvis war religiös gewesen.

»Oh, tatsächlich?« Wolfords Brauen ließen angesichts dieser eindeutigen Erfindung Vergnügen erkennen. »Ein Gesangbuch also? Dann wollen wir mal sehen, was Mr. Golightly sagt, wenn ich ihn frage, nicht wahr?«

»Klar«, antwortete Johnny unbehaglich.

Wolford unterzog das Gesicht seines Opfers einer genaueren Prüfung. »Du wohnst da oben in der Storey Lane, oder? Weiß dein Dad, was du so machst?« Wolford wusste, was über Phil Spence erzählt wurde – ein Trinker und Faulenzer, prügelte wahrscheinlich Frau und Kind.

»Logisch«, erwiderte Johnny, zu eilig dieses Mal.

»Na, dann begib dich ruhig wieder zu deinen Gesangbüchern, Mister Spence, und vielleicht schau ich mal bei deinem Dad vorbei. Ich werde mich nach dir erkundigen, verlass dich drauf.«

Johnny besaß ein feines Gespür für Gefahren: Er wusste, dass man sich lieber nicht mit Sadisten einließ. Während er und der Gefängniswärter sich unterhielten, hatte er am Rande seines Blickfeldes wahrgenommen, wie der Mieter vom Spring Cottage das Haus verließ und die Straße hochging. Mr. Golightly war in Ordnung. Die sicherste Methode wäre vielleicht, ihm nachzugehen und die Sache zu erklären. Wenn Wolford mit seinem Stiefvater sprach, war er fällig – und seine Mum ebenfalls.

Nach dem Besuch des Gefängniswärters fand Mr. Golightly, dass er einen Tapetenwechsel brauchte. Er hatte weder etwas für Wolford übrig noch für dessen Romanidee, die Mr. Golightly auf etwas Anrüchigem zu beruhen schien, mit dem er sich nicht auseinander setzen wollte. Und die Erwähnung des entflohenen Sträflings hatte diese bohrenden Gefühle wachgerufen, die ihn so sehr quälten und verwirrten.

Es war nämlich so, dass Mr. Golightly ein Geheimnis hatte – vielleicht konnte man es nicht unbedingt ein Geheimnis nennen, denn er verbarg es ja nicht vor irgendjemandem –, gewiss nicht vor sich selbst, was bei einem Geheimnis oftmals der Fall ist. Doch es gab niemanden, dem er die Sache, die seine Gedanken beherrschte, erzählen konnte, niemandem, mit dem er darüber reden konnte.

Die Vorstellung, von der er sich nicht freimachen konnte, war, dass er in gewisser Weise für die Katastrophe verantwortlich gewesen war, die ihm seinen geliebten Sohn genommen hatte und solch weit reichende Folgen hatte. Seitdem er seinen Jungen hatte sterben sehen, hatte es keine Sekunde gegeben, in der nicht das bedrückende Gefühl an ihm nagte, dass er die Nägel für jenes unerträgliche Ende geschmiedet haben könnte. Nicht, dass diese grauenhafte Geschichte von ihm für sein Kind geplant worden wäre – jemals hätte sein können –, doch irgendwie hatte der Junge sich eingeredet, die Richtung, die er eingeschlagen hatte, sei das, was sein Vater von ihm erwarte …

Es hatte erschwerende Umstände gegeben: Mr. Golightly war damals mit anderen Geschäften befasst gewesen; bedauerlicherweise hatte er es anderen überlassen, dafür zu sorgen, dass sein Sohn keinen Schaden nahm – und das bei einem Jungen, der sich von Anfang an in keinster Weise um die Folgen seiner Handlungen scherte! Aber die Mutter des Jungen zum Beispiel. Irgendwie war er davon ausgegangen, das Gespür einer Frau hätte … doch welchen Sinn hatte es, den Weg der Reue einzuschlagen? Die Mutter seines Sohnes war ebenfalls erschüttert gewesen; wie alle Frauen, die der Junge um sich versammelt hatte. Zweifellos hatte sein Sohn anziehend auf Frauen gewirkt, wie jeder Mann, der sich nicht um seine eigene Sicherheit schert. Und sobald er seinen Mund aufmachte, begeisterte er nicht allein die Frauen – sondern alle möglichen Menschen. Er hatte eine Art, die jedes Wesen ansprach, weitaus wirksamer als es seinem Vater je gelungen war. Wenn er selbst nicht so dumm und unzugänglich für das Seelenleben der Menschen gewesen wäre, wäre sein Sohn in diese Schwierigkeiten vielleicht überhaupt gar nicht erst hineingeraten, überlegte Mr. Golightly.

Er holte seine Wanderschuhe hervor und trat hinaus auf den Weg, wo Wilfred ihm wie ein alter Freund entgegengesprungen kam. Es war eine Weile her, seit sie gemeinsam zum Moor hochgelaufen waren; er war damals zurückgekehrt und hatte die Hundebesitzerin vor der Frau mit dem eindrucksvollen Busen gerettet, die solche Anteilnahme an seinen Gedärmen bewiesen hatte.

Wilfred war mit der Eigenmächtigkeit eines Tieres vorausgelaufen. Seit Mr. Golightly dort zuletzt entlanggewandert war, hatte die Natur die Wegböschungen, die der Hund beschnüffelte, mit frischem Grün aufgepolstert. Nesseln entrollten zarte grüne Blätter. Knöterich und Sauerampfer schossen auf. Winzige Veilchen, purpurrot, malvenfarbig und weiß, stachen aus dem grünen Blattwerk hervor, gleich kapriziösen Edelsteinen, die von einer überschwänglichen und achtlosen Frau fallen gelassen worden waren. Azurköpfige Buchfinken mit aprikosenfarbenen Brüsten umschwirrten verzückt die dunklen, weißblütigen Zweige des Schlehdorns, flogen ihm übermütig voraus, während er dem Labrador den Weg hinauffolgte. Die Aprilluft war sanft und verführerisch. Nichts ist so schön wie der Frühling, sagte Mr. Golightly zu sich selbst.

Insofern war es ärgerlich, ausgerechnet Sam Noble an der Viehschwelle zu begegnen.

Sam Noble hatte seine Idee, die er Mr. Golightly unterbreitet hatte, nicht vergessen; der Kulturbetrieb von Great Calne würde durch die Gründung einer Schreibgruppe mehr als bereichert. Und das erst recht, wenn er höchstselbst sie ins Leben rufen würde. Welch ein Glück, dass er so viel Erfahrung mit der Schauspielertruppe von Kensal Rise besaß! Er begrüßte Mr. Golightly freudig und erklärte, ausnahmsweise sei er nicht wegen des Parkplatzes unterwegs. Er sei vorbeigekommen, um Luke wegen seiner Idee mit der Schreibgruppe abzuklopfen; Golightly solle nicht meinen, dass seine Gedanken nicht zuweilen auch von »höheren Dingen« abgelenkt seien.

»Sie sind der Vielbeschäftigte unter uns – uns anderen ist jeder Tag recht«, betonte Sam.

»Ah«, sagte Mr. Golightly, dem es fremd war, mit unerbetener Großzügigkeit festgenagelt zu werden. Er überlegte, ob er sich auf einen Geschäftstermin in der Stadt beziehen konnte; doch wie sollte er, nachdem der Tag für das vorgeschlagene Treffen seiner eigenen Entscheidung unterlag, bewerkstelligen, dass es in seiner Abwesenheit stattfand? Es war die Art von Problem, mit der sich sonst seine Mitarbeiter abgaben. Für eine Sekunde dachte er mit Bedauern an Martha; trotz ihres eigenwilligen Verhaltens wäre ihr eine rettende Vorgehensweise eingefallen.

»Luke ist begeistert«, verkündete Sam.

Das traf nicht gänzlich zu. Luke war nach einer unruhigen Nacht, in der ihn der eindringliche Rhythmus von *Hiawatha* kaum hatte schlafen lassen, durch einen Anruf von Mary Simms geweckt worden. Sie hatte ihn gefragt, ob er ihr vielleicht bei einer Arbeit für die Open University helfen könne. Bis auf Longfellow wusste Luke sehr wenig über Dichtkunst. Jäh aus dem Schlaf gerissen, hatte er Mary ungeschickt geantwortet, daraufhin hatte Mary entmutigt aufgelegt, und beide waren mit dem bedrückenden Gefühl, versagt zu haben, zurückgeblieben, das lediglich durch die widrigen Umstände der Unterhaltung hervorgerufen worden war.

Die Ankunft von Sam Noble bedeutete zumindest eine Ablenkung, und Luke fühlte sich ein wenig geschmeichelt, zum Beitritt einer Schreibgruppe aufgefordert zu werden; vornehmlich hoffte er jedoch, Sam würde sich verziehen, sodass er in Ruhe rauchen konnte. Luke war eine friedliebende Seele; es war der Weg des geringsten Widerstandes gewesen, Sams Vorschlägen zuzustimmen.

Ein regelrechter Glücksfall, sagte sich Sam, just in jenem Moment auf Golightly zu stoßen, nachdem er gerade den jungen Luke an Bord gezogen hatte. Er hatte mit Luke vereinbart, dass sie sich alle zu einem noch auszumachenden Termin in Sams Haus träfen. Zufrieden, dass er die Muse, wenn nicht am Genick, so doch zumindest am Rockzipfel gepackt hatte, ging er, erfreut über sich selbst, den Weg hinab.

Mr. Golightly stieg langsam mit Wilfred zu seinem Lieblingsplatz auf dem *tor* hinauf. Oben angekommen, beschirmte er seine Augen mit den Händen und beobachtete ein Bussardpaar, das mit weit ausgebreiteten Flügeln einen hoheitsvollen Paarungstanz vor dem Sonnenrund vollführte. Ein wenig abseits stand eine Gruppe von Dartmoor-Ponys, zwei in dem fast schwarzen Braun ihrer Rasse und ein größeres, kaum mehr ein Pony, in gespenstischem Weiß. Der sanfte Wind spielte in ihren Mähnen, während sie, ohne um Erlaubnis zu bitten oder Schuldgefühle zu verspüren, geduldig den sich ständig erneuernden Pflanzenteppich des Moores abgrasten.

Mr. Golightly blickte lange auf die Szenerie vor seinen Augen. Er verfügte über eine Vorstellungskraft, die seinerzeit viele und mannigfaltige Dinge hatte entstehen lassen. Die Vorstellungskraft vermag Welten zu erschaffen – und aus der seinigen waren Götter und Königreiche entstanden, Menschen und Ideen, Ställe und Zitadellen, Wüsten und Berggipfel, der Untergang von Fürstentümern, der schwache Sieg der Hoffnung. Vor ihm vollendete die Sonne gerade ihr Werk und setzte der Pflanzenwelt einen schimmernden Silberglanz auf. Dank der unermüdlichen Sonnenwärme wuchsen aus der kühlen Erde Kräuter und Gräser und Bäume. Und tief im feurigen Erdkern schuf ihre Kraft die Erze edler Metalle, Silber und Gold – Wahrzeichen menschlichen Adels. Doch wo war jener Adel auf der Oberfläche des Erdballs zu finden?

Ganz gewiss nicht unter den Bewohnern von Great Calne. Offenbar waren derlei Tugenden in der Welt verschwunden und hatten nicht mehr als einen rostigen Fleck hinterlassen. Ob er selbst den Verfall in sich trug? Womöglich waren seine schöpferischen Fähigkeiten, die so viel seines Selbstbildes ausmachten, nur Einbildung gewesen, und die Welt, die einst so vielfältig, so herrlich, so neu gewirkt hatte, war nichts weiter als eine sich verdunkelnde Fläche, über die verwirrte Zeichen aus Kämpfen und Fluchten fegten …

Wäre Martha zugegen, würde sie vermutlich eine kurze Behandlung mit Seroxat empfehlen. Wolfords Besuch hatte ihn bedrückt. Er hatte sich zu einer Ruhepause, zu Ferien aufgemacht, und stellte fest, dass er müde war: müde des Versuchs, Menschen auszuweichen, die etwas Unbestimmbares von ihm wollten, müde des Versuchs, die Kniffe einer Welt zu erlernen, die ihm vorausgeeilt zu sein schien, müde seiner Anstrengung, die Leben jener, die er erschaffen hatte, in seine Idee zu einer Seifenoper einzuweben. Kurz gesagt, war er der Erinnerungen an seine eigene mangelhafte Berufung müde. Es war ein albernes, verrücktes, hirnrissiges Unterfangen – am besten, er gäbe es auf, zöge sich in seine frühere Einsamkeit zurück und ließe das langsame Versickern seines Ruhmes zu. Wer würde ihn denn überhaupt vermissen?

Er wandte sich ab, um den Weg hinunter nach Great Calne einzuschlagen und entdeckte, dass er nicht mehr allein war. Der Junge, Johnny Spence, war ihm zum *tor* gefolgt.

2

Als Ellen Thomas, die in Erwartung des Todes auf dem Sofa in ihrem Wohnzimmer gelegen hatte, feststellen musste, dass nichts geschah, war sie zunächst enttäuscht und schließlich beleidigt. Sie hatte sich für das gelobte Ende gewappnet – und dann nichts … Nach einer Weile stand sie auf und ging zur Küche. Die Tür war angelehnt, und das Licht aus dem offenen Kühlschrank verlieh dem Gesicht, das sich zu ihr umwandte, einen leichenhaften Schein. Schrecken stand darin geschrieben, nicht jener Ehrfurcht gebietende Ausdruck, den man sich von der Gestalt des Todesengels erhofft. Es durchzuckte sie der Gedanke, dass sie ihm vielleicht etwas anbieten sollte, eine Tasse Tee, einen trockenen Sherry …

Angst verzerrte sein Gesicht. Das ist nicht der Engel des Todes, dachte sie mit Bedauern. Das ist ein Mensch in Not.

Ein Mann stand da, eine schäbige Gestalt, die blinzelte, als sie das Licht einschaltete. »Schließen Sie die Kühlschranktür«, sagte Ellen. Es war das Einzige, was ihr einfiel. Dann, als sie sich entsann, dass sie dem strafenden Engel etwas hatte anbieten wollen, sagte sie: »Möchten Sie etwas trinken – eine Tasse Tee?«

Wenn sie später an diese erste Begegnung mit Jos Bainbridge dachte, erkannte Ellen, dass er gezittert hatte, als sie ihn entdeckte; nicht sie, sondern er war es gewesen, der sich gefürchtet hatte. Da ihr das in diesem Moment entgangen war, hatte sie sich zum Wasserkessel begeben und ihn mit Wasser gefüllt. Sie hatte sich darangemacht, Tee zu kochen, um ihm Zeit zu geben, seine Fassung wiederzugewinnen. Er hatte einfach dagestanden, sein Gesicht bleich, tölpelhaft, schwitzend.

»So«, hatte sie gesagt, den Rücken ihm zugekehrt, weil es sie nicht mehr kümmerte, ob er gekommen war, um darauf einzustechen, »Was kann ich für Sie tun?«

Die Worte legten eine unsichtbare Richtschnur fest.

»Ich brauche Hilfe«, lautete seine Antwort.

Mit dem Tod ihres Mannes waren Ellen jene alltäglichen Gelegenheiten, Hilfe zu leisten, genommen worden; anderen zu helfen wurde nicht als selbstverständlich oder als wünschenswert erachtet; doch der Impuls war mit Robert nicht erloschen.

»Natürlich«, erwiderte sie. »Kommen Sie doch in den Raum nebenan, da können wir Tee trinken und reden ...«

Beim Anblick des furchtsamen Gesichtes von Johnny Spence, das über dem Felsplateau auftauchte, stieg Beklemmung in Mr. Golightlys Herz auf.

»John?«, fragte er und wartete.

Johnny hatte sich die Worte nicht zurechtgelegt. In seinem Kopf war in einer albtraumhaften Mischung das Bild seines Stiefvaters, Wolfords und die Aussicht auf das Gefängnis von Dartmoor ineinander gelaufen.

»Bitte, Sir«, begann er, und die Furcht gab ihm Worte ein, von denen er aus irgendeiner dunklen Vergangenheit wusste, dass sie eindrucksvoll waren, »ich bin in großer Not.«

Wie Ellen Thomas war Mr. Golightly gegen die Freuden, anderen zu helfen, nicht gefeit. Das Bild des Jungen knüpfte an andere Bilder in seiner Erinnerung an, schmerzhaft und liebevoll zugleich, ein starkes Zusammenspiel.

»Was ist los?«, erkundigte sich Mr. Golightly. Er stellte fest, das sein Herz ein wenig hüpfte.

»Bitte, Sir«, sagte Johnny und fiel wieder in eine vertrautere Redensart zurück, »ich bin geliefert.«

Als er Johnny nachsah, der die Straße bergan schlich, empfand Wolford eine Art von Verlust. Er stand da und betrachtete den Rücken des Jungen, seine mageren Schultern, ehe er ihm zu folgen beschloss. Johnnys geringer Vorsprung ließ den sportlichen Wolford das Plateau auf dem *tor* lediglich einen Bruchteil nach Johnny erreichen, just als Wilfred zu bellen begann.

»Entschuldigung«, rief er, als er rothaarig und stämmig über den Felsen auftauchte.

Johnny hatte keine Zeit gehabt, dem Mann, dem er instinktiv gefolgt war, seine verzwickte Lage zu schildern. Er stand ergeben da, mit hängendem Kopf, und wartete darauf, dass alles herauskommen würde. Gott allein wusste, warum er sich die schwachsinnige Geschichte mit dem Gesangbuch ausgedacht hatte.

»Ja?« Mr. Golightly sprach kurz angebunden. Er besaß ein ausgeprägtes Gefühl für Privatsphäre: ausgerechnet von jenem Mann bis zu dem Ort verfolgt zu werden, an den er vor ihm geflohen war und an dem er seine Einsamkeit am meisten genoss, war ein Frevel.

»Tut mir Leid, Sie noch einmal zu behelligen«, Wolfords Stimme ließ einen Anflug von Unterwürfigkeit erkennen. »Es geht nur um diesen jungen Burschen da.«

»Ja?«, wiederholte Mr. Golightly. Ein aufmerksamer Zuhörer hätte vielleicht einen drohenden Unterton herausgehört.

»Er arbeitet für Sie, oder?«

Mr. Golightly beobachtete eine Schar Stare, die wie ein Steinregen vom Himmel fiel und Schutz suchend unter den Hufen der Schafe, die auf dem freien Land grasten, aus dem Blickfeld geriet. Mit großer Wahrscheinlichkeit deutete das auf die Nähe von Sperbern hin. Die Hirten aus alten Zeiten, die unter freiem Himmel lange Monate allein im Moor verbracht hatten mit ihrer Herde und ihrem Hund und dem Reich des Unsichtbaren, sie hatten für Stare eine besondere Zuneigung gehegt, weil sie den Schafen in vielem ähnlich waren.

Mr. Golightly, der etwas von dem Glauben der Hirten an das Ungesehene teilte, teilte ebenso ihre Vorliebe für die geselligen Vögel. Er beschirmte seine Augen und hielt Ausschau nach dem adretten Sperber, der die Angewohnheit besaß, den Kopf des Stars abzubeißen und den Schnabel penibel neben der Leiche liegen zu lassen.

»Ja.«

Wolfords Lächeln, das zunächst noch anmaßend gewesen war, schwand, und die Wangen unter dem blassen rötlichen Flaum nahmen ein dunkleres Rot an.

»Entschuldigung, Sir?«

»Ich sagte, ja, er arbeitet für mich.«

Wolford, der es gewohnt war, zu jonglieren, hatte eine Nase dafür, wenn er an ebendieser herumgeführt wurde. »Was dagegen, mir zu erklären, was genau er tut, Sir?«

»Das habe ich nicht, wenngleich ich zurückfragen könnte, Mr. Wolford, inwieweit Sie das betrifft. Ich bin Schriftsteller, wie Sie wissen. John hat mir bei meinen Nachforschungen geholfen.«

Es wäre schwierig gewesen festzustellen, wer angesichts dieser Worte der Überraschtere war, Wolford oder Johnny. Der Gefängniswärter, der seinen Zorn zu bezähmen suchte, starrte auf ein weißes Pferd mit einer wehenden Mähne, das gleich unterhalb von ihnen weidete.

»Ich verstehe.«

Mr. Golightly erwiderte nichts. Endlich hatte er die elegante Silhouette des Sperbers entdeckt und schien sie aufmerksam zu betrachten.

»Gut«, bemerkte Wolford. Es war deutlich, dass er nicht meinte, was er sagte.

»Ja?«, fragte Mr. Golightly noch einmal und wandte sich um. Die beiden Männer standen schweigend auf dem Felsgipfel, der Junge in ihrer Mitte; schließlich begann Wilfred zu kläffen.

»Nun«, hub Wolford an, »ich mache mich dann wieder auf den Weg.«

»Gut«, sagte Mr. Golightly und sah zu, wie sich die Silhouette des geprellten Sperbers an der leuchtenden Himmelskuppel kreisend entfernte.

3

Selbst diejenigen, die Dartmoor nie besucht haben, werden von Widecombe und seinem berühmten Markt gehört haben und kennen vielleicht auch das Lied, in dem Tom Pearce seine graue Stute verleiht, sodass Bill Brewer, Jan Stewer, Peter Gurney, Peter Davy, Dan'l Whiddon, Harry Hawk, Old Uncle Tom Cobleigh und jedermann dorthin reiten können. Wenngleich das Dorf selbst in einem von Höhenzügen umgebenen Becken liegt, sind die Wege nach Widecombe hinauf bekanntlich steil, weshalb die überladene Stute von Tom Pearce auch ihren Geist aufgab, ehe die Mannschaft ihr Ziel erreichte. Seinerzeit bewegte man sich im Dartmoor zu Pferde; heute fahren die meisten Reisenden mit dem Wagen oder gehen, falls sie im Urlaub und gesundheits- und mußebewusst sind, zu Fuß.

Rosie, die Mutter von Johnny Spence, war nicht im Urlaub, und da sie kein Auto besaß, kannte sie die Moorpfade seit ihrer Kindheit. Sie war auf dem Weg nach Widecombe und folgte einem der ehrwürdigen Fußwege, der Abbot's Way hieß und hier und da durch Steinkreuze markiert wurde; schief und wackelig standen die Kreuze und ihre weisen oder auch törichten, von Wind und Wetter ausgewaschenen Inschriften, waren ebenso schwer zu erkennen wie der Verlauf des Weges. Einst stellte er eine der Hauptstrecken dar, die das Moor in der Breite durchmaß, von der eindrucksvollen Buckfast Abbey bis zu ihrer Nebenbuhlerin in Tavistock.

Rosie wanderte nicht lange über den mittelalterlichen Pfad, sondern bog ab und überquerte eine der noch erhaltenen Clapper

Bridges, die ungefähr zu der Zeit gebaut worden waren, als die sandalenbewehrten Füße der Mönche die von Heidekraut gesäumte Schneise regelmäßig beschritten. Rosie hielt in der Mitte der flachen Brücke an, die aus großen Brocken unbehauener Moorlandfelsen errichtet worden war; darunter floss der tosende East Dart ungestüm seiner Mündung entgegen. Sie entsann sich ihres Großvaters, der noch die Packpferde beladen hatte, für die die zyklopischen Brücken errichtet worden waren. Sie dienten dazu, sich trotz des Netzwerkes der Flüsse, die aus dem breiten Schwamm des Torfes von Dartmoor sickerten, fortbewegen zu können.

Großvater war der Erste gewesen, der sie »Rosie« genannt hatte, nach *Rosamundi*, einer der alten Rosensorten, die in seinem Garten wuchsen, wo er außerdem Gartenwicken und grüne Bohnen zog, die sich in einem anmutigen Gewirr um Bambusspaliere wanden. Rosie fand, dass es sich damals um eine gefälligere Welt gehandelt hatte. Heutzutage wussten nur noch wenige Menschen, was »Clapper Bridges« waren oder warum man sie gebaut hatte, kaum einer hatte auch nur eine der Geschichten gehört, die ihr Großvater in seinem Treibhaus zu erzählen pflegte, während er mit dickem, rissigem Daumen die Sämlinge in flache Holzkästen mit torfiger Erde drückte. Inzwischen sah man jene Kästen nicht mehr.

Auch die Geschichten kannte niemand mehr – wie diejenige von dem Mann, der seinen Vater einpökelte, weil das Wetter für den Leichenbestatter zu garstig war, um einsame Orte im Moor aufzusuchen; oder die Geschichte von dem schweren Gewitter, in dem der Teufel nach Widecombe ritt und sich ein Mitglied der Kirchengemeinde schnappte, das hinter der Kirche Karten spielte. Auf dem Weg nach Widecombe hatte der Teufel angehalten, um von der Frau eines Gastwirtes etwas zu trinken zu verlangen. Später erzählte sie, dass sie den Schnaps in seiner teuflischen Kehle hatte zischen hören.

Johnny hatte jene Geschichte geliebt, als er klein war – nicht, dass man ihn nun als »groß« bezeichnen konnte. Doch er hatte eine erwachsene Art, auch wenn es manchmal schwer war, mit ihm umzugehen. Selbst als Säugling hatte er sie mit jenen großen Haselnussaugen angeschaut, die sie nahezu ängstigten. Eine alte Seele, hatte ihre Großmutter gesagt.

Ihre Großmutter war gleich nach ihrem Großvater gestorben, eine schlaue, knochige Frau. »Ich habe keinen Moment Frieden, wenn ich an das Durcheinander denke, in das der Mann ohne mich gerät«, hatte sie unwirsch erklärt, als eine Nachbarin vorbeischaute, um zu kondolieren. Einen Monat nach ihrem Mann war sie selber tot.

Ihr einziger Sohn, Rosies Vater, war einer der hiesigen Pachtbauern geworden, Rosie hatte sich immer wieder gefragt, wie er gezeugt worden war, weil sie nie gesehen hatte, dass das alte Paar sich berührte; doch Sex war schließlich etwas Sonderbares, und es gab keine Regeln. Rosie hatte ihren Vater zum Markt von Widecombe begleitet, wo die mit Rötel gezeichneten Schafe – die roten Flecken sahen aus wie die Plakatmalerei eines Kindes – in den Tagen verkauft wurden, als die Leute noch englischen Hammel und englische Wolle erstanden. Was Pachtbauern heutzutage machten, wusste Rosie nicht, und ihr Dad würde es ihr wohl kaum erklären. Sie hatten seit Jahren nicht mehr miteinander gesprochen. Dass es nur um Gottes willen mit ihr und Johnny nicht so weit kam!

Es konnte aber so kommen. Die Geschichte wiederholte sich. Das hatte die Großmutter oft gesagt, und Rosie hatte lang genug gelebt, um zu erkennen, dass das wahr war. Muster gerieten einem ins Gehirn, hatte jemand anderes, auch jemand, der sie geliebt hatte, einst gesagt, und dann gerieten sie einem ins Leben und richteten darin Verwüstungen an. »You always hurt the ones you love«, hieß es in dem Lied. Sie wollte Johnny nicht wehtun. Doch was tat sie denn jetzt, sie ließ ihn bei Phil, der fähig war, Johnny so heftig zu schlagen, dass er ohne weiteres im Krankenhaus landen konnte.

Als Rosie ihre Weg fortsetzte, nahm sie in der Ferne allmählich den Umriss einer der bekanntesten Sehenswürdigkeiten Dartmoors wahr. Die Kirche von Widecombe, dem heiligen Pankratius gewidmet, wird aufgrund ihres erhabenen Turmes auch »Cathedral of the Moor« genannt. Etwa hundert Jahre nachdem die Kirche entworfen worden war, war die Anzahl derjenigen, welche die Zinnminen betrieben, auf eine beträchtliche Gemeinde angewachsen, und jene »Zinner« waren es, die als Dankesgabe für ihren Wohlstand den Turm im Perpendikularstil errichten ließen.

Die weniger wohlhabenden Besitzer der uralten Waldpachthöfe aus den Tälern des East Dart suchten ebenfalls in der Kirche Zuflucht. Bei dem »Wald« von Dartmoor handelte es sich um jene legendären Gebiete, in denen Tiere einst wild umherstreiften und die Pächter sich alles nehmen durften, das ihnen wohl bekam, mit Ausnahme von Waldgrün und Wildbret. »Waldgrün, so hatte Rosies Großvater ihr erklärt, war das grüne Holz der jungen Bäume. Das Rotwild, dessen Fleisch das verbotene Wildbret lieferte und dessen Wilderei Grund für zahllose Tode durch den Strang war, war schon lange verschwunden, bevor schließlich auch der Strang als Strafe für das Wildern abgeschafft wurde. Legenden wanden sich um die Jäger von Dartmoor, von denen Großvater ihr einige erzählt hatte: jene von dem Jäger Childe zum Beispiel, dessen Grabmal unweit des Sumpfes lag, wo sie sich als Kind auf der Flucht vor ihrem Vater einmal fast selbst den Tod geholt hatte. Mittlerweile war ihr Albtraum, dass Johnny dort auf ähnliche Weise sterben könnte.

Es war kein Zufall, dass Rosies Gedanken auf den Tod gerichtet waren, war sie doch nach Widecombe unterwegs, um die Gräber ihrer Großeltern zu besuchen. Ihre Großmutter war im Monat April gestorben, und in den letzten Jahren hatte Rosie es sich zur Gewohnheit werden lassen, an diesem Datum jenem Mann und jener Frau die Ehre zu erweisen, von denen sie am meisten Zuneigung erfahren hatte. Sie vermisste sie – in der Art, in der man Menschen vermisst, deren Anwesenheit man für selbstverständlich gehalten hatte, in der Art, in der man jedwedes vermisste, das man bis zu seinem Verschwinden für selbstverständlich gehalten hatte.

Das Heidekraut verfing sich in ihrem langen Rock, und ihr weit ausholender Schritt schreckte die Vögel vor ihr auf. Vielleicht würde sie eine Lerche entdecken. Es wäre ein gutes Omen, wenn sie den Lieblingsvogel ihres Großvaters auf dem Weg zu ihm und der Großmutter erblicken würde. Als sie in Johnnys Alter war, hatte sie in der Schule in einem Wettbewerb einen Preis gewonnen, weil sie die Einzige war, die die Bezeichnung für eine Lerchenschar wusste – ihr Großvater hatte ihr auch das beigebracht, doch nun fiel es ihr nicht mehr ein.

Es war Paulas freier Tag, und sie hatte einen Termin für eine Bikini-Zonen-Enthaarung bei *Georgina's* in Oakburton. Dazu gab es einen Anlass. Sie fand es an der Zeit, Jackson Druck zu machen. Er war ihr ausgewichen und hatte etwas von »arbeiten« erzählt; um das zu glauben, musste man nicht mehr bei Trost sein, und nachdem sie so lange bei ihm ausgeharrt hatte, wäre es verrückt, ihn davonkommen zu lassen. Doch bevor sie bei Jackson einziehen konnte, war da noch die Sache mit ihrer Mum zu regeln.

Ihre Mum lag ihr seit kurzem in den Ohren und stöhnte in einer Tour, dass sie die Waschmaschine auf dem Gewissen hätte, weil sie ihre Bettdecke purpurrot gefärbt hatte; das war ein Witz, wenn man bedachte, dass sie die Maschine schon hatten, als es den Freund ihrer Mum noch gegeben hatte – mindestens fünfzehn Jahre war das her –, und da hatte sie schon ein Geräusch gemacht, als ob jemand ihr eine Kette mit Klumpen umgelegt hätte. Sie wusste das, denn wenn sie damals im Bett lag und die Kette mit Klumpen hörte, hoffte sie, dem Freund ihrer Mum würde eines Tages auch so eine umgelegt, wenn er ihre Mum noch einmal schlug. Nicht, dass sie dieser Tage ihre Mum nicht auch gern selbst geschlagen hätte …

Dennoch wollte sie nicht, dass ihre Mum mit leeren Händen dastand, und deshalb musste sie diesen Luke Weatherall als Mieter in ihr Zimmer kriegen; was hieß, sie musste zusehen, ihn dahin zu kriegen, wohin sie ihn haben wollte. Sie rechnete nicht mit allzu großen Schwierigkeiten, obwohl diese alberne Kuh Mary Simms mit ihm noch nicht sehr weit gediehen war.

Mary hatte ihr Bestes versucht, was Luke anging; doch es ist nur allzu bekannt, dass Liebe blind ist – was in der Praxis häufig heißt, dass junge Männer, die verliebt sind, dieses glücklichen Umstandes so lange unkundig bleiben, bis er ihnen enthüllt wird. Mary hatte ihr lieblichstes Lächeln aufgesetzt und ihr Äußerstes mit der Dichtkunst versucht. Sie hatte Luke zu Gefallen ein paar Zeilen aus *The Lady of Shalott* eingestreut, während sie ihm sein Bitter im *Stag* servierte. Doch Tennyson schien bei Luke nicht anzukommen – er interessierte sich allein für das Gespräch mit Mr. Golightly. Es war Mary in den Sinn gekommen, dem Mieter von Spring Cottage anzubieten, seine Wohnung zu putzen, um vielleicht dabei zufällig auf Luke zu stoßen; doch Mr. Golightly schien einer jener selbstgenügsamen Männer zu sein, die das selber machten, was Mary verblüffte, da sie noch altmodischen Geschlechtsvorstellungen anhing.

Paula dagegen hatte ihre Mum eigenhändig erzogen und kannte Wege, ihren Willen durchzusetzen, die Mary Simms nicht bekannt waren. Als sie den Parkplatz von Oakburton erreichte, studierte sie ihr Gesicht prüfend im Spiegel des Micras ihrer Mum und beschloss, sich als Auftakt zu Lukes Verführung die Wimpern färben und die Augenbrauen zupfen zu lassen.

Am Flaschencontainer traf sie Sam Noble, der auf dem Weg zur Klinik war, um bei Dr. Rhys ein Rezept abzuholen.

Sam litt unter Schlafstörungen. Seine Pläne, die Teestube in das Gesamteigentum des Dorfes zu überführen, waren auf taube Ohren gestoßen. Schwungvoll hatte Morning Claxon ihren Elan bei den Frauen und ihre Figur bei den Männern eingesetzt, um die Einrichtung des alternativen Gesundheitszentrums voranzutreiben. Bei beiden Geschlechtern gab es welche, die die Aussicht auf Massagen mit ätherischen Ölen lockte, ohne jedoch die absehbaren Folgen zu bedenken. In Sams Augen konnte es sich dabei nur um einen hässlichen Auswuchs von Häusern vor seinem Schlafzimmerfenster und den gesunkenen Wert seines eigenen Heims handeln. Die Vorstellung hatte verheerende Auswirkungen auf seinen Schlaf.

Paula, die Sam mit einer Art Verachtung betrachtete, die sie sonst nur dem inkontinenten Pudel ihrer Tante Edna vorbehielt, senkte ihren Blick. Dies war als Probe für ihre geplante Begegnung mit Luke gedacht, doch das konnte Sam nicht wissen. Seit der Stewardess aus Malta hatte keine Frau mehr die Augen vor ihm gesenkt.

»Hallo«, sagte Paula, »wohin des Weges?« Sie verlagerte ihren Unterleib fast unmerklich.

»Ach, nur zum Doktor«, erwiderte Sam und errötete.

»Echt?«, sagte Paula und befleißigte sich einer Gleichgültigkeit, welche die eigentliche Sache überspielte. »Fühlen Sie sich nicht besonders?«

»Nichts Ernstes«, entgegnete Sam, der zwischen dem Verlangen nach weiblichem Mitgefühl und dem Wunsch, männlich zu erscheinen, hin- und hergerissen wurde. »Ein Anflug von Schlaflosigkeit.« Er runzelte die Stirn und versuchte, den Eindruck zu erwecken, als ob er ein Mann wäre, der die Bürde schwerwiegender, weltlicher Belange trug.

»Ach herrje«, sagte Paula. Ihr flaches, bedenkenloses Gesicht starrte das seine unbeeindruckt an.

»Hätten Sie Lust auf eine Tasse Kaffee im *Green Gables*, nachdem Sie Ihre Besorgungen erledigt haben?«

Besorgungen!, dachte Paula. Der dämliche Tropf redete wie jemand aus einem alten Film. »O.K., von mir aus.«

In ihrem kurzen Rock und mit Sams Blicken im Rücken ging Paula auf ihren Plateausohlen beschwingt die Straße hinauf zu *Georgina's*.

Georgina hieß eigentlich Di, doch sie hatte den Laden als florierendes Unternehmen von der vorherigen Kosmetikerin erworben, die dem Geschäft ihren Namen verliehen hatte. Als Paula erklärte, sie sei wegen einer Bikini-Zonen-Enthaarung gekommen, schlug Di vor, sie solle es vielleicht einmal mit dem »Brasilianer« versuchen.

»In London machen das echt alle. Ein hübscher, sauberer Streifen vorne runter. Manche Leute sind radikal und lassen alles wegmachen – das nennt man dann »Hollywood«, doch für den Anfang würde ich zu dem »Brasilianer« raten. Verlass dich drauf, das wird Mode.«

Paula besaß ein paar Tangas, die sie in die hinterste Ecke ihrer Schublade verbannt hatte, nachdem sie sich Jackson geangelt hatte. Allerdings hatte sie überlegt, sie wieder auszugraben als nächsten Schachzug in ihrem Plan, bei ihm einzuziehen. Der »Brasilianer« kam ihr wie gerufen.

»Am besten machen wir zuerst die Enthaarung«, schlug Di vor. »Weil Augen dummerweise leicht zum Tränen neigen, wenn wir im Untergeschoss bei der Arbeit sind …«

Sam saß mit Temazepam in der Tasche im *Green Gables* und wartete, bis Paula erschien, die sich behutsam bewegte. Sie nahm Platz und schlug die Beine abwechselnd über- und auseinander, um ein Gefühl für den »Brasilianer« zu bekommen. »Einen Kaffee, danke«, bat sie. »Schwarz, ich bin auf Diät.«

»Das haben Sie aber gewiss nicht nötig, oder?«

Sam beäugte sie auf eine Art und Weise, die Paula ekelte. Jetzt, wo sie ihn in Fahrt gebracht hatte, musste sie zusehen, dass sie den alten Knacker wieder loswurde.

»Muss auf die Figur achten, oder?« Im Geist probierte Paula ihre beiden Tangas an; der eine in fliederartigem Mauve mit kleinen Rosetten war der hübschere, wohingegen der andere, schwarz und rosa, zu ihrem Büstenhalter passte.

»Sie haben eine sehr nette Figur«, sagte Sam und starrte auf Paulas Brüste.

»Liegt am Wonderbra«, erklärte Paula, die beschloss, dass der Moment gekommen war, Sam wieder zu entwöhnen.

Doch ein geschluckter Köder lässt sich nicht so einfach herauswürgen, und Paula hatte nicht mehr getan, als den Schlamm der Phantasie aufzuwühlen, der am Boden eines jeden, auch des vernünftigsten Menschenherzens ruht. Sam stellte sich bereits eine empfängliche Paula vor, ausgebreitet auf dem Bett, in ihrer Unterwäsche.

»Nun, Sie sehen *wundervoll* darin aus.«

Jesus, steh uns bei, dachte Paula. Mit der brasilianischen Enthaarung und ihren bis zu gefährlicher Höhe gezupften Brauen konnte sie diesem alten Knacker keine Zeit mehr widmen.

»Echt, na ja, ich muss los, fürchte ich …« Paula stand auf und sah sich um.

»Oh, gehen Sie nicht …« Die Worte waren heraus, bevor er sie zurückhalten konnte. Ihm war klar, dass er zu viel preisgegeben haben könnte, und er versuchte, die Lage zu retten. »Ich habe über die Teestube nachgedacht …«

»Wirklich?« Paula schaute mit vagem Interesse zu ihm zurück. Ihre Mum hatte ihr von der Geschichte mit der Teestube erzählt.

»Sie wären die ideale Person, um sie zu führen, mit Ihrer Erfahrung im Servicebereich …«

Sam stellte sich gerade Paula vor, wie sie ihn im Spitzenschürzchen über einem sehr kurzen schwarzen Kleid begrüßte.

»Oh, klar.«

»Also«, begann Sam und fuhr, von einer fixen Idee besessen, fort – »wenn ich die Teestube kaufen würde, was hielten Sie davon, sie zu führen? Bitte sagen Sie Ja …«

Brian Wolfords Mum Cherie beliebte zu sagen: Es gibt keinen größeren Narren als einen alten Narren.

»O.K., gut, ich denk drüber nach.« Zuzustimmen schadete nichts, und den alten Trottel wurde sie damit los. Paula konnte es nicht erwarten, nach Hause zu kommen und die Ergebnisse von Dis Handarbeit unter dem mauvefarbenen Tanga auszuprobieren, der, wie sie fand, prima zu dem purpurfarben Glitzer-T-Shirt passen würde.

4

Der Friedhof von Widecombe erstreckt sich unaufdringlich bis zu den umliegenden Feldern, die ihrerseits fast in das benachbarte Moor übergehen. Rosies Großeltern, die ihr Leben im Umkreis von zehn Meilen um das Dorf verbracht hatten, hatten mit achtzehn in der Kirche von Widecombe geheiratet.

Als Mädchen hatte Rosie in einem Schatzkästchen neben der Feder eines Eichelhähers und dem Schädel eines Wiesels die karmesinrote Samtrose aufbewahrt, die ihre Großmutter auf ihr Hemd gestickt hatte. Ihr Großvater sollte sie in der Hochzeitsnacht finden, wenn er sie erstmalig entkleidete. Eingedenk dieser Begebenheit hatte sie auf ihr gemeinsames Grab eine tiefrote Rose gepflanzt, deren Duft sie im Sommer an das Lieblingslied der Großmutter erinnerte, »Sommersonnen scheinen«.

Rosie hatte etwas von dem grünen Gartenbast bei sich, den sie ebenfalls mit dem Bild ihres Großvaters verband, und ein Setzholz, mit dem sie die Grabstätte ihrer Großeltern vom Unkraut befreien wollte. Unterhalb der Rose hatte sie Osterglocken gepflanzt, die, wie sie sah, ins Kraut geschossen waren und hochgebunden werden mussten. Auf dem Grabstein aus Granit war zu lesen: »William und Evelyn Coaker, 1899–1986« und darunter »Selbst der Tod konnte sie nicht scheiden«.

Während sie arbeitete, sang Rosie vor sich hin »Sommersonnen scheinen: über Land und Meer…«. Sie waren fast wie Zwillinge gewesen, ihre Großeltern – nur einen Monat nacheinander geboren und seit der Schule ineinander verliebt. Mit vierzehn waren sie von der Schule abgegangen, er zu den Ställen in Oakburton, sie in einen Haushalt in Buckfast. »Frohes Licht in Strömen, überreich und frei …« Heutigentags würden die Leute sagen, ihnen seien die Erfahrungen entgangen, weil sie nie jemand anders gekannt hatten, doch wenn man bedachte, was die »Erfahrungen« mit sich bringen konnten, könnte man auch behaupten, dass man ohne sie glücklicher durchs Leben ging.

Als sie das Unkraut entfernt hatte und mit ihrer Arbeit zufrieden war, überquerte Rosie die Straße, die von der Kirche zu einem der Cafés führte, in denen ein »reichhaltiges Teegedeck mit landesüblicher Creme« verheißen wurde, und bestellte sich dort Kaffee und ein Schinkensandwich. Die Sonne war unverhofft kräftig, es war warm genug, um im Freien zu sitzen. Sie steckte sich eine Zigarette an und sah zu, wie eine Frau ein Kind über den Dorfanger zerrte und brüllte: »Da schau, was du mit deiner Hose angestellt hast, Jesus noch mal!«; sie überlegte, was Jesus zu dem Thema gesagt hätte. Die Dinge, die die Menschen in seinem Namen taten und sagten. Als ob Jesus sich auch nur einen Deut um den Schmutz auf der Hose eines armen Kindes scheren würde.

Der heulende, tobende Junge erinnerte sie an Johnny. Mittlerweile weinte er nicht mehr, doch als sie zu Phil gezogen waren, geschah es jede Nacht, bis Phils drohende Hand jene heftigen Tränen vertrocknen ließ. Wenngleich es ihr damals wehgetan hatte, die schluchzenden Schreie ihres Jungen zu hören, wünschte sie beinah, er würde wieder weinen. Etwas in den ehrlichen Haselnussaugen hatte sich seitdem verschlossen. Doch sie kannte ihren Sohn – sie wusste, dass er wusste, wie unglücklich sie war; und er wusste, sehr wahrscheinlich, dass das alles ihre Schuld war.

Während Rosie in Widecombe saß und ihre Vergangenheit an sich vorüberziehen ließ, war Paula mit dem Vorantreiben zukünftiger Pläne beschäftigt. Sie begutachtete ihren nackten Körper im Badezimmerspiegel. Zufrieden mit ihrem neu entblößten Aussehen, machte sie sich in ihrer zweitengsten Jeans auf den Weg zu Lavinias Scheune. Die Begegnung mit Sam hatte ihr wieder einmal bestätigt, dass man mit Sex jeden Mann dazu bringen konnte, das zu tun, was man sich wünschte.

Luke, der von der Wonne, die seiner harrte, nichts ahnte, war überrascht, Paula vorzufinden, als er die Tür öffnete. Vertieft in seine indianische Schöpfungsgeschichte, war er nicht sicher, wen er vor sich hatte. Verwirrt, jedoch entgegenkommend bat er sie nach oben. Paula schaffte es die Treppe hinauf, aber es war nicht einfach: Lukes Appartement befand sich im Speicher des Hauses, und die Enge der Jeans, gepaart mit den Auswirkungen des »Brasilianers« erforderten ungewöhnliche Vorsichtsmaßnahmen.

Luke, der das obere Stockwerk als Erster erreichte, packte eilig ein paar Kleidungsstücke unter die indianische Bettdecke und stieß mit dem nackten Fuß einen schmutzigen Teller mit Zigarettenstummeln unter das Bett. »Kaffee?«, fragte er Paula, die ziemlich kurzatmig nach der ungewohnten Leibesübung mit Jeans und »Brasilianer« auftauchte.

»O.K., danke.« Paula senkte die frisch gefärbten Wimpern, doch Luke stand mit dem Rücken zu ihr und füllte den Kessel unter reichlich lautstarkem Plätschern, sodass die Wirkung ausblieb.

Lukes Fähigkeit, sich zu unterhalten, war begrenzt. Wie viele Künstler, vornehmlich Schriftsteller, war er an menschlichen Wesen aus Fleisch und Blut nicht besonders interessiert. Nachdem er geklärt hatte, dass Paula im Pub arbeitete, und nach einer kurzen Exkursion zum Wetter konnte er nur noch bei seiner Ballade – mit der er weiterhin auf der Stelle trat, wie er Paula erklärte – oder bei *Hiawatha* Zuflucht suchen. Doch da bewegte er sich immerhin auf vertrautem Boden. Und eine gefangene Zuhörerschaft bot eine Gelegenheit, die man sich nicht entgehen lassen durfte. »Hör zu«, begann er, »du wirst das Problem erkennen, wenn ich dir ein paar Strophen vorlese …«

Über das Moor verteilt, gibt es ein Netz von Briefkästen. Aus Tradition stempeln die Besucher solcher verborgenen Stätten ihre Postkarten dort ab oder schreiben ihren Namen oder Verse in die Bücher, die in den getarnten Metallkästen versteckt liegen. Allerdings fußt dieses seltsame System auf einer weitaus älteren Tradition; Liebenden und Freunden war es auf diese Weise möglich, über die unwirtliche Landschaft des Moores und die weitaus größere Unwirtlichkeit ökonomischer Verhältnisse hinweg miteinander zu verkehren.

Vor langen Jahren hatte Rosies Großvater ihr die geheime Stelle gezeigt, die er geschaffen hatte, damit er und ihre Großmutter in Verbindung bleiben konnten, als er ein Stalljunge und sie ein Dienstmädchen war und sie nicht darauf hoffen konnten, dass viele ihrer freien Tage zusammenfielen. Später, als Mädchen, hatte Rosie eine andere Person in das Geheimnis eingeweiht, und zu gegebener Zeit, als junge Mutter, hatte sie den Briefkasten seines Urgroßvaters auch Johnny gezeigt. Als er klein war, hatten sie gespielt, dass sie Nachrichten für die Geister von Dartmoor hinterließen, die beschwichtigt werden mussten, denn sonst führten sie einen in die Irre und in den Sumpf. Einmal hatte sie erklärt: »Falls du jemals von zu Hause fortläufst, musst du versprechen, mir hier eine Botschaft zu hinterlassen«, und der klugäugige Johnny hatte erwidert, »du auch, Mum …«.

Rosie verließ Widecombe in Richtung Buckland Beacon. Ringsumher lag das Moor, friedlich, verschwiegen und urteilslos. Mit einem Mal flog ihr die Bezeichnung für die Lerchenschar wieder zu – ein »Jubelheer«! Es würde ihren Großvater freuen, dass es ihr eingefallen war. Sie stellte sich vor, wie er sich aus seinem Erdbett in Widecombe erhob, vor Untätigkeit gelangweilt, und in seinem Nachthemd hier hochgewandert kam. Trotz aller seiner Wildheit gab es eine Sicherheit im Moor, deren man sich unter Menschen nie gewiss sein konnte. Wenn sie in dem Briefkasten des Großvaters eine Nachricht hinterließe, würde Johnny sie vielleicht finden. Er war aufgeweckt, ihr Johnny. Er vergaß selten etwas. Anzurufen und womöglich an Phil zu geraten oder eine Nachricht zu hinterlassen, die ihm in die Hände gelangen konnte, war zu gewagt. Es war das Beste für sie und Johnny, wenn sie für eine Weile fortblieb.

» … Bis die Felder widerhallten
Vom Gelächter, bis vom Wigwam
Hiawatha's wüthend krächzte
Kakagi, voll Wuth erbebte.
Bis von allen Nachbarwipfeln
Kreischend schrie'n die schwarzen Plünd'rer.
›E!‹ so ist's, die Greise riefen
Von dem Sitz im Fichtenschatten.

Siehst du, was ich meine«, bemerkte Luke, als er schließlich innehielt. »Von Longfellows Rhythmus kommt man nicht los.«

Paula war versucht, in die Erwiderungen der Greise einzustimmen. »Echt, stimmt, ich mach mich dann besser auf den Weg.« Lukes Zielstrebigkeit, die stärker war als ihre eigene, verlangte ihr eine Form von Respekt ab und ließ sie ungewöhnlich höflich werden. Gegen Lukes restlose Versunkenheit in seine Dichtung kam sexuelle Verlockung einfach nicht an.

»Bist du wegen etwas Bestimmtem vorbeigekommen?«, fragte Luke, als er sie die Treppe hinuntergeleitete.

»Oh ja, stimmt«, antwortete Paula, die durch die neue Erfahrung zur Deutlichkeit getrieben wurde. »Ich habe mich gefragt, ob du Lust hättest, mein Zimmer bei meiner Mum zu übernehmen. Du kämst mit dem Geld aus, das du vom Sozialamt kriegst.«

»Verstehe«, entgegnete Luke, höflich wie immer. »Vielen Dank. Das hier ist im Moment in Ordnung, aber danke für das Angebot.«

»Jesus, na dann noch viel Spaß mit dem, Mary!«, sagte Paula laut, als sie mit ihren Absätzen vorsichtig über den Metallrost der Viehschwelle stöckelte. Diese dämliche Mary Simms konnte einem fast Leid tun.

5

Der Gärtner, den Nicky Pope zugesagt hatte, war nie aufgetaucht, sodass Mr. Golightly es sich zur Gewohnheit gemacht hatte, den Garten von Spring Cottage selbst in Ordnung zu halten. Zum Teil geschah dies, um sicherzugehen, dass Pfarrerin Fisher oder Keith nicht mit Angeboten christlichen Beistandes zu Besuch erschienen. Abgesehen davon, bot sich auch die Gelegenheit, einen früheren Zeitvertreib wieder aufzunehmen. Der Apfelbaum am Wohnzimmerfenster reizte Mr. Golightly schon seit längerem; er sah so aus, als ob sich seit Jahren niemand um ihn gekümmert hätte.

Vor langer Zeit war Mr. Golightly einmal so etwas wie ein Baumexperte gewesen und hatte sich einen Namen durch die Zucht seltener Baumsorten gemacht. Allerdings hatte es Probleme mit der Vermarktung gegeben, und zuletzt hatte er das Interesse an jenem Geschäftsbereich verloren, seine beiden fleißigen Mitarbeiter Bill und Mike kümmerten sich jetzt darum.

Es waren viele Jahre vergangen, seit er sich mit der Kunst des Gartenbaus befasst hatte. In dem Garten eines englischen Cottage umherzuschlendern, wie er es an diesem Morgen tat, war ein seltenes Vergnügen. Ein Garten ist eine erfreuliche Sache, sagte er sich, während er den frischen Wuchs durchscheinend limonengrüner Blätter an der Buchenhecke in Augenschein nahm.

Nicht zum ersten Mal überkam ihn der Gedanke, dass ihm das Leben als Farmer zugesagt haben könnte: Wo Gewohnheiten so in Fleisch und Blut übergehen, dass sie wie Instinkte funktionieren, tagtäglich harte Arbeit in Sonne und Wind und Regen, mit allwöchentlicher Pause und Erholung – ein Leben, dem nicht unähnlich, was sein eigenes einst zu versprechen schien. Ein Arbeiter aber hätte Frau und Familie, um das handelsübliche Behagen verwandtschaftlicher Zugehörigkeit zu bieten. Er hatte so lange in Einsamkeit gelebt, dass dieser Zustand eine Bedingung seines ureigenen Daseins auszumachen schien. Doch einst hatte auch er eine Art Familie besessen, der er nahe gestanden hatte.

Wie es im Urlaub oftmals der Fall ist – fern von den Alltagssorgen, der Geist von den Fesseln der Zeit befreit –, entdeckte Mr. Golightly, dass er zum Grübeln aufgelegt war. Der ursprüngliche Vorsatz, der ihn bewogen hatte, die tägliche Routine zu unterbrechen, setzte ihn nicht mehr so unter Druck: Er beobachtete sich selbst dabei, dass er mit jedem Tag, der verstrich, seine Gedanken wie einen freigelassenen Falken weiter und weiter, zu immer ausgedehnteren Betrachtungen kreisen ließ.

Er wachte frühzeitig in dem engen Schlafzimmer auf, doch anstatt gleich aus dem Bett zu steigen, wie er es zu Beginn seines Urlaubs getan hatte, entdeckte er, dass er zum Liegenbleiben neigte und seine Gedanken treiben und sich sammeln ließ wie die Blätter herbstlicher Bäume, die sich auf den Komposthaufen der Gärten wiederfinden.

Es war, als gebe er etwas Raum, das er bislang gefürchtet hatte. Ob »gefürchtet« das richtige Wort war? Der Furcht stand etwas gegenüber – etwas Greifbares, Bestimmbares, das man bekämpfen, mit dem man ringen und das man zu bezwingen hoffen konnte. Dieses vage Gefühl, das undeutlich, drohend in ihm aufzusteigen begann, war weniger fasslich. Vielleicht war es das, was er Philosophen mit »Existenzangst« hatte bezeichnen hören – freilich ohne wirklich zu wissen, was sie damit meinen könnten. Er glaubte sich zu entsinnen, dass es etwas mit der Vorstellung des Nichtvorhandenseins zu tun hatte. Fürchtete er, dass er nicht vorhanden sein könnte? Es kam ihm sonderbar vor, sich deswegen aufzuregen, denn falls man nicht vorhanden war, wie war es dann möglich, sich daran zu stören?

Während er an Wolken aus überquellendem milchig blauen Vergissmeinnicht entlangwanderte, an aufrechten scharlachroten Tulpen, verschwenderischen Nelken und topasfarbenem Goldlack, dessen dunkel-duftender Samt bereits von summenden Bienen bevölkert war, beschloss er, dass die Philosophen Unrecht hatten; diese körperlose Angst, von der sie erzählten, hing mehr mit dem Gefühl zusammen, dass es wesentliche Belange jenseits der eigenen Einflussnahme gab, egal, wie mächtig einer auch sein mochte.

Schmerz, zum Beispiel. Er hatte sagen hören, dass die Zeit alle Wunden heilt. Diesbezüglich hatte er seine Zweifel. Wie ein endlos strömender Fluss konnte die Zeit vielleicht viele Dinge hinwegschwemmen, nicht aber den Schmerz, den man empfand, wenn man ein Kind verlor. Für Heilung lag er zu tief in einem selbst vergraben. Wenn sie sich überhaupt veränderte, dann wurde die Erinnerung im Lauf der Zeit eher bösartiger, gleich einem räuberischen Wesen, das durch das Einsperren im Kerker wilder und wilder wird. Warum sollte ein Hund, ein Pferd, eine Ratte das Leben haben und du keinen Atem? Falls er einmal die Antwort auf diese Frage gewusst haben sollte, so spürte Mr. Golightly, dass sein Wissen, hatte er es jemals besessen, geschwunden war.

Das Zaungatter öffnete sich, und Johnny Spence kam in den Garten; sogleich merkte Mr. Golightly, dass sich seine Stimmung hob. Er freute sich, Johnny zu sehen, auf dessen Sachverstand er sich mehr und mehr verließ. Und dann war da noch das Vergnügen zu beobachten, dass – ähnlich dem Garten, der, von den Hemmnissen des Winters befreit, die Vorsicht abschüttelte und eine andere Seite seiner Natur darbot – auch Johnny Spence sich irgendwie verändert hatte.

Sein ewig gleiches kapuzenartiges Gewand war, obgleich er ihm nicht entsagt hatte, nun zurückgeschoben und zeigte mehr von seinem Gesicht. Das heute lächelte.

»Hallo!«

»Hallo!«, gab Mr. Golightly zurück.

»Ich hab's fertig. Hier.«

Johnny streckte Mr. Golightly ein paar Blätter Papier entgegen, die dieser überflog. »Sehr gut«, erklärte er. »Komm rein. Ich war gerade dabei, Frühstück zu machen.«

Das Frühstück bestand aus Ei, Schinken, Tomaten und dicken Scheiben Toast mit Butter und Frank Cooper's Oxford Marmelade.

»Die mag ich«, sagte Johnny und nahm von der Butter. »Meine Mum kauft immer so ein gesundes Zeug wegen dem Herz von meinem Dad. Das ess ich nicht.« Er setzte nicht hinzu, dass er froh wäre, wenn das Herz seines Stiefvaters seinen Betrieb gänzlich einstellte.

»Natürlich nicht«, entgegnete Mr. Golightly, der des Zusatzes nicht bedurfte. Auch er verzichtete ungern auf echte Butter. »Kaffee? Oder hättest du lieber eine Cola?«

Beide tranken sie Kaffee mit sahniger, nicht pasteurisierter Milch. Die Morgensonne ließ den Schopf des Jungen erstrahlen und verwandelte sein mausfarbenes Haar in einen Heiligenschein. Beispiele derartiger Segnungen waren an jedwedem Frühlingsmorgen in solchem Übermaß vorhanden, dass Mr. Golightly seine jüngsten trübsinnigen Überlegungen absurd erschienen. Doch auch hier drohte Gefahr. Johnny beschwor das Bild eines anderen kleinen Jungen herauf, und selbst in dem scheinbaren Paradies der englischen Landschaft gab es unverkennbare Hinweise auf den unausrottbaren Hang zu rauben.

Mr. Golightlys mildtätige Behauptung Wolford gegenüber, dass Johnny sein Forschungsgehilfe sei, war ohne weitere Diskussion auf der einen wie der anderen Seite in die Wirklichkeit umgesetzt worden. Johnny hatte sich darüber gewundert. Bei den Unterlagen, die er überreicht hatte, handelte es sich um das Drehbuch zu einer Seifenoper für das Fernsehen. Warum sein Wohltäter dergleichen wünschte, war ihm ein Rätsel, doch wenn er am Tag einen Zehner dafür bekam, dass er das Zeug aus dem Internet herunterlud – was, vorausgesetzt, sein Stiefvater war aus dem Weg, ein Klacks war –, war das ein Rätsel, das von ihm aus ruhig ungelöst bleiben konnte.

Mr. Golightly neigte ebenfalls dazu, auf Erkundigungen zu verzichten; er hatte sich Mühe gegeben, dass in seinem Umgang mit Johnny Spence nicht auch nur die Andeutung von Erkundigungen spürbar wurde, es sei denn, es diente seiner Arbeit. Fragen waren die Feinde unbekümmerten Umgangs. Er brauchte den Jungen mindestens ebenso sehr, wie der Junge ihn brauchte. Eins der Dinge, die sein Sohn ihn gelehrt hatte, war, dass ein Bedürfnis auszudrücken nicht ein Zeichen von Schwäche, sondern von Stärke war.

Wie sich herausstellte, hatte Johnny eine Menge handfester Hinweise und hilfreicher Informationen zu bieten. Er klärte Mr. Golightly über die Struktur von Seifenopern auf. »Szenen dauern zwei Minuten, höchstens«, erläuterte er, als Mr. Golightly Tempo und Kürze der Bilder auffällig fand. »Die Zuschauer müssen dranbleiben. Für Längeres haben die Leute nicht genug auf dem Kasten.«

Durch die Unterhaltung mit Johnny kam Mr. Golightly die Idee, wie er sein großes Werk auf den neuesten Stand bringen konnte – er brauchte nur Charaktere, Ereignisse und Zeitabläufe zu vermischen. Der Versuch, die Geschichte auf linearen, zusammenhängenden Ebenen anzulegen – es hatte lange gedauert, bis er dahinter gekommen war –, stellte eine der Sackgassen dar, in die er geraten war. Es handelte sich um ein überkommenes Verfahren, entsprach nicht dem modernen Stil. Johnny hatte ihm gezeigt, dass man heutzutage mit schnellen Schnitten bei Szenen und Figuren arbeitete, langwierige Erklärungen und Geschichten waren unnötig.

Das Drehbuch, das Johnny heute vorbeigebracht hatte, war für das Treffen der Schreibgruppe an diesem Nachmittag gedacht. Er freute sich nicht darauf. Sam war auf verbissene Weise hartnäckig geblieben, und es schien keine Möglichkeit zu geben, ohne dreiste Unhöflichkeit – etwas das Mr. Golightly eher zu umgehen suchte – zu entkommen. Sein Plan war, eins der Drehbücher, die Johnny heruntergeladen hatte, als Scheingrundlage zur Debatte mitzubringen.

Tatsache war, dass Sam wegen der Schreibgruppe die Besorgnisse all jener ausgestanden hatte, die etwas aufgrund einer Laune statt eines echten Beweggrundes in Gang setzen. Drei Personen wirkten unzureichend, wenn er recht überlegte. Er beschloss, kurz nach Backen hinüberzufahren und bei – wie hieß sie doch gleich? – Nadia Irgendwie, mit dem hennagefärbten Haar, die den Antiquitätenladen führte, anzuklopfen. Nicky Pope hatte erwähnt, dass die Frau einen Roman bei einem kleinen Verlag in Dartington veröffentlicht hatte.

Sam rief Nicky an, die erklärte, sie hätte ein Exemplar, das sie im Spring Cottage hatte unterbringen wollen. Eigentlich sei es aber nichts für Mr. Golightly, fand sie, und sie würde es gern bei Sam vorbeibringen.

Der Roman, eine Geschichte über eine Frau mittleren Alters, die eine Zeitreise unternimmt und am Hof von König Arthur ihrer großen Liebe begegnet, hatte keine nennenswerten Zahlen geschrieben; allerdings war er in der Lokalzeitung von einer von Nadias Freundinnen teilnahmsvoll besprochen worden. Sie hatte das Buch als »einfühlsam« bezeichnet. Es war dieselbe Freundin, die darauf bestanden hatte – nachdem Nadias Mann mit einer Frau losgezogen war, der er eine Standuhr verkauft hatte –, dass ebenjene Einfühlsamkeit von Nadia die Männer »in Herden« anlocken würde.

Sam verschaffte sich ein wenig Bewegung und radelte kurz vor Mittag nach Backen; am *Stannary Arms* machte er Halt. Die Strecke erforderte zeitweise strammes Bergaufstrampeln, und als er sein Ziel erreicht hatte, merkte er, dass er etwas brauchte, um sich wieder in Form zu bringen. Barty Clarke befand sich in der Bar, als Sam hineinschaute. Der neueste *Wadenbeißer* war gerade unter Dach und Fach, doch Barty war Opportunist, und Sam – wer konnte das wissen? – könnte die besondere Note liefern, die für die nächste Ausgabe erforderlich war.

Sam wusste eigentlich, dass man Barty nicht trauen konnte. Doch was wir eigentlich wissen, ist uns nicht immer bewusst. Der Herausgeber des *Wadenbeißer* lauschte höflich, während Sam die Sache mit der Schreibgruppe erläuterte und warum er nach Backen gekommen war. Barty kannte Nadia, bei der er in seiner Funktion als Auktionator den Kram ablud, den andere Leute nicht für Geld und gute Worte nahmen. Er spendierte Sam einen zweiten Gin-Tonic. Der Roman, den die Frau geschrieben habe, vertraute Sam Barty an, mache auf ihn den Eindruck totalen Mülls, aber in seiner Situation dürfe er nicht wählerisch sein!

Eine Schwalbe macht noch keinen Sommer, ein einziges Schaf noch keine Herde, doch Nadia war angenehm überrascht, Sam auf ihrer Türschwelle vorzufinden. Er stimmte einem Cinzano Bianco zu, dem Rest aus einer Flasche, die der Geschäftsführer einer Filiale der Weinhandlung *Victoria* unten in Sidmouth mitgebracht hatte; er war zu der Präsentation von *Ein Ritter ohne Waffen* eingeladen worden, hatte sich jedoch mit weiterem Anerbieten zurückgehalten. Nadia wurde ziemlich lebhaft, als sie zum Beitritt zu der Schreibgruppe aufgefordert wurde und zeigte Sam die Presseauszüge zu ihrem Roman, die zum Glück nicht sehr umfangreich waren.

Luke hatte das Treffen vollständig vergessen. Er hatte lange geschlafen und war dabei, sein Appartement zu verlassen, um sich mit Mary Simms zu treffen, die ihn wieder angerufen hatte, dieses Mal wegen einer Arbeit über Keats. Als das Telefon abermals läutete, war Sam am anderen Ende und erinnerte ihn daran, dass er in Kürze bei dem Treffen erwartet würde; Luke musste Mary zurückrufen und ihr erklären, dass er sich unglücklicherweise doppelt verabredet hatte. Sie hatte ihre Bitte am Telefon ohnehin so beiläufig geäußert, dass er sich nicht vorstellen konnte, dass es ihr etwas ausmachte.

Derlei Missverständnisse sind die Regel im Umgang der Menschen miteinander, vorrangig zwischen Männern und Frauen. Mary Simms hatte mehrere Anläufe genommen, hatte den Telefonhörer aufgehoben und wieder abgelegt, bis sie ausreichend Mut gesammelt hatte, es so lange läuten zu lassen, dass Luke abnahm. Und dann konnte sie das Zittern in ihrer Stimme nur unterdrücken, indem sie sich zwang, beiläufig zu klingen. »Ja, ich *glaube*, Samstagnachmittag könnte ich zu Hause sein«, hatte sie geheuchelt, nachdem Luke ihr angeboten hatte vorbeizuschauen; er wollte ihr, falls es etwas nutze, dabei helfen, ihre Gedanken in Bezug auf »Sankt Agnes' Vorabend« zu ordnen. Als ob sie nicht bereit wäre, ihr gesamtes Leben für ihn neu zu ordnen.

Und so geschah es, dass Mr. Golightly, der einen Umweg an den oberen Wiesen entlang machte und damit vermeiden wollte, zu frühzeitig bei Sam zu erscheinen, auf Mary Simms traf. Bisher hatte er sie nur als Bardame erlebt, das Haar mit einem Samtband zusammengebunden, das Kleid adrett, das Make-up tadellos. Nun bot sich ihm ein gänzlich anderer Anblick – Augen mit verlaufener Wimperntusche, das Haar in wilder Mähne, sie trug lange Ohrringe und ein längeres Kleid, das ausgewählt worden war, um auf Sankt Agnes anzuspielen und für einen Landspaziergang unangemessen aufwändig war.

»Hallo«, sagte Mr. Golightly. Er hatte den Anblick der Sonnenstrahlen auf Mary Simms' Haar nicht vergessen.

Mary blieb stehen. Ihr Herz war dabei zu zerspringen, dennoch vermochte sie nicht unhöflich zu sein.

»Hallo«, antwortete sie tapfer. Doch ihre Stimme brach.

»Was ist los?«, fragte Mr. Golightly. Die Worte waren ihm entschlüpft – doch er war froh, dass es geschehen war, denn als sie sie vernahm, begann Mary Simms zu weinen.

In ihrem langen, ein wenig altmodischen Kleid, ihre Locken zerzaust, die Perlenohrringe ein Abbild der Tränen, die über ihre Wangen liefen, und mit ihren schmalen, ineinander verflochtenen und wieder auseinander gefalteten Fingern glich Mary Simms einem Engel.

»He«, sagte Mr. Golightly, Sam und die Schreibgruppe hatte er im Geist schon abgeschrieben, »kommen Sie, lassen Sie uns ein paar Schritte laufen.«

Es geht um einen jungen Mann, todsicher, dachte Mr. Golightly. Er hatte beobachtet, wie Mary Simms' Blicke immer wieder zu Luke wanderten. Mr. Golightly war kein Freund großer Worte. Er bot Mary seinen Arm an, und als sie durch die Felder zum Fluss hinunterstiegen, spürte er, wie sie sich mit ihrem leichten Gewicht an ihn lehnte. Der sanfte Druck des Mädchens auf seinen Arm war ein angenehmes Gefühl, und unter ihnen glitt der Dart wie eine leuchtende Schlange durch Wälder aus Eichen und Eschen und Weißdorn, so alt wie England selbst.

Das Eichenlaub spross bereits kräftig, die langsamere Esche ließ sich Zeit. Eine Träne von Mary Simms' Kinn tropfte auf sein Handgelenk. *Tut Eiche vor der Esch' erscheinen, wird der Sommer selten weinen.* Ohne ihr ins Gesicht zu sehen, spürte er, dass ihr Vorrat noch nicht erschöpft war. *Kommt die Esche vor der Eich', wird der Sommer tränenreich.*

Sie waren jetzt unten in der Niederung und der Fluss plätscherte um flache graue Felsen herum, die aussahen wie Teller, von Riesen fallen gelassen. Auf Mary Simms' Gesicht glänzten Tränen, als sie fragte: »Oh bitte, warum will er mich nicht?«

Weiß der Himmel, Kind, dachte Mr. Golightly. Jeder Mann bei rechtem Verstand würde dich wollen. Doch nicht alle Männer sind bei rechtem Verstand, eigentlich ziemlich wenige, wenn es darum geht …

Mary stand unter einem Weißdorn. Über ihrem Kopf versprachen seine knotigen dornenbesetzten Zweige grün-weiße Blumen im Mai. Als er sie betrachtete, sah Mr. Golightly ihre Ähnlichkeit mit jemandem, an den er sich erinnerte …

Das Treffen der Schreibgruppe war kein Erfolg. Mr. Golightlys Abwesenheit war ein schlechter Anfang. Sam Noble bestand darauf zu warten, bis sie vollzählig waren, was wiederum die beiden anderen verstimmte. Als es klar war, dass Mr. Golightly nicht mehr auftauchen würde, hatte Luke ein paar Strophen aus *Hiawatha* vorgelesen. Weder Nadia Fawns noch Sam Noble waren in der Lage, dies zu ertragen, was dazu geführt hatte, dass die beiden sich zusammentaten und Gin tranken. Wieder zu Hause, hatte Luke eine betrübte Nachricht von Mary Simms vorgefunden und infolgedessen einen Joint zu viel geraucht; dies hatte zur Folge, dass er zu Bett ging und das Badewasser abzudrehen vergaß. Die Badewanne, die von Jackson eingebaut worden war und deshalb kein Abflussgitter besaß, lief über und das Wasser sickerte durch die Decke und tropfte auf die Afghanbrücke von Lavinia Galsworthy, die ihr Vater mitgebracht hatte, als er den Orient bereiste. Lavinia war der Liebling ihres Vaters gewesen. Dies war nicht der erste derartiger Vorfälle – doch es würde der letzte sein, und Luke, mit einer Ausgabe von Longfellow unter dem Arm, tauchte am andern Morgen zu Paulas Zufriedenheit in der Rabbit Row auf und erkundigte sich verschämt nach einem freien Zimmer; womit vielleicht einmal mehr bewiesen wäre, dass ein Unglück selten allein kommt.

6

Paula erwischte Jackson auf dem falschen Fuß, als sie in dem Micra ihrer Mum ankam, das Auto bis unters Dach beladen, zuoberst ein elektrisches Keyboard. Letzteres bewies, dass es ihr ernst war. Er blinzelte aus bösartigen Schweinsaugen, »Soll'n das?«

»Ich zieh hier ein.«

»Wer sagt …?«

Doch in seiner Stimme schwang die Niederlage eines Mannes, der sich weiblichem Unternehmungsgeist gegenübersieht, mit. Paula war in der Lage, mit links ein Riesenreich zu beherrschen oder eine weltweite Bewegung anzuzetteln. Sie marschierte in die Wohnung ein und eroberte das Wohnzimmer, verfrachtete leere Biergläser voller Zigarettenstummel wie der Blitz in die schmutzige Küche, stapelte umherfliegende Seiten der *News of the World* – bis auf solche, die Bilder von Mädchen in nacktem Zustand zeigten, die zerknüllte sie wütend und warf sie in eine Mülltüte.

Jackson flitzte nach oben und kickte ein Päckchen mit Kondomen und ein paar Heftchen unter das Bett. Es war so sicher wie das Amen in der Kirche – zukünftig würde er einen besseren Platz für sein Geheimlager finden müssen.

»So«, sagte Paula, die eine Rolle reißfester Abfallsäcke mitgebracht und bereits zwei mit zerknüllten Nackten, Bierpackungen, Chipstüten und leeren Zigarettenpackungen gefüllt hatte. »Das reicht für den Anfang. Ich muss in den *Stag*, aber wenn ich wiederkomme, bringen wir die Wohnung auf Vordermann.« Sie bedachte Jackson mit einem Schrecken erregenden Lächeln.

Jackson, der kein kompletter Hasenfuß war, erklärte, er müsse aus dem Haus und jemand wegen eines Jobs treffen, es könnte passieren, dass er vielleicht nicht zu Hause sei, wenn sie zurückkehrte.

»Und wer soll das sein?«

Wenn Männer beschließen, auf weibliche Gesellschaft zu verzichten, dann unter anderem auch, um genau solchen Fragen zu entgehen, die kein vernünftiger Mann jemals stellen würde. »Diese Mrs. Thomas«, sagte Jackson, hastig nach einer Antwort suchend. Ellen hatte am Vortag angerufen und eine Nachricht auf seinem Anrufbeantworter hinterlassen, sie wollte eine dringende Arbeit erledigt haben.

»Oh, die«, bemerkte Paula spöttisch. »Braucht nur zu husten, wie?« Anders als sie es vorgab, war sie recht froh, dass es Ellen Thomas war, die Jackson treffen wollte, sie hatte keinen erwähnenswerten Busen und war schon weit über die Fünfzig. Und sie, Paula, würde ohnehin zusehen, dass der faule Mistkerl sich endlich mal zum Arbeiten bequemte!

Insofern war es Paula zu verdanken, dass Ellen Thomas etwas später am selben Nachmittag einen Besuch erhielt. Sie bat einen auffallend zurückhaltenden Jackson in ihr Wohnzimmer.

»Vielen Dank, dass Sie so prompt erscheinen, Mr. Jackson«, erklärte Ellen, deren zurückgezogene Lebensart sie in Unkenntnis über Jacksons Ruf gelassen hatte. Falls es sie überraschte, an einem Sonntagnachmittag Besuch von einem britischen Handwerker zu erhalten, ließ sie sich nichts anmerken. »Möchten Sie eine Tasse Tee?«

Ihr Besucher hatte nichts dagegen. Sie saßen jeder auf einem der beiden Sofas, und Jackson, der sich äußerst unbehaglich fühlte, trank Tee und blickte hinaus auf den Dart.

»Es ist nämlich so, Mr. Jackson«, begann Ellen, stand auf und füllte seine Tasse aus einer weißen Porzellanteekanne wieder auf. »Ich brauche mehr Platz, und ich habe mich gefragt, was Sie unternehmen müssten, um über dem Flachdach einen weiteren Raum anzubauen?« Und sie lächelte das Lächeln, das Mr. Golightly bezaubert hatte.

Jackson, der seinen Tee sonst aus einem Bierkrug trank, war nicht gewohnt, dass man ihm mit derartiger Höflichkeit begegnete und war verblüfft. In der Regel sprachen die Menschen ihn einfach als »Jackson« an – auf seine ruppige und faule Art reagierten sie mit einem gleichermaßen ungehobelten Ton. Ein Bauhandwerker war er genau genommen sowieso nicht. Seine beiden Beschäftigungen, Mädchen ihrer Schlüpfer zu entledigen und Dachse zu jagen, beanspruchten den größten Teil seiner schöpferischen Kraft. Er konnte notdürftig Rohrleitungen verlegen und kleinere Elektroarbeiten erledigen, doch groß angelegten Arbeiten war er nicht gewachsen. Ebenso wie viele unfreundliche Menschen war Jackson Realist: einer der Gründe, weshalb er zu manchen Arbeiten einfach nicht erschien, war, dass er genau wusste, er würde sie nicht schaffen.

Vielleicht stand er nach Paulas Auftauchen noch unter Schock oder es lag an dem entwaffnenden Lächeln von Ellen Thomas: ungeachtet aller früheren Erfahrung stellte Jackson fest, dass er gefällig sein wollte.

»Ich werd einen Blick riskieren«, bemerkte er. Sich die Arbeit mal anzuschauen, konnte nicht schaden.

Jackson begab sich nach draußen und beäugte das Dach. Er kehrte zurück und fragte, ob er eine Leiter haben könne. Es war ein wenig mühsam, diese aus dem Geräteschuppen zu holen, wo er gebeten wurde, auf das nistende Rotkehlchen zu achten; doch als er sie dann an die Mauer gelehnt hatte, klomm er daran empor und stieg auf das Flachdach über der Küche.

Der Bungalow war seinerzeit von einem Bauhandwerker für sich selbst errichtet worden; er hatte als älterer Herr dann seinen Beruf aufgegeben, um den Plymouthbrüdern beizutreten. Das war vielleicht der Grund für die ungewöhnliche Bauweise. Die Baugenehmigung war beantragt und erteilt worden, bevor die geistige Wandlung des Erbauers ihn von der konkreten Verwandlung seines Heimes abhielt; doch der »Bungalow« wurde mit geplantem oberen Stockwerk errichtet und verkauft.

Jackson verbrachte einige Zeit auf dem Dach und spähte durch ein Fenster in den Flur, ehe er nach unten kletterte und verkündete, seines Erachtens wäre ein solcher Anbau »kein Problem«.

»Gut«, sagte Ellen Thomas. »Wann glauben Sie denn, dass Sie mir einen Kostenvoranschlag zukommen lassen könnten?«

Jackson, der dergleichen noch nie zuvor abgegeben hatte, sagte Anruf und Voranschlag fest für den nächsten Tag zu.

»Sehr gut«, entgegnete Ellen Thomas. »Und vorausgesetzt, ich bin mit Ihren Vorstellungen einverstanden, wann glauben Sie, könnten Sie anfangen?«

Die Neuigkeit, dass Jackson am Haus von Ellen Thomas arbeitete, löste ein paar Tage später in Great Calne eine gewisse Unruhe aus. Trotz Jacksons Ruf als schlechter Handwerker empfanden es manche als Missachtung, dass Ellen Thomas einer langen und geduldigen Warteschlange vorgezogen werden sollte. Insbesondere Sam Noble war gekränkt.

»Er hat versprochen, als Nächstes zu mir zu kommen – ich warte schon seit Jahren!«, ereiferte er sich Mr. Golightly gegenüber. »Natürlich ist er furchtbar pöbelhaft.«

Mr. Golightly, dessen eigene Herkunft unklar war, gab keinen Kommentar ab. Reichlich verspätet hatte er bei Sam vorbeigeschaut, um sich für sein Fehlen bei dem Treffen der Schreibgruppe zu entschuldigen. »Es tut mir Leid, mir ist etwas dazwischengeraten, doch ich bin sicher, dass Sie großartig ohne mich ausgekommen sind.«

»Wir haben Sie fraglos vermisst, alles andere wäre gelogen«, erwiderte Sam, der sich nur ungern eine Gelegenheit entgehen ließ, beleidigt zu sein.

»Es tut mir Leid«, wiederholte Mr. Golightly lügnerisch: Für den Spaziergang am Fluss mit Mary Simms hätte er die Welt fahren lassen.

»Ich weiß nicht, ob es überhaupt ein weiteres Treffen geben wird. Einer der Beteiligten hat einfach die Zeit an sich gerissen – sich wirklich furchtbar aufgeführt!« Sam sprach gewiss nicht von sich selbst, noch von dieser liebenswürdigen Nadia Fawns, die so aufmerksam gewesen war, ihn für Ostersonntag zum Mittagessen einzuladen.

Vielleicht hätte es diejenigen, die etwas über Mr. Golightlys Unternehmungen wussten, überrascht zu erfahren, dass er in Bezug auf religiöse Feiertage eher vergesslich war. Normalerweise hielt ihn sein tüchtiges Büro über derlei Ereignisse auf dem Laufenden; die Neuigkeit der anstehenden Osterfeiertage –

»Laden Ostermontag geschlossen« –, die in Steves grünem Kugelschreiber an der Ladentür angebracht war – traf ihn unvorbereitet.

Da er in nächster Nachbarschaft wohnte, hatte Mr. Golightly kaum umhingekonnt, ab und an einen Blick auf die Fassade der Kirche zu werfen, doch bisher hatte er noch keinen Fuß in ihr Inneres gesetzt. Möglicherweise stachelte der Hinweis auf die kommenden Feiertage seine Neugier an, denn auf dem Rückweg von Sams Haus ging er durch die bemooste Pforte hindurch und den Pfad an den Grabsteinen entlang; schief und krumm ragten sie zu beiden Seiten wie verwachsene, widerspenstige Zähne eines riesigen Erdgeistes auf.

Heutzutage, wo Verbrechen an der Tagesordnung sind, bleiben die Kirchenpforten meistens verschlossen, doch Pfarrerin Fisher war dieser Maßnahme zutiefst abhold, weil sie fand, dass sie auf unchristliches Misstrauen verwies. Mr. Golightly hantierte ein wenig mit der Riesenklinke und betrat über die steinerne Schwelle den engen Innenraum mit seinem Tonnengewölbe, den bemalten Gewölbekappen, den verschlissenen Fahnen und Vasen mit farbenfrohen Blumensträußen aus Narzissen, Primeln, Osterglocken und Traubenhyazinthen – ein Widerhall der lehrreichen Fenster aus buntem Glas.

Die Luft war kalt und abgestanden, die eigentümliche Mischung aus Staub und Feuchtigkeit, die die Häuser des Herrn mit ihrem Duft zu durchziehen pflegt. Auf einem Holztisch am Eingang lagen Stapel von Gesangbüchern und Ausgaben des modernen Gebetbuches, von denen Mr. Golightly eins aufnahm und durchblätterte und dann mit einem Ausdruck leichten Widerwillens wieder ablegte. Nicht dass er parteiisch gewesen wäre, doch er besaß eine Schwäche für Thomas Cranmer. Cranmers Prosa war einzigartig.

Es war erschreckend, dass man diese eindringliche Sprache von strenger Einfachheit hatte verschwinden lassen; doch war das nicht genau das Problem, das er mit seiner eigenen Arbeit hatte? Dass sie an den sich ändernden Zeiten scheiterte? Er ging in einem Seitenschiff nach vorne und blieb stehen, um eine Tafel zu studieren, welche die Namen der Männer von Great Calne trug, die im Ersten Weltkrieg gefallen waren – und die Namen jener, die in dem zweiten ihr Leben gelassen hatten; er betrachtete die Schnitzereien des Lettners: Noah, trunken und sich entblößend, seine Söhne, die verstohlene hölzerne Blicke – und Kleidungsstücke – auf die Unschicklichkeit ihres Vaters warfen. Es gab noch eine weitere Schnitzarbeit von dem verlorenen Sohn, doch diese Geschichte väterlicher Treue stimmte Mr. Golightly unglücklich, und er schlug den Rückweg ein, vorbei an dem alten Banner des Löwen und des Einhorns, das auf das Jubiläum von Königin Viktoria zurückging, hin zum Tisch mit den Führern und Postkarten, die von der Feuchtigkeit ein wenig mitgenommen waren; daneben hing der Kasten an der Wand, der ihn ermahnte, ehrlich zu sein und darin eine angemessene Summe für das Entnommene zu hinterlassen.

Mr. Golightly warf eine Pfundmünze ein, für einen Kirchenführer und eine von der Feuchtigkeit gewellte Schwarzweißpostkarte, die er Martha senden wollte. Es würde ihr Freude bereiten, sie zu glätten.

Wieder im Cottage, fiel ihm beim Schreiben der Postkarte ein, dass er Martha auch Dienstliches mitteilen wollte. Er hatte aber nur eine einzige Postkarte erworben und den begrenzten Platz, der für den Schriftverkehr vorgesehen war, aufgebraucht, indem er zwei der bemalten Gewölbekappen geschildert hatte: den Pelikan in seiner Frömmigkeit, der seine Jungen mit dem Blut aus seiner Brust nährt, und den springenden, gänzlich gottlos wirkenden Hasen, der nichts anderes im Sinn zu haben schien, als sein eigenes überreiches Leben zu feiern.

In der Absicht, Mike eine E-Mail zu schreiben, öffnete er seinen Laptop:

Kannst du das Einhorn fassen?
Wer hat die Tropfen des Taus gezeugt?

Zwei neue Nachrichten waren eingegangen.

Seit der Erfahrung des schmerzlichen Verlustes brachte Mr. Golightly so schnell nichts aus der Fassung. Von Zeit zu Zeit kam es ihm in den Sinn, seine Langmut in Frage zu stellen: jene, die erkannten, dass er Geschehenes geschehen sein zu lassen bereit war, schienen seine neue Großherzigkeit nur allzu gern auszunutzen.

In vergangenen Zeiten, als sein Zorn schnell entbrannte und er noch schneller Rache übte, gebot er größere Achtung. Heutzutage hatte man die Neigung, ihn als verzischte Glut, als zahnlosen Tiger anzusehen. Die Reihe der E-Mails war ein Beispiel für diese Haltung: Es sah ganz so aus, als sei er zur schmählichen Zielscheibe eines Spötters geworden.

Bei diesen lästigen Fragen handelte es sich um Sticheleien, die jüngsten schienen höhnisch auf die Schwierigkeiten hinzuweisen, mit denen sich Mr. Golightly herumschlug. »Einhörner« standen für die Kunst der Dichtung – eine Ausdrucksform, mit der er im Moment seine Schwierigkeiten hatte.

Die Frage rief indes eine nächste hervor: War ein Einhorn weniger »echt«, weil es erdichtet war? Es gab solche – Dichter und Künstler –, die das Einhorn »gefasst« hatten, und das Geschöpf der Einbildung so deutlich und greifbar darzustellen vermochten, als ob sie es erblickt und sich mit ihm unterhalten hätten. Einige würden vielleicht sagen – sein Sohn war einer davon gewesen –, dass sich erst im künstlichen Erzeugen des »Unmöglichen« die Realität in ihrem wahren Ausmaß zeige.

Im Hinausschauen sah er eine Spinnwebe, eine der vielen, die mit ihrer zarten Zähnung die Fenster des Cottage schmückten. Die Spinne spann ihr Gewebe, um Fliegen einzufangen – doch das, was von der Natur als natürliche Aufgabe angelegt war, konnte die Grenzen der Natur übersteigen. Dieses zerbrechliche Gebilde hatte in seinem feinen Netz die Regentropfen eines Morgenschauers aufgefangen und die diamantenen Fäden glitzerten in der Sonne; Fragmente eines größeren, vollkommeneren, helleren Lichts, das die geheimnisvolle Kraft der Schöpfung widerspiegelte, aus ihren eigenen Formen abermals ein unendliches Lichtermeer von Möglichkeiten zu erschaffen; Möglichkeiten, die auf Bereiche jenseits der unmittelbaren Überlebensanforderungen verwiesen.

Warum sollte jener durch und durch praktische, klebrige Ausfluss, der von der Evolution dafür vorgesehen war, Nahrung einzufangen, um den Bauch der hungrigen Spinne zu füllen, es gleichfalls vermögen, die menschliche Vorstellungskraft zu fesseln und das beeindruckbare Herz zu verlocken? Die Macht des Universums, zu erschaffen und sich dabei selbst zu übertreffen, war ebenfalls ein Teil der Realität der Dinge – ebenso »echt« wie die tote Fliege im Labmagen der Spinne.

Und sein Sohn, seine liebste Schöpfung, war er nicht ebensolch ein Zauberspinner gewesen, ein Geschichtenweber, der menschliche Herzen einzufangen vermochte?

7

Von ihrem Platz auf dem Sofa beobachtete Ellen Thomas die leuchtenden, orangefarbenen Schnäbel der weißen Gänse, die am Wegerich pickten, den Pflanzen, denen man nachsagte, dass sie seinen Fußspuren entsprungen waren, wo immer Christus wandelte. Es war Karfreitag, und die Glocken des Kirchturms läuteten für die Achtbaren und die Gottesfürchtigen, damit sie ihren Weg zur Kirche antraten. Ellen Thomas war weder das eine noch das andere. Wenn wir ruhig und still sind, dachte sie, dreht sich die Welt durch uns, und was wir wissen, dreht sich mit ihr, was wahrlich zu bereuen ist.

Mr. Golightly verschwendete an diesem Morgen ebenfalls keinen Gedanken an die Kirche. Seine Stimmung war grüblerisch, als Johnny Spence bei ihm auftauchte, um herauszufinden, ob es irgendeine Arbeit für ihn gab.

»Weißt du«, begann Mr. Golightly, »ich glaube, ich würde mir gerne den Sumpf genauer anschauen.«

Johnny hatte seinem Arbeitgeber von dem Sumpf erzählt, und Mr. Golightly schloss daraus, dass dies ein Ort war, in dem das Umherstreifen des Nachts oder während der häufigen, unvorhersehbaren Nebel in Dartmoor noch immer gefährlich war. Johnny war von seiner Mutter vor den Gefahren des Sumpfes gewarnt worden, nachdem er das erste Mal fortgelaufen war. Daraufhin hatte er – auch wegen möglicher zukünftiger Ausbrüche – den Sumpf genauer erkundet. Er war von seinem Stiefvater regelmäßig für seine Abwesenheiten bestraft worden, doch seine Erziehung in der harten Schule der Enttäuschung bedeutete gleichermaßen, dass er das Recht auf eigene Wünsche nie für selbstverständlich hielt, und teils war es diese Wesensart, die ihm Mr. Golightlys Zuneigung beschert hatte.

Unter Johnnys Anweisungen fuhr Mr. Golightly bergauf, an der Viehschwelle vorbei und dann auf einem Reitweg in das Kerngebiet des Moores. Der alte mit Holzrahmen versehene Kombi rumpelte über den unebenen Boden wie ein schwankendes, knarrendes Haus auf Rädern aus Stratford-upon-Avon, doch bald waren sie dem Blick jener entronnen, die beschlossen hatten, dem Feiertag mit bloßen Armen und Knien und einer größeren Portion Sonnenöl zu huldigen.

Nach einer Weile hielten sie auf Geheiß von Johnny an, stiegen aus und standen am Rand eines Stückes Land; für das unschuldige Auge war nichts außer Gras zu erkennen.

»Da wär'n wir«, sagte Johnny. Er hatte einmal beobachtet, wie sich ein Schaf im Sumpf zu Tode gekämpft hatte und hegte die Hoffnung, dass er eines Tages den Untergang eines menschlichen Wesens miterleben würde.

Mr. Golightly studierte die tückisch üppige Vegetation, über der Horden winziger urzeitlicher Insekten schwirrten. Dieses Stück nicht erlöster Natur passte zu seiner Stimmung. Dem Landstrich hing etwas an, das seine eigene tiefe Trauer widerzuspiegeln schien.

Die Wahl seines Begleiters war wohl begründet: Johnny war ebenfalls in den Höhlen der Verzweiflung gewandert. Er erzählte Mr. Golightly von dem Schaf.

»Es hat ganz schön gekämpft und ein schlimmes Kreischen von sich gegeben, seine Augen waren verdreht und die Zähne gebleckt, und dann ist es untergegangen, und man konnte die Luftblasen sehen. Hinterher haben sie kein Stück mehr von ihm gefunden.«

Johnny erzählte von jenem grässlichen Erlebnis, weil er instinktiv die Stimmung des anderen erfasste. Mr. Golightly erkannte das Geschenk schwermütig an.

»Ja«, stimmte er zu. »Der Tod ist kein schöner Anblick, doch die Menschen scheinen ihn zu mögen, vorausgesetzt natürlich, es ist nicht ihr eigener oder er geht ihnen nicht zu nah.«

»Klar«, sagte Johnny, dessen unbarmherzige Erziehung ihn

von Sentimentalität befreit hatte. »Hätte nichts dagegen, wenn mein Stiefvater tot umfallen würde.«

Mr. Golightly, der ebenfalls nicht sentimental war, betrachtete noch immer die täuschende Sumpfoberfläche. »Ja«, bekannte er, »manchen Menschen bekommt der Tod.«

Das Tragische war nur, dass die so selten diejenigen waren, die auserwählt wurden.

Ellen Thomas lag auf ihrem Sofa und sah dem Heiligen Geist zu, wie Er die Gräser mit Seiner unzerstörbaren Gewalt zurückbog. Dass Jackson über ihr hämmerte, störte sie nicht, noch sein leises Fluchen, wenn er die Leiter hinabstieg und am Fenster vorbeikam. Auf rätselhafte Weise nahm Jackson Ellen weiterhin von seiner allgemeinen Frauenfeindlichkeit aus, was sich daran zeigte, dass er seine Schimpftiraden in gedämpftem Tonfall von sich gab. Jackson war selbst überrascht, wie ernst er die Arbeit an Ellen Thomas' Dach nahm. Er war Punkt neun erschienen, mit Arbeitsstiefeln und der alten Baseballkappe, was hieß, dass er es ernst meinte. Mittags um zwölf tauchte er an der Glastür auf und fragte, ob er sich entschuldigen dürfe.

»Oh, gewiss, Mr. Jackson, wie unhöflich von mir, nichts zu sagen, natürlich dürfen Sie die Toilette jederzeit benutzen.«

Jackson, der sich vom Dach herunter erleichtert hatte – im besten Fall hinter dem Mahonienstrauch –, nahm eine rotbraune Färbung an. Das Wort »Toilette« hörte sich aus dem Mund von Mrs. Thomas unschicklich an.

»Ich meine, mir was zu essen besorgen.«

»Oh, wie dumm von mir, Mr. Jackson, selbstredend müssen Sie essen. Möchten Sie hier drinnen essen oder ist es Ihnen draußen lieber?«

Jackson hatte vorgehabt, auf ein paar Bier beim *Stag and Badger* vorbeizuspringen. Paula hatte frei und war sicher in der Rabbit Row, um ihre Sachen vom Speicher zu holen. Diese, so war Jackson mitgeteilt worden, schlossen ihre Sammlung Wahrer Liebesgeschichten ein, eine Ankündigung, die in Jacksons Ohren fast wie eine unheilvolle Prophezeiung klang. Er ahnte, dass sich die Zeiten, in denen er seiner eigenen wahren Liebesgeschichte ausgewichen war, dem Ende zuneigten, falls sie nicht schon längst Vergangenheit waren. Eine ziemlich finstere Aussicht.

»Klar, würd ich gern, klar«, murmelte er. An Mrs. Thomas war etwas, das seine Angst vor Paula milderte. Dies bedeutete jedoch, dass er in den Laden hoch musste, um sich ein Sandwich zu besorgen. »Soll ich Ihnen was mitbringen?«, fragte er.

Ellen reichte ihm einen Fünfpfundschein und erklärte, sie wäre ihm dankbar, wenn er ein halbes Pfund Tomaten mitbringen könnte.

»Besteigst wohl die Witwe, wie?«, fragte Steve oben im Laden. Er bekam einen ordentlichen Schreck, als Jackson ihm heftig errötend auftrug, sein Scheißmaul zu halten oder er könne seine Zähne einzeln auflesen.

Ellen Thomas war leicht überrascht, als Jackson mit einem steifen Strauß weißer Gänseblümchen zurückkehrte, außerdem hatte er die Tomaten, ein Sandwich und eine Dose Red Bull gekauft. Er gab den Fünfpfundschein zurück, weigerte sich, Geld für die Tomaten anzunehmen und bot die Blumen unbeholfen dar. »Für Ostern.«

»Wie furchtbar freundlich, Mr. Jackson«, bemerkte Ellen, die eine Schwäche für die meisten Blumen hatte. Dass sie diese nicht so besonders mochte, führte dazu, dass sie sie umso sorgsamer in der Kristallvase anordnete, die Robert ihr gekauft hatte.

Jackson aß sein Thunfischsandwich auf dem Sofa und wischte sich den Mund mit dem Handrücken ab, bis ihm Ellen eine Serviette gab. »Es tut mir so Leid, Mr. Jackson. Kommen Sie, ich hole Ihnen ein Glas für Ihren Drink. Er sieht ja sehr speziell aus.«

Jackson war fast schon Analphabet, und da er seit Jahren keine Limonade mehr getrunken hatte, hatte er diese gewählt, weil »Red« eins der wenigen Worte war, die er lesen konnte. Bei dem Versuch, das Getränk ins Glas zu schaffen, lief ein Großteil des Inhalts auf den Teppich.

»Wie dumm von mir«, sagte Ellen. »Jetzt begreife ich, dass man es eigentlich aus der Dose trinken muss.«

Jackson nahm die Farbe des Namens seines Getränks an und erklärte, am besten mache er sich wieder an die Arbeit. Es war das erste Mal seit Jahren, dass er für länger als eine Stunde am Stück gearbeitet hatte, und er stellte fest, dass er dadurch seltsam aufgewühlt war.

Als Mr. Golightly und Johnny sich anschickten, den Sumpf zu verlassen, machte der Kombi beim Anlassen Probleme. Johnny stocherte unter der Kühlerhaube herum und kroch unter das Fahrzeug, war indes reichlich widerwillig gezwungen zuzugeben, dass er nicht wusste, woran es lag. Zuletzt setzten sie den Kombi dann aber doch in Gang, Johnny am Steuer und Mr. Golightly hinter dem Wagen, den er mit seinem ganzen Gewicht schob. Johnny war darauf erpicht, am Steuer zu bleiben, doch Mr. Golightly hielt es für klug überzuwechseln, als sie die Viehschwelle am Rand des Moores erreichten.

Vielleicht lag es an dem launischen Verhalten des Kombis, jedenfalls war Mr. Golightly noch stiller als sonst, als er den Hang hinunter zurück nach Great Calne fuhr. Er stellte das Radio an, und als Johnny sich nach der Musik erkundigte, erfuhr er, dass jemand namens »Bark« sie komponiert hatte.

»Die *Matthäuspassion*, John. Außergewöhnlich, findest du nicht? Fast könnte man meinen, er sei dabei gewesen!«

Johnny, der sich nicht sicher war, auf welches Ereignis Bezug genommen wurde, bemerkte, er fände auch, dass sich die Musik »ganz ordentlich« anhörte. Er freute sich, ins Spring Cottage gebeten zu werden und brachte den Rest des Nachmittags damit zu, einem Pianisten namens Solomon zu lauschen, von dem Mr. Golightly sagte, dass er ihn bewundere.

»Die Juden waren schon immer musikalische Menschen, John. Denk nur an David. Darüber hinaus war er ein prächtiger kleiner Raufbold. Kämpfen und Musik, es steckt in ihrem Blut.«

Später am Abend begab Mr. Golightly sich, noch immer schwermütig gestimmt, den Hügel hoch zum *Stag and Badger*. Barty Clarke und Sam Noble tranken zusammen an der Theke und unterhielten sich über den entflohenen Sträfling.

»Ich bin todsicher, dass er aus der Gegend stammt«, erklärte Barty, dessen Beobachtungen im Dorf aus anderen Gründen ebenso gründlich waren wie die von Johnny.

»Aber sollte die Polizei uns dann nicht Sonderschutz gewähren?«, fragte Sam und nickte kühl in Mr. Golightlys Richtung. Er hatte dessen beklagenswerten Mangel an Pflichttreue der Schreibgruppe gegenüber nicht verziehen. »Wir sind doch sicher alle in Gefahr.«

»Das ist richtig«, erklärte Barty. »Wahrscheinlich werden wir alle im Schlaf ermordet. Aber auch das hat seine gute Seite: Es wird einen prima Artikel im *Backenbridge* abgeben!« Er lachte herzhaft.

»Jesus, steh uns bei«, sagte Sam, für den die eigene Sicherheit keinen Anlass zum Scherzen bot.

In diesem Moment schien der Himmel aufzureißen und tat dies mit einem gewaltigen Donnerschlag, der so ohrenbetäubend war, dass George sagte, er hätte gut und gerne seine arme Frau Anna in ihrem schönen Grab auf dem Kirchhof aufwecken können. Der Blitz, der auf die Erde niederging und nur knapp den Pub verfehlte, musste sicher – so beteuerte jedermann – bis Land's End sichtbar gewesen sein. Mr. Golightly, der sich einen Schoppen Best bestellt hatte, war von der Gewalt des Gewitters augenscheinlich derart verstört, dass er das Gasthaus sofort verließ, sein nicht getrunkenes Bier blieb auf der Theke zurück. Colin Drover, der bemerkt hatte, dass das Glas von keiner anderen Menschenhand außer der seinen angerührt worden war, leerte es; denn ein gutes Bitter zu verschwenden, war, so äußerte er sich seiner Frau gegenüber, ein schlimmeres Verbrechen als Vergewaltigung – eine Bemerkung, die eine scharfe Erwiderung von Kath erfuhr, die ihm erklärte, dass solche Äußerungen frauenfeindlich seien.

Doch dieser Wortwechsel ging in der allgemeinen Aufregung über das Wetter unter, das selbst für den unberechenbaren Südwesten, wie jedermann beteuerte, außergewöhnlich war.

8

Jacksons neuer Arbeitseifer hatte Paula in gute Laune versetzt. Er war auf den Beinen und aus dem Haus, ohne dass sie nachhelfen musste. Ihr Erfolg bei Jackson stimmte Paula Mary Simms gegenüber außergewöhnlich versöhnlich, und nachdem sie Jackson zur Vernunft gebracht hatte, bedurfte ihre Tatkraft eines neuen Zieles.

Paula hatte immer mal wieder in der Rabbit Row vorbeigeschaut und Lukes karge Habseligkeiten in Augenschein genommen, die dort untergebracht waren. Mary war nicht besonders helle und würde bestens zu Luke passen, der auch nicht so ganz richtig im Kopf war. Wenn Mary Simms zu Luke ziehen würde, könnte ihre Mum das Doppelte verlangen.

In der Küche des *Stag and Badger* warf Paula beiläufig ein: »Weißt du was, wenn du im Bett eines Mannes liegst und seinen Namen vierzig mal vierzig Mal sagst, dann ist es der, den du heiraten wirst.« Diese alte Volksweisheit war dank Paulas Einfallsreichtum gerade frisch erfunden worden, doch eine unglücklich verliebte Seele, die dem Aberglauben zu widerstehen vermag, gibt es selten, erst recht nicht, wenn er die Dinge beschönigt.

»Ist das wirklich war?«, fragte Mary, deren Nächte wegen Luke ziemlich tränenreich gewesen waren.

»Klar.« Unverdrossen hackte Paula den Schollen, die sie einfrieren wollte, die Köpfe ab. Sie schaute gern in deren stumpfe, tote Augen. »Und willst du den Schlüssel zum Haus von meiner Mum?« Es wurde Zeit, dass jemand Mary Simms auf die Sprünge half. Mary begriff zuerst nicht, worauf dieser Vorschlag hinauslief. Sie war, was den Dorfklatsch anging, nicht auf dem Laufenden und wusste nichts von Paulas veränderten Lebensumständen.

»Dieser Luke, der wohnt jetzt, nachdem ich bei Jackson eingezogen bin, in meinem alten Zimmer.«

Mary Simms dämmerte es. »Oh, glaubst du, ich sollte …?«

»Klar, probier's doch aus, warum nicht? Bei mir und Jackson hat's ja auch geklappt.« Paula, die nicht gewohnt war, Geschichten zu weben, hatte ihren Spaß.

»Was ist, wenn er zurückkommt? Was soll ich denn dann sagen?« Doch angesichts dieser Gelegenheit, die ihr der Himmel schickte, war sie gewillt, die Vorsicht in den Wind zu schlagen.

»Ist schon O.K.«, erklärte Paula. »Ich sehe zu, dass ihm hier der Gesprächsstoff nicht ausgeht.«

Sie hatte vor, Luke auf besonders elegante Weise ins Haus ihrer Mum zu dirigieren, ehe Mary Simms Zeit hatte zu verschwinden. Paulas jüngstes Versagen bei Luke schreckte sie nicht ab – nachdem sie bei ihm gewesen war, glaubte sie, dass sie ihn leichter dazu bewegen konnte, einen Abend ohne sie zu verbringen, als dazu, mir ihr ins Bett zu gehen; und wenn Luke Mary schon in seinem Bett vorfände, wäre gewiss selbst er nicht so dumm, sich die Gelegenheit entgehen zu lassen.

»Willst du jetzt den Schlüssel oder nicht?«, fragte sie, während sie gekonnt an dem Rückgrat einer Scholle entlangschnitt. »Meine Mum ist über Ostern bei meiner Tante Edna – niemand außer dir wird im Haus sein. Wir machen es so – du verschwindest ein bisschen früher, und ich erzähl dem alten Colic, du hättest deine Tage gekriegt und müsstest nach Hause und dich hinlegen. Dann denke ich mir was aus, was ich diesem Luke erzähle. Verlass dich auf mich, wird schon nicht so schwer sein« – dass ich ihn dir in die Rabbit Row schicke, setzte sie im Stillen hinzu.

Mr. Golightly hatte gute Gründe, sich aus dem Pub zu entfernen, als am Freitagabend das schwere Gewitter losbrach. Ganz gleich, welche diese nun wirklich waren, er wurde noch unruhiger, als er entdeckte, dass eine weitere dieser seltsamen E-Mails eingetroffen war.

Haben sich dir des Todes Tore je aufgetan?

So lautete die Frage, die ihn erwartete, als er an jenem Abend in das Cottage zurückkehrte.

Der Tod war ein Thema, über das Mr. Golightly oft nachgedacht hatte. Es war offenkundig, dass Männer und Frauen ihn fürchteten – Letztere vielleicht ein bisschen weniger; und dennoch konnte er nicht umhin, sich zu sagen, dass das Leben ohne den Tod schwerlich möglich war. Was würden die Menschen mit ihrer Zeit anfangen, wenn »die Zeit« ewig währte, das war eine Frage, über die er häufig nachgrübelte.

Unter den erprobten und verlässlichen Büchern, die er mitgenommen hatte, befand sich ein Konkurrenzwerk seines eigenen Bestsellers, das er im Urlaub hatte lesen wollen. Vor seinem Aufbruch hatte er sich kurz davongeschlichen und den Band bei W.H. Smith erstanden; dort konnte er es nicht lassen, sich verstohlen nach seinem eigenen Werk umzuschauen. Es war in einer reichlich entlegenen Ecke des Geschäftes in den unteren Regalreihen untergebracht. Im Gegensatz dazu lag *Eine Kurze Geschichte der Zeit* von Stephen Hawking gut sichtbar auf dem Bestsellertisch aus.

Mr. Golightly hoffte, dass es kein Auswuchs von Berufsneid war, der ihn bisher nicht über die Einleitung hatte hinauskommen lassen. Es gab Fragen, über die er sich gern mit dem namhaften Wissenschaftler ausgetauscht hätte – er war sicher, dass beide von einer gemeinsamen Diskussion profitieren würden.

Doch kein Wissenschaftler, auch wenn er sich auf dem allerneuesten Stand befinden mochte, hatte das beunruhigende Thema des Todes erfolgreich anzugehen vermocht. Der Philosoph Wittgenstein hatte erklärt, dass der Tod von Natur aus nicht zu erfahren sei, da er sich in Abwesenheit des Lebens abspiele. Einige hatten jene Behauptung angefochten. Mr. Golightly war keiner von ihnen – viele Aspekte des Menschseins hatten sich ihm selbst nie gänzlich erschlossen.

Dieses Gefühl, nicht dazuzugehören, veranlasste ihn noch am späten Freitagabend dazu, im Büro anzurufen, vorgeblich wegen des Kombis, der noch immer nicht anspringen wollte. Am Samstagmorgen kam Bill in aller Frühe auf seinem Motorrad angefahren. Normalerweise war das sein freier Tag und deshalb eine angenehme Überraschung, als er die Maschine im Vorgarten von Spring Cottage zum Halten brachte.

»Bill«, sagte Mr. Golightly, der hinaustrat, um ihn zu begrüßen, »du Engel! Ich bin außerordentlich froh, dich zu sehen …«

Bill hatte seinen Werkzeugkasten mitgebracht und war im Handumdrehen, bis auf Jeans und Unterhemd entkleidet, flach auf dem Rücken unter dem Kombi verschwunden. Mary Simms kam auf dem Weg zur Arbeit am Spring Cottage vorbei, als er gerade bei einem Sandwich mit Käse und Gürkchen, den Mr. Golightly zubereitet hatte, eine Verschnaufpause einlegte. Er lehnte sich beim Essen über den Zaun, und die Sonne schien auf seine Schultern. Mary, die er angesprochen hatte, blieb stehen und verriet ihm den Namen des hiesigen Pubs – sie selbst sei gerade dorthin zur Arbeit unterwegs, erklärte sie dem Fremden mit dem eindrucksvollen Bizeps.

Die Arbeit am Kombi beanspruchte den größten Teil des Tages. Bill sagte, dass er vielleicht rasch noch ein Bier tränke, bevor er sich auf den Rückweg machte. Mr. Golightly beschrieb ihm den Weg zum *Stag and Badger*. »Vielleicht stößt du dort auf einen jungen Burschen namens Luke. Bestell ihm schöne Grüße.«

Luke hatte bedauert, seinen Dichtergefährten am Vorabend verpasst zu haben. Er war oben im Haus von Paulas Mum geblieben und hatte das Gewitter abgewartet, ehe er sich zum Pub begab; dort musste er feststellen, dass Mr. Golightly durch Abwesenheit glänzte. Und auch an diesem Abend war nichts von seinem Freund zu sehen. Alle unterhielten sich über das Gewitter, das an den Dächern von Colne ernsthafte Schäden angerichtet und etliche hohe Bäume gefällt hatte. Barty Clarke erklärte, er wisse mit Sicherheit, dass es seit dem schweren Wirbelsturm von 1638 das schlimmste Wetter in dieser Gegend gewesen sei.

In Ermangelung seines Kreuzworträtselgefährten füllte Luke die Zeilen aus, die er auszufüllen vermochte – was dennoch einige leere Kästchen hinterließ –, und saß irgendwie unschlüssig auf seinem Barhocker.

»Na, mach schon«, sagte Paula zu Mary und versetzte ihr einen Schlag in den Rücken, der sie taumeln ließ. »Ich erzähl dem alten Colic, dass es plötzlich bei dir losgegangen ist und dass du nach Hause musstest.«

Doch selbst die Pläne der weiblichen Gattung werden zuweilen durchkreuzt. Als der hoch gewachsene gut aussehende junge Mann mit dem langen blonden Haar und der Lederkluft auf Luke zutrat und ihm die besten Grüßen von seinem Chef ausrichtete, wurde Luke gesellig, und es dauerte nicht lange, bis die beiden in ein Gespräch vertieft waren.

Bill, wenngleich er kein Fachmann im Kreuzworträtseln war, gelang es, sieben waagrecht einzusetzen – »In Schwarz ein Instrument, dient es ihm in Weiß zu anderen Zwecken (5)« –, woraufhin Luke sich ermutigt fühlte, seinem neuen und teilnahmsvollen Bekannten seine Probleme mit dem unvermeidlich ansteckenden Rhythmus von *Hiawatha* zu schildern.

Bill war ein guter Zuhörer. Nachdem er Luke sein Mitgefühl ausgedrückt hatte, erzählte er ihm, dass er – wiewohl selbst kein Schriftsteller – eine Idee hätte, eine, von der er seit langem fand, dass sie wirtschaftlich reizvoll sein könne; auf diese Weise könne Luke – so regte er behutsam an – die amerikanischen Indianer von ihrem Platz verdrängen und Longfellows gefährlichem Sog ein Schnippchen schlagen. Luke fing Feuer. Seine poetische Wiedergabe der indianischen Schöpfung hatte kümmerliche Fortschritte gemacht – nun, im Grunde genommen eigentlich gar keine, wie er zugeben musste –, und Bill hatte eine Art an sich, die inspirierend war, ein Eindruck, der zweifellos durch die Biermengen, die Luke inzwischen zu sich genommen hatte, verstärkt wurde.

Paula war schon einige Zeit zuvor im Gastraum aufgetaucht und hatte Luke gebeten, schnell einmal zur Rabbit Row zu laufen und nachzusehen, ob ihre Mum womöglich das Gas angelassen hatte – sie habe gerade angerufen und sei ziemlich in Panik. Als Paula zum zweiten Mal von hinten auftauchte, um sicherzugehen, dass Luke sich auf den Weg gemacht hatte, geriet sie außer sich, denn sie musste von Colin Drover erfahren, dass Luke erst vor fünf Minuten aufgebrochen war und sich angeregt mit einem »Typ in Motorradkluft« unterhalten hatte.

Die beiden jungen Männer waren die Straße bis zur Viehschwelle hochgewandert; dort fiel Luke ein – der alles andere im Kopf hatte als die zum Glück nur erfundenen Ängste, die Paulas Mum durchlitt –, dass er hier nicht mehr wohnte. Er sagte, er habe das Bedürfnis, für eine Weile durch das Moor zu laufen, um einen klaren Kopf zu bekommen; denn der schwirrte dank Bill voller Ideen.

Vielleicht lag es an der vorgerückten Stunde oder auch am Bier (obwohl Bill nicht einmal ein ganzes Glas getrunken hatte), jedenfalls ging er auf die Einladung ein, in Lukes Wohnung zu übernachten, wo die Vermieterin glücklicherweise aushäusig war. Luke sagte, wenn ihn die Inspiration übermanne, könne er häufig überhaupt nicht schlafen, und überreichte damit Bill den Türschlüssel zum Haus von Paulas Mum. »Nimm mein Bett«, schlug er vor und erklärte seinem Gast den Weg zur Rabbit Row. »In Nächten wie diesen bin ich oft bis zum Sonnenaufgang unterwegs – kann sein, dass ich noch stundenlang hier draußen herumlaufe.«

Mary Simms lag in ihrem Unterrock auf dem Bett und zählte bis vierzig. Und dann noch einmal bis vierzig. Vierzig mal vierzig mal vierzig, sie wollte noch bleiben, um sicherzugehen …

Es war früh, die Sonne war gerade erst aufgegangen, und Mary Simms wanderte am Fluss entlang. Sie war benommen aufgewacht, nicht in ihrem eigenen Bett. Nach einer Weile entsann sie sich, dass sie sich in Paulas Haus begeben hatte, um an Luke Weatherall zu denken. Doch alle Gedanken an Luke hatten sich verflüchtigt, so wie der Tau, der ihre Knöchel benetzte, sich vor der Mittagssonne verflüchtigen würde.

Sie musste in dem fremden Bett eingeschlafen sein, und in einem Traum – oder in halbwachem Zustand – schien ein Lichtstrahl, süß und zielgewiss, direkt durch sie hindurchgefahren zu sein bis zu ihrem verborgenen Ich, das dankbar und empfänglich gewesen war. Eine ungeheure Freigebigkeit, die sie zunächst mit der betäubenden Wucht eines Faustschlags getroffen hatte, die dann aber nachließ, um umfassender, ungeheurer Zärtlichkeit zu weichen, hatte sie umgeben und umhüllt, sie hochgehoben, sie getragen und sie gänzlich durchflutet, bis sie mit einem Gefühl – lieblich und vollkommen – unendlicher Erhabenheit erwacht war; ihr gesamtes Wesen schien davon durchdrungen und ließ sie für immer verändert zurück.

Falls es ein Traum gewesen war, dann war es ein Traum, so vollendet und lebendig, dass er Mary wirklicher vorkam als der Boden, auf dem sie wandelte.

An Caddy's Rock, wo vor vielen Jahren ein Mädchen versucht hatte, ihren Säugling zu ertränken und für das Verbrechen gehängt worden war, traf sie auf Mr. Golightly. Sie ging von hinten auf ihn zu, denn er saß dem schnell fließenden Fluss zugewandt und beobachtete eine graue Bachstelze, die in einem Tupfer Sonnenlicht elegant ihren langen gelben Schwanz in der Schwebe hielt. Er musste ihre Gegenwart jedoch geahnt haben, denn er wandte sich um, als sie näher trat.

»Mary?«, sagte er, und in seinen Augen stieg so etwas wie Besorgnis auf.

»Hallo«, antwortete Mary Simms. In ihrem verwirrten Zustand erkannte sie ihn dennoch. »Frohe Ostern.«

»Du bist früh unterwegs.«

»Dasselbe könnte ich auch von Ihnen behaupten!«, entgegnete Mary Simms, und sie lachte, recht unehrerbietig in Anbetracht seines Alters und seiner offenkundigen Souveränität.

Mr. Golightly machte jedoch nicht den Eindruck, seine Erhabenheit hervorkehren zu wollen. Stattdessen wirkte er erleichtert. »Ich freue mich, dass du glücklich bist«, sagte er. »Sollen wir ein paar Schritte laufen?« Und zum zweiten Mal bot er ihr seinen Arm.

Sie gingen gemeinsam hinauf durch Felder feuchten Grases, wo Mr. Golightly gut gelaunt Pilze für sein Frühstück entdeckte, entlang eines Pfades, wo wilder Knoblauch einen pfeffrigen Duft verströmte, aufreizend und berauschend. Sie trennten sich an der Kirchenpforte. Mr. Golightly lud Mary nicht ein, ihm bei den Frühstückspilzen Gesellschaft zu leisten; sie müsse, sagte sie, ohnehin nach Hause, es gebe Dinge, die sie zu ordnen habe.

Die Glocken des Turmes läuteten ein wenig ungleichmäßig, um Christus wieder in der Welt willkommen zu heißen; doch weder Mr. Golightly noch Mary waren kurz darauf an jenem Morgen unter der Ostersonntagsgemeinde zu finden. Die Stimmung von Pfarrerin Meredith erhielt jedoch durch die Anwesenheit eines blonden jungen Mannes in Ledermontur Auftrieb, einer der Motorradfahrer, die über die Feiertage kamen; zweifellos aus Schüchternheit blieb er im hinteren Teil der Kirche und reihte sich nicht in die Schlange ein, um am Abendmahl teilzunehmen.

Vielleicht gehörte der junge Mann einer anderen Konfession

an oder war nicht gefirmt worden. Nach dem Gottesdienst war er verschwunden, sodass Pfarrerin Fisher die Möglichkeit genommen war, nachzufragen. Dennoch fand sie es ermutigend, unter der Gemeinde von Great Calne das Gesicht eines modernen Jugendlichen zu entdecken.

9

Pfarrerin äußert sich freimütig über Schwulenerfahrung« lautete die Überschrift, auf die am Ostermontag die erregten Blicke der Leser des *Wadenbeißer* trafen.

Sam Noble las den Artikel an jenem Morgen Nadia Fawns am Telefon vor. Das Osterlamm gehört zu einem uralten feierlichen Opferbrauch, und Nadia hatte Sam am Ostersonntag ein Ostermahl zubereitet, zu dem sie eine Seidenbluse trug, die ziemlich tief ausgeschnitten war, ihre beste schwarze Hose und jede Menge Goldketten.

Sam trank etliche Gin-Tonics (der Cinzano hatte seinen Dienst getan und eine große Flasche Gordon's Gin hatte seinen Platz eingenommen), er bediente sich reichlich an den Cashewnüssen und genoss den Lammbraten mit Rosmarin und Knoblauch. Nadia fand er teilnahmsvoll angesichts des Schicksals des *Braven Mädchens*. Sie wirkte regelrecht betroffen, als er schilderte, wie der Film kurz vor zwölf von seinem Siegespodest verdrängt worden war. Und sie redete, nicht zu viel, über ihre eigenen Missgeschicke in puncto Veröffentlichung.

Die beiden hatten sich seit dem Fiasko der Schreibgruppe nicht mehr getroffen und kamen automatisch auf Golightlys treuloses Verhalten zu sprechen. Auch diesbezüglich konnte Nadia Sam beruhigen. »Machen Sie sich keine Sorgen, ich habe ihn bei Amazon gesucht. Er ist ein Niemand.«

Sam war zwischen seinem Bedürfnis nach Verärgerung und seinem Wunsch, mit Prominenten zu verkehren, hin- und hergerissen. »Vielleicht benutzt er ein Pseudonym?«

»In dem Fall hätte er Ihnen das erzählt. Schriftsteller stellen ihr Licht nie unter den Scheffel – bis auf die wirklich bescheidenen …« Nadia lächelte geziert. »Glauben Sie mir, er ist eine Null, alle meine Freunde sagen mir, dass ich eine starke Intuition besitze.«

Das Mittagessen hatte sich hingezogen, Nadia hatte den Abwasch allein erledigt, und Sam war mit einem angehobenen Gefühl seiner eigenen Bedeutsamkeit nach Great Calne zurückgekehrt, etwas, das selbst in feiertäglichster Stimmung belebend wirkt.

Insofern zeugte es lediglich von guten Manieren, seine Gastgeberin am nächsten Tag anzurufen, um sich zu bedanken.

Nadia holte geschwind ihre Ausgabe des *Wadenbeißer* und las sie gemeinsam mit Sam am Telefon. Pfarrerin Fisher, behauptete das Blatt, habe freimütig bekannt, dass die Sexualpraktiken, über die sie gepredigt habe, sozusagen direkt aus berufenem Mund stammten. Sie wolle ihre Zunge nicht länger im Zaum halten (»Angesichts der Umstände kein schöner Gedanke«, hatte Sam geistreich eingeworfen) und spräche sich öffentlich zugunsten schwuler Priester beiderlei Geschlechtes aus.

»Demnach verzeiht sie es, wenn die Leute es sich von hinten besorgen«, sagte Sam.

»Bitte nicht«, bat Nadia, »solch eine hässliche Ausdrucksweise!« Seit sie die dichterische Laufbahn eingeschlagen hatte, war sie, was Sprache betraf, besonders empfindlich geworden.

Paulas Mum, die von dem Besuch bei ihrer Schwester in Somerset zurück war, las die Zeitung ebenfalls, bei einer Schale Vollkornflocken und einer Tasse Nescafé mit Luke.

Luke hatte neue Lebenszuversicht für seine Dichtkunst geschöpft. Paulas Zimmer war zu klein für einen Schreibtisch, und es gab dort noch immer zahlreiche Plüschtiere, die Platz beanspruchten; deshalb hatte er sein Büro in der Küche aufgeschlagen, wo das Geplapper und die hiesigen Tratschgeschichten von Paulas Mum wie stetig tropfende Flüssignahrung eher beruhigend als störend wirkten. Es war, als ob ein schwachbrüstiger Vogel, nach Jahren der Gefangenschaft seines natürlichen Schwunges beraubt, ununterbrochen auf unbekümmerte und sanfte Weise an seinem Ohr flötete.

»Stimmt!«, sagte er, als Paulas Mum erklärte, dass das, was

Leute in den eigenen vier Wänden täten, ihre Sache sei, und dass die Pfarrerin wirklich nett zu Edna gewesen sei, nachdem Ron dahingegangen war und sie sie und ihre Schwester im Supermarkt getroffen hatte. Und abermals »Stimmt!«, als Paulas Mum fand, andererseits müsse sie sich fragen, wie Pfarrer Malcolm, der, wie er ja wisse, die Parkinson'sche Krankheit gehabt hatte, die Nachricht aufgenommen hätte …

Genau zu erfahren, auf welche Weise Pfarrer Malcolm die Behauptung aufgenommen hätte, dass seine Nachfolgerin eine homosexuelle Vergangenheit besaß, blieb einem telepathisch veranlagten Menschen vorbehalten; der Pfarrer befand sich bei Paulas Mums Schwager Ron im Jenseits. Doch es gab andere, zugänglichere Meinungen, die zu dem Thema an jenem Tag in Great Calne geäußert wurden.

Zum einen ließen die Behauptungen den Skandal um Tessa Pope und Patsy aufleben, der in der Folge die Teestube wieder zum aktuellen Thema in den Gesprächen über örtliche Belange erhob.

Das Großartige an einem Skandal ist, dass er sich zwar irgendwann totläuft, jedoch jederzeit wieder belebt werden kann.

»Ich finde, es ist entsetzlich«, erklärte Nadia Fawns. Sie hatte Sam auf einen Drink eingeladen, und er war geblieben, weil sie gerade ohne große Umstände eine Lasagne zubereitet hatte.

»Kann nicht behaupten, dass ich mir was aus diesem Schwulenvolk mache«, entgegnete Sam, »erst recht nicht, wenn sie Halskrausen tragen!«

»Ich hasse alles, was unfeminin ist, Sie nicht?« Nadia klimperte mit ihren goldenen Armreifen, doch Sam erkannte nicht, dass dieser Gedankenaustausch einer der ersten Schritte auf dem Weg zu einer Beziehung war. Nadias Worte erinnerten ihn lediglich daran, dass er sich in Sachen Teestube wieder stärker ins Zeug legen sollte.

Mr. Golightly war keiner, der gern den Advokat des Teufels spielte, doch ebenso wenig war er jemand, der Partei ergriff.

»Man könnte sagen, dass Toleranz eine religiöse Anforderung ist«, bemerkte er, als Sam ihn auf der Straße traf und seinen Ansichten hitzig Luft machte.

»Ich bezweifle, dass Unser Herr diese Art von Backe im Kopf hatte, als er uns auftrug, die andere hinzuhalten.«

Mr. Golightly nahm die Zurechtweisung an. Was sollte er dazu auch sagen? Wenngleich es ihm einst so etwas wie ein Dorn im Auge gewesen war, hegte er heutigentags keine besonderen Ansichten mehr in Bezug auf sexuelles Verhalten. Falls er sich überhaupt mit Sex befasste, fragte er sich, warum diesem überspannten menschlichen Treiben so großes Gewicht beigemessen wurde. Dennoch konnte er kaum umhin zu erkennen – nicht zuletzt dank der Nachforschungen zu seiner Seifenoper –, dass Sex heute eine Sache war, der eine Reihe von erziehungsbedingten und gesellschaftlichen Hindernissen im Weg stand, etwas, das beschwerlich war und um das man eindeutig ringen musste.

»Um etwas zu ringen« war eine Fähigkeit, die Mr. Golightly seiner Meinung nach inzwischen verlernt hatte, doch Sam war da anders. »Nur wenige Menschen machen sich die Mühe zu bedenken, wie zerrüttend zu großer Liberalismus wirkt.«

»Durchaus«, erwiderte Mr. Golightly, dessen Sympathien ausschließlich auf Seiten der gedankenlosen Mehrheit lagen.

In Wahrheit hatte Sam reichlich viel Zeit damit verbracht, an Paulas kurze Röcke zu denken, was seine Hitzköpfigkeit deutlich geschürt hatte. Er schlenderte nun, scheinbar müßig, die Straße zu Jacksons Haus hinauf und hoffte, einen Blick auf seine Teestubengöttin zu erhaschen.

Paula war mit einem Lappen draußen und säuberte die Blätter einiger Primeln, die sie zu beiden Seiten des Betonpfades in den Boden verfrachtet hatte. Das heftige Gewitter hatte überall Erde verspritzt, und die Blätter waren durch den Schmutz unansehnlich geworden. Als Paula sich so ihren Rabatten widmete, trug sie ihre hoch geschnittenen, ausgewaschenen Jeanshorts, eine mauvefarbene, knappe Weste, die ein paar Tätowierungen offenbarte – eine Rose auf der linken Schulter und einen Leoparden auf der rechten –, ihre Plateauschuhe und einen »Rubin« als Nasensticker. Sam gingen die Augen über.

»Oh hallo«, sagte Paula, nicht übermäßig begeistert.

»Sie sehen großartig aus«, erklärte Sam, der ein wenig schwitzte.

»Echt?«, sagte Paula. Selbst wenn sie sich etwas aus Sam gemacht hätte, sie war nicht der Typ, der sich durch Komplimente erweichen ließ.

»Ich habe mich gefragt« – Sam stolperte gegen das Eingangstor, das von der eifrigen Göttin erst an diesem Morgen einen frischen Farbanstrich verpasst bekommen hatte –, »ob wir uns über die Teestube unterhalten könnten.«

»Klar«, antwortete Paula. »Sie kommen sowieso besser rein – Sie sind ja ganz voll Farbe.«

Spiritus wurde aus der Garage geholt, und Sam saß da wie ein kleines Kind, das aus der Vorschule nach Hause gekommen ist und sich die Farbe von seinen Händen schrubben lässt.

»Was hatten Sie denn im Sinn?«, fragte Paula. Unter ihren Anweisungen spülte Sam seine Hände im Abwaschbecken ab und wischte sie an zwei bereitgelegten Blättern Küchenrolle trocken, während Paula die Gegend um das Abwaschbecken mit einem keimtötenden Mittel besprühte.

»Ich werde mich mit der Bank unterhalten – es ist durchaus machbar –, ich kann die Teestube erwerben und dann würde sie dem Dorf erhalten bleiben. Sie haben einmal äußerst reizend erwähnt –« Sam blinzelte und spähte auf Jacksons angeschlagenen, jedoch blank polierten Herd – was für eine gründliche kleine Hausfrau Paula doch war! –, »Sie erwähnten einmal, Sie würden sich überlegen, die Teestube zu führen ...«

»Naja, gut, in Ordnung«, sagte Paula. Es hörte sich gar nicht so übel an. Sie hatte was zu tun, konnte sich von Jackson erholen, und es wäre eine prima Gelegenheit, es dem alten Colic und seiner dämlichen Frau im *Stag* heimzuzahlen.

»Heißt das, Sie wollen?« Sam konnte nicht fassen, dass sein Schiff dermaßen schnell und mit der erhofften Fracht im Hafen eingelaufen war.

»Wüsste nicht, warum nicht. Der Schlüssel liegt irgendwo bei meiner Mum. Wir können sie uns ja mal anschauen, wenn Sie wollen.«

Seit Joanne und Patsy von Great Calne fortgegangen waren, und Paulas Mum sich wenig später geweigert hatte, dort nach dem Rechten zu sehen, hatte die Teestube kein lebendiges Wesen mehr zu Gesicht bekommen – bis auf die Ratten. Ratten ließen Paula kalt. Auf sie machte die Teestube einen äußerst begehrenswerten Eindruck – ein Ort, wo man Hand anlegen und ein hübsches, kleines Geschäft auf die Beine stellen konnte. In ihrem

Kopf, der wie ein Schnellzug raste, begann sie die Maßnahmen aufzulisten, die erforderlich waren, um alles instand zu setzen.

Sam dagegen sank der Mut als er sich mit der Realität seiner zukünftigen Investition konfrontiert sah. Der Ort, den er sich vorgestellt hatte, war ein Paradies im vornehmem Softporno-Stil gewesen, kein wackliger, regendurchnässter Stall, voll von Rattendreck und zweifelsohne maßlos überteuert.

»Was halten Sie davon?« Mit der dem menschlichen Herzen angeborenen Unbeständigkeit zielte er auf einen abschlägigen Bescheid.

»Ich finde, es ist wundervoll«, lautete Paulas eindeutige Antwort. Ihr Kopf war bereits voller Pläne für die Vorhänge – babyrosa oder hellblau, dachte sie, mit winzigen Spitzenschleifchen.

Bei Nicky Pope wurden die sexuellen Neigungen der Pfarrerin wie in fast allen Haushalten von Great Calne ausführlich beleuchtet, wobei Nicky Cherie Wolford gegenüber die Meinung vertrat, dass die ganze Sache »widerlich« sei. Die Unterhaltung wurde in gedämpftem Ton abgehalten und außerhalb Tessas Hörweite. Das arme Kind hatte ja jenes scheußliche Erlebnis gehabt als sie in der Teestube aushalf. Doch das Geräusch von gedämpften Stimmen, vorrangig elterlicher Art, ist ein sicherer Weg, Aufmerksamkeit zu erregen. Da die Vision der Jungfrau nach wiederholten Malen abgenutzt war, verlangte Tessas Phantasie nach neuer Nahrung. Es dauerte nicht lange, bis sie im Wohnzimmer auf den Knien lag und weinte; dort entlockte ihre Mutter ihr taktvoll die Geschichte, wie die Frau Pfarrerin sie »in der Nähe des BHs« angefasst hätte, als sie ihr oben in der Kirche mit den Blumen half.

Für Barty Clarke war Tessa Popes Offenbarung ein Glücksfall. Sein Telefon hatte nicht stillgestanden, seit die Pfarrerin aus Weston super Mare mit ihrer Bonbonmischung zurückgekehrt war. Auch wenn er Erfahrung darin hatte, sich hart an der Grenze des Erlaubten zu bewegen, war selbst Barty über die Kühnheit des Artikels erschrocken, nachdem er ihn gedruckt gesehen hatte, und er wollte eigentlich am nächsten Tag seinen Anwalt konsultieren. Doch dann kam Tessa Pope mit ihrer Geschichte. Die wurde ihm von Nadia Fawns erzählt, deren Tonicwasser zur Neige gegangen war; sie kam im *Stannary Arms* vorbei, um sich für einen anstehenden Besuch von Sam mit mehreren Flaschen einzudecken.

Barty war ungeheuer erleichtert, als er erfuhr, dass das Schicksal seine Andeutungen mit einer Überraschungszeugin belohnt hatte, und er bot Nadia einen Drink an. Nadia bedankte sich, bestellte einen Campari-Soda und beschrieb reichlich ausführlich ihren Roman aus den Zeiten König Arthurs, von dem Barty bereits von Sam im selben Pub vernommen hatte. Dies behielt Barty jedoch für sich. In ein paar Monaten war die nächste Ausgabe des *Wadenbeißer* fällig, und nach der jetzigen Ausgabe hatte Barty einen Ruf zu verlieren.

Das alles geschah, während Pfarrerin Fisher noch nichts vom Einbruch ihres persönlichen Schicksals ahnte. Sie hatte den freien Montag genutzt, um ihre Schwester Mandy in Weston zu besuchen. Mandy unterhielt einen Süßwarenladen, der sich auf Bonbons und anderes Naschwerk spezialisiert hatte. An Feiertagen war Hochsaison für weiße Mäuse, rosa Zuckerbeine und Draculazähne, und es wäre undenkbar gewesen, an solchen Tagen zu schließen. Meredith kehrte spätabends zurück und fand Keith in heller Aufregung.

Keith war den rosanen Zuckerbeinen mit einem vorgetäuschten Kopfweh ferngeblieben, um das Zwei-Uhr-dreißig-Rennen in Epsom anzusehen. Auf einen todsicheren Tipp von dem Mann hin, der das Wettbüro unten in Oakburton führte – die Schwester seines Cousins ging mit einem Burschen aus einem Rennstall –, hatte er dem gemeinsamen Sparkonto zweihundert Pfund entnommen, um auf »Mother's Ruin« zu setzen und hatte um die Folgen gebangt. »Mother's Ruin« war als Vorletzter durchs Ziel gegangen; das färbte auf die Stimmung ab, in der er Meredith begrüßte, als sie mit einer Tüte süßer Steine aus Weston zurückkam. Er schob ihr eine Ausgabe des *Wadenbeißer* zu. »Da siehst du, wo dich der verdammte Feminismus hinführt! Ich kann mich nirgendwo mehr blicken lassen!«

Pfarrerin Fisher war jedoch keine, die Fersengeld gab. Der sexuelle Ruf ihres Mannes kümmerte sie nicht und ihr eigener auch nicht besonders. Verspottet und verlacht zu werden war schließlich das Los ihres Herrn. Gut, er war keine Frau gewesen, doch wie hatte der Mann in dem Film noch gesagt? – »Niemand ist vollkommen!« Sie schnappte sich den *Wadenbeißer,* las den Artikel sorgfältig durch und begab sich schnurstracks zum Telefon.

»Was tust du da?«, fragte Keith äußerst erstaunt.

»Mr. Clarke anrufen«, erwiderte Meredith mit kalter Gelassenheit. Sie erkundigte sich bei der Auskunft nach der Nummer.

10

Jackson hatte mit dem Dachaufbau bei Ellen Thomas Fortschritte gemacht. Es war kaum zu glauben, doch er zog morgens los, mit einer Feldflasche Tee und einem Stapel Sandwiches, die er sich sogar eigenhändig zubereitete. Freilich ließ er das Brotmesser (das Paula im *Stag and Badger* hatte mitgehen lassen) mit Gelee und Erdnussbutter verklebt zurück; doch wie hatte Cherie Wolford so schön gesagt, als Paula bei ihrer Mum vorbeischaute und sich ein wenig ausfallend über diese Sache geäußert hatte, auch Rom war nicht an einem Tag erbaut worden! Cherie, die vorbeigekommen war, um Paulas Mum ein Buch über Reizdarmsymptome auszuleihen, das Morning Claxon ihr gegeben hatte, hatte darüber hinaus auch die Ansicht vertreten, dass es nur einer tüchtigen Frau gelänge, aus einem Mann etwas zu machen.

Es war offensichtlich, dass Jackson in irgendeiner Weise bekehrt worden war, doch Paula war nur indirekt der Schlüssel für seine Wandlung; in seiner eingefleischten Trägheit hatte ihm eine Sache einen Stoß versetzt, die selbst den standhaftesten Menschen zum Wanken bringt: Jackson hatte sich verliebt.

Jackson hatte zuvor erst einmal geliebt – Trixie, einen Jack-Russell-Terrier, der in den Armen seines zwölfjährigen Besitzers verblutet war, nachdem er einen Kampf gegen einen Bullterrier verloren hatte. Seitdem waren die Dachse der Vehemenz von Jacksons unterschwelligen erotischen Trieben ausgesetzt.

Sich zu verlieben hat etwas Brutales an sich. Jackson hatte es für mehr als dreißig Jahre seines Erwachsenenlebens geschafft, unter dem Deckmantel der Lust davonzukommen – ein oftmals trügerischer Schutz. Mädchen wie Paula ihrer Schlüpfer zu entledigen war ein Hobby – eins, dem er sich ernsthaft widmete –, doch es hatte ihn nicht auf die quälenden, lähmenden, krallenbewehrten Angriffe der wahren Liebe vorbereitet.

Zu den geheimen Schrecken der Liebe zählt ihr Vermögen, alte Gewohnheiten vom Tisch zu fegen und mit weiterhin kräftigem Atem wohlig schlummerndes Leben zu erwecken. Ellen Thomas' teilnahmsvolle Art war in sein Herz gedrungen und hatte Fähigkeiten in Jackson freigelegt, von denen er selbst nicht wusste, dass er sie besaß. Es war ein Umsturz, der schmerzhaft verlief.

Fortwährend rannte er die Leiter rauf und runter, um sich bei Mrs. Thomas zu vergewissern, ob er auch »alles richtig« mache; wenn sich dagegen in früheren Tagen jemand über seine Arbeit beschwert hätte, hätte er nachgefragt, ob man ihn für jemanden hielt, den es einen Scheiß kümmerte? Zuweilen wachte er nachts auf und zermarterte sich das Hirn, ob er *jenes* Wort bei Mrs. Thomas versehentlich benutzt hatte – der Gedanke, es auch nur ein einziges Mal zu benutzen, ließ ihn in Angstschweiß ausbrechen.

Kein Dachs war je qualvoller geködert worden als Jackson. Er stellte fest, dass er dem Wunsch zu gefallen erlegen war, ganz im Gegensatz zu seiner sonstigen Art. Der Verlust seines früheren flegelhaften Ichs ließ ihn hilflos vor einem neuen inneren Zuchtmeister zurück, einem, der wie die meisten Despoten in einer Zeit von Unsicherheit an die Macht gekommen war.

Mr. Golightly beobachtete Jackson eines Morgens, als dieser auf einer umgedrehten Tonne, von Gänsen umgeben, in Ellen Thomas' Garten saß und verdrossen sein Frühstück in Form eines Erdnussbuttersandwiches verzehrte, und er erkannte einen Mann in Not. Mr. Golightlys eigene Erfahrungen hatten ihn gegenüber Menschen, die langsamer waren als er, nachsichtig gemacht. Er wusste, wie es war, wenn sich die harte Schale, die das Eindringen von Gefühlen verhindert, von dem schwellenden Herzen löst und es schutzlos hinterlässt. In derlei Momenten bedurfte ein Mann der Gesellschaft.

»Hallo!«, rief er über den Stacheldraht. Jackson, der angesichts seiner misslichen Lage in Trübsinn versunken war, fuhr hoch, die aufgeschreckten Gänse zischten wild. Jackson fürchtete sich heimlich vor den Gänsen; doch noch mehr fürchtete er sich vor

Paula, und zuerst glaubte er, sie sei mit einer ihrer neuerlichen und schrecklichen Forderungen aufgetaucht. Er war erleichtert, als er sah, dass es sich lediglich um den Schreiberling von nebenan handelte. Dankbarkeit stimmte ihn freundlich.

»'lo!«

»Nettes Stück Arbeit, das Sie da machen«, sagte Mr. Golightly, der wusste, wie wertvoll Ermunterung war.

Jackson lebte auf. »Gefällt's Ihnen?«, erkundigte er sich. Die Liebe hatte zu einem wacklig aussehenden, bootförmigen Gebilde auf dem flachen Plymouthbrüder-Dach des Bungalows geführt.

»Ein alter Freund von mir hat einmal etwas Ähnliches gebaut«, erklärte Mr. Golightly und nickte hinauf zu Jacksons Werk.

Montags und Donnerstags besorgte sich Mr. Golightly Würste und Koteletts von dem Metzger, der mit dem Wagen kam und früher einmal als Sonderschullehrer gearbeitet hatte. Freitags gab es geräucherten Hering und Schellfisch von dem fahrenden Fischverkäufer, der Leadgitarrist in einer Band namens *Springende Lachse* gewesen war. Der Name, so erklärte der Fischverkäufer, hatte ihm die Idee zu seinem Berufswechsel geliefert.

Johnny Spence erschien just, als Mr. Golightly seine Würste briet, es machte keine Umstände, noch ein paar mehr in die Pfanne zu werfen.

»Weißt du zufällig, was ein Rabe und eine Schreibpult miteinander gemein haben könnten, John?«

»Raben sind die großen schwarzen Vögel oben im Moor, oder?«

»Es ist ein Rätsel aus einem Buch, aber der Autor verrät die Lösung nicht. Es will mir nicht aus dem Kopf.«

»Im Internet wird da was zu finden sein«, entgegnete Johnny und beäugte die Würste. »Sie können eine Suche starten, wenn Sie wollen.«

Johnny wartete, bis sein Mund voll war, ehe er wieder anhub. »Sonst noch was für Sie zu erledigen?«, fragte er. Wolford war noch nicht vorbeigekommen, doch seit seine Mum fort war, war das Leben mit seinem Stiefvater heikel.

Wenngleich er Fragen eigentlich vermeiden wollte, hätte Mr. Golightly gerne gewusst, was eigentlich mit Johnnys Mutter los war. Er, in seiner Rolle als Vater, war derart unvollkommen gewesen, dass er sich jetzt nicht so fühlte, als ob ihm ein Urteil zustehe. Johnnys Mutter konnte Zwängen ausgeliefert sein – oder glauben, dass sie es sei; ihm war es auch nicht anders ergangen, doch inzwischen war ihm klar, dass er seinen eigenen Sohn schlicht und einfach vernachlässigt hatte. Er war sich bewusst, dass er dabei war, mit Johnny einen Teil jener Versäumnisse wettzumachen. Aber er wusste nicht so recht, wie man den Jungen weiter beschäftigen sollte. Die Anzahl der Drehbücher zu Seifenopern, die er für ihn aus dem Internet herunterladen konnte, war begrenzt.

»Was hält deine Mutter davon, dass du die ganze Zeit hier bist?«

Johnny errötete, und Mr. Golightly wandte sich ab und machte sich daran, Senf zusammenzumischen. Er mochte die englische Sorte, die er als leuchtend gelbes Pulver in einer Dose im Dorfladen erworben hatte. Er konzentrierte sich auf das Rühren – man brauchte Geduld, damit keine Klümpchen entstanden.

Als er Johnny erneut anschaute, starrte der auf seinen leeren Teller.

»Noch eine Wurst?«, fragte Mr. Golightly, und dann, weil er gelegentlich an die Tugend der Waghalsigkeit glaubte, »John, wo ist deine Mutter?«

John und seine Mum waren mit seinem Stiefvater nach Great Calne gezogen, als Johnny fünf war. Vorher hatten sie in einem Wohnwagen bei Plymouth gewohnt; als die Großmutter seines Stiefvaters gestorben war, hatten sie die Sozialwohnung in Great Calne bekommen. Wenigstens hatte er seitdem sein eigenes Zimmer.

»Weiß nicht«, gestand er nach einer Weile. »Sie ist irgendwohin gegangen.«

»Ach herrje. Was ist mit deinem Stiefvater? Weiß der, wo sie ist?«

Johnny schnitt eine Grimasse. »Glaub ich nicht. Was soll der denn schon wissen?«

»Keine Ahnung«, bekannte Mr. Golightly freimütig. So war das alles nicht geplant, dachte er. Je mehr er von dieser Welt sah, desto mehr hatte er den Eindruck, dass alles aus den Gleisen geraten war.

Doch als er Jackson auf seiner Tonne sitzen sah, hatte Mr. Golightly eine Erleuchtung. Johnny verfügte über weitaus mehr Fähigkeiten als den geschickten Umgang mit dem Internet. Er sei, so erklärte er seinem Arbeitgeber, es gewohnt, vielseitig eingesetzt zu werden. Im Moment war er damit beschäftigt, die Stecker der meisten elektrischen Geräte im Spring Cottage auszuwechseln. Und er hatte sich bereits dermaßen erfolgreich mit dem Ofen auseinander gesetzt, dass der Rauch recht fügsam in den Schornstein abzog. Als Nicky Pope vorbeikam, um nachzufragen, ob der Gärtner schon erschienen sei und den Ofen in Funktion sah, bemerkte sie, dass sie das nächste Mal wohl die Miete erhöhen müsse.

»Wie wäre es, wenn du bei Mrs. Thomas' Bauarbeiten aushelfen würdest?«, schlug Mr. Golightly vor. Er beobachtete über den Zaun, wie die Gänse von Ellen Thomas Jacksons Furcht spürten und ihn drohend anzischten.

Johnnys Antwort hatte etwas Zweideutiges. Der Gedanke, jemand anderem als Mr. Golightly zu helfen, behagte ihm nicht besonders; doch ebenso wie Jackson hatte er das neue und schmerzhafte Bedürfnis zu gefallen entdeckt.

»Wenn Sie wollen.«

Mr. Golightly hatte schnell gelernt, sich in andere einzufühlen. »Es ist ja gleich nebenan, du könntest bei mir essen«, versicherte er. »Und die Planung könnten wir gemeinsam besprechen.«

Auf diese Weise wäre Johnny beschäftigt, doch darüber hinaus sorgte er sich ein wenig um seine Nachbarin Ellen Thomas – und um Jackson. Nachdem er mit seinem wetterkundigen Auge das Gebilde auf dem Bungalowdach eingeschätzt hatte, fand Mr. Golightly, ein Fachmann könne den Bauarbeiten nicht schaden.

11

Pfarrerin Fisher war eine tapfere Kämpferin, doch wie viele Märtyrer kämpfte sie mit gebundenen Händen. Sex und Religion – jedes für sich genommen – stellt schon einen Festschmaus für launenhafte Kräfte der Einbildung dar, die sich nach Stoff verzehren; bei Pfarrerin Fisher war beides zu finden, und das gab einen außergewöhnlich saftigen Knochen ab. Die Geschichte von Tessa Pope mit ihrer ganzen Bandbreite möglicher Reaktionen von Mitleid bis Entsetzen war für das Dorf Great Calne zu schmackhaft, als dass man sie schnell wieder hätte begraben wollen.

Es waren Osterferien, und das Plymouth College war geschlossen; die Pfarrerin hatte also noch nicht einmal den teilnahmsvollen Beistand ihrer pastoralpsychologischen Kollegen, wo sie hätte Rückhalt finden können. Wie viele Menschen, die es aufs Land verschlägt, fürchtete sich Meredith insgeheim vor der Natur und hatte kaum mehr als die unmittelbare Umgebung des Dorfes erkundet. Doch angesichts ihres geschädigten Rufes und der triumphierenden Häme von Keith (der die Gelegenheit genutzt hatte, um die Aufmerksamkeit von dem geplünderten gemeinsamen Konto abzulenken) begann Meredith allein umherzuwandern. Sie wagte sich nicht hoch ins Moor, das in ihrer Vorstellung voll von Frauen hassenden Vergewaltigern steckte, doch ab und an schlug sie den Weg hinunter zu den zugänglicheren Gefilden des Flusses ein.

Sie erging sich dort eines frühen Morgens, als sie auf Mr. Golightly stieß; er saß auf Caddy's Rock, dort, wo auch Mary Simms ihn getroffen hatte. Dieses Mal beobachtete er einen Haubentaucher, der mit seiner weißen Kehle und seinem Bitterschokoladenkörper in das funkelnde braune Gewässer hinabtauchte.

Mr. Golightly wusste um den Skandal, der Meredith Fisher gebrandmarkt hatte. Ihr Mann reagierte mit der Bemerkung, dass sie lediglich den Lohn für die eigenen Fehler ernte. Früher hätte Mr. Golightly vielleicht in die Sticheleien eingestimmt, heute stand ihm der Sinn nicht mehr danach. Er teilte die Ansichten der Pfarrerin durchaus nicht, doch er wusste, dass Kummer nicht nur zerstörerisch wirken, sondern auch Anstoß zum Umdenken geben kann, und bei der Pfarrerin wurde womöglich in diesem Augenblick der Grundstein zu einer offeneren Lebenseinstellung gelegt.

»Hallo!«, sagte er – wobei er instinktiv, ohne von Pastoralpsychologie jemals etwas gehört zu haben, die Ausdrucksweise der Person annahm, die er begrüßte.

Meredith wirkte erschrocken. Sie erkannte ihn nicht so schnell wie Mary Simms. Erst bei näherem Hinsehen wurde sie gewahr, dass sie den Schriftsteller von der anderen Straßenseite vor sich hatte.

»Oh hallo.« Ausnahmsweise stellte Meredith fest, dass sie hoffte sich davonmachen zu können.

Es mag sein, dass Mr. Golightly sich ein wenig rächte, denn falls er erkannte, dass die Pfarrerin nicht in ein Gespräch verwickelt werden wollte, ging er darüber hinweg. »Sie sind früh unterwegs.«

Es war dieselbe Bemerkung, die er Mary Simms gegenüber geäußert hatte, doch Meredith fasste sie als Angriff auf. »Ich bin immer vor sechs auf den Beinen!«

»Ah«, sagte Mr. Golightly. Falls er sich auf seinen Platz verwiesen fühlte, ließ er es sich nicht anmerken. Er wusste aus Erfahrung, dass man in einem Tief einer verwandten Seele bedurfte. »Ich auch«, bekannte er. »Niemand weit und breit – das ist das Beste.«

»Ich bete dann«, erklärte Meredith.

Das entsprach nicht ganz der Wahrheit. Meredith benutzte die frühen Morgenstunden, um ihre Fallberichte zu schreiben und ihr Kisuaheli zu üben. Wenn sie betete, kam dies einem Lippenbekenntnis gleich; eigentlich hielt sie das Beten für Schaumschlägerei und leeres Gewäsch, etwas, das nicht die volle Aufmerksamkeit ernst zu nehmender Verpflichtungen verdiente.

Mr. Golightly war auch nicht unbedingt jemand, der betete und ging auf die Bemerkung der Pfarrerin nicht näher ein. Stattdessen schlug er einen Spaziergang vor. Anders als bei Mary Simms bot er Meredith Fisher seinen Arm nicht an. Fraglos spürte er, dass die Pfarrerin des Anstands oder ihrer Grundsätze wegen ablehnen würde.

Sie gingen auf dem schmalen Pfad am Fluss entlang. Das Laubwerk zwischen den Zweigen schien aus purem Licht; zu ihren Füßen öffneten sich unzählige Knospen blauer Glockenblumen zur Blüte, die glänzenden Blätter legten einen Teppich aus leuchtendem Grün darunter aus. Goldmelierte Weidenkätzchen wippten an Haselnusssträuchern wie flauschig gedämpfte Klöppel kleiner unsichtbarer Glocken, die heimlich neben den reinen Stimmen der Waldvögel erklangen. Am Flussufer erspähte Mr. Golightly die geduckte Gestalt einer Ratte – doch im Plan der Schöpfung hatten auch Ratten ihren Platz, überlegte er; an einem solchen Tag gebührte selbst einer Ratte Nachsicht.

Pfarrerin Meredith hatte jedoch keine Auge für die Offenbarungen des erwachenden Lebens. Sie war ein Opfer von Ungerechtigkeit geworden – und das aus den Reihen ihres eigenen Geschlechts; all die Barmherzigkeit der Natur reichte nicht aus, um jenes nagende Gefühl der Zurückweisung zu vertreiben. Sie wandelte im finsteren Tal menschlicher Verderbtheit und hatte kein Ohr für die Vögel, die jubilierend dem zu Ehren sangen, der sich über die Befleckungen irdischer Welten zu erheben vermochte.

Mr. Golightly, der wusste, wie es einem nach erlittener Ungerechtigkeit ergehen konnte, war klug genug, der Pfarrerin in ihrer dunklen Stunde keine guten Ratschläge zu erteilen. Er pfiff ein paar Takte aus *Fidelio*, doch das revolutionäre Thema hatte auf die Pfarrerin nicht die belebende Wirkung, die es auf Johnny Spence gehabt hatte. Meredith war nicht musikalisch; genau genommen war sie vollkommen unmusikalisch, ein Umstand, der brummend von den alten Glöcknern von Great Calne registriert worden war. Nach einer Weile kamen sie an eine Stelle, an der der Fluss eine weite Schleife machte, und Meredith hielt an und stand da, während sie scheinbar einen grauen Häher studierte. Gleichmütig und mit eingezogenem Kopf suchte der Häher das Gewässer nach einem vorbeischwimmenden Fisch ab. »Warum ich?«, fragte sie. »Warum nur ich?«

Ihre Worte waren nicht an irgendjemanden gerichtet – es sei denn, sie hätte den Häher ansprechen wollen. In Abwesenheit eines sichtbaren anderen ergriff Mr. Golightly das Wort.

»Zuweilen stelle ich mir dieselbe Frage.«

»Oh«, entgegnete Meredith und wandte ihm ein wütendes, verkniffenes Gesicht zu. »Ihr Männer! Ihr bezieht alles und jedes auf euer verflixtes eigensüchtiges Ich!«

Mr. Golightly dachte eigentlich, dass er gegen Gefühlsausbrüche einigermaßen gefeit wäre, doch trotz der Ergüsse, die er von Martha gewohnt war, überraschte ihn dieser. »Hej«, sagte er, »jetzt aber mal halblang!« Fast hätte er noch »altes Mädchen« hinzugesetzt – da ihm eine feurige alte Stute in den Sinn kam, die er einst geritten hatte –, doch er gebot sich rechtzeitig Einhalt.

Seine Antwort blieb dennoch nicht ohne Wirkung. Meredith' Gesicht verlor an Strenge und fiel in sich zusammen. Sie nahm ihre Brille ab und wischte sich über die Augen. »Tut mir Leid«, erklärte sie und schnäuzte sich in ein Papiertaschentuch, das sich in ihrer Hand in ein kleines, feuchtes Knäuel verwandelt hatte.

»Hier«, sagte Mr. Golightly und bot sein Taschentuch an, ein rot getupftes: eine Sache, wegen der er sich mit Martha immer wieder stritt. Er war wegen seiner Weigerung, auf Baumwolltaschentücher zu verzichten, ins Gebet genommen worden; sie seien nicht nur unhygienisch, behauptete Martha, sondern ließen auch den Wäscheberg wachsen, was aus ökologischen Gründen zu beanstanden sei.

Das überflüssige Taschentuch kam indes gut bei Pfarrerin Fisher an, ihre Miene hellte sich auf. »Wie das von Benjamin Bunny!«

»Genau genommen das von Peter Rabbit, wie Sie vielleicht feststellen.« Mr. Golightly erklärte, dass er ein Potter-Fan sei. »Eher Beatrix als Harry – ich fürchte, für ihn werde ich noch eine Weile brauchen. Es ist ihre Erzählweise, die ich schätze – ein herrlicher Rhythmus, und eine Frau, die eigene Schafe gezüchtet hat, muss man einfach bewundern.«

Er schilderte der Pfarrerin, wie die gefeierte Kinderbuchautorin, einst einem Vagabunden begegnet war; der hielt sie für einen Wandergefährten, weil sie als Schutz gegen den Regen einen Sack über ihrem Kopf trug. »Wetter 's nich so gut für Leut' wie Euch und mich«, hatte er zutraulich bemerkt.

Daraufhin erfolgte ein lebhafter Austausch über die Verdienste von *Die Geschichte von Herrn Gebissig* im Vergleich zu *Die Geschichte von den beiden bösen Mäusen,* wobei Mr. Golightly Ersteres und die Pfarrerin Letzteres lieber mochte. Mr. Golightly war zu taktvoll, um es auszusprechen, doch er konnte sich des Gedankens nicht erwehren, dass es ein gutes Omen für die Pfarrerin und vielleicht ein weniger gutes für Tessa Pope war, dass die Hauptfiguren in beiden Büchern bösartig werden konnten.

12

Der Abend senkte sich sanft und verhalten herab wie eine Nachtschwalbe im Flug. In dem fein geäderten, schwindenden Licht wartete Ellen darauf, dass die Sterne, Splitter der Heiligkeit, am Himmel erschienen. Schon seit vielen Nächten wartete sie dergestalt und starrte in die zunehmende Dunkelheit.

Ihr Gemüt, beschwingt und frei, schwebte schwerelos gleich einer stillen Eule. Auf dem Kamm des gegenüberliegenden Hügels konnte sie die Lichter eines Wagens erkennen. Sie stellte sich einen umherstreifenden Marsmenschen vor oder einen anderen außerirdischen Eindringling, der die fremde und zwielichtige Welt der Menschen studierte.

Sie war sich hier ebenfalls wie ein Fremdling vorgekommen. Doch sie war nicht mehr an eine Folterbank gekettet. Als sie die geschwungenen Hügelrücken betrachtete, die Umrisse der Bäume, die sich schwarz gegen den Himmel abhoben, und ihren Blick dann noch höher schweifen ließ zu den Sternen in der Ferne, schienen das Schmutzige, das Gemeine und der Schmerz einer größeren Vision zu weichen: unbeugsam und verhängnisvoll, doch gleichermaßen herrlich und denkbar und glorreich. Die kleine flackernde Welt war noch immer da, doch hinter ihr verbarg sich eine viel größere Macht.

Ein Gefühl von Frieden und Sicherheit erfüllte sie. Die Furcht und die Sorge, die erdrückende Anspannung waren Gleichmut und Ruhe gewichen. Der Stachel war allem genommen, es lag an ihr, sich wohl zu fühlen.

Sie blickte auf ihre Armbanduhr. Als sie zu den Feldern schaute, entdeckte sie, dass das Pferd aufgetaucht war, das Pferd, das sich erst zeigte, wenn die Sterne, so weiß wie es selbst, dazu das Zeichen gaben.

Leise wie ein Nachtfalter durchquerte sie den Raum, betrat den Flur und öffnete die Tür zum Schlafzimmer, wo der Mann stand und auf sie wartete, so wie er jeden Abend wartete. In seiner Hand hielt er den Eimer, den er benutzt hatte, um sich zu erleichtern.

Sie ergriff den Eimer und leerte ihn selbst in der Toilette aus. Er hatte widersprochen, als sie es zum ersten Mal tat, doch nun fügte er sich; stillschweigend akzeptierte er, dass in dieser Geste etwas lag, das ihrem Verlangen entsprach, sich jeglichen Vorbehaltes gegen seine Anwesenheit entledigt zu haben.

Auf den Socken folgte er ihr lautlos ins Wohnzimmer, wo die Glastür offen stand und die Nacht hereinließ. Er blieb zurück, während sie hinausschaute und ihn dann zu sich winkte.

»Die Luft ist rein. Sie könnten sich hinauswagen, wenn Sie wollten.«

Doch er schüttelte den Kopf. Er war ein paar Mal draußen gewesen, doch mehr ihr zu Gefallen. Er selbst fühlte sich im Moment noch im Inneren des Hauses wohler.

Sie kam aus der Küche mit der Flasche Wein und dem Sandwichteller, die zu ihrem täglichen gemeinsamen Mahl geworden waren. Aus irgendeinem Grund entsprachen die Sandwiches ihrem Bedürfnis nach Heimlichkeit – hatten aber auch etwas Unbeschwertes, Freies, wie ein Picknick beim Pferderennen vielleicht. Jedenfalls umgab die Sandwiches eine Art Sorglosigkeit; sie verwendete Zeit darauf, sich neue pikante Beläge auszudenken.

Was sie nicht wusste, war, dass der Mann sich an das Stete gewöhnt hatte und jede Form von Abwechslung ihn beunruhigte. Sosehr er sich auch nach Veränderung gesehnt hatte, war es der gleich bleibende Rhythmus seines Lebens hier, an den er sich klammerte. Jeden Tag schlief er in der Kammer, unter Bettwäsche verborgen, für den Fall, dass sich jemand plötzlich Zutritt verschaffen sollte. Lediglich des Nachts kam er unter seinen vielen Decken hervor, um sich die Füße zu vertreten und ein Mahl mit ihr zu teilen.

Der junge Mann mit dem unglückseligen Bart oben im Laden hatte Ellen von dem entlaufenen Gefangenen erzählt. Und Jackson hatte ihr eines Abends, als er aufbrach, zugemurmelt: »Sie müssen jetzt selber auf sich aufpassen, denken Sie dran«, und sie hatte begriffen, dass er sie ermahnte, wachsam zu sein.

»Mein Handwerker Mr. Jackson glaubt, dass ich von Ihnen im Schlaf ermordet werden könnte.«

Jos Bainbridge blinzelte. Nach den Tagen im Halbdunkel waren seine Augen empfindlich geworden. »Ich muss nicht bleiben …«

»Seien Sie nicht albern, es war ein Witz …« Ihr Lächeln war tapferer als das seine.

»Sie werden mich zwangsläufig irgendwann finden.«

»Aber warum?«, bemerkte Ellen. »Warum sollten sie hier nach Ihnen suchen? Ich gehe doch sonst auch nie vor die Tür. Und es gibt nichts, dass Sie mit mir verbindet.«

Und das traf zu – es gab nichts: weder Geschichte noch Herkunft, Alter, Geschlecht, Erfahrung, Benehmen, Neigungen – nichts. Die vollkommene Reinheit ihres Bündnisses erfüllte sie mit überschwänglicher Freude. Es widersprach aller Natur und dennoch … dennoch war es ausgesprochen natürlich.

»Hier werden sie nie suchen«, wiederholte sie. »Warum sollten sie auch? Ich habe Sie nie zuvor gesehen, nie von Ihnen gehört – Sie sind ein völlig Fremder! Warum in Gottes Namen sollte ich Ihnen Unterschlupf gewähren?« Sie genoss den Gedanken an ihren kleinen Geheimbund, sie beide, sie und Bainbridge.

Langsam trat seine Geschichte zutage – unterbrochen von Momenten, in denen sie gemeinsam aßen oder einfach schwiegen. Er erzählte mehr, nachdem er erkannt hatte, dass er nicht angezweifelt wurde. Sie wusste nicht, warum sie ihm glaubte, es gab keinen Grund, es nicht zu tun – sie interessierte nicht, was er getan hatte, sie interessierte nicht, ob er sie nachts vergewaltigen würde, sie hatte gehofft, dass er gekommen war, um sie zu töten. Doch sie wusste, dass er es nicht tun würde. Sie wusste es, weil sie keine Sekunde darüber nachdachte.

Er erzählte ihr, dass seine Eltern bei einem Flugzeugabsturz ums Leben gekommen waren, als er zwei Jahre alt war; er war in Plymouth von der Schwester seiner Mutter aufgezogen worden, die in späten Jahren ein Mitglied der Methodistengemeinde geheiratet hatte. Als er zehn Jahre alt war, hatte er einen Anfall gehabt – und war als epileptisch diagnostiziert worden. Vielleicht war er deshalb in der Schule zu nichts zu gebrauchen gewesen – sein »Onkel« hatte ihn beschränkt genannt.

Sie machte sich Sorgen. »Müssten Sie nicht irgendwelche Medikamente nehmen?« Dr. Rhys war liebenswürdig; sie würde sich jederzeit in die Klinik von Oakburton wagen und ihn fragen.

Er zuckte mit den Achseln. »Drinnen haben sie mich auf Phenytion gesetzt. Aber ich habe seit dem Tag, an dem sie mich gefasst haben, keinen Anfall mehr gehabt. Ich bezweifle, dass ich noch einmal einen bekomme. Irgendetwas hat sich da eingerenkt, verstehen Sie?«

Er erzählte, dass er das Haus seiner Tante verlassen hatte, gleich nachdem er von der Schule abgegangen war. Zu Hause hatte er sich keine Tiere halten dürfen, doch er hatte Tiere schon immer geliebt und bewarb sich um eine Anstellung bei einem der hiesigen Bauern, der ihn als Schafhirte aufnahm. Nach und nach lernte er das Moor kennen, wie einen Freund, so sagte er, und von denen hatte er nicht so besonders viele.

Er verliebte sich in die Tochter des Bauern – sie war jünger als er und ziemlich wild; weil sie gern tanzte, waren sie zusammen tanzen gegangen, in Clubs unten in Plymouth. Zu jeder Tages- und Nachtzeit waren sie nach Hause gekommen – er musste aufpassen, dass er es in der Früh rechtzeitig schaffte, bei den Schafen zu sein ... sie war wie ein Komet, unerreichbar, ein Stern weit über ihm, er wusste, dass er sie verlieren würde ... Oh doch, sagte er, als Ellen leise Einwände erhob, er war ein Verlierer, er hatte stets gewusst, dass es so kommen würde.

Sie war schön und hatte ihn gehänselt, ihn aufgezogen, er sei impotent – jedenfalls nicht Manns genug, um sie zu besitzen. Was Sex anging, hatte ihn die Erziehung seiner Tante so verängstigt, dass er sich zurückhielt. Es gab Zeiten, da ließ sie ihn einfach links liegen, zog los und war wochenlang verschwunden, während er im Moor umherwanderte und sich nach ihr sehnte und sehnte. Sie kam nicht besonders gut mit ihrem Vater aus, die beiden stritten sich häufig, das war mit ein Grund, doch der andere war – und das wusste er ganz genau –, dass er, Jos Bainbridge, ihr nicht genügte.

Eines Tages war sie nach Hause gekommen, nachdem sie sich monatelang nicht hatte blicken lassen. Wütend war sie gewesen auf eine Weise, die er nicht verstand, hatte einen Streit vom Zaun gebrochen, gesagt, es sei seine Schuld und was würde er denn erwarten, glaube er vielleicht, sie würde ewig hinter ihm herlaufen? Aus Verzweiflung über seine eigene Scheu hatte er fast eine Flasche Whisky getrunken. Sie waren zu einer Stelle im Moor gelaufen, die ihnen beiden gehörte, das dachte er jedenfalls, und sie hatte im Gras gelegen, lachend, ihre Röcke hochgeschoben, sodass man ihre wunderschönen Beine sah – und, plötzlich war etwas ihn ihm gerissen, und er hatte sie genommen und war grob in sie eingedrungen.

Sie hatte gestöhnt und aufgeschrien, als er in ihr kam und ihn hatte ein entsetzliches Gefühl befallen – dass er gottlos und für immer verdammt war, dass er abartig, abscheulich, ekelhaft war, dass er sein Allerliebstes beschmutzt hatte, dass er der Schlechteste aller Männer war, dass er für alle Ewigkeit büßen musste, dass er, wie seine Tante ihm häufig erklärt hatte, von Sündhaftigkeit durchdrungen war.

Schaudernd war er losgewandert, entsetzt über seine eigene Verderbtheit und Widerwärtigkeit, hatte den Rest des Whiskys geleert und war, noch immer außer sich, dahin zurückgekehrt, wo er sie verlassen hatte – um dort einen anderen Mann vorzufinden.

An der Stelle hielt er inne, und sie hatte, mehr um zu helfen als aus dem Wunsch nachzubohren, gefragt: »Wer war es?«

»Das weiß ich nicht. Ich hatte ihn noch nie zuvor gesehen. Er schlug auf sie ein. Ich versuchte, ihn davon abzuhalten – damals war ich kräftiger, und betrunken fühlte ich mich noch stärker, doch er streckte mich zu Boden. Schlug mich bewusstlos. Als ich zu mir kam, hatte sich Nebel herabgesenkt, und ich spürte noch immer den Alkohol. Tatsache ist, dass ich nicht wusste, was passiert war. Die Menschen sagen ›es war wie ein Traum‹, doch –«

»Bisweilen *ist* die Wirklichkeit wie ein Traum?«, warf sie ein.

»Ja.«

Natürlich wusste sie das. »Erzählen Sie nicht mehr, als Sie möchten.«

»Vielleicht ein anderes Mal …«

Als Ellen Thomas zum ersten Mal Jos Bainbridges Geschichte hörte, überfiel sie ein sonderbares Gefühlt. Sie folgte seinen Worten in dem diffusen Dunkel, in das hinein er sie sprach, und es rief ein Gefühl in ihr hervor, als gehörten diese Worte zu einem Tabu oder einer mythischen Geschichte, erzählt bei Einbruch der Nacht wie alte Stammesrituale. Sie war so gebannt, als würden diese Worte vor ihrem Auge von einem feurigen Kometen in den Nachthimmel geätzt. Die Worte, stockend, leidenschaftlich, doch ganz und gar glaubwürdig, befreiten etwas, das tief in ihrem Inneren lag, etwas, das bisher gefangen gewesen war, sich in den Rädern ihrer Verzweiflung verheddert hatte, und das sie, nachdem es sich gelöst hatte, plötzlich mit intensiver und Schwindel erregender Lebenskraft durchflutete. In dem Düsteren der Geschichte, dem Gewalttätigen und Zarten der Liebe, die er für seine kindische Freundin empfunden hatte, dem schrecklichen Ende, von einem Mann vorgetragen, der ohne jegliche Allüren sprach, offenbarte er sich – sein ganzes Wesen, sein Herz –, er offenbarte sich ihr mehr als jeder andere, den sie bisher gekannt hatte. In der Kürze ihrer Bekanntschaft und unter den Umständen ihrer Begegnung war eine Intimität gewachsen, die unbestreitbar war, so, als hätten sie sich von Anbeginn aller Zeiten gekannt.

Ganz gleich, was von seiner Geschichte noch zu hören sein würde, es könnte allenfalls nebensächlich sein, ein Trostpflaster für die Neugierde; von ihm selbst, dem reinen und lebendigen Ich war nichts vorenthalten worden. Keine geheimen Nischen. Nicht einmal Robert hatte ihr dermaßen freimütig seine Seele geöffnet. Es erfüllte sie mit Ehrfurcht und dann mit Erstaunen, dass ein anderes Lebewesen ihr so sehr vertraute. Als sie sah, wie er ihre Sandwiches verzehrte, entsann sie sich eines Winters, der so grimmig gewesen war, dass Rotkehlchen aus ihrer ausgestreckten Hand gefressen hatten, und dachte: Auch er nimmt Brot von meiner Hand!

Sie schaute dorthin, wo er kauernd saß – eine bleiche Gestalt auf ihrem Sofa –, und dann zu den Schafen, die sich in der Dunkelheit ebenso bleich ausnahmen.

»Komisch, dass Sie Schafhirte sind. Ich habe hier oft gelegen und die Schafe betrachtet. Mir kamen sie vor wie Runenzeichen, die ein Geheimnis verkünden.«

»Vielleicht tun sie das. Sie haben einen sechsten Sinn, die Schafe.«

»Ich habe sie immer für reichlich törichte Tiere gehalten.«

»Heilige Toren vielleicht« – ihr fragender Blick traf ihn –, »früher sprach man von dem heiligen Tor. Doch Schafe sind wirklich klug. Sie wissen, was das ist, die innere Gewissheit, nicht wahr?«

»Erklären Sie es mir.«

»Die Stellen, auf denen sie im Moor weiden. Da gibt es keine markierten Grenzen. Weder Mauern noch Zäune, die sie umgeben. Aber sie lernen es – wo die sicheren Orte sind.«

»Wie?«

»Die Muttertiere bringen es den Lämmern bei. Deshalb ist die Maul- und Klauenseuche so gefürchtet – wenn eine ganze Herde geschlachtet wird, verliert man nicht nur die Herde, sondern auch jene Gewissheit. Dann ist kein Tier übrig, das sie weitergeben könnte.«

Später ergriff sie Mitleid und dann Trauer, doch als sie dies hörte, wurde Ellen Thomas fast übermütig. Dem Terrain des Moores, das über keine sichtbare Kennzeichnung verfügte, das bis auf die innere Gewissheit der Schafe schrankenlos war, entsprach etwas in ihr selbst. Sie war gleich dem Schaf, das seine Gewissheit verloren hatte, und nun hatte sie sie wiedergefunden – und mit ihr den Bereich, in dem sie sich frei bewegen konnte, nachdem sie das Gefühl von Sicherheit lange Zeit vermisst hatte.

Während sie zuhörte, wurde ihr klar – längst bevor er nichts mehr zu erzählen hatte –, dass sie nahezu alles tun würde, um diesem Mann zu helfen. Die Geschichte, die sie vernahm, schien in ihre Blutbahn einzudringen, in ihr Lymph- und Nervensystem, sie kreiste in ihr, rief etwas in ihr wach, klopfte an ihr ermattetes Herz. Das Klopfen brachte ihr Blut in Bewegung. Sie hatte immer ihre eigenen Gedanken gedacht, doch sie waren gekommen und gegangen, träge, ohne sie wirklich zu überzeugen.

Noch während er sprach, spürte sie die Wirkung der Intimität und der freimütigen Worte, ihre Gedanken trieben Wurzeln und gewannen an Weite. Aus dem Dunkel war er zu ihr gekommen – seine Dunkelheit hatte die ihre ausgelöscht. Es war, als ob man ihr nach einem Todesurteil einen giftigen Trank gereicht hätte; doch er entpuppte sich als Lebenselixier.

Mai

1

Paula wusste nichts mehr mit sich anzufangen. Sie hatte jeden Winkel in Jacksons verlottertem Haushalt geschrubbt, gescheuert, geschmirgelt, poliert, gefegt und gesaugt, hatte den über Jahre liegen gebliebenen Haus- und Gartenmüll eingesammelt und war sogar bis in die Garage vorgedrungen, wo sie unter unglaublichem Unrat Jacksons Pornohefte entdeckt hatte. Jackson hatte erwogen, sie zu verbrennen. Nach Hause zu kommen und von Paula zu hören, dass sie seine »Witzblätter entsorgt« hätte, war ein doppelter Schlag: Es beraubte ihn der Möglichkeit, sich seiner heimlichen Liebe gegenüber edelmütig zu erweisen, und lieferte ihn mehr denn je Paulas Sticheleien aus.

Paula hatte erkannt, dass ihr Plan, den sie für Mary Simms und Luke geschmiedet hatte, fehlgeschlagen war. Luke hielt sich dieser Tage kaum noch im Pub auf. Und nur der Himmel mochte wissen, was in Mary gefahren war! Die dumme Kuh schien die ganze Nacht in Lukes Bett verbracht zu haben, ohne dass etwas dabei herausgekommen war, und nun schlich sie mit einem dermaßen albernen Gesichtsausdruck durch die Gegend und rannte alle fünf Minuten auf die Toilette. Und was diesen Luke anging – Paula war stinksauer: Als sie in der Rabbit Row vorbeischaute, um ihre Figurensammlung aus dem *Herr der Ringe* abzuholen, erwischte sie ihre Mum dabei, wie sie eins von Lukes Hemden bügelte.

Paula hatte ihre Sachen seit ihrem achten Lebensjahr selbst gebügelt; das –, und die ständige Abwesenheit von Jackson, dessen Wandlung in puncto Arbeit sich – wie es oftmals bei Reformen vorkommt – ins Extrem gesteigert hatte, veranlassten sie, an ihrem freien Abend in der Kirche vorbeizuschauen, wo die Pfarrerin eine ihrer Kursstunden über »Gott – eine Frau« abhielt.

Die Zahl der Teilnehmer, die noch nie besonders hoch gewesen war, hatte noch mehr abgenommen, seit die Pfarrerin selbst in Ungnade gefallen war. Tessa Pope war eine der regelmäßigen Besucherinnen gewesen, doch mittlerweile ging sie der Pfarrerin mit dem gleichen Maß an frommer Beflissenheit aus dem Weg. Die Pfarrerin, die der Spaziergang mit Mr. Golightly am Fluss wieder ein wenig aufgerichtet hatte, war entschlossen, sich von den jüngsten Geschehnissen nicht beirren zu lassen. Zurzeit bereitete sie sich darauf vor, selbige Ereignisse mit dem Bischof zu erörtern, der handschriftlich vorgeschlagen hatte, dass sie beide sich einmal »in aller Ruhe« unterhalten sollten. Eine Berufspflicht zu vernachlässigen würde auf Schuld verweisen; Keith zum Trotz weigerte sie sich, die Unterrichtsstunde über »Judit und Holofernes« abzusagen, obwohl an diesem Abend nur sie und Paula anwesend waren.

Paula war nicht bibelkundig, doch sie horchte auf, als sie erfuhr, dass Judit den Kopf des Holofernes mit eigener Hand abgeschlagen hatte – eine Tat, die der biblischen Heldin scheinbar den Beifall des Allmächtigen eingetragen hatte. Paula fand, dass vielleicht doch mehr an Ihm – oder Ihr – dran war, als man auf den ersten Blick vermuten würde. Außerdem fand sie, dass die Pfarrerin noch schlampiger als sonst aussah. Ganz spontan lud Paula sie auf einen Drink zu sich nach Hause ein. Aus Erfahrung wusste sie, dass Jackson erst spät zurück sein würde.

Trotz ihres mutigen öffentlichen Auftretens verspürte Meredith die Auswirkungen gesellschaftlicher Ächtung. Das Einzige, was sie zu Hause erwartete, waren Keith' rechthaberische Vorwürfe; Paulas Einladung war das erste Freundschaftsangebot, das sie erhielt, seitdem die Anschuldigungen in Umlauf geraten waren – genau genommen sogar das erste, seit sie in das Dorf gezogen war.

Paula zählte zu der Sorte von Mädchen, vor der die Pfarrerin sich früher insgeheim gefürchtet hatte – die Sorte, die einem in der Schule das Pausenbrot stahl und es in die Toilette warf und einem später auf dem Heimweg unflätige Dinge nachrief. Es war eine Ehre, von so jemandem nach Hause eingeladen zu werden. Meredith nahm dankbar an, sie und Paula machten sich gemeinsam auf den Weg durch das Dorf und kamen an einem reichlich errötenden Sam Noble vorbei.

In Jacksons inzwischen blitzblank polierter Küche öffnete Paula zwei Flaschen selbst gebrauten Apfelwein. Sie hatte sie in einer versteckten Ecke der Garage zwischen einer auslaufenden Autobatterie, einer zerbrochenen Heckenschere und den Pornoheften entdeckt. Aus ihrer Beutesammlung vom *Stag and Badger* nahm sie Erdnüsse und mehrere Tüten ihres Chipssortiments.

»Prost«, sagte sie und hob ihre Flasche. »Auf die Frauen.«

Normalerweise trank Meredith nicht, und selbst gebrauten Apfelwein überlässt man am besten denjenigen, die etliches vertragen. Wenngleich sie sich vorgenommen hatte, nichts verlauten zu lassen – was oft der Auftakt zu schlagartiger Redseligkeit ist –, dauerte es nicht lang, bis der ungewohnte Alkoholgenuss und die neue Erfahrung, über eine aufmerksame Zuhörerschaft zu verfügen, dazu führte, dass die ganze Geschichte mit Tessa Pope hervorgesprudelt kam.

Paula hatte das Wesentliche im Handumdrehen erfasst. Indem sie von ihrer misslichen Lage erzählte, goss die Pfarrerin Öl auf Paulas Feuereifer, dessen Glut bei Mary Simms dermaßen verschwendet gewesen war. Die Diskussion über Judit und Holofernes war nicht auf fruchtlosen Boden gefallen; mit Befriedigung hatte Paula zur Kenntnis genommen – und dazu aus einer solchen Quelle –, dass eine Gewalttat lehrreich sein konnte.

»Hören Sie«, begann sie und beugte sich vor, um Meredith Chips mit Steakgeschmack anzubieten, »wir machen das wie folgt.«

Die Pfarrerin hatte ihre Flasche Apfelwein bereits geleert und war dabei, sich über die zweite herzumachen. Es regnete Chipsbröckchen, als sie hitzig zu einem Bericht über die Beschneidung junger Mädchen anhub. Paula blieb ungerührt. Wenn ein Mädchen irrsinnig genug war, dergleichen mit sich machen zu lassen, geschah ihr das nur recht. Wie auch immer, sie hatte sich darauf eingestellt, der Pfarrerin gegenüber an diesem Abend nachsichtig zu sein und sie nach Herzenslust reden zu lassen.

Während die Pfarrerin ihr Thema in aller Deutlichkeit ausführte, beugte sich Paula von Zeit zu Zeit über den Tisch und schob ein paar der Chipskrümel zusammen, die sie danach auf ihre Handfläche kehrte. Als ihr Gast Anstalten machte, zu einem anderen Punkt auf der langen Liste von Grausamkeiten gegen das weibliche Geschlecht überzugehen, fand Paula, dass es nun genug sei. Ihr ordnungsliebender Verstand zog es vor, sich zunächst mit der aktuellen Schandtat auseinander zu setzen, die, wie sie hervorhob, »von keinem Mann, sondern von diesem verrückten Mädchen ausgeheckt worden war«.

Sie trug der Pfarrerin auf, ihr Gesicht oben im Bad zu waschen, und schickte sie dann nach Hause zu ihrem Mann zurück. Mit dem würde sie sich befassen, nachdem sie die kleine Pope auf Vordermann gebracht hätte. Die Pfarrerin, deren Frisur einen reichlich zerwühlten Eindruck machte, wurde durch die Haustür nach draußen dirigiert, und Paula machte sich daran, ihre Sammlung der Wahren Liebesgeschichten zu katalogisieren.

Es dauerte nicht lange, bis die Wahren Liebensgeschichten aufgelistet und geordnet waren und Paula sich nach dem nächsten Betätigungsfeld umschaute. Als sie an der bereits untadeligen Umgebung nichts mehr zu beanstanden hatte und bemerkte, dass es eigentlich ein angenehmer Abend war, begab sie sich nach draußen, um frische Luft zu schnappen. Zum *Stag* hochzulaufen hatte sie keine Lust, dort roch es zu sehr nach Arbeit, eher war ihr danach, bei ihrer Mum vorbeizuspringen, den Micra zu holen und vielleicht nach Backen rüberzufahren, um nachzuschauen, was im *Stannary Arms* los war.

Mr. Golightly kehrte gerade von einem Abendspaziergang am Ufer des Dart zurück, als er Paula begegnete. Wenngleich sie einander nie vorgestellt worden waren, kannte er die meisten Bewohner von Great Calne inzwischen vom Sehen und ergriff die Gelegenheit, seinen Bekanntenkreis zu erweitern. Er grüßte sie und beschrieb, wo er spazieren gegangen war.

»Ich laufe nicht viel zum Fluss runter. Ruiniert einem die Schuhe«, erklärte Paula.

Mr. Golightly warf einen Blick auf Paulas Füße, die auf zehn

Zentimeter hohen Absätzen thronten, prächtig mit dünnen hellblauen Riemchen geschmückt und auf dem Zeh mit einer blauen Gummiblume verziert waren. »Ja«, bekannte er, »das leuchtet ein. Für Tändeleien sind die Ihren nicht geschaffen. Meine habe ich so ausgesucht, dass ich mich damit auf jeder Art von Gelände bewegen kann.«

Gemeinsam wanderten sie den Hang zur Rabbit Row hinab. Mr. Golightly, dem Lukes Gesellschaft gefehlt hatte, erkundigte sich nach seinem Freund.

»Soweit ich weiß, ist er Tag und Nacht mit seinem albernen Gekritzel zugange«, bemerkte Paula knapp. Innerlich grollte sie, weil ihre Mum so sehr von ihrem neuen Mieter angetan zu sein schien und die Entschwundene nicht großartig vermisste.

Auch Mr. Golightly spürte so etwas wie Eifersucht. Was Paula erzählte, hörte sich so an, als ob Luke in seinem dichterischen Schaffen einen neuen Aufschwung erfahren hätte, wohingegen er selbst die Hoffnung, jemals voranzukommen, allmählich aufzugeben begann. In die Stille hinein fragte er Paula: »Sehen Sie sich eigentlich eine Seifenoper im Fernsehen an?«

»Klar, logisch«, entgegnete Paula. Wenn möglich, schaute sie sich alle an. »Am liebsten die *EastEnders.*«

Dank Johnnys Empfehlung hatte Mr. Golightly die *EastEnders* getestet. »Ich persönlich ziehe eigentlich die *Neighbours* vor. Die sind irgendwie optimistischer.« Die *EastEnders* hatten einen tragischen Unterton, eine Darstellungsform, die er zu vermeiden suchte.

»Eigentlich sind sie doch alle gleich.«

»Finden Sie?«

»Klar, logisch«, erwiderte Paula. »Das ist es ja.«

»Tatsächlich?«

»Na, sicher. Bei allen geht es um Sex und Geld – das ist das, was die Leute wollen …«

»Nicht auch Liebe?«

»Doch, wahrscheinlich«, gab Paula widerwillig zu. »Aber was die Leute ›Liebe‹ nennen, ist nicht echt.«

»Gibt es so etwas wie Liebe Ihrer Meinung nach überhaupt?«, fragte Mr. Golightly. Paula schien einen ungewöhnlichen Klarblick zu besitzen.

»Was weiß ich«, bemerkte Paula. »Wenn es sie gibt, bin ich ihr noch nie begegnet. Was die Leute ›Liebe‹ nennen, heißt meistens, sie wollen das Sagen haben.«

Sie waren in der Rabbit Row angelangt, doch Paula setzte ihre Unterhaltung mit Mr. Golightly fort und lehnte sich im gütigen, gerechten Licht der späten Abendsonne an den Micra ihrer Mum. Die Aufmerksamkeit ihres Begleiters hatte ihr Vertrauen gewonnen – der Schriftsteller schien nicht ganz so ein Schwachkopf zu sein wie die meisten Männer; wenig später war sie dabei, mit ihm die schwierige Lage der Pfarrerin zu erörtern.

»Was sie am meisten umgehauen hat, ist, dass es das Mädchen war, das ihr das angetan hat.«

Mr. Golightly nickte. »Ja, ich fühle mit der Pfarrerin. Mit Verrat ist schlecht fertig zu werden. Dante siedelte ihn im inneren Kreis der Hölle an. Womit er nicht Unrecht hat. Doch vielleicht steckt in jedem von uns ein kleiner Verräter?«

Paula war der große italienische Dichter unbekannt. Sie sagte, sie persönlich wolle der Pfarrerin helfen, denn wenn man sie frage, würde die sich für Sex nicht besonders interessieren. Dass die Pfarrerin von dem Gedanken an beschnittene Frauen nicht mehr loskam, spielte für Paula keine Rolle – das war der Kram, den man im Kultursender vorgesetzt bekam und hatte mit richtigem Sex nicht das Geringste zu tun.

Mr. Golightly dachte nach. »Vielleicht liegt da das Problem?«, bemerkte er. »Wahrscheinlich sollte man bei Dingen wie Sex doch nicht so gänzlich unbedarft sein. Das, was man missachtet, rächt sich in der Regel.«

Paula erklärte, ihrer Meinung nach sei die Person mit dem Problem diese dumme Göre Tessa Pope, und wenn es darum ginge, sich zu rächen, dann wohl am besten an ihr.

Mr. Golightly stimmte ihr zu. »Natürlich ist das Problem bei dem Kind zu suchen und nicht bei der armen Pfarrerin. Es erinnert mich an die Hexen von Salem. Zu dem Thema gibt es ein ausgezeichnetes Theaterstück.« Er schilderte die Handlung von Arthur Millers *Hexenjagd*.

Aufmerksam lauschte Paula der Geschichte von den sexuell unterdrückten jungen Mädchen, die mit ihren hysterischen Behauptungen, sie seien von Hexerei und satanischen Bräuchen bedroht, eine puritanische Gemeinde in Aufruhr gebracht hatten.

»Na also«, bemerkte sie. »Sex, genau wie ich gesagt habe.«

»Oder Macht«, schlug Mr. Golightly vor.

»Das ist ein und dasselbe«, erwidere Paula weise. »Sex und Macht – zusehen, dass man das Sagen hat –, so ist das Leben.«

2

Der frühe Morgen liegt am Rande des Bewusstseins – wenn der Vorhang der erwachenden Welt erst halb gelüftet ist, kann man sich zu den Geistern anderer Sphären stehlen und sich ungestört von ihnen an die Hand nehmen lassen.

Ellen Thomas wachte auf, hörte die sanften, beharrlichen Laute krächzender Vögel und wusste, dass sie malen würde. Es war, als ob das Geheimnis zwischen ihr und Bainbridge ihren Adern frisches Blut gespendet hätte. Die wenigen Stunden, die sie geschlafen hatte, waren nicht wie früher rastlos und angespannt, sondern friedlich und tief gewesen.

Im Nachthemd trug Ellen Staffelei, Skizzenblock und den Kasten mit den Aquarellfarben in den Garten und begann, rasche geschwungene Striche auf die Seiten zu werfen. Sie wusste, dass sie die Nebelschwaden einfangen musste, die sich wie lange Bänder um die Hügelkämme wanden, und die schwarzen Vögel, die vereinzelt durch sie hindurchflogen.

Scharlachrot und mächtig stieg die Sonne auf, zerriss den schwach glühenden Himmel und durchzog ihn gelassen mit Furchen lohfarbenen Rosenrots. Bis zu den Hügeln hin blies der Wind launische, flüchtige Wirbel in die aufschießenden Ähren – wie schwingende, tanzende Petticoats oder wie fließende Zeichen und Ziffern magischer Schriften. Und die Vögel … so vollkommen erfüllt von Lebenslust waren sie, während sie in der kühlen Morgendämmerung herabstießen und kreisten und taumelten …

In der Zeit ihres Elends und ihrer Furcht hatte Ellen ihre Aquarelle von den Wänden des Wohnzimmers genommen. Sie kamen ihr nur noch vor wie Tand und bargen Mängel, die niemals zu beheben sein würden. Eines Tages hatte sie in einem Schrank einen gerahmten Druck entdeckt, der Robert gehört hatte und der weggelegt und vergessen worden war. Van Goghs letztes Gemälde, das Ährenfeld, in dem die schwarzen Krähen vom Selbstmord des Künstlers künden.

Gefangen in ihrer eigenen Dunkelheit hatte Ellen die Qualen des Künstlers verstanden. Sie hatte den Druck aufgehängt und studiert. Die fliegenden Krähen schienen auf einen Ausweg aus ihrer Unsicherheit zu verweisen. Sie sehnte sich danach, mit ihnen zu fliehen, fort von einer Welt, die ihre Existenz bedrohte und leugnete. Und es waren Vögel, schwarz und in Scharen, die sie gehört hatte, als sie mit dem Gefühl durchdringender Frische erwacht war, reiner Empfindung, die ihr Wesen durchflutet und sie hinausgetrieben hatte.

Die Vögel in van Goghs Ährenfeld waren Rabenkrähen. Sie dagegen war von Saatkrähen gerufen worden, den lustigen Vettern der Rabenkrähen, die ihren Aas fressenden Verwandten ebenso glichen wie der Schlaf dem Tod – eine Ähnlichkeit, die über den wesentlichen Unterschied hinwegtäuscht. Es war, als ob das fein gewobene Netz der Verzweiflung, das sowohl die Ereignisse als auch die Menschen überdeckt und die Bedeutung der Dinge vor ihr verhüllt hatte, von diesen überschwänglichen Vögeln durchbrochen worden war. Ihr rauer Trompetenstoß kündete etwas Fernes, aber dennoch Starkes an, etwas, von dem sie selbst lediglich spürte, dass es auf sie zukam, etwas, das auch die Ankunft ihres geheimen Gastes zu verkünden schien. Die Vögel hatten den Schleier der Verzweiflung durchstoßen, sie hatten Löcher hineingerissen auf ihrer Suche nach dem geschützten Inhalt, den zu verschlingen ihnen die Natur vorgab. Es war, als ob sie die lebenswichtigen Geheimnisse ihrer Seele herauspicken würden, winzig und dennoch voll rätselhafter Versprechen – Samen, geraubt von der Frucht ihres müden Herzens.

Mr. Golightly war an diesem Morgen ebenfalls früh aufgewacht, und er begab sich zum *tor*, seinem Ort der inneren Einkehr. Als er das letzte Mal dort gewesen war, hatte er Raben entdeckt. Und einer war nun da, schnabelbewehrt, dessen mächtigen Schwingenschlägen der Wind nichts anzuhaben vermochte.

Mr. Golightly saß auf dem Felsplateau und versuchte, sich daran zu erinnern, was ein Rabe und ein Schreibpult gemein hatten. Er beobachtete die besorgten Rabeneltern und ihre Brut, drei aufgeplusterte rußige kleine Räuber, fast schon flügge.

Einer der erwachsenen Raben kam herbei und versuchte, einem der Vogeljungen etwas Kleines, Lebendiges in den Schnabel zu stopfen. Der kleine Rabe wandte indes seinen Kopf ab, das zappelnde Häppchen sagte ihm nicht zu. War er satt? Magersüchtig? Oder schlechterdings aufsässig? Augenscheinlich waren nicht einmal Raben gegen die Sorge um ihren Nachwuchs gefeit. Diese Vorstellung, dass ein Schöpfer Einfluss auf die Objekte seiner Schöpfung hatte – woher um alles in der Welt stammte jene Idee? Eltern, selbst Vogeleltern konnten einem sagen, dass es Unfug war …

Die Unterhaltung mit Paula hatte ihn nachdenklich gestimmt. Hatte sie Recht mit der Behauptung, dass »Liebe« für die meisten menschlichen Wesen nichts weiter als die Tarnung ihres eigenen Begehrens war? Die Ereignisse in Great Calne, deren Zeuge er geworden war, untermauerten Paulas zynische Sicht der Dinge. Dennoch, trotz ihrer Fähigkeit, genau hinzuschauen, machten Paulas Beobachtungen nicht die ganze Wahrheit aus – falls man dergleichen überhaupt erkennen konnte.

Im Lauf der Jahre hatte Mr. Golightly der Vorstellung von vielen verschiedenen Wahrheiten mehr Vertrauen entgegengebracht als »der einen Wahrheit«; Letztere betrachtete er mit Argwohn, seit ein Mann, der das Leben seines Sohnes hätte retten können, diesbezüglich eine glattzüngige, verflucht närrische Frage gestellt hatte. Seit er sich in seiner neuen Schaffensphase befand, hatte er indes festgestellt, dass er immer wieder von einer Idee heimgesucht wurde, der sein Sohn angehangen hatte.

Dass Liebe immer schöpferisch wirke, hatte sein Sohn als grundlegende Wahrheit angesehen. Doch in dem Gespräch mit Paula war auch zu dieser Aussage ein Problem aufgetaucht. Während Mr. Golightly den Raben zusah, die ihre Jungen im allgegenwärtigen, unparteiischen Schein der Sonne fütterten, dachte er, dass die Liebe dem Licht sehr ähnlich sei – etwas, das jedermann zu kennen glaube, dessen Natur jedoch sehr schwer zu bestimmen sei.

Von Zeit zu Zeit – besonders seit er Urlaub machte – hatte er jedoch den Eindruck, dass er dabei war, jenes ungeheure Geheimnis zu enthüllen. Die Sonne hatte ihre Gesetzmäßigkeiten. Waren auch der Liebe »Gesetze« eigen? Entzücken, Erstaunen, Mitgefühl, Zärtlichkeit – all diese großen Gefühle trugen zu ihrer Anziehungskraft bei –, dennoch schien der Liebe trotz ihres vermeintlich Sanften auch etwas äußerst Verwegenes anzuhaften. Sein Sohn war als »sanftmütig« bezeichnet worden; dennoch war er vorrangig leidenschaftlich, beherzt, impulsiv, widerspenstig und dem größtmöglichen Risiko zugeneigt gewesen. Jene Risikobereitschaft war es, wie er allmählich einsah, die so bemerkenswert gewesen war. Denn als sich das Schreckliche mit dem Wahren gepaart hatte, hatte das Opfer unbarmherzige Züge angenommen, und der Weg, den sein Sohn wählte, war mit der Vorsehung eins geworden …

Ellen Thomas stand im Nachthemd an ihrer Staffelei im Garten und malte im fließenden, tanzenden Licht Vögel. In ihren Gedanken stiegen sie auf … immer weiter und höher, in ungeahnte Stratosphären, wo Raum und Zeit sich im grenzenlosen jenseitigen Äther verloren. Sie hatte die Bürde abgeworfen, und nun trugen die Vögel sie hinaus aus dem kleinen Los der Nichtigkeit, dem furchtbaren Entsetzen, dem zusammengekauerten Zustand, der hinderlich und schmerzhaft gewesen war. Noch nie hatte sie sich dermaßen klar, dermaßen frei von verunreinigenden Ablenkungen gefühlt.

Während sie malte, stellte sie fest, dass sie alles, was sie störte, übermalen konnte – und auch das, dieses korrigierende Verfahren, dieses entlastende, friedliche Annullieren, das sie tat, ohne darüber nachzudenken oder es gar zu bedauern –, es war erstaunlich, wie es die Stricke, die sie umwunden und gebunden hatten, durchtrennte und ihr die Freiheit gab zu sein, was immer ihr zugedacht war. Ohne zu wissen, wohin es sie führen würde oder was dieser Wagemut zu bedeuten hatte, folgte sie ihrer Eingebung, die größtenteils darin bestand, zu entfernen, auszumerzen, zu tilgen.

Ja, sie stand da und löschte sacht die Dinge aus, ihre Bedürfnisse, ihre Nöte, ihre Vorlieben, allesamt lösten sie sich auf – bis sie haltlos und gestaltlos, nahezu körperlos zurückblieb und lediglich die eigentümlichen Prophezeiungen der Vögel für sich sprechen ließ. Die uralten Wahrsager schauten zu den Vögeln, um die Zeichen zu erkennen – der Flug der Vögel legte die Spur für ihre Seele.

Mr. Golightly, der von seinem Spaziergang zurückgekehrt war und sich noch mit Samson unterhalten wollte, erspähte Ellen hinter dem Stacheldrahtzaun. Er entfernte sich hastig, doch sie musste seine Gegenwart geahnt haben, denn sie wandte sich um, um ihn zu begrüßen.

»Hallo«, begann sie. »Ich male.«

»Ja«, erwiderte Mr. Golightly. »Das sehe ich.«

»Zum überwiegenden Teil«, fuhr Ellen fort und unterbrach beim Sprechen ihre Arbeit, »lösche ich Dinge aus.«

»Es ist eitel, sich mit mehr zu befassen, wenn weniger genügt?«

»Genau«, entgegnete Ellen. »Wie schön, dass Sie das begreifen.« Sie richtete ihren Blick erneut auf eine Saatkrähe, die im Himmel verschwand.

Während die Vögel in dem bereinigten Sein, das ihre Persönlichkeit jetzt ausmachte, ein und aus flogen, taten die Worte von Jos Bainbridge es ihnen nach und vermischten sich in der kaum fasslichen Macht eines Traumes mit den schwirrenden Vögeln. Sie schienen dem gleichen Ort des Anderen, des Dunklen zu entstammen, die schwarzen Vögel und Bainbridge, sie durchstießen die pergamentene Hülle, die sie umgab, ließen sich auf den Zweigen ihrer wuchernden Gedanken nieder, fügten sich zu geheimnisvollen Paaren, flogen plötzlich auf, verschwanden und ließen sie in der Einsamkeit zurück, die sie einst gefangen gehalten hatte und die nun zu reinstem Frieden geworden war.

Die Pforten der Gnade waren vor ihr ins Schloss gefallen, und nun waren Boten erschienen, die in ihren Schnäbeln den Schlüssel zu ihrer Befreiung trugen. Sie waren ihre Hüter, die Vögel und Bainbridge, ihre schattenhaften Wächter, ihre Verbündeten, die Wegweiser ihrer Befreiung.

3

Für Tessa Pope wurden die Osterferien zu einer Qual. Wegen der Geschichte mit der Pfarrerin hatte man ihr Beachtung geschenkt: Sie war bedauert und ausgefragt worden, doch nun musste sie erfahren, dass Ruhm auch Nachteile mit sich bringt. Tessa war in Great Calne nie beliebt gewesen, jetzt aber lachten die Kinder des Dorfes hinter ihr her und bedachten sie mit schlimmen Namen. Und sie ängstigte sich fast zu Tode, der Pfarrerin zu begegnen, was bedeutete, dass sie den Großteil des Tages drinnen vor dem Fernseher verbrachte.

Als sie wieder zur Schule ging – der privaten in Newton Abbey, die Nicky Pope für weniger pöbelhaft als die hiesige Grundschule hielt –, fühlte Tessa sich sicherer. Allerdings wurde sie von Albträumen heimgesucht – von einem ganz besonders, in dem ein Fuchs unter ihre Bettdecke kroch und auf Furcht erregende Weise nach ihrem intimen Bereich schnappte.

Wenn Tessa in der Vergangenheit durch das Dorf nach Hause gelaufen war, hatte sie die Abkürzung über den Friedhof genommen. Nun jedoch benutzte sie, um unbemerkt zu bleiben (falls sie überhaupt nach draußen ging), den Weg, der sie die Rabbit Row entlangführte. Paula, die bei ihrer Mum vorbeigekommen war, um noch ein paar Plüschtiere in Jacksons Haus zu bringen, tauchte unvermittelt vor Tessa auf.

»Hallo«, sagte Paula und grinste.

Tessas jüngste Vergangenheit hatte sie besonders wachsam werden lassen, und da sie in Paulas Anrede etwas Unheilvolles gewahrte, versuchte sie, in einigem Abstand an ihr vorbeizugehen.

Sie wusste, wer Paula war und bewunderte die Anzahl ihrer Nasensticker genauso wie ihre extrem kurzen Röcke. Bis zu diesem Tag hatte Paula wiederum nicht die geringste Spur von Interesse an Tessa gezeigt.

Paula, die dabei gewesen war, ihre Spielgefährten in den Micra zu laden, hielt noch immer ihren Orinoco Womble in einer Hand. Mit der anderen griff sie nach Tessas Handgelenk. »Komm rein«, bemerkte sie, noch immer grinsend.

Tessa wollte sich gerade wehren, als Paula ihr den Orinoco auf den Mund presste und sie den Gartenpfad entlang vor sich her schob. Drinnen im Haus schubste sie Tessa über den Flur, an der Küche vorbei und half mit dem Knie nach, wenn ihre Gefangene störrisch wurde; in ihrem früheren Zimmer wand sie ihr Halstuch um den Orinoco, um den Knebel zu sichern, und fesselte Tessa mit dem Gürtel von Lukes Morgenmantel an den Bettpfosten.

»Komm nur nicht auf dumme Gedanken«, warnte sie, »sonst ...«, und dann gab sie einen eindrucksvollen Auszug aus dem Vortrag der Pfarrerin über die Beschneidung junger Mädchen zum Besten.

Danach ging Paula in die Küche, wo Luke saß und schrieb. Er blickte höflich auf und bot ihr einen Nescafé an.

»Ne danke«, erwiderte Paula wütend, weil es der Kaffee ihrer Mum war, den er anbot. »Weißt du, wie viel Uhr es ist?«

»Klar«, antwortete Luke und schaute auf seine Armbanduhr. »Viertel vor elf.«

»Oh Mann«, entgegnete Paula. »Dann muss ich mich sputen. Ich bin nur vorbeigekommen, um noch ein paar von meinen Sachen zu holen, aber um elf habe ich einen Termin bei Di, um meine Beine enthaaren zu lassen.« Sie flitzte in ihr Zimmer zurück.

»Also«, zischte sie in Tessas Ohr, »hör mir gut zu. Du schreibst jetzt auf, dass du dich bei dem, was du über die Pfarrerin gesagt hast, geirrt hast.« Und dann, als sie sich an den Spaziergang mit Mr. Golightly und an seinen Bericht über die Hexen von Salem erinnerte: »Wenn du willst, kannst du sagen, der Teufel wäre es gewesen. Ja, genau, sag der Teufel wäre dir erschienen und hätte dir befohlen, diese Geschichte zu erzählen ...«

Tessa, die mittlerweile von dem Orinoco befreit worden war

und zu durcheinander war, um zu weinen, schrieb gehorsam ihr »Geständnis« mit einem blauen Kugelschreiber auf ein einfaches Blatt Papier; für alle Fälle hatte Paula beides vorsichtshalber schon vor einer Weile besorgt. Sie schnappte sich das Blatt und schob Tessa mit ihrem Knie vor sich her, aus dem Haus und über den Pfad zurück in die Rabbit Row. »Und jetzt hör mir mal zu, Kleine«, sagte sie. »Wenn du hiervon jemals irgendwas verlauten lässt …«, und dann beendete sie den Vortrag über die Beschneidung junger Mädchen.

Morning Claxon schaute auf dem Rückweg von einem Workshop über Kristalle bei Nicky Pope vorbei, um herauszufinden, wann das Spring Cottage wieder frei sein würde. Sie hatte jemanden getroffen, der mit Tarotkarten arbeitete und für ein halbes Jahr etwas zu mieten suchte, »irgendwo, nicht so teuer, aber mit guten Schwingungen«.

Tessa war von der Rabbit Row aus nach Hause gehuscht, sie stand Höllenqualen aus, als sie, kaum dort angekommen, erklären musste, wie sie bei der Sache mit der Pfarrerin in die Irre geführt worden war. Ein seltsamer Mann, dunkel gewandet, hatte sich ihr eines frühen Abends auf dem Friedhof genähert und mit Grabesstimme gesprochen; er hatte ihr gewaltsam Worte eingeflößt, den Rachen hinab bis zum Magen; von ihm war ihr aufgetragen worden, diese Geschichte, von der sie nun wusste, dass sie falsch war, mit jenen Worten zu erzählen. Sie hatte sich gefürchtet und nicht ganz genau hingesehen, doch jetzt, wo sie darüber nachdachte, war sie sich fast sicher, dass da etwas Langes und Schuppiges gewesen war, möglicherweise ein Schwanz …

Als Morning Claxon mit einem Mittel gegen teuflische Kräfte zurückrief – eins, das aus gemahlenen Zähnen kastrierter Hunde bestand und noch auf die Zeit der Druiden zurückging –, erklärte Nicky Pope, das sähe Tessa gar nicht ähnlich. Die Kleine sei so aufgeregt gewesen, dass sie nicht eine einzige Träne vergossen hätte. Alles, wonach es sie verlangt hätte – es brach einem das Herz es mit anzuhören –, sei gewesen, die Sache für die Pfarrerin einzurenken, die wegen der Jungfrau so teilnahmsvoll gewesen sei.

Paula besaß das Gespür eines Generals und wusste das Kaliber von Männern und Frauen instinktiv einzuschätzen. Nachdem ihre Beine enthaart worden waren, rief sie die Pfarrerin auf ihrem

Handy an. Während sie über ihre Waden strich, lud sie sie ein, mit ihr im *Green Gables* eine Tasse heißen Kakao mit Sahne zu trinken. Nachdem der Fall Tessa Pope erledigt war und sie die korrigierte Geschichte im Kasten hatte, wollte sie der Pfarrerin einen Vorschlag unterbreiten.

4

Mister Spence, wie schön.« Rotwangig und großmächtig tönend stellte sich Wolford Johnny in den Weg und versteckte die Sonne mit seinem Rücken.

»Was wollen Sie?«, fragte Johnny und rieb sich unwillkürlich die Schulter, Wolfords Griff hatte er nicht vergessen.

»Sind wir etwa empfindlich? Nun, was hat denn Mister Spence so getrieben?«

»Da unten geholfen.«

»Und was soll das heißen?«

»Mrs. Thomas bei ihrem neuen Zimmer geholfen«, entgegnete Johnny, dem es lieber gewesen wäre, Wolford nichts zu erzählen.

»Ach was? Was will sie denn da mit dir?«

»Mr. Golightly hat gesagt, ich soll«, betonte Johnny. In dem Punkt bewegte er sich wenigstens auf sicherem Boden.

»Müsstest du nicht in der Schule sein?«, erkundigte sich Wolford.

»Müssten Sie sich nicht die armen Säcke oben im Gefängnis vornehmen?«

»Ich hab dich im Auge, Spence«, brüllte Wolford, als Johnny wegtauchte und an ihm vorbei die Straße hochschoss. »Ich komm demnächst zu dir nach Hause, um mal ein Wörtchen mit deinem Vater zu reden, verlass dich drauf.«

Jacksons Stolz auf seine Arbeit und sein neu entdecktes Können wurde untergraben, seit ihm Johnnys überlegenes Geschick immer deutlicher vor Augen trat. Ellen achtete darauf, alle geschäftlichen Angelegenheiten mit Jackson zu besprechen, doch nachdem Johnny auf der Bildfläche erschienen war, war offenkundig er derjenige, der die Probleme löste. Jackson war zwar Analphabet, doch er war kein Narr. Geradezu niedergeschmettert war er, als Johnny eine komplizierte Berechnung herunterratterte, um darzulegen, wie in dem neuen Badezimmer eine Wanne unterzubringen sei, und gedemütigt, als der Junge mit Kugelschreiber auf dem Handrücken den Zufluss zu dem neuen Abflussrohr entwarf.

Desgleichen reparierte Johnny den uralten Rasenmäher; Jackson war an ihm gescheitert und hatte den Kauf eines Flymos vorgeschlagen. Der Rasenmäher hatte Robert gehört, und Ellen war nur widerwillig bereit gewesen, sich davon zu trennen. Als Johnny loszog, um den Mäher zu begutachten, machte Ellen ihn auf die nistenden Schwalben in der Remise aufmerksam. »Es ist die Speicherwohnung der Schwalben – sie halten sie für mich warm …«

Falls es ein Mittel gegen Eifersucht gibt, dann ist es ebenso schwer zu finden, wie diese Krankheit zu ertragen ist. Der Junge war in Jacksons Machtbereich eingedrungen und hatte das Vertrauen seiner Angebeteten errungen. Früher war er derjenige gewesen, den sie gebeten hatte, auf die nistenden Vögel zu achten. Immer öfter hegte Jackson den Verdacht, dass Mrs. Thomas den Jungen abends die Arbeit kontrollieren ließ, nachdem er selbst gegangen war.

Im Gegenzug hatte Jackson sich angewöhnt, länger und länger zu arbeiten. Er hatte seine Werkzeuge verstaut und legte gerade die Leiter in dem hoch gewachsenen Gras ab, als Wolford vorbeigeschlendert kam, die Hände in den Taschen.

Wolford hatte noch nie ein Wort mit Jackson gewechselt, wenn sie sich zufällig oben im *Stag* begegnet waren, doch jetzt blieb er stehen und grüßte ihn, ehe er in den Garten spazierte und sich Mrs. Thomas vorstellte, die mit ihrem Skizzenblock im Garten saß.

Wolford stand da, plauderte und schaute über ihre Schulter hinweg. Jackson verlangte es danach, sie zu beschützen; er ging hinüber zu ihr und bot ihr den Rest seines Tees aus der Feldflasche an, weil ihm nichts anderes einfiel, um seine Zuneigung zu zeigen. Sie lehnte den Tee ab – nett natürlich, sie war immer höflich –, und er hatte das Bild des Jungen auf ihrem Skizzenblock erspäht.

Paulas Ankunft hatte Jacksons nächtliche Gewohnheiten drastisch verändert. Während er in der Vergangenheit aus dem *Stag and Badger* heimgekommen war und sich besinnungslos hatte fallen lassen, wobei er das Bett oftmals um einiges verfehlte und es zuweilen nicht einmal bis zum Schlafzimmer schaffte, erwartete man nun von ihm, dass er badete und sich rasierte, bevor er zu Bett ging. Doch selbst mit glattem Gesicht erwies sich Jackson als Problem. Seine heimliche Verehrung für Ellen Thomas hatte ihn mit Schlaflosigkeit geschlagen. Weil er sich ständig wälzte und drehte, hatte Paula beschlossen, dass er besser auf dem Boden schliefe; er würde sie »verrückt machen«, sagte sie.

Als Jackson sich an jenem Abend im Bad einschloss, seinen hervorquellenden Bauch in dem Spiegel studierte, den Paula angebracht hatte, und an das Gesicht des Jungen dachte, das er auf Mrs. Thomas' Skizzenblock entdeckt hatte, fand er, dass er selbst kurz davor stand, »verrückt« zu werden. Von seinem unerträglichen Verlangen halb zum Wahnsinn getrieben, lag er mit einem Sofakissen unter dem Kopf auf dem Schlafzimmerboden und wehrte sich erfolglos gegen die Vorstellung, dass Ellen Thomas' knochige Hüften sich an seine drängten und ihre langen Beine sich um seine Taille schlangen und ihre weißen Hände sanft sein Skrotum umschlossen. Immerhin blieb er auf dem Fußboden von den Tierherden verschont, die Paula wie eine flauschige Festung umgaben. Angesichts dieser Vielzahl von Bettgefährten war für einen ausgewachsenen Mann sowieso kaum noch Platz. Neben ihm, in erhöhter Position auf dem Bett, das einstmals von Jackson allein gehütet worden war, stieß Paula kleine Grunzlaute aus, während ihr Gefolge von frisch gewaschenen Wombles die schlafende Dornröschengestalt bewachte. Jackson fragte sich, wie zum Teufel ihm das hatte passieren können, stand auf und ging nach unten, wo er bedrückt die Zeichnung betrachtete, die Paula für das Regal angefertigt hatte, auf dem sie ihre Wahren Liebesgeschichten unterbringen wollte. Es war so bemessen, erkannte er, dass es genau an die Stelle passte, wo sich zuvor seine Bierkästen befunden hatten. Seit Paula das Zepter führte, hatte Jackson seinen Vorrat hoch auf einen Schrank verlagert, doch er konnte nicht darauf zählen, dass die Kästen dort oben bleiben würde.

Jackson kletterte auf einen Hocker und angelte sich vier Flaschen Newcastle Brown. Um den Umfang seines Bierbauches zu verringern, hatte er versucht, weniger zu trinken – doch wozu der Scheiß? Ellens Skizze von Johnny Spence hatte eine Lawine von Verzweiflung losgetreten, die nur durch einen ordentlichen Schluck einzudämmen war.

Nichts festigt und schwächt mehr als die Liebe, und nichts sorgt so sehr für Peinlichkeiten wie der Alkohol. Eine Weile später fand sich Jackson vor Ellen Thomas' Haus wieder, ohne zu wissen, wie er dahin geraten war.

Die Sterne standen noch am Himmel und die Hänge des Moores leuchteten in gespenstischem Licht. Eine Schleiereule schoss kreischend aus der Dunkelheit; und ein Dachs, der womöglich ein Gefühl ungewohnter Sicherheit verspürte, da sein Verfolger zum Opfer geworden war, tappte vorbei. In seinem erregten Zustand empfand Jackson die Nachtgeräusche als bedrohlich. Mit klopfendem Herzen stand er da und starrte auf das weiße Pferd, auf dem Feld jenseits des Weges.

Drinnen war seine Liebste, Ellen mit den Weißen Händen – die einzige Frau, die ihn jemals freundlich behandelt hatte. Wochen stummer Leidenschaft hatten die schwankende Selbstkontrolle, die Jackson innewohnte, unterhöhlt. Ein Gefühl, stark wie eine Flutwelle, brandete in ihm auf, und ohne einen bestimmten Plan begann er, die Leiter zu seiner Arche zu erklimmen. Dort oben war Ellen Thomas wenigstens unter ihm, und nicht unerreichbar über ihm, wie die hellen Sterne …

»Wenn es nicht wegen ihr gewesen wäre, hätte ich mir die Mühe nicht gemacht – nicht so kurz vor dem Ende meiner Haft.«

Zwischen Sandwichbissen sprach Bainbridge in seinem seltsamen knisternden Wispern. Ellen musste ihre Ohren spitzen, um ihn zu verstehen.

»Als ich in das Wiedereingliederungsprogramm kam und draußen mitten in Torf und Heide und Wasser gearbeitet habe, war ich so froh, wieder im Moor zu sein, dass mir der Gedanke an Flucht gar nicht kam. Ich hatte dazu kein Bedürfnis, wissen Sie.«

Sie nickte und verstand das Hinnehmen, das keine Gleichgültigkeit war.

»Ich war bei einem Arbeitstrupp, der einen Graben freilegte. An jenem Abend hielt ich inne, um ein paar Raben zu beobachten, die einer Weihe zusetzten – das tun sie, wissen Sie, Raubvögel können Raben nicht viel anhaben. Als ich zurückblickte, standen die anderen herum und rauchten noch eine, ehe sie wieder in den Transporter stiegen. Mit denen, die im Wiedereingliederungsprogramm arbeiten, nehmen es die Wärter nicht so genau. Es war bekannt, dass ich keine Schwierigkeiten mache, und wahrscheinlich kam es ihnen so kurz vor dem Ende meiner Strafe nicht in den Sinn, noch besonders auf mich aufzupassen. Im Moor kannte ich mich aus, besser als sie, und dieses Mal waren wir ganz nahe bei der Stelle, zu der ich mit ihr immer hingegangen war und mit einem Mal überkam mich dieses Gefühl …

Ich wollte ihr sagen, dass das, was geschehen war, geschehen musste, dass ich sie liebe, dass sie nicht glauben soll, ich würde ihr Vorwürfe machen … ich weiß, es klingt verrückt …«

»Nein«, entgegnete sie, »nicht verrückt – ganz und gar nicht verrückt.«

»Ich lief einfach drauflos, und nachdem ich für eine Weile gewandert war, dachte ich: Sie haben nichts bemerkt – dann duckte ich mich zu Boden und robbte weiter, bis ich mehr Deckung hatte. Zuerst hatte ich keine Angst, dass sie hinter mir herkommen würden; doch so was wie Selbstschutz muss eingesetzt haben, denn ich hielt auf den Sumpf zu – der gehörte auch zu unserer Geschichte –, als Kind ist sie manchmal durch den Sumpf getanzt. Ich wusste, dort würden die Hunde meine Fährte verlieren.«

»Benutzen sie immer noch Hunde?«

»Für eine Hundenase gibt es Gott sei Dank noch keinen wissenschaftlichen Ersatz!«

»Und dann …?«

»Ich bin ihnen entkommen. Vom Sumpf aus bin ich durch den Fluss gewatet, den Swincombe. Den kenne ich gut, wissen Sie. Es war mir klar, dass es seine Zeit brauchen würde, die Hunde an Ort und Stelle zu schaffen, und bis dahin hätte sich meine Spur im Wasser verloren. Mir war plötzlich etwas eingefallen –«

Ihr Blick bedeutete: Sagen Sie es nur, wenn Sie es wollen.

»Sie hatte mir etwas geschenkt, das sie von Kind an gehabt hatte. Ich habe es versteckt, als sie loszog und mich verlassen hat, an einem Ort, den sie mir gezeigt hatte – mir allein, hat sie gesagt

– doch wer weiß? –, mit einer Botschaft, dass ich sie liebe – wahrscheinlich hatte ich gehofft, dass sie das dort finden würde. Ich habe sie nie danach gefragt, weil – nun, wahrscheinlich weil ich sie nie mehr wiedergesehen habe, nachdem sie mich eingesperrt hatten. Als ich den Fluss hoch lief, ist es mir gekommen: Wenn es noch immer da ist, dann ist es das Zeichen, dass du sie findest. Sie wissen, wie das ist?«

»Ja, das weiß ich.«

»Wirklich verrückt, denn es ist ja zehn Jahre her, fast jedenfalls.«

»Und, war es da? Haben Sie es gefunden?«

Er erwiderte nichts; und sie spürte, dass sie in ihrem Eifer zu weit gegangen war. Licht drang vom Garten her zu ihnen, es wurde Zeit, dass er zu seinem Tagesbett zurückkehrte. Sie erhob sich, um gute Nacht zu wünschen – und sah, dass er weinte.

»Es war wie ein Wunder –«, im schwachen Licht der Morgendämmerung erblickte sie die Tränen. »Nach der ganzen Zeit – es war da. Hinter einen Stein geklemmt, da, wo ich es hingetan hatte. Ich habe es bei mir«, sagte er.

Jackson hatte die letzte Flasche Newcastle Brown mitgenommen, öffnete sie mit den Zähnen und spuckte die Verschlusskappe aus. Sie fiel in eine Kuhle, die auf dem seltsam gebauten Bungalowdach entstanden war. Mit dem peniblen Gehabe eines Trinkers beugte er sich schwankend über das Dach, um sie aufzuheben. In seiner Bewegung näherte er sich dem Fenster, das einen Blick durch den Flur zu der Kammer freigab. Als er nach unten griff, um nach dem Verschluss zu tasten, konnte er die blasse Gestalt von Ellen Thomas erkennen, mit einem Mann in ihren Armen.

5

Mr. Golightly entdeckte eine weitere Mitteilung, als er seinen Laptop öffnete:

Wer gibt verständige Gedanken?

Wenn es überhaupt irgendjemand wissen konnte, war es Mr. Golightly: das Universum war weder aufgrund eines Planes noch einer Theorie entstanden, und seine Geheimnisse ließen sich nicht mit knappen Formeln oder einfachen Antworten entschlüsseln. Dennoch gehorchten die Fragen des E-Mailers einem System, das ihm auf dunkle und beunruhigende Weise bekannt vorkam.

Die Fragen riefen weitere Fragen hervor. Da waren zum Beispiel die Charaktere, die er erschaffen hatte. Wenn es jemanden gab, der ihnen »verständige Gedanken« verliehen hatte, dann musste er selbst, ihr Autor, es gewesen sein. Aber dies hob die Frage lediglich auf die nächsthöhere Ebene – woher war sein eigenes Verständnis, so er dergleichen besaß, gekommen?

Die Wahrheit, die er sich bisher nie eingestanden hatte, war, dass erst der schwere Schicksalsschlag, der Verlust seines Sohnes, echtes Verständnis in ihm ausgelöst hatte. Bis zu jenem Ereignis war er distanziert, reserviert und menschlichen Narreteien gegenüber unduldsam gewesen. Dies alles war durch den erlittenen Verlust anders geworden. Doch erst nachdem er hierher, nach Great Calne gekommen war und versucht hatte, in Anonymität zu leben, waren ihm die Anfechtungen, die den normalen Menschen heimsuchten, erst richtig bewusst geworden.

Hatte er das, was von menschlichen Wesen verlangt wurde, denn jemals zuvor begriffen? Selbst die beständige Pflege einer normalen Beziehung, dachte er bei sich, kommt so selten vor wie der rotkehlige Pieper, ist so schwer zu finden wie der Horst des Goldenen Adlers. Tatsache war – und nun war er besser in der Lage, es zu erkennen –, dass die Menschen einsam waren. In seiner erhöhten Position und dank des Pflichtenaufwands, der ihn ablenkte, hatte er sich dieser Erkenntnis bisher entzogen. Erst hier, in Great Calne, hatte er den Schmerz andauernder Einsamkeit empfunden – oder sich gestattet, ihn zu empfinden. War es aber nicht auch ebenjene Einsamkeit gewesen, die das Verständnis in seinem Herzen hatte wachsen lassen …?

Darüber sann er nach, während er den steilen Hang zum Buckland Beacon hochstieg, einem Granitfelsen, von dem Colin Drover ihm im *Stag* erzählt hatte, dass dort ein religiös gesinnter Philanthrop die Zehn Gebote in den Stein hatte meißeln lassen.

»Eine ziemlich überspannte Idee, doch zweifellos gut gemeint«, hatte Mr. Golightly angemerkt; und Kath Drover hatte erklärt, an den Geboten sei immer noch einiges dran; woraufhin ihr Mann hinzugefügt hatte, dass es zweifellos gefährlich sei, sich ausgerechnet den Hintern der Frau deines Nächsten einzubilden – was ihm einen steinernen Blick von Kath eintrug.

Mr. Golightly blieb stehen, um Atem zu schöpfen und eine Familie Bussarde zu beobachten, deren Junge wie kleine altmodische Flugmobile lautlos durch die Lüfte segelten. Als er sich erneut an den Anstieg machte, nahm er eine junge Frau wahr, die ihm aus dem Schatten entgegenkam. Er hoffte, sie würde weitergehen; doch sie blieb stehen und kniete nieder.

Mr. Golightly neigte zur Weitsichtigkeit; als er sich auf das Gesicht und die Miene der Frau konzentrierte, stellte er fest, dass sie ihm bekannt vorkamen. Nach längerem Hinschauen war er sich ziemlich sicher, dass es sich nur um die Mutter von Johnny Spence handeln konnte, die Frau, die so unzugänglich zu sein schien.

»Verzeihen Sie«, begann er und trat mit seinem üblichen leisen Schritt von hinten an sie heran. »Sie sind Mrs. Spence, nicht wahr?«

Noch immer kniend fuhr die Frau jäh herum. »Mein Gott«, sagte sie, »Sie haben mir aber einen Schrecken eingejagt.«

»Das tut mir Leid.« Er hatte sie nicht ängstigen wollen. »Sie waren dabei, etwas zu suchen?«

Rosie Spence lachte verlegen. »Ach, nichts. Wollte nur nachsehen, was da war.« Sie zerknüllte ein Stück Papier in ihrer Hand.

Mr. Golightly fühlte sich unbehaglich. Er erkannte, dass er sie gestört hatte. »Es tut mir Leid«, wiederholte er. »Ich hätte Ihnen erklären sollen – ich bin ein Freund von Johnny. Sie sehen ihm ausgesprochen ähnlich ...«

Rosie Spence' Haut war von der gleichen Durchsichtigkeit wie die ihres Sohnes. Sie errötete. »Sie kennen Johnny?«

»Sehr gut. Ein heller Junge. Er arbeitet für mich.«

»Wirklich?« Sie klang erleichtert. »Das ist sehr lieb von Ihnen.«

»Nein«, entgegnete Mr. Golightly. »So ist es nicht. Der Himmel hat ihn mir geschickt.«

»Das freut mich.«

»Die Freude ist ganz meinerseits.«

»Die Schule liegt ihm nicht besonders.«

»Deswegen würde ich mir keine Gedanken machen. Meiner Meinung nach wird das überbewertet. Mein Sohn ist nie zur Schule gegangen – die Queen auch nicht, soviel ich weiß«, setzte er hastig hinzu. Er wollte sich nicht sexistisch anhören. »Aber Sie machen sich um Johnny Sorgen?«

Rosie blickte ihren Fragesteller an. Das, was sie wahrnahm, war nicht ein Mann in fortgeschrittenem Alter, von durchschnittlicher Größe und unauffälligem Äußeren. Was sie sah, war ein Augenpaar und ein Blick, der sie bis auf die Knochen durchbohrte.

»Schauen Sie«, forderte sie ihn auf, und Mr. Golightly, dessen Gelenke weniger geschmeidig waren, als ihm lieb war, bückte sich, reichlich steif, und spähte ihrem Fingerzeig nach in eine Felsvertiefung. Außer Heidekraut schien sich dort nichts zu befinden. »Das hier ist ein alter Briefkasten. Die Leute im Moor haben sie benutzt, um sich Nachrichten zukommen zu lassen. Dieser hier hat meinem Großvater gehört, er und meine Großmutter haben dort Nachrichten füreinander hinterlassen, als sie sich noch umworben haben. Ich hatte dies hier für Johnny hinterlassen …« Sie hielt das zerknüllte Papierstück hoch.

»Demnach hat er es nicht erhalten.«

»Nein. Ich wusste nicht, wie ich mich sonst mit ihm in Verbindung setzen sollte. Es war dumm von mir, aber mir ist nichts anderes eingefallen.«

»Sie machen sich Sorgen.« Es war nun mehr eine Aussage als eine Frage.

»Ich bin außer mir vor Sorge.«

»Ich kann ihm etwas ausrichten.«

Rosie zögerte.

»Ich glaube, man kann davon ausgehen, dass ich meinen Mund halte.«

»Vielen Dank«, entgegnete Rosie. »Würden Sie ihm mitteilen, dass es mir gut geht, und dass ich heute in einer Woche hier sein werde? Nächsten Sonntag um diese Zeit.«

»Wird gemacht.«

»Und Sie richten ihm alles Liebe von mir aus?«

»Selbstredend.«

»Oh Gott«, sagte Rosie und ließ sich plötzlich auf dem Felsen nieder. »Es ist alles so schrecklich verworren. Ich weiß nicht, was ich tun soll.«

Phil Spence hatte auf einem Rummelplatz in Plymouth in der Schießbude gearbeitet, als Rosie ihn kennen lernte. Sie hatte das Gewehr auf den mechanisch betriebenen Bären gerichtet, der sich auf die Hinterbeine erhob und ziemlich aufreizend knurrte, als ihr Schuss ins Schwarze traf. Rosie war die einzige Frau, die über eine solch verblüffende Treffsicherheit verfügte, und freudig erregt über ihren Erfolg, traf sie Phil Spence gleichermaßen mitten ins Herz.

Aus der Bewunderung für die feurige junge Frau wurde zunächst Lust und dann eine Art schwacher Zuneigung; doch die Anstrengung, dieses Gefühl aufrechtzuerhalten, war zu viel verlangt von einer Person, die mit Alkohol und Prügeln groß geworden war, und schon bald darauf wurden Rosie und ihr Sohn zur Zielscheibe von Phil Spence' eigener Hoffnungslosigkeit.

In einem Versuch, die Zuneigung zu ihrem Sohn zu erzwingen, hatte Johnnys Mutter den Nachnamen ihres Sohnes in den seines

Stiefvaters ändern lassen, doch der Schritt bleib ohne nennenswerte Folgen. Johnny hatte jetzt den Namen seines Stiefvaters am Hals, doch der fühlte sich immer noch zu nichts verpflichtet.

»Vielleicht«, hub Mr. Golightly an, während er sich vorsichtig auf einem klobigen Felsen niederließ, »gibt es nichts, das Sie tun können.« Zu seiner Seite entdeckte er, in zwei flache Steine gemeißelt, neben den Befehlen nicht zu töten, zu stehlen, zu begehren, oder zu ehebrechen die Ermahnung, »du sollst deinen Vater und deine Mutter ehren«. Es hätte auch ein Gebot geben sollen, die Kinder zu ehren, dachte er.

»Nichts, das ich ...?«

»Tun kann. Vielleicht kann man nichts tun.« Die Gebote besaßen etwas Gewichtiges, Ergreifendes, doch als Richtlinien für menschliches Verhalten konnte er nicht umhin, sie als ein wenig vermessen zu empfinden.

»Ich weiß, aber ...«

»Aber das hilft natürlich nicht viel, nicht wahr?«

Die Augen blickten jetzt nicht mehr streng, sie wirkten nur noch freundlich.

»Nicht viel.«

»Es ist doch so«, begann Mr. Golightly, indem er seine Hände spreizte und sie betrachtete – es waren breite Hände, kräftig und zupackend, die Hände eines Bildhauers oder eines Pianisten. »Sie erschaffen etwas, ein Kind, ein Buch, eine Welt, was auch immer, und wenn es wirklich eine Schöpfung ist, dann bleibt sie nicht in Ihren Händen – sie nimmt ein eigenes Leben an und wird unabhängig.«

»Aber ein Kind –«

»Selbst ein Kind«, unterbrach sie Mr. Golightly, »hat Autorität. Zuweilen eine überlegene Autorität.« Er entsann sich, wie sein eigener Sohn seinen Eltern fast noch als Knirps entwischt und losgelaufen war, um mit denjenigen zu reden, die ihm, was Alter und Rang betraf, überlegen waren. »Wir müssen sie achten«, sagte er, »selbst wenn uns das, was das Kind tut, als entsetzlich unüberlegt erscheint.«

Als er an das Rabenjunge dachte, das die gut gemeinte Nahrung seines Elternteils abgelehnt hatte, wurde ihm bewusst, dass die einzigartigen Anstrengungen eines jeden Lebewesens zusammengenommen den trägen Pulsschlag des Schicksals ausmachten. Wie konnte es einen Plan geben, wenn niemand in der Lage war, die unkontrollierbaren Einflüsse der mitwirkenden Teile einzuschätzen?

»Johnny hat ja gar nichts getan – es liegt an mir; ich muss immer daran denken, dass ich an allem schuld bin.«

»Ja freilich tun Sie das«, erwiderte Mr. Golightly und klang beinah fröhlich. »Und in gewisser Weise sind Sie auch tatsächlich an allem schuld. Es ist die reine Torheit, ja sogar eine Art von Wahnwitz, wenn man sich darauf einlässt, etwas in die Welt zu setzen. Jeder Autor wird Ihnen das bestätigen!«

»Sie sind Schriftsteller?« Nun fiel ihr ein, dass sie vor ihrem Aufbruch aus Calne gehört hatte, dass ein Schriftsteller im Spring Cottage eingezogen war.

»Unter anderem – das Schreiben ist eher ein Hobby.«

»Es lenkt Ihre Gedanken sicherlich von anderen Dingen ab.«

»In gewisser Weise lenkt es sie darauf hin. Wie ich schon sagte, hatte auch ich einmal einen Sohn, deshalb weiß ich, wie Sie sich fühlen …«

»Verantwortlich?«

»Schrecklich verantwortlich!«

»Es tut mir Leid«, sagte Rosie Spence, die ein mitfühlender Mensch war und wusste, wann man nicht nachhaken sollte.

Nach den Zehn Geboten hatte der Philanthrop noch ein weiteres anbringen lassen: »Ein neues Gebot gebe ich Euch: dass Ihr einander liebet.«

»Sehen Sie«, bemerkte Mr. Golightly, ohne recht zu gewahren, was ihn angestiftet hatte fortzufahren, »zu lieben bedeutet, sich Gefahren auszusetzen. Die wahre Liebe, die, wie ich feststelle, selten genug vorkommt, gibt den Menschen preis; denn das, was der geliebten Person geschieht, entzieht sich dem eigenen Einfluss. Die Menschen glauben, sie selbst können ihr Schicksal lenken, oder sie glauben, dass irgendwo irgendjemand oder irgendetwas existiert, ein Wesen, das ihr Schicksal lenkt. Doch das Schicksal setzt sich aus so vielen verschiedenen Dingen zusammen, dass man es bestenfalls ertragen kann, das eigene oder das eines anderen – und das ist oder kann schon furchtbar genug sein.«

Eine einzelne Elster flog vorbei. Eine bringt Kummer.

»Insbesondere«, fügte er hinzu, »wenn es einem so vorkommt, dass man das, was geschieht, hätte verhindern können.«

»Vielleicht«, bemerkte Rosie, »ist es ohnehin falsch, Dinge ›zu verhindern‹. Selbst wenn man könnte. Vielleicht hätte man genau die falschen Dinge verhindert.« Sie wusste selbst nicht genau, was sie damit meinte.

Mr. Golightlys Miene hellte sich indes auf. »Sie haben Recht«, erklärte er. »›Verhindern‹ schließt den Gedanken der Vorausschau ein – Dinge ›zu verhindern‹ hieße dann, man würde das Pferd am Schwanz aufzäumen, anstatt den Geschehnissen freien Lauf zu lassen. Daraus könnte man eine intelligente Frage für ein Kreuzworträtsel machen«, erklärte er.

»Mein Vater mochte Kreuzworträtsel«, sagte Rosie. Sie sah traurig aus. »Ich bin nicht gut darin – Frauen sind das meistens nicht.«

»Nun«, entgegnete Mr. Golightly, »ich bezweifle, dass das der Fall ist, dass Frauen in irgendetwas ›nicht gut‹ sind, nicht, wenn sie etwas wirklich wollen; und es ist immer wertvoll, über eine weibliche Sichtweise zu verfügen.« Vor vielen Jahren hatte es eine Frau gegeben, auf deren Beistand er gehofft hatte; doch dann hatte er vermutet, dass sie ihn mit seinem Konkurrenten betrogen hatte. Seinerzeit hatte er deswegen Theater gemacht – als es ihm einfiel, kam er sich töricht vor.

Rosie Spence schaute nach unten, wo ein paar Dartmoor-Ponys grasten – so wie sie es damals getan hatten, als sie als Mädchen im Moor gelegen und ihre Liebe für immer verspielt hatte. Heutzutage wurden die Ponys gefangen, massenweise abgeschlachtet, zu Brocken blutigen Fleisches zerhackt und abgepackt und als Hundefutter verkauft. »Eine Zeitlang habe ich als Prostituierte gearbeitet.«

»Eine Menge bemerkenswerter Menschen haben das getan«, entgegnete Mr. Golightly taktvoll.

»Ich würde nicht behaupten, dass ich ›bemerkenswert‹ war. Ich habe Drogen genommen und nicht nur das, und dann gab es diesen Mann ...«

»Natürlich.«

Eins der Ponys, ein geschecktes, rutschte plötzlich auf winzigen Beinen seitwärts aus. Es gab so viele Dinge, die sie kaum ertragen konnte, wenn sie darüber nachdachte. »Ich war ein verrücktes Ding, habe Drogen genommen, mich mit meinem Vater überworfen, ich bin nur zu Hause geblieben, weil es da jemanden gab, der freundlich zu mir war ... Wie auch immer, ich war eine von denen, die von den Drogen abhängig wurden und dieser Mann –« Nach all den Jahren konnte sie sich nicht überwinden, seinen Namen auszusprechen – »setzte Drogen ein, um Mädchen wie mich so richtig abhängig zu machen.«

»Eine der besten Freundinnen meines Sohnes ist dieser Beschäftigung nachgegangen«, bemerkte Mr. Golightly. »Ich habe sie persönlich nicht gekannt, doch ich vermute, dass er sie sehr geschätzt hat. Wahrscheinlich kam ihm ihr Urteilsvermögen in Sachen Sexualität zugute – half ihm, andere Sachen besser zu verstehen.«

»Wissen Sie, es ist komisch, wie sich die Leute heute pausenlos über Sex auslassen, aber in Wahrheit wissen sie gar nicht, was los ist.«

»Das ist ein Thema, in dem ich mich nicht gut auskenne«, gestand Mr. Golightly.

»Ich wusste auch nicht besonders viel. Jetzt weiß ich mehr, als mir lieb ist. Ich wusste zum Beispiel nicht, dass es für die Leute alle möglichen Gründe gibt, Sex zu wollen, Gründe, die mit Sex überhaupt nichts zu tun haben.«

»Das kann ich mir denken.« Das war das Problem mit der Evolution – Anpassungsfähigkeit war theoretisch gesehen ein vernünftiges Prinzip, führte jedoch zu einer Menge verwirrender Komplikationen.

»Zum Beispiel behandeln sie Sex wie Fitnesstraining, etwas von dem sie glauben, dass man es tun sollte.«

»Oje – das klingt nicht besonders lustig.«

»Oder weil sie von etwas beherrscht sind, das sie nicht loswerden – meistens von Hass«, ergänzte Rosie. Sie klang müde.

»Angst desgleichen, vermute ich?«

»Mit Sicherheit. Angst, allein zu sein vor allem. Ich habe meinen Mann geheiratet, um von dem anderen Mann fortzukommen. Und um nicht allein zu sein.«

»Das ist ein weit verbreiteter Versuch, der Einsamkeit zu entfliehen – Heirat.«

»Es funktioniert nicht.«

»Nein«, antwortete Mr. Golightly. »Wohl kaum.« Es bestand kein Grund, um die Dinge herumzureden.

»Johnny war von jemand anderem. Dem Menschen, der freundlich zu mir war. Ich habe ihn wirklich furchtbar behandelt. Oh Gott, was für ein Durcheinander!«

»Das denke ich oft auch. Ich vermute, Sie haben das Beste aus einer scheinbar ausweglosen Situation gemacht.«

Rosie Spence schaute zu dem friedlichen Dart hinab, in dem sie sich als junges Mädchen hatte ertränken wollen. Sie wollte das noch immer tun. »Das ist nett von Ihnen, doch ich glaube nicht – ich habe nur versucht, meine eigene Haut zu retten. Es hat mir nichts gebracht, und Johnny hat es geschadet. Sein Stiefvater hasst ihn, hasst mich ebenfalls, doch das spielt keine Rolle.«

»Vielleicht spielt es für John eine Rolle.«

»Oh Gott, Sie haben Recht!« Ihre Haut, die der ihres Sohnes so sehr glich, lief noch einmal rot an.

»Ich habe nicht immer Recht.«

Rosie Spence steckte sich eine Zigarette an. »Manchmal bin ich mit dem Mann, der freundlich zu mir war, hierher gekommen. Er hat mich geliebt – zumindest glaube ich das inzwischen. Damals konnte ich mir das nicht vorstellen – damals konnte ich mir nicht vorstellen, dass ich überhaupt für irgendjemanden wichtig sein könnte. Verstehen Sie?«

»Ich glaube schon.« Er hatte wahrhaftig nicht gewusst, wie »wichtig« er für seinen Sohn gewesen war – und deshalb hatte sich sein Sohn wahrscheinlich geopfert.

»Glauben Sie, dass man jemals genug Liebe bekommen kann?«

»Das weiß ich nicht«, bekannte Mr. Golightly. »Wenn ich ehrlich sein soll, frage ich mich bereits seit geraumer Zeit, wie viel ich dieser Tage überhaupt weiß.«

Es hatte eine Zeit gegeben, in der er sich damit gebrüstet hatte, alles zu wissen.

6

Nadia Fawns war dabei, ihren Roman *Ein Ritter ohne Waffen* noch einmal zu lesen. Sie fand, dass er durchaus Weisheit enthielt. Warum gelang es ihr nicht, diese Weisheit in ihr eigenes Leben hineinzutragen? Ungeachtet dessen, was ihre Freundin verkündet hatte, standen die Männer vor ihrer Tür beileibe nicht Schlange. Melissa Swan, die Heldin ihres Romans, hatte nicht herumgesessen und darauf gewartet, dass etwas geschah. Sie hatte mutig einen Trank aus Wolfsklauen und Misteln geschluckt und eine Zeitreise unternommen, um ihren wahren Ritter zu finden.

Sam Noble entbehrte zwar der feineren ritterlichen Züge eines Sir Elidor, doch um aus den Dingen das Beste zu machen, befand Nadia, es sei an der Zeit, ihm einen deutlichen Wink zu geben.

Die Küchenausstattung ihres kleinen Hauses in Backen war begrenzt. Sam kam regelmäßig zum Essen, und Nadia kochte gewissenhaft nach Rezepten aus dem Kochbuch von Delia Smith. Vor der Mahlzeit trank er Gin-Tonic – nie weniger als zwei Gläser – und aß von den teureren Nüssen.

Schon seit langem trug sich Nadia mit der Idee, eine Einbauküche installieren zu lassen, eine, in der sie und Delia besser zur Geltung kämen. Mit Sam am Angelhaken schien der ideale Zeitpunkt gekommen zu sein.

Außerdem stellte man Männer besser vor vollendete Tatsachen. In *Katy's Kitchens* in Exeter gab es ein Sonderangebot – eins, das einen Herd mit zweifachem Gebläse und einem automatischen Grill einschloss. Darauf hatte es Nadia abgesehen und bestellte einen Schreiner (den Barty Clarke empfohlen hatte), um mit den Umbauarbeiten zu beginnen.

»Dies wird unser letztes Abendmahl sein – für eine Zeit lang«, sagte sie zu Sam, während sie mit dem Löffel Saft über Entenbrüste träufelte.

»Oh, warum?« Sam verteilte die Soße auf dem Kartoffelbrei. Er hatte eine besondere Vorliebe für Kartoffelbrei, den er seit der Trennung von Irene nie mehr richtig zustande gebracht hatte.

Nadia erklärte die Sache mit der Küche. »Für eine Weile wird meine Küche nicht benutzbar sein, fürchte ich.«

Sam, der von den regelmäßigen Einladungen zum Essen unbewusst abhängig geworden war, fühlte sich plötzlich im Stich gelassen.

»Du kannst immer zu mir rüberkommen.«

Das durchschnittliche menschliche Herz wird von Vorsicht regiert, und indem Sam Nadia in ihren vier Wänden besuchte, hatte er sich eine Hintertür offen gelassen. Sollte Nadia unangenehm werden, konnte er immer noch nach Hause gehen. Frauen konnten durchaus unangenehm werden – in einem Hotel in der Nähe von Reading hatte es einmal eine peinliche Szene gegeben, als die Stewardess aus Malta sich im Badezimmer eingeschlossen hatte. Als er sich diese übereilten Worte aussprechen hörte, hätte Sam sie gern zurückgenommen; doch Nadia war bereits dabei, ihm auf überschwängliche Weise zu danken.

»Oh, das ist freundlich. Vielleicht könnte ich einen Teil meines Geschirrs mitbringen. Der Schreiner fängt am Montag an, und ich habe mir bereits Gedanken gemacht, wo ich es sicher verstauen könnte.«

Nadia traf am Sonntag salopp in Cordsamt und mit üppig aufgetragenem Lippenstift ein und lud aus dem Kofferraum ihres Volvo jede Menge Kartons. Sam spürte, wie seine Beklommenheit mit dem Stapel in seiner Küche wuchs.

»Ob du mal mit anfasst? Gib acht, dass der Hund nicht die Suppenteller umstößt, sie haben meiner Großmutter gehört – und zwar der, die aus der Normandie stammte. Die Leute sagen, man sähe mir das Französische noch an. Wahrscheinlich liegt es an den Wangenknochen. Der Lorbeerbaum würde sich hier gut machen, was meinst du?«

Hinten in Sams Schränken hatte sich eine Menge Krimskrams angestaut, Nadia legte nahe, die Sachen zu entsorgen. Sam wehrte sich ein paar Mal – einmal wegen eines Topfes, in dem man verlorene Eier machte und dann wegen eines Fleischwolfs –, doch sein Einwand wurde mehr aus Prinzip denn aus Überzeugung vorgetragen. Nadia wies ihn darauf hin, dass der Eiertopf aus Aluminium bestand, das führe zu Hirnschäden, und darauf, so nehme sie an, lege er wohl keinen Wert. Und nicht einmal Delia verlange von ihren Anhängerinnen, dass sie das Fleisch von Hand zerkleinerten – der Fleischwolf sei praktisch schon eine Antiquität –, wenn er wollte, würde sie das Teil für ihn in ihrem Laden verkaufen?

Nachdem sie ihre umfangreiche Sammlung an Geschirr und Kochutensilien untergebracht hatte und die geleerten Küchenschränke flächendeckend besiedelt waren, fuhr sie in ihrem Volvo los, um die nächste Ladung herbeizuschaffen.

Tief in Gedanken versunken, kehrte Mr. Golightly vom Buckland Beacon zurück. Die Begegnung mit Johnnys Mutter, ihre aufrichtigen Bekenntnisse hatten ihn berührt. Und es tat gut, jemanden zu kennen, der sich von der unbarmherzigen Prüfung der Elternschaft gleichermaßen herausgefordert fühlte. Er kam gerade die Hauptstraße herunter und sinnierte über den Trost von Seelenverwandtschaft nach, als er auf Sam Noble stieß, der vor seinem Haus stand und mit missmutiger Miene die kleine »bronzeähnliche« Statue eines Cupido betrachtete, der nackt auf einem Delphin ritt und den Nadia ebenfalls aus Sicherheitsgründen aus Backen mitgebracht hatte.

Daphne kam den Pfad heruntergehechelt und rieb sich liebebedürftig an Mr. Golightlys Bein, als Sam seinem Nachbarn einen Gruß zurief. Die Aussicht auf moralische Unterstützung war ihm in diesem Moment wichtiger als der Groll, den er wegen der Sache mit der Schreibgruppe immer noch hegte.

»Ich glaube, Sie waren noch nie in meinem Haus, oder?«, fragte er und sah großzügig über den erlittenen Affront hinweg. Mr. Golightly musste zugeben, dass dem so war, und Sam bat ihn herein. Aus einer der Dosen mit verschiedenen Teesorten, die seit kurzem entlang des Küchentresens aufgereiht standen, bot er ihm einen Earl Grey an.

»Vielen Dank, nein«, entgegnete Mr. Golightly, dem es vor Bergamotte ganz besonders graute. Auch das Angebot eines Espresso aus Nadias ultramoderner italienischer Espressomaschine, die neben den Teesorten aufgebaut worden war, lehnte er ab; doch er akzeptierte eine Tasse normalen Kaffee und bewunderte den Lorbeerbaum.

Sam wurde verlegen. »Er gehört einer Freundin. Ist nur hier untergestellt«, erklärte er.

»Die wachsen wie der Teufel, habe ich sagen hören«, bemerkte Mr. Golightly liebenswürdig.

Die Unterhaltung »in aller Ruhe« zwischen Pfarrerin Fisher und dem Bischof hatte stattgefunden, und man war übereingekommen, dass der Pfarrerin aufgrund der jüngsten Ereignisse eine Erholung von den üblichen Anforderungen der Pflicht zustand. Sie hatte eine Krise durchgemacht und war stark geblieben, und der Bischof, ein pazifistisch gesonnener Mann, war daran interessiert, dass das Gerede verstummte, ehe sie sich erneut in ihre seelsorgerische Runde begab. Daher war sie an jenem Sonntagmorgen nicht auf ihrem vertrauten Posten in der Kirche, sondern ging, einen Sonnenhut auf dem Kopf, spazieren; Morning Claxon, die ihr Laufpensum absolvierte, wäre fast mit ihr zusammengestoßen.

»Tut mir Leid«, entschuldigte sich Morning und fasste die Pfarrerin genauer ins Auge. Die jüngsten Ereignisse hatten sie verändert. Hinter einer schicken neuen Sonnenbrille aus der Armani-Kollektion des Optikers in Oakburton war Lidschatten zu sehen – ein leuchtendes Blau, unbewusst vielleicht inspiriert von den Glockenblumen, an denen sie mit Mr. Golightly unten am Fluss vorbeigekommen war.

Morning war seit kurzem Schülerin eines Gurus, der in der Nähe von Penzance lebte – ein ehemaliger Steuerbeamter, der lehrte, dass man den geistigen Pfad nur dann wirklich beschreite, wenn man auch die Seitengassen der Liebe erkunde. Von diesem Geist der Liebe beseelt, ergriff Morning den Arm der Pfarrerin. »Wie wär's mit einem Spaziergang?«, fragte sie.

Die Pfarrerin und Morning gingen den Weg hinauf zu dem sonnengefleckten, erdig riechenden Moor. Sie folgten dem Reitweg, den Mr. Golightly mit Wilfred entlanggegangen war, dem gleichen Weg, auf dem der Geist im Ginsterbusch zu Ellen Thomas gesprochen hatte. In ebenjenem Busch schwellenden, duftenden Goldes ließ ein Steinschmätzer seine unverkennbare Stimme kraftvoll ertönen, ein liebliches Trillern, das von einem seltsam rauen, knarrenden Schnattern durchsetzt wurde – denn anders als die Menschheit gibt die Natur nicht vor, beständig zu sein.

Morning bemerkte, dass die Zeit zum Küssen gekommen sei, wenn der Ginster blühe, den Ausspruch habe sie vor kurzem von Mary Simms gelernt, die bei ihr vorbeigekommen war, weil sie ein natürliches Mittel gegen Übelkeit suchte. Mary wolle Dr. Rhys nicht bemühen, sagte sie, denn der arme Mann wirke aufgrund seiner ganzen Arbeit in der Klinik überlastet. Allerdings hatte sie Morning (die in einer Hochhaussiedlung aufgewachsen war) anschließend nicht darüber aufgeklärt, dass der Ginster zu jeder Jahreszeit blühe, weshalb auch das Küssen, wie die Menschen auf dem Land sehr wohl wissen, niemals aus der Mode gerät. Insofern entstammte es vielleicht einem irregeleiteten Gefühl, die Stunde nutzen zu müssen, als Morning sich umwandte, die Pfarrerin plötzlich in die Arme schloss und sie mitten auf den Mund küsste.

Die Pfarrerin war seit der Nacht, in der Keith betrunken gewesen war und sie mit dem Mädchen aus der Hove-Bibliothek verwechselt hatte – das hatte dann zu seiner Verlobung mit Meredith geführt –, nicht mehr derart leidenschaftlich geküsst worden; sie war zu verblüfft, um sich zu wehren, und Mornings Busen war so üppig und schmiegsam, dass Meredith es nach so vielen Zurückweisungen tröstlich fand, daran gedrückt zu werden. Sie gestattete sich dort zu verweilen, bis Morning ihr auf die Schulter klopfte und sagte: »Die Liebe ist überall« (eine der volkstümlicheren Weisheiten des vormaligen Steuerbeamten).

Da der Spaziergang sie hochgestimmt hatte und sie auf indirekte Weise von der Begeisterung des Steuerbeamten angesteckt worden war, hatte die Pfarrerin sich nach ihrer Rückkehr an eine häusliche Säuberungsaktion gemacht. Keith war unterwegs, und nachdem Meredith Paula auf ihrem Handy erreicht hatte, kam sie vorbei, um mit Hand anzulegen. Die beiden hatten ihre Aufgabe fast schon bewältigt, als Mr. Golightly auf dem Rückweg von dem Besuch bei Sam stehen blieb, um »Guten Tag« zu sagen.

Meredith richtete sich auf. »Ich sortiere Sachen aus«, erklärte sie. »Eine Befreiungsaktion.« Sie strahlte ihre Einpersonengemeinde an. »Ist etwas dabei, das Ihnen gefällt?«

Mr. Golightly, der eine Schwäche für gebrauchte Bücher hatte, stocherte in einem der Kartons herum; Paula hatte sie vor die Tür geschoben und trug, weil ihr dabei warm geworden war, ihre Weste, die den Blick auf ihre tätowierten Schultern freigab.

»Dieses hier«, sagte er und suchte sich ein dunkelblau eingebundenes Buch heraus, »falls Sie wirklich nichts –«

»Nein, nehmen Sie es, nehmen Sie es!«, drängte Meredith aufgeregt. »Ich will keins mehr davon. Zu lieben heißt, nicht besitzen zu wollen.«

Sie lud ihn zu Tee und einem Stück Zitronenbiskuit ein, den Patsy und Joanne mitgebracht hatten, die vormaligen Hüterinnen der Teestube; sie waren in Calne vorbeigekommen, um alte Bekannte aufzusuchen, und hatten vorbeigeschaut, um die Pfarrerin zu ihrer Haltung in Bezug auf Schwulenrechte zu beglückwünschen.

Mr. Golightly, der seine Abneigung gegen Tee ungern ein zweites Mal erklären wollte, lehnte höflich ab. Paula sagte darauf, wenn Meredith sie nicht mehr bräuchte, würde sie ebenfalls losziehen. Bevor sich Mr. Golightly auf den Weg machte, küsste die Pfarrerin ihn auf beide Wangen und eröffnete ihm, dass »die Liebe überall sei«. Diese Empfindung in Frage zu stellen stand ihm seiner Meinung nach kaum zu.

Als sie die steile Betonauffahrt hinuntergingen, die zur Straße führte, ergriff Paula, die auf ihren Absätzen ein wenig unsicher war, Mr. Golightlys Arm. Mr. Golightly war gerührt. Er hatte Paula schätzen gelernt und bewunderte ihren Schuhgeschmack. Die Schuhe verrieten Mut; Paula hatte auch Mut gezeigt, als sie sich mit einer sozial Geächteten anfreundete, die eine schwere Zeit durchmachte. Er bemerkte, es freue ihn, die Pfarrerin wieder in ihrer alten Verfassung zu sehen, und lud ihre Verbündete ein, auf einen Scotch mit über die Straße zu kommen; Paula hielt das für einen auffallend vernünftigen Vorschlag, dafür, dass er von einem Mann kam.

Im Spring Cottage bot Mr. Golightly seinem Gast einen der blumengemusterten Sessel an und schenkte jedem von ihnen eine große Portion Whisky ein. Das Buch, das er Meredith' Karton mit den ausrangierten Sachen entnommen hatte, warf er auf das orangefarbene Sofa.

Es ist ein heikler Moment, wenn ein Autor ein geliebtes, hart erarbeitetes Werk gleich einer armen Verwandten in einem Antiquariat entdeckt. Im Grunde war Mr. Golightly dagegen gefeit – es war nichts Neues für ihn, dass die Menschen über lange Jahre hinweg für das Recht, sein Buch zu lesen, gestorben waren und dass dasselbe Buch Ladenhüter in den Antiquariaten geworden war. Doch sein Juwel unter jenen Büchern anzutreffen, deren die Pfarrerin – sozusagen eine persönliche Freundin – sich gleichmütig entledigte, hatte ihm einen Stich versetzt.

»Was ist das überhaupt?«, fragte Paula und griff nach dem Buch. Weil sie nie für lange Zeit still sitzen konnte, hatte sie sich auf die Knie begeben und überall die Fäden eingesammelt, die aus dem Flickenteppich gequollen waren; Emily Pope hatte ihn gewebt, als sie noch richtig sehen konnte.

»Nur ein überholter Klassiker, für den sich niemand mehr besonders interessiert«, erwiderte Mr. Golightly eher verdrießlich.

Paula klappte es auf. »Das ist die Bibel, oder?« Ihre Begegnung mit der alttestamentarischen Heldin, die den Kopf ihres Feindes abgeschlagen hatte, hatte sich liebevoll mit dem Gedanken an ihren Sieg über diese dumme Tessa Pope verwoben.

Mr. Golightly, der sich seines beleidigten Gehabes ein wenig schämte, reichte seinem Gast ein halb volles Zahnputzglas. »Möchten Sie Wasser dazu? Das Leitungswasser ist nicht schlecht.«

Paula trank ihren Scotch lieber pur. Sie leerte den Inhalt des Zahnputzglases, während sie im Eiltempo durch die hauchdünnen Seiten blätterte.

»Ich war in einer der Bibelstunden der Pfarrerin. Mir hat's gefallen – hat Stil. Hier, die Stelle ist echt gut.« Sie las laut vor: »*Und der HERR antwortete Hiob aus dem Wettersturm und sprach:*

›Wer ist's, der den Ratschluss verdunkelt mit Worten ohne Verstand? Gürte deine Lenden wie ein Mann …«

»Herr im Himmel«, sagte Mr. Golightly und verschüttete fast seinen Whisky. »Demnächst vergesse ich noch meinen eigenen Namen.«

7

Es war Sonntag, und Jackson hatte ihm erklärt, dass er sonntags nicht zur Arbeit zu kommen brauchte, doch sein Stiefvater war zu Hause, und da er nichts Besseres vorhatte, schaute Johnny im Spring Cottage vorbei.

»John«, sagte Mr. Golightly und führte seinen jungen Freund ins Wohnzimmer, wo Paula mit hoch gelegten Beinen auf dem orangefarbenen Sofa las. »Du kennst Paula?«

Paula kannte den Ruf, der die Familie von Johnny Spence umgab. Ihre eigene Vaterlosigkeit hatte sie, was den guten Ruf anging, ziemlich empfindlich werden lassen – ihre Mum war ein Schwächling, doch Paula schützte sie, indem sie vornehm darüber hinwegging. Durch ihre Heirat mit Spence hatte Rosie Croaker an Ansehen verloren. Paula, die sich der Gefahr des sozialen Abstiegs bewusst war, hatte nicht vor, sich mit hinabreißen zu lassen, indem sie sich mit einem der Opfer abgab.

»'lo«, sagte sie, nicht gerade begeistert, und blickte gar nicht erst auf.

Johnny war gewohnt, dass man ihm die kalte Schulter zeigte. Andererseits wollte er deutlich machen, dass er in Mr. Golightlys Augen etwas galt. »Bin vorbeigekommen, um zu hören, ob ich was für Sie erledigen kann«, sagte er in der Hoffnung, Mr. Golightlys Besuch zu beeindrucken.

»Durchaus möglich. Wenn Paula mit jenem Buch fertig ist, möchte ich, dass du ein paar Hinweisen nachgehst.« Mr. Golightly trat an den Klapptisch und schaltete den Laptop ein. »Ich bin im Nu bei dir …«

Auf der ganzen Welt gab es keinen Mann und auch keinen Jungen, der jemals hoffen konnte, Paula zu beeindrucken. Dennoch unterbrach sie ihre Lektüre, und starrte Johnny Spence ausdruckslos an. Kinder konnte sie nicht leiden; Tatsache war, dass sie plante, sich sterilisieren zu lassen, sobald sie das Geld zusammen hätte. Doch das hier war der Junge, der die ganze Zeit bei Mrs. Thomas mitgearbeitet hatte. Irgendwie hatte sie den Eindruck, dass mit Jackson etwas Merkwürdiges vor sich ging. In der letzten Nacht war er weinend nach Hause gekommen – sturzbetrunken und mit Schlamm und Blut bedeckt, den Vorderzahn eingeschlagen. Es hatte Ewigkeiten gedauert, die Flecken aus seiner Weste zu entfernen.

Außerdem war Jackson nicht mehr an Sex interessiert – er schien fast den Fußboden, auf den sie ihn verbannt hatte, vorzuziehen. Paula war bereit gewesen, die Sache auf sich beruhen zu lassen, denn damit, dass sie sich erfolgreich in seinem Haus eingenistet hatte, war ihr Hauptziel erreicht. Doch ein Mädchen hat auch seinen Stolz.

Der kleine Spence war ein hübscher Junge. Ob Jackson vielleicht schwul war? Sie würde es ihm fast zutrauen, und, wie ihre Tante Edna sagte, von der Sorte liefen heute mehr herum, als man sich vorstellen konnte.

Mr. Golightly stand von dem Tisch auf, an dem er etwas aus seinem Laptop abgeschrieben hatte, und reichte Johnny ein Blatt Papier. »Schau mal, ob du diese in dem da finden kannst, ja?« Er nickte in Richtung Buch.

»Das hast du's«, sagte Paula. Mit einem jähen Ruck warf sie es ihm zu und zielte dabei auf sein Gesicht.

Geschickt fing Johnny das blau eingebundene Buch ab, machte sich indes nicht die Mühe nachzuschauen, was er in der Hand hielt.

»Klaro.« Er warf Paula einen triumphierenden Seitenblick zu, doch Paula war ihm einen Schritt voraus.

»Soll ich dich nach Hause begleiten?«

Instinktiv drehte sich Johnny Hilfe suchend zu Mr. Golightly um, doch ausnahmsweise ließ ihn sein Gönner im Stich. Er machte keine Anstalten, rettend einzugreifen, und ehe er sichs versah, wurde Johnny durch die Tür aus dem Spring Cottage befördert.

Paula, die wie ein entschlossener Stelzenläufer auf ihren Absätzen vorausstakste, und Johnny, der hinter ihr her trödelte, liefen auf der Hälfte des Hanges Sam über den Weg, dessen Arm von Nadia eisern untergehakt war. Sam entbot ein knappes »Hallo« und versuchte jegliche Bekanntschaft zu leugnen, indem er weitereilte.

Damit kam er bei Paula jedoch nicht durch. Sie warf ihm ein Lächeln zu, das Tessa Pope womöglich bekannt vorgekommen wäre. »Wie geht's Ihnen denn so? Was machen die Pläne für die Teestube?«

Sam wirkte betreten, antwortete jedoch nicht, und das Paar verschwand in seinem Haus.

Johnny, dem die ungewohnte Zurschaustellung unangenehm war, wünschte sich nichts sehnlicher, als sich endlich wieder unsichtbar machen zu können. Er erschrak, als sie oben im Dorf auf dem Weg zu der Siedlung, in der die Spence' wohnten, auf Wolford stießen.

Paula hatte lange Jahre im Nachbarhaus von Wolford und seiner Mutter gelebt; vielleicht lag es an ihren jüngsten Überlegungen – ohne einen weiteren äußeren Anhalt ging ihr mit einem Mal ein Licht auf. Johnny war vor dem Gefängniswärter unmerklich einen Schritt zurückgewichen, und auch Paula trat zurück und stand mit dem Jungen Seite an Seite.

»Willst du hier jemanden besuchen?«, erkundigte sie sich.

Wolfords Beweggründe, den Teil des Dorfes aufzusuchen, in dem die Spence' wohnten, waren ihm selbst nicht vollkommen klar. Irgendwie wollte er sich einen Eindruck von Johnnys Umgebung verschaffen; aber er hatte nicht ernsthaft vor, Phil Spence oder jemand anderen aus Johnnys Familie aufzusuchen. Paulas kriegerisches Lächeln brachte ihn aus der Fassung.

»Hab bei meiner Mutter vorbeigeschaut.«

»Wie nett«, entgegnete Paula, indem sie die Brauen hob. Die Rabbit Row befand sich auf der anderen Seite des Dorfes. »Meine Mum war da, oder?« Tatsache war, dass ihre Mutter sonntags immer zu ihrer Schwester Edna rüberfuhr.

»Hab ich leider nicht gesehen«, erwiderte Wolford. Er vermied es, Johnny anzuschauen, der auf seine Füße starrte. Die drei standen für eine Weile da, und Paula grinste, bis Wolford erklärte, er kehre besser um, sonst würde sich seine Mutter noch wundern, wo er bliebe.

»Klar, du solltest die Ärmste nicht aufregen«, sagte Paula auf eine Art, die in Wolfords Ohren widerlich kumpelhaft klang.

Paulas Vorurteile gegenüber den Spence' wurden bestätigt, als sie sah, in welchem Zustand sich das Eingangstor von Nummer vier befand. Es war aus den Angeln gerissen und lehnte an einer ausgedörrten Ligusterhecke, in der jede Menge Coladosen und Chipstüten steckten. Die Vordertür sah derart mitgenommen aus, dass Paula wünschte, sie hätte ihr Schmirgelpapier dabei, um sie einmal ordentlich abzuschleifen. Es gab keine Klingel, und am Klopfer fehlte die Unterseite, deshalb schlug sie einfach mit den Fingerknöcheln gegen die Fensterscheibe.

»Ja, was ist los?«, hörte man eine Stimme von drinnen.

Paula machte keine Anstalten zu antworten, sondern zerrte die Tür mit einem Ruck auf. Im Flur trat ihr ein Mann entgegen, der eine Weste und eine fleckige Hose trug.

»Ihr Hosenstall steht auf«, sagte Paula und ging damit forsch zum Angriff über. Sie hatte die Erfahrung gemacht, dass sich Männer nicht so ohne weiteres von dieser Bemerkung erholten.

Während Phil Spence sich gehorsam an seinem Reißverschluss zu schaffen machte, stolzierte Paula an ihm vorbei in einen Raum, den sie für die Küche hielt. Es war ihr klar, dass dort seit einer Weile keine weibliche Hand mehr gewirkt hatte.

»Wo ist Ihre Frau?«, fragte Paula und nutzte den gerade gewonnenen Vorteil aus. Ebenso wie die Wahren Liebesgeschichten verschlang sie Wahre Kriminalgeschichten und hoffte, Johnnys Mutter zerstückelt im Gefrierfach vorzufinden, auf dessen aufgeplatztem Lack etwas verschmiert war, das wie getrocknetes Blut aussah.

Johnny war nach oben gesaust, er setzte sich lieber an den Computer, bevor er eins auf die Ohren bekam. Dass es nicht ratsam war herumzustehen, wusste er, und er wollte Mr. Golightlys Kram noch rasch erledigen für den Fall, dass der Gefängnisbulle auftauchte, um ihn bei seinem Stiefvater anzuschwärzen.

Zu Paulas Enttäuschung schien Phil Spence ohne Arglist auf ihre Frage zu reagieren. »Null Ahnung.« Er zog eine Tabakdose hervor und begann sich einen Joint zu drehen. »Hat sich verdrückt. Miststück«, fügte er hinzu, als befürchte er, dass man ihm nachsagen würde, er stehe unter dem Pantoffel seiner Frau, wenn er sich zu sehr um sie sorgte.

»Und seit wann?«, fragte Paula. Sie bedauerte, dass sie es nicht mit Mord zu tun hatte, doch dass jemand verschwand, war fast ebenso gut. Es gab einen Film, den sie mochte, in dem ein Mädchen in einer Tankstelle verschwand und am Schluss mit ihrem Freund lebendig begraben wurde.

Phil Spence ließ sich auf einen Stuhl sinken, bei dem ein Großteil der Rückenlehne fehlte. »Wollen Sie einen?«, fragte er und bot ihr einen spindeldürren Joint an.

»Danke, heb ich mir für später auf«, erwiderte Paula. Sie rauchte selbst nicht, es verfärbte einem die Zähne, doch wie Cherie Wolford sagen würde, einem geschenkten Gaul schaut man nicht ins Maul. »Also, wie lang ist sie denn nun fort?«, erkundigte sie sich erneut und steckte die Selbstgedrehte in ihren Wonderbra.

»Schätze drei, vier Wochen oder so«, antwortete Phil vage. Sein Gedächtnis war nicht mehr das beste – nach dem Verschwinden seiner Frau hatten sich sein Bier- und Rauschgiftkonsum deutlich erhöht.

»Und wer kümmert sich um das Kind?«, fragte Paula. Sie stand auf und füllte einen Wasserkessel, nachdem sie den Griff mit einem angeschimmelt wirkenden Tuch abgewischt hatte. Das Spülbecken war voll von aufgeweichten Teebeuteln, die sich allmählich auflösten. »Ich mach mal Tee.«

»Danke. Kümmert sich meistens um sich selber.«

»Ach so«, sagte Paula. »Wo steht der Zucker?«

Phil Spence nickte in Richtung eines Schrankes, in dem jede Menge Silberfische umherflitzten, als Paula ihn öffnete. »Wie wär's, wenn ich ihn Ihnen abnehme, bis seine Mum zurückkommt, und Sie schauen zu, dass Sie wieder auf die Beine kommen?«, schlug Paula vor, während sie einer aufgerissenen Packung zwei Teebeutel mit der Präzision eines Neurochirurgen entnahm.

8

Ellen saß draußen auf der Stufe vor der Gartentür und hatte die Arme um ihre Knie geschlungen. Bainbridge war im Wohnzimmer, und sie bewachte den Eingang. Sie war zu einem Geschöpf geworden, das auf der Schwelle lebte, wie die Laren (oder waren es die Penaten?), die alten Götter, von denen Robert ihr erzählt hatte, dass die Römer sie angebetet hatten. Sie waren beide Grenzgänger, sie und Jos Bainbridge.

Wilfred tauchte aus der Küche auf und tappte lautlos dahin, wo Bainbridge, den schweren Körper vornüber geneigt, auf dem Sofa saß.

»Es ist ein Glück, dass Wilfred Sie mag.«

»Meine Tante sagte immer, ein schwarzer Hund säße auf meiner Schulter, wenn ich als kleiner Junge böse wurde, ich durfte nicht wütend werden, wissen Sie, wegen der Anfälle. Ich hab das für falsch gehalten – das Bild, meine ich. Ich habe Hunde geliebt, und meistens liebten sie mich auch.«

»Die Menschen sagen Kindern schreckliche Dinge, nicht wahr? Manchmal bin ich froh, dass ich keine bekommen konnte. Ich hätte vielleicht auch schreckliche Dinge getan.«

»Das bezweifle ich.«

»Ich weiß nicht – mir ist der Gedanke gekommen, dass wir nicht wissen, wozu wir in der Lage sind, bis wir auf die Probe gestellt werden.«

»Wir hatten so eine Diskussionsgruppe«, hub er nach einer Pause an. »Drinnen haben sie ziemlich gute Bildungsprogramme, und einer der Leiter hat mein Interesse an Literatur und Philosophie geweckt. Jedenfalls hatten wir so eine Gruppe, in der es um die ›eigene Ethik‹ gehen sollte und einer der Männer, der saß, weil er den Liebhaber seiner Frau umgebracht hat, erzählte uns, dass er seinen Freunden früher immerzu diese eine Frage gestellt hat: Wenn ich dich mitten in der Nacht anrufen würde und dich bitten würde, mir zu helfen eine Leiche wegzuschaffen, würdest du mir dann helfen? Er hat diese Frage gestellt, bevor das passierte, bevor er den Typ umgebracht hat, wegen dem er saß.«

Ellen dachte für einen Moment nach. »Ich nehme an, dass die einzig ›richtige‹ Antwort für ihn nur ›ja‹ hätte lauten können.«

»Er hat uns dann gefragt, in der Gruppe – man kommt sich da näher, wissen Sie –, was wir antworten würden. Ich habe ihm erklärt, dass ich ihm nicht wirklich sagen könne, was ich tun würde, bevor so was passiert. Man weiß selbst nicht so genau, wer man eigentlich ist, bis man vor so einer Situation steht, bis man drinsteckt.«

»Und dann hat man keine Zeit mehr nachzudenken.«

»Deshalb mag ich Tiere. Sie kennen das nicht, vorausdenken.«

»Und sie haben keine Anstandsregeln.«

»Sie sind immer sie selbst – was uns schwer fällt. Schwerer als alles andere, würde ich sagen.«

»Erst recht aus eigenem Antrieb.« Eine einsame Fledermaus flatterte vorbei – die erste in diesem Jahr. Es war eine Weile her, dass sie diese hohen schrillen Töne gehört hatte. Als Robert noch lebte. »Wenn mein Mann fort war, wenn er im Nahen Osten arbeitete, habe ich ihm meine Liebesgrüße immer mit den Fledermäusen geschickt«, erzählte sie ihm.

»›Die Fledermaus, die abends schwirrt, Entstammt dem Hirn, das Zweifel schürt.‹ Eine Fledermaus ist so gut wie jeder andere Bote.«

»Von wem ist das?«

»Blake. Durch den Leiter, von dem ich erzählt habe, bin ich auf ihn gekommen – er war selbst ein Dichter, der Leiter. ›Ein Hänfling, der im Bauer singt, Zum Zorne alle Himmel bringt‹, pflegte er zu sagen.«

»Ein Dichter, wirklich?«

»Das sind keine schlechten Menschen, wissen Sie, die, die im Gefängnis arbeiten. Ein paar der Wärter waren die anständigsten

Menschen, die ich je gekannt habe. Für die Familie eines Mannes, die von weither kam und mit dem Geld knapp war, haben sie mehr als einmal gesammelt, damit die ihre Reise bezahlen konnten.«

»Wahrscheinlich neigen wir dazu, es als das Sammelbecken des Bösen abzutun.« Es wirkte dermaßen bedrohlich, die mächtige Granitfassade des Gefängnisses und der abweisende Eingangsturm. Selbst in den Zeiten, in denen sie draußen unterwegs gewesen war, hatte sie den Weg dort entlang gemieden.

»Es gibt da Gute und Böse wie anderswo auch. Ich habe Mörder gesehen, die neue Insassen mit großem Zartgefühl behandelt haben, wenn die daran verzweifelten, wo sie gelandet waren, es gab aber auch viele von der anderen Sorte.«

»Was haben die dort von Ihnen gehalten, die anderen?«

»Oh, sie haben mich in Ruhe gelassen. Sie wussten Bescheid.«

9

Mr. Golightly war dabei, eine Shepherd's Pie zuzubereiten, als Nadia Fawns an der Hintertür klopfte. Er kochte nach einem Rezept, das er – ein wenig verstohlen – aus einer alten Nummer von *Good Housekeeping* oben im *Stag and Badger* gerissen hatte. Da ihm zum Kreuzworträtseln Lukes Gesellschaft fehlte, hatte er etwas über die Wand- und Dekorationsfarben der Saison (Lila) gelesen und über das Für und Wider von Botox und abgesaugtem Fett in einem Artikel für alle, denen an persönlicher Verschönerung gelegen war.

Nadia tat *Good Housekeeping* verächtlich ab. »Schalotten sind besser im Geschmack als Zwiebeln – und Delia gibt immer noch ein oder zwei Teelöffel Worcestersoße hinzu. Delias Kochbuch ist meine Bibel. Wo kaufen Sie das Fleisch?«

Mr. Golightly, der nicht wusste, wer Delia war, in Bezug auf jemandes Bibel indes nicht gern unkundig wirken wollte, erklärte, er beziehe das Hackfleisch von dem Metzger, der mit dem Wagen vorbeikäme.

»Hat er Bio-Qualität?«, erkundigte sich Nadia. An derlei Dingen war sie äußerst interessiert.

Mr. Golightly musste gestehen, dass er sich auch in dem Punkt nicht auskannte. Was ihn betraf, hatten alle Tierprodukte »Bio-Qualität« – eine Einstellung, die Nadia als hoffnungslos vorsintflutlich empfand.

»Nein, nein«, sagte Nadia. »Die meisten so genannten ›frischen‹ Lebensmittel sind voll von gefährlichen Giftstoffen. Es ist wichtig, Bio-Produkte zu kaufen. Wenn Sie sehen würden, was normaler Nahrung beigemischt wird – wenn man darüber nachdenkt, wie das das Nervensystem angreift –, entsetzlich.«

Nachdem sie ihre Küchenutensilien bei Sam unterbracht hatte, sah Nadia sich der delikateren Aufgabe gegenüber, ihre eigene Person an den Mann zu bringen. Sie hatte das Manöver an diesem Tag eingeleitet und zu Mittag ein Sonntagsmahl aus Wild zubereitet, das sie auf einem der umliegenden Bauernhöfe gekauft hatte. Passend zu dem mächtigen Hirschbraten hatte sie zwei Flaschen Wein mittlerer Preisklasse aus dem Burgund erstanden.

Sam, der nicht gewohnt war, tagsüber Alkohol zu trinken, hatte eineinhalb Flaschen eines schweren Beaune geleert und merkte, dass er sich hinlegen musste. »Warum gehst du nicht nach oben und legst dich ein wenig hin?«, schlug Nadia vor. »Ich mache hier unten alles klar.«

Sam erwachte mit einem Gefühl von Panik, als er neben sich Nadia erblickte, die bis auf ihren cremefarbenen Body aus Satin entkleidet war. Unterhalb dieses Kleidungsstückes befanden sich weitere Teile, von denen er annahm, dass es sich um Strumpfhalter handelte. Nicht, dass er etwas gegen Strumpfhalter gehabt hätte, er hatte lediglich vergessen, wie um alles in der Welt man damit verfuhr. Hilflos fummelte er herum, bis Nadia die Sache selbst in die Hand nahm und zielsicher Anweisungen erteilte.

Die ganze Angelegenheit war rasch und zu Nadias Zufriedenheit verlaufen. Doch die Kampagne befand sich noch im Anfangsstadium – sie wusste, dass Verbindlichkeit für eine Beziehung ausschlaggebend war –, erst recht für eine, die in reiferen Jahren begann. Wie die meisten Frauen besaß sie Instinkte, und zwar solche, die ihr mitteilten, dass Sam sich nicht vorrangig mit der Entwicklung ihrer Zweisamkeit befasste. Sie hatten einen kleinen Spaziergang unternommen und waren auf das Mädchen mit den ausgesprochen kurzen Röcken gestoßen, das oben im Pub arbeitete und diese boshafte Bemerkung über die Teestube gemacht hatte. Nadia hatte von Sams Plänen mit der Teestube gehört. Sie musste etwas unternehmen, das sie an seiner Seite etablierte. Eine kleine Party mit ein, zwei männlichen Gästen, um Sam die Konkurrenz vor Augen zu führen – Barty Clarke und Golightly zum Beispiel –, würde ihre Verbindung festigen. »Ich bin vorbeigekommen, um Sie zu einem kleinen Umtrunk einzuladen, der nächsten Sonntag bei uns stattfinden soll«, strahlte sie. »Wenn das Wetter mitspielt, können wir im Garten feiern.«

»Vielen Dank«, erwiderte Mr. Golightly unverbindlich. Allmählich lernte er, diese gesellschaftlichen Hürden zu nehmen.

Es hätte ihn womöglich aus dem Tritt gebracht zu erfahren, dass er als potenzieller Nebenbuhler ausgewählt worden war – oder zumindest als jemand, der Sam anstacheln sollte. Bis auf Martha und Muriel hatte er aufgrund seiner Arbeit in letzter Zeit kaum noch Kontakt zu Frauen gehabt. Wenn es nach ihm gegangen wäre, hätte er um Nadia Fawns einen großen Bogen gemacht, doch die Freundschaften, die er mit anderen Nachbarinnen geschlossen hatte, waren zu einer unerwartet angenehmen Seite seines Urlaubs geworden.

Im Haus von Jackson oben an der Straße war eine dieser Frauen gerade dabei, die Ergebnisse von Johnnys Nachforschungen durchzusehen. Paula war kein Mensch, der um Erlaubnis bat, sie hatte jede Kleinigkeit, die Johnny aus der Storey Lane mitgebracht hatte, gründlich geprüft. Das meiste würde sie wohl in den Müll werfen. Die Seiten, die Johnny für Mr. Golightly ausgedruckt hatte, hatte er in eine Tüte von *Sainsbury's* gestopft, und während Johnny sich im Bad befand, überflog Paula sie.

Mr. Golightly geleitete Nadia gerade nach draußen, als Paula an der Hintertür erschien. »Die dumme Kuh glaubt, sie wäre jemand, weil sie ein Buch geschrieben hat.« Paula scherte es einen feuchten Kehricht, mit wem dieser alte Idiot Sam Noble sich abgab, doch Abschaum erkannte sie auf den ersten Blick. An dem Buch von Nadia Fawns konnte nicht viel dran sein – kein Mensch hatte es je im Supermarkt gesehen. »Wie geht's denn mit Ihrem Schreiben voran?«, erkundigte sie sich.

»Wissen Sie was?«, entgegnete Mr. Golightly, »Ich denke daran aufzugeben. Ich weiß nicht so recht, ob dieser moderne Stil mir liegt.«

»He, nicht gleich das Handtuch werfen. Ich habe die Sachen dabei, die der Junge für Sie erledigt hat. Er sagt, es seien Recherchen. Ist interessant.«

»Finden Sie?«

»Klar. Den Rest habe ich im Buch von der Pfarrerin gelesen. Hier.« Sie reichte das blau eingebundene Buch zurück.

»Was halten Sie davon?«

Doch Paula rümpfte die Nase. »Haben Sie was auf dem Herd? Ich rieche was Verbranntes.«

»Hölle und alle Teufel!«, rief Mr. Golightly, schoss in die Spülküche und kehrte mit einer Pfanne zurück.

»Bedanken Sie sich bei Nadia Dingsbums«, erklärte Paula, indem sie die Pfanne ergriff und den geschwärzten Inhalt begutachtete. »Die bringt einen völlig aus dem Takt. Typisch für die Sorte. Die machen einen so verquer, dass man nicht mehr klar denken kann.«

»Damit könnten Sie Recht haben.«

»Trotzdem, danach weiß man, wer was taugt und wer nicht.«

»Wie meinen Sie das?«

»Wenn man Leute unter Druck setzt, sieht man, aus was sie gemacht sind. Wie der alte Typ von damals, von dem der Junge Ihnen das Zeug ausdrucken sollte. Der hat dermaßen einen auf den Deckel gekriegt, dass jeder andere übergeschnappt wäre, aber er hat durchgehalten und zum Schluss hat es sich für ihn gelohnt.«

»Glauben Sie?«

»Na, immerhin hat er die ganzen Schafe und Ziegen und Eselinnen und so weiter gekriegt, oder? Nur die Freunde von ihm, die können Sie vergessen. Freunde? Ein Albtraum, wenn Sie mich fragen. Da findet Sam Noble am Hintern von Nadia Dingsbums noch mehr Herzenswärme, als man bei dieser Truppe erwarten kann, wenn's einem mal echt dreckig geht.« Sie lachte. »Also dann bis später. Ich lauf jetzt besser wieder zurück und mach dem Jungen was zum Abendessen.«

»Nur noch eine Minute«, bat Mr. Golightly, der die Seiten studiert hatte und sich mit einem Mal entsann, dass er Rosies Nachricht noch nicht überbracht hatte. »Wo ist John?«

Paula deutete mit dem Kopf zur Straße. »Wohnt bei mir oben in Jacksons Haus. Ist, glaub ich, besser, jetzt, wo seine Mum weg ist. Die Wohnung war ein Schweinestall, und der Junge hat keinen, der ihn mal zur Ordnung ruft. Der muss erst mal erzogen werden. Wir beide zusammen, wir kriegen das schon hin.«

»Nein, Paula«, erwiderte Mr. Golightly liebevoll. »*Sie* kriegen das hin. Bitten Sie ihn, zu mir zu kommen, wenn er einen Moment Zeit hat, ja? Ich habe vergessen, ihm etwas zu sagen.«

»Warum kommen Sie nicht zu uns hoch? Sie wissen doch, wo wir wohnen, oder? Die Reihe mit den alten Sozialwohnungen ganz oben im Dorf. Sie werden das Haus erkennen – vor der Tür steht einer der Giftpilze, die sie oben im Gefängnis machen.«

Die Shepherd's Pie war nicht mehr zu retten, und Mr. Golightly begnügte sich zum Abendessen mit Brot und Käse. Statt hoch zum *Stag and Badger* zu laufen, nahm er den Spiderman-Becher mit auf die Gartenbank, saß da, umschlang seinen Kaffeebecher mit den Händen und grübelte über die Ergebnisse von Johnnys Ermittlungen nach, während die Sonne langsam am Horizont verschwand.

Die Sonne hatte es gut – sie ging auf und unter, oder was immer die Menschen heutzutage dachten, dass sie tat. Die Theorien hatten dermaßen häufig gewechselt, dass er ihnen nicht mehr gefolgt war. Doch bisher hatte noch nie jemand die Stirn besessen zu behaupten, die Sonne gebe es nicht!

Schwör bei Dir selbst, dass mir im Tod dein Sohn
Erglänzen wird, wie jetzt und je vorher …

Sein alter Freund John Donne hätte seinen derzeitigen Geisteszustand womöglich nachvollziehen können. Den trostlosen Abgrund endgültigen Verlustes und den einsamen Gipfel der vollkommenen Liebe – beides hatte der Dichter erfahren. Und zwischen ihnen die Ödnis, in der der Mensch auf sich selbst geworfen ist. Doch Donne hatte auf dem Sterbelager – im Schatten seines bevorstehenden Endes – in seinem letzten, unruhigen, fiebrigen Begehren gefleht, des stetig wiederkehrenden Lichts der Liebe versichert zu werden, hatte in seiner letzten Not seinen Schöpfer angerufen, in dessen Gedanken der »Sohn« und die »Sonne« ein Einziges waren.

Wen hatte er auf dieser Welt, an den er sich wenden konnte?

Er ging ins Haus, legte Haydns *Missa in tempore belli* auf, begab sich in die Spülküche, machte sich noch einen Becher Kaffee, stellte Milch in die Mikrowelle, goss sie sich über die Hand, als er sie einschenken wollte, stieß den Spidermann-Becher um, fluchte haarsträubend, suchte nach einem Wischtuch, stellte fest, dass er keins mehr besaß, drückte ein Papiertuch auf die Milch- und Kaffeelachen, die langsam ineinander liefen, und kehrte zum Fenster zurück, wo er stand und auf den grün und bernsteingelb gestreiften Himmel starrte.

Wildgänse flogen im Keil vorbei – sieben schwarze Silhouetten wie die sieben Sterne oder die sieben Engel, die von der Ankunft des Wahrhaftigen künden.

Er durchquerte den Raum und stellte die Musik lauter: Es war seine Lieblingsstelle, der Moment im Agnus Dei, in dem Haydn die Kesselpauke wie Geschützfeuer erklingen lässt.

Ein Stern zu sein war leicht oder eine Gans – oder sogar ein Engel. Wie verdammt schwer war es dagegen, ein Mensch zu sein. Es gab so wenig, an das man sich halten konnte – all jene unmöglichen Fragen, die so großzügig Handlungsfreiheit versprachen, bis sie plötzlich das eigene Leben bestimmten.

Der geisterhafte E-Mailer hatte ihm Fragen zugespielt, die er selbst vor Jahrhunderten gestellt hatte, doch er war zu zerstreut, um sich daran zu erinnern. Oder war er in einem Zustand geistiger Verwirrung? Beinahe hätte er vergessen, Johnny die Nachricht seiner Mutter zu überbringen. Was hatte er sich nur dabei gedacht, den geduldigen, getreuen Hiob jener Folter auszusetzen? Und sich daran auch noch zu beteiligen.

Wenn überhaupt, dann müsste er doch eigentlich wissen, dass das Universum kein Betrug war, kein Schwindel, kein Zauber, keine mit leichter Hand vorgespielte Taschenspielerei. Was vergessen oder übergangen wird, sucht sich zu rächen. Es schien, dass jemand oder etwas ihm eine Kostprobe seiner eigenen Arznei zu schmecken gab …

10

Bei aller Verwahrlosung war Jacksons Haus einmal das seine gewesen; ganz gleich, wie verdreckt es dort war, er hatte die Freiheit gehabt, sein Frühstück vom Boden zu essen, wenn ihm danach zumute war. Doch nun war sein Heim zum Kerker geworden mit einem Wächter, der einst von ihm herumkommandiert und missachtet worden war.

In seinem labilen Zustand wurde Jackson von den nagenden Gedanken an Ellen Thomas' Geheimnis nur noch mehr ins Wanken gebracht. Das Luftschloss, das er dermaßen stolz und hingebungsvoll errichtet hatte, war auf Sand gebaut. Das Bild des Mannes, den er in den Armen seiner Geliebten erspäht hatte, fraß sich durch seinen Körper, gefolgt von den quälenden Gedanken an den Jungen, dessen Gesicht ihr lieber gewesen war als das seine.

Als er an diesem Abend nach Hause kam, hörte er Musik, und als er das Wohnzimmers betrat, sah er das Objekt seiner Eifersucht gemütlich am Keyboard sitzen, mit einem seiner Pullover bekleidet, der Paula beim blindwütigen Wäschewaschen eingelaufen war. Ein ungewöhnlich rosiger Johnny – ebenfalls eine Folge herzhafter Reinigung – hatte Paulas Keyboard entdeckt und festgestellt, dass er nach Gehör spielen konnte.

Paula hatte ihre Schuhe abgestreift und tanzte mit einem langen Schal, den sie am Türknauf befestigt hatte. Alle Lichter waren angeschaltet und ließen ihre glitzernden Zehennägel funkeln, die bei *Georgina's* mit »Mauve-Mania« lackiert worden waren.

»If you can't find a partner take a wooden chair!«, sang Paula, griff nach dem Barhocker, den sie heimlich aus dem *Stag and*

Badger geschmuggelt hatte, und tanzte mit dem Hocker wild durch den Raum.

Jackson stierte, versuchte die Musik zu übertönen, schaffte es nicht, sich Gehör zu verschaffen und machte auf dem Absatz kehrt. Ellen Thomas, Paula, diese beschissenen Weiber – sie konnten ihn alle mal und gingen ihn einen Scheißdreck an. Auf dem Weg durch den Vorgarten hielt er inne und trat gegen den Giftpilz, der so aussehen sollte, als sei er aus Stein, auf dem ein Kobold mit spitzen Schuhen und spitzem Hut thronte; Paula hatte ihn am frühen Nachmittag mit Johnnys Hilfe von ihrer Mum herübergeholt.

Neuigkeiten verbreiteten sich in Great Calne in Windeseile, und kaum war es geschehen, erfuhr Wolford von seiner Mutter, die es wiederum von Nicky Pope erfahren hatte, dass Johnny Spence von Paula in Jacksons Haus aufgenommen worden war. Wolford traf im *Stag and Badger* ein, als Jackson gerade sein viertes großes Bier bestellte. Barty Clarke war dabei, Paulas Mum und Kath Drover Einzelheiten von einem Fall drüben in Plymouth zu berichten, dort stünde einer der Ortsansässigen wegen halbseidener Geschäfte vor Gericht. Sam Noble beschwerte sich bei Luke Weatherall, der vorbeigekommen war, um Zigarettenpapier zu kaufen, lauthals über die sexuellen Sitten der heutigen Zeit; Luke machte daraufhin eine Bemerkung über das Werfen – oder Nichtwerfen? – von Steinen, egal, er war schließlich ein Dichter und die Bemerkung ergab für Sam keinen Sinn.

Wolford ließ sich neben Jackson an der Theke nieder, bestellte sich einen Orangensaft und fragte Jackson, ob er Lust hätte, mit einem Kurzen nachzuspülen.

»Ja, mir egal«, kam die gemurmelte Antwort.

Nachdem das Bier und ein paar Doppelte heruntergestürzt worden waren, erkundigte sich Wolford nach Johnny. »Hast den Jungen, der dir beim Bauen geholfen hat, jetzt im Haus, habe ich gehört.«

Jackson rülpste. »Kleiner Scheißkerl …«

»Ja, diese Frauen …«, sagte Wolford, und wartete.

»Miststücke, Huren und Lügnerinnen!«, verkündete Jackson mit Nachdruck.

Das deckte sich in etwa mit Wolfords Einschätzung. »Klar, aber wir lieben sie trotzdem, oder?«, fragte er zweideutig.

»Du vielleicht«, entgegnete Jackson und versuchte ein bereits leeres Glas auszutrinken. »Für mich sind sie der Teufel in Person.«

»Nimm noch einen«, schlug Wolford vor. Er bestellte noch einen Orangensaft, einen Doppelten und ein großes Bier bei dem Mädchen, das für Mary Simms eingesprungen war; Mary war noch immer krank. »Das Zimmer, das du da baust. Wie kommt's, dass der Junge dir dabei hilft?«

»Sie war das«, sagte Jackson. »Sie hat das gewollt.«

»Paula?«, fragte Wolford.

»Ach was – Mrs. Thomas«, antwortete Jackson, sein innerer Aufruhr stand kurz davor, in nackte Wut umzuschlagen.

»Tatsächlich?«, sagte Wolford. »Wozu will sie denn überhaupt noch ein Zimmer? Sie lebt doch allein, oder?«

Hinter ihnen war Barty Clarke dabei, Sam mit Statistiken über Prostitution zu versorgen. »Die meisten davon sind minderjährig«, betonte er.

»Keine Ahnung«, erklärte Jackson und kämpfte darum, der Erinnerung an seine Liebste mit den Weißen Händen die Treue zu halten.

Doch mit seinem rohen Instinkt witterte Wolford ein Geheimnis.

»Hat sie einen Freund oder so was?«, wagte er sich vor.

Es war eine ziemlich harmlose Vermutung; doch für Jackson, der völlig am Ende war, war das der Tropfen, der das Fass zum Überlaufen brachte. Jeder außer ihm hatte alles über Ellen Thomas gewusst.

»Sie hat jemanden, nehme ich an.«

»Tatsächlich?«, fragte Wolford und bestellte geschickt den nächsten Doppelten. »Einen, den wir kennen?«

Im tiefsten Inneren von Jackson flüsterte eine Stimme, dass er im Begriff stand, einen Fehler zu begehen, dass er bereits zu weit gegangen war, dass ein Rückzug jetzt besser wäre, dass er kurz davor stand, eine geheiligte Stätte zu entweihen, und dass die Gottheit, die dort wohnte, unbarmherzig und gnadenlos war und ihn in ihrem Zorn für alle Zeiten verfolgen würde.

»Hier, nimm noch einen«, sagte Wolford und schob ihm das

Glas mit Whisky zu. »Du weißt, der Knacki läuft immer noch frei herum. Weit und breit keine Spur. Bei jedem, der uns seltsam vorkommt, müssen wir Nachforschungen anstellen – in gewisser Weise würdest du uns bei unseren Ermittlungen helfen …« Er klappte seine Brieftasche auf und deutete auf einen Zwanzigpfundschein.

»Erschreckend!«, wiederholte Sam.

Der Anblick des Geldscheins löste in Jackson widersprüchliche Gefühle aus. Er wollte Wolford die Brieftasche aus der Hand schlagen, den Barhocker ergreifen und ihn auf dem Kopf des anderen zertrümmern. Er brauchte kein Geld. Ellen Thomas entlohnte ihn pünktlich jede Woche; und selbst wenn Paula davon den Löwenanteil beanspruchte, war er nicht so dumm, ihr den gesamten Umfang seiner Einnahmen zu verraten. Zum ersten Mal in seinem Leben war er flüssig. Und außerdem war Jackson nicht hinter dem Geld her; wenn er es gewesen wäre, hätte er regelmäßiger gearbeitet. Geld bedeutete ihm wenig, doch er durchlebte gerade jenes Gefühl enttäuschter Erwartungen, das entsteht, wenn Wunsch und Realität sich nicht decken. Da er sich in einem Zwiespalt befand, zögerte Jackson.

Wolford zog den Zwanzigpfundschein hervor und legte noch einen Zehner darauf. Er hielt die beiden Scheine dicht vor Jacksons schweißbedecktem Gesicht in die Höhe. »Unter Freunden«, bemerkte er. »Niemand erfährt etwas. Ich habe deine Holde getroffen.«

Wolford wollte damit moralischen Beistand herbeirufen und bezog sich auf Paula, doch Jackson nahm an, der Gefängniswärter hätte von Ellen gesprochen. In seinem trunkenen, hoffnungslosen, rasenden Zustand glaubte Jackson, dass jeder seine Angebetete besser kannte als er. Mehr um ihn loszuwerden und um den ganzen Albtraum zu beenden, schnappte er sich die Scheine und stopfte sie in seine Tasche.

»Sie hat ihn in ihrer Kammer untergebracht. Tagsüber kriege ich ihn nicht zu sehen«, sagte Jackson.

Als Mr. Golightly den Gartenpfad zu Jacksons Haus hoch schritt, wurde ihm im Duett vorgesungen, sie seien nur noch vierundzwanzig Stunden von Tulsa entfernt.

Johnny saß am Keyboard, nicht mehr die geduckte Gestalt, die Mr. Golightly beim ersten Mal unter dem Kombi entdeckt hatte. Und Paula, die barfüßig tanzte – in einer purpurfarbenen Weste, die glänzende tätowierte Schultern freilegte –, glich der kleineren Ausgabe eines rekordverdächtigen Speerwerfers.

Jubelndes Frohlocken ist etwas Ansteckendes. Ein Gefühl wie Stolz breitete sich in Mr. Golightlys Brust aus. »Tut mir Leid, in das Vergnügen reinzuplatzen«, bemerkte er.

Johnny, den die Chance, sich in Szene zu setzen, berauschte, griff wild in die Tasten und spielte »Love Me Do«, doch Paula gebot ihm Einhalt. »Benimm dich! Mr. Golightly ist extra wegen dir zu uns gekommen.«

»Oh bitte«, sagte Mr. Golightly, der es hasste, förmlich behandelt zu werden.

Johnny schien sich indes fast wie zu Hause zu fühlen. »Was gibt's, Chef?«

»Ich habe eine Nachricht für dich«, erklärte Mr. Golightly und versuchte vergeblich es nicht zu geheimnisvoll klingen zu lassen.

»Geht in Ordnung«, sagte Paula. »Ich weiß, wann ich mich verdrücken muss. Ich setze Wasser auf. Kaffee, nicht wahr? Sonst gäbe es noch Apfelwein, das heißt, falls die Pfarrerin uns noch was übrig gelassen hat.«

Jackson, dessen Haut von einer entflammbaren Mischung aus Whisky und Newcastle Brown durchtränkt war, kehrte schwankend aus dem *Stag* zurück. Auf der Hälfte des Gartenpfades blieb er stehen, um auf die Gestalt auf dem Giftpilz zu pinkeln. Der Urinstrahl verfehlte den Kobold, der Jackson einen listigen Seitenblick zuwarf.

»Dich kannst du vergessen, Junge«, sagte der. »Du bist fertig, erledigt, abgehakt, eine Null, weder hier noch da, jemand von gestern, und alles andere als ein Mann.«

»Klingst, als ob du aus Wales kommst«, nuschelte Jackson.

»Aus Cornwall«, antwortete der Kobold. »Ein Puck, falls es dich interessiert. Und das hier ist ein Champignon und kein Giftpilz. Obwohl du es kaum wert bist, dass man es dir erzählt.«

Er nahm wieder seine steinerne Haltung ein.

Jackson bewegte sich torkelnd weiter voran. Die Haustür stand sperrangelweit offen und durch die Tür zum Wohnzimmer konnte er Paula in ihrem purpurfarbenen Top mit den Glitzerträgern sehen. Ihr Rock war hochgerutscht und ihr Gesicht glänzte vor Schweiß. »I ain't nothing but a hound dog …«, schmetterte sie.

»Miststück«, sagte Jackson. Doch der Kobold – oder Puck – hatte ihm den Mut abgekauft, und niemand hörte ihn, als er auf allen vieren hoch zum Badezimmer kroch.

11

Jackson hatte sich getäuscht in dem, was er über Ellen und Jos Bainbridge dachte: das Tableau, das er trüben Blickes wahrgenommen hatte, als er durch das seltsame Dachfenster des Bungalows nach innen spähte, stellte keine Liebenden dar. Zumindest nicht in der Art, wie er es annahm.

An dem Abend, als sie ihn in ihrer Küche entdeckte, hatte Ellen Jos Bainbridge als Mensch erkannt, und diejenigen, die wir als Mensch erkennen, lieben wir – und das für alle Zeiten. Sie hatten sich im Raum zwischen den Welten getroffen, in dem das Maß täglicher Belange – Klugheit, Vernunft, Sitte, Begierde – sich gleich der Schwerkraft außerhalb der Erdanziehung, zu luftigem Nichts auflöst und wir die Freiheit besitzen, wir selbst zu sein. Allein jene Freiheit ruft bereits die Liebe hervor, denn wer sehnt sich nicht insgeheim danach, den Zwängen der Selbstsucht und dem Gefängnis der Selbstbespiegelung zu entrinnen? Irgendwo durchzieht der Duft der Freiheit unser Wesen, gleich dem flüchtigen Geruch gemähten Grases im Traum von einem verlorenen Sommer oder der Brise, die uns aus endlosen Ozeanen anweht. Die Welt des Alltags ist eine zu kritische und wachsame Instanz, um derlei Erinnerung zuzulassen, doch wenn wir Glück haben, erhascht sie uns, während wir fahren oder laufen oder malen oder kochen oder lieben – oder musizieren oder trinken oder Geschichten erzählen. Doch nur zu den Gesegneten kehrt sie mit betäubender Allmacht zurück, so wie es Ellen in der Nacht geschehen war, als sie Jos Bainbridge sah.

Eros ist ein wandelbarer Gott, er nimmt vielerlei Gestalten an, und nicht alle bedeuten zärtliches Begehren. Ihre Nächte verbrachten sie mit Picknicken, so wie Kinder sie erfinden, wenn sie fern der Aufsicht sind, in verschwiegenen Mulden oder dämmrigen Lichtungen; dort, wo vielleicht der Eingang zur Welt der Feen liegt und man von denen erzählt, die vorwitzig waren, sich drinnen in jenem verborgenen Königreich verirrten und nie mehr freigekommen sind.

An dem Abend, an dem Jackson durch das Fenster spähte, hatte Ellen Jos Bainbridge in die Arme geschlossen wie eine Mutter vielleicht ein verängstigtes Kind umfängt oder eine Schwester einen heiß geliebten Bruder, der für lange Jahre zur See geht; oder ein Mann seinen kranken Hund.

»Wie kam es, dass Sie ins Gefängnis gekommen sind?«, hatte sie gefragt. »Können Sie darüber sprechen?«

Er hatte es ihr erzählt; und während er sprach, prägte sich seine Vergangenheit ihrer Erinnerung ein, sodass sie wusste, sie würde zukünftig nie mehr gänzlich die ihre sein.

Als er damals aufwachte, berichtete er, tat sein Kopf höllisch weh und weil er durcheinander war, kehrte er für mehrere Tage nicht zum Bauernhof zurück. Das, was ihn am meisten verstörte, war, dass der Mann ihren Geheimplatz aufgestöbert hatte. Später wurde ihm klar, dass er wahrscheinlich nicht geheim gewesen war – dass der Mann gewusst hatte, wo er suchen musste. Als er schließlich zurückkehrte, wurde die Polizei gerufen, um »ein Gespräch mit ihm zu führen« – dabei musste er lachen, »als ob«, sagte er, »ich mich bei ihnen um eine Stelle beworben hätte oder so!« Sie hatte ihrem Vater erklärt, ihren Zustand hätte sie Jos Bainbridge zu verdanken, der sie zum Sex gezwungen und danach auf sie eingeschlagen hätte, und ihr Vater hatte die Polizei gerufen und sie ihre Aussage wiederholen lassen … nun begriff er, dass es aus Furcht geschehen war – aus Furcht vor dem Zorn ihres Vaters, vielleicht auch, weil sie um ihr Leben gebangt hatte, des Mannes wegen, der sie zu dieser Aussage gezwungen hatte …

»Das erste Mal, als ich die Stimme hörte, befand ich mich in einer der Haftzellen und wartete darauf zu erfahren, was mit mir geschehen würde. Ich hatte bereits ›gestanden‹, dass ich mit ihr zusammen gewesen war, mit ihr geschlafen hatte. Ich hatte ihnen auch erzählt – sie schaffen es, dass man alle möglichen Dinge ausplaudert, Dinge, die einem im Moment harmlos vorkommen, also hatte ich erklärt, wie schuldig ich mich fühlte. Und das tat ich ja auch. Ich fühlte mich unglaublich schuldig. Ich hatte sie nicht gezwungen und ich war es auch nicht, der sie zusammengeschlagen hatte – aber ich hörte immerfort jene Stimmen in meinem Kopf, die sagten, ich sei der Teufel und hätte das Werk des Teufels getan.«

»Aber Sie haben ihnen von dem Mann erzählt, den Sie gesehen haben?«

Zwischen den Hügeln verdunkelte sich der Himmel, und der Ruf einer Eule drang zu ihnen.

»Habe ich nicht. Zunächst weil ich nicht wusste, was sie erzählt hatte, ich wollte auch nichts sagen, was sie bei ihrem Vater in Schwierigkeiten gebracht hätte. Dann, nachdem ich begriff, dass sie mehr von mir hören wollten als das Geständnis, dass ich Sex mit ihr gehabt hatte, wusste ich, dass irgendetwas im Busch war. Aber ich wusste nicht was. Und dann waren da die Stimmen, die mir sagten, ich sei verderbt. Und ich wollte nichts sagen, das ihr schaden würde. Also schwieg ich, und sie holten mich so lange aus der Zelle und brachten mich wieder zurück, bis ich halb den Verstand verlor – wenn ich ihn da nicht schon längst verloren hatte. Und dann war eines Abends diese andere Stimme da, die alle anderen übertönte.«

»Was hat sie gesagt?«

»Haben Sie schon mal eine Nachtigall gehört?«

Sie schüttelte den Kopf.

»Schwer zu beschreiben, wenn Sie noch nie eine Nachtigall gehört haben. Die Stimme war bestechend klar, doch dabei gluckste sie auf sonderbarste Weise, ein Gurgeln, hineingeraten in etwas, das so tief und rein und so … so lieblich war, dass man alles darangesetzt hätte, um es zu hören – wie der süßeste Vogelgesang, der im Verborgenen ertönt, klang sie.«

Ein Vogel. Sie hätte es sich denken können. Jos Bainbridge wusste, was es bedeutete, in einen Käfig gesperrt zu werden.

»Der Anwalt sagte damals, ich soll auf schuldig plädieren, weil sie bereits ein Geständnis von mir hätten, dann käme ich mit einer leichteren Strafe davon. Aber das habe ich nicht getan … ich kann das Lied eines Vogels bis heute nicht einfach nur so hören … für mich verkündet ihr Gesang immer auch noch etwas anderes.«

»Und was ist das?«, fragte sie erneut, und das Herz in ihrer Brust schmerzte. Doch es war nicht der Schmerz innerer Bedrängnis – es war der Tumult von etwas Wildem, das nach Freiheit strebte, wie der Hänfling in seinem Bauer.

Die Eule wiederholte ihren trügerisch hilflosen Ruf.

Die Stille, die sie umgab, war fast zu übermächtig, um sie zu ertragen. Doch wenn man im Dunkeln saß und lange genug sitzen blieb, lernte man zu sehen. Während sie so mit ihm saß, lernte sie Dinge im Dunkeln zu erkennen.

»Die Wahrheit«, erklärte er schließlich, und sie hatte den Eindruck, das ringsumher alle Geschöpfe der Nacht innegehalten hatten, um zuzuhören. »Das verkündet er. Ein Vogel kann nicht lügen. Als ich nicht auf schuldig plädieren wollte, wollte sich der Anwalt auf die Anfälle und ein gestörtes geistiges Gleichgewicht berufen. Doch es war kein Anfall, und ich hatte ihr kein Haar gekrümmt. Ich konnte einfach nicht lügen, wissen Sie.«

Sprich die Wahrheit und alle Dinge werden für dich zeugen … Ja, dachte Ellen Thomas, doch das ist wohl eher der Fall, wenn man jemanden auf seiner Seite hat.

»Aber sie hat gelogen, Ihr Mädchen hat Sie verleumdet?«

Er antwortete so leise, dass sie ihn bitten musste, es zu wiederholen. Dann hob er sein Kinn und sprach, so, als ob er nicht sie anredete, sondern eine leuchtende Sternenkammer, die hoch oben in dem purpurrot geäderten Himmel zusammengetreten war – und noch lange Zeit spürte sie, wie ein Schauder aus Mitleid und Entsetzen durch sie hindurchlief.

»Sie sagte vor Gericht aus, dass ich sie vergewaltigt und zusammengeschlagen hätte. Ich habe zehn Jahre gekriegt, ohne Bewährung«, erklärte er.

Juni

1

An jenem Morgen waren die gefleckten Fliegenschnäpper herbeigeflogen und hatten bereits begonnen, ein Nest über der Gartenpforte zu bauen. Beim Malen hörte Ellen das sachte Schwirren ihrer Flügel, wenn sie auf der Stelle flatterten und mit den im Schnabel transportierten Baumaterialien kunstvoll ihr Nest bauten.

Sie war schon seit einer Weile auf und hatte gearbeitet, als Wolford erschien. Er kam geradewegs zur Rückseite des Hauses, wo sie an ihrer Staffelei stand. Sie hörte sofort auf zu malen.

»Sie sind früh unterwegs, Mr. Wolford.«

»Der frühe Vogel fängt den Wurm.«

»Finden Sie? Dabei sind Würmer so unberechenbar. Früher haben die Jungen in meiner Schule sie zerstückelt, um zu sehen, wie sich die einzelnen Teile davon weiterbewegten. Ich fand das immer sehr lehrreich – sie schienen unabhängig zu werden, nachdem man sie verletzt hatte. Haben Sie das auch gemacht, Mr. Wolford?«

Wolford gab es betreten zu. »Ich glaube, ich habe als Junge fast alles gemacht. Ich war ein richtiger Lausbub.«

»Natürlich, Sie haben ja im Dorf gewohnt, nicht wahr? Sind Sie wegen etwas Bestimmtem vorbeigekommen? Ich wollte gerade frühstücken. Möchten Sie auch etwas? Leider habe ich keine Marmelade.«

Wolford lehnte das Frühstück ab. Seite an Seite saßen sie auf einer Gartenbank, die den Blick über die Felder zu den Hügeln freigab. Ellen hielt sich sehr aufrecht und trank ihren Kaffee aus einer goldgeränderten Porzellantasse. Anders als bei Mr. Golightly erzählte sie nicht von der Ottergemeinde des Einsiedlers unten am Fluss. Stattdessen deutete sie auf eine Schar Kreuzschnäbel, die am anderen Ende ihres Gartens auf dem Stacheldrahtzaun hockten.

»Oh, schauen Sie nur, Mr. Wolford, sie sind recht selten. Können Sie ihre merkwürdigen Schnäbel sehen? Man sagt, sie hätten diese Form angenommen, als sie gewaltsam versuchten, die Nägel aus dem Heiligen Kreuz zu reißen.«

»Dort unten auf dem Feld wird ein Pferd gehalten, nicht wahr?« Ihm wurde unbehaglich bei der Art, in der die Frau sprach.

Ellen starrte ihn an. Dazu musste sie ihren Kopf zur Seite drehen. »Ein Pferd welcher Farbe?«

»Ein weißes, oder?« Was um Christi willen war nun wieder verkehrt? Für kurze Zeit war Wolford mit einem Mädchen verlobt gewesen, sie hatte ihn ähnlich verunsichert. Einmal, nachdem sie Sex gehabt hatten, hatte sie gesagt: »Du hast nicht an mich gedacht, oder? Du hast an jemanden gedacht, dessen Namen wir lieber nicht nennen wollen …«, und sie hatte auf beunruhigende Weise gelacht.

»Wie interessant«, bemerkte Ellen. »Das weiße Pferd. Doch Sie wollten etwas, Mr. Wolford …?«

Wolford kam rascher auf sein Anliegen zu sprechen, als er vorgehabt hatte. »Uns ist ein Sträfling entlaufen. Wir suchen bereits seit einer Weile. Sie haben nicht zufällig jemanden gesehen, auf den die Beschreibung passen könnte?«

Ellens graue Augen waren starr auf ihn gerichtet. »Mein Mann ist vor einiger Zeit gestorben, und seitdem lebe ich eher zurückgezogen. Ich bin sicher, die Leute haben Ihnen das bereits erzählt.«

Das traf zu. »Kaum, dass sie mal die Nase rausstreckt«, hatte seine Mutter gesagt.

»Also haben Sie gar keinen Mann gesehen?«, fragte Wolford, der sich ungemütlich fühlte, aber dennoch weiter fragte.

»Erkundigen Sie sich nach meinem Privatleben oder ermitteln Sie offiziell?«

»Ich stelle eine ernste Frage, Mrs. Thompson –«

»Thomas.«

»Entschuldigung, Thomas. Ich muss Ihnen mitteilen, dass es eine Aussage gibt, nach der hier bei Ihnen ein Mann wohnt, und falls seine Identität nicht geklärt ist, ist es meine Pflicht, die Sache den Behörden zu melden.«

»Himmel«, bemerkte Ellen gelassen, »›den Behörden‹. Also dann. Ich bin vierundfünfzig. Der Lack ist zwar noch nicht ab, doch von Blütezeit kann auch keine Rede mehr sein, und im Übrigen bin ich leider allein stehend. Jemand – vermutlich jemand aus dem Dorf – war so freundlich sich vorzustellen, dass ich für einen Mann noch immer begehrenswert sein könnte. Sind Sie gekommen, um darüber zu reden? Über mein Sexualleben?«

Wolford verlieh seinem Räuspern einen offiziellen Anstrich. »Ich glaube nicht, dass Sie den Ernst der Lage begreifen, Mrs. Thompson, Verzeihung, Thomas. Dieser Mann ist gefährlich. Wir müssen jedem Fingerzeig nachgehen. Er ist leider noch nicht gefasst worden, und Sie und alle Frauen, ob begehrenswert oder nicht, wenn ich das so sagen darf, sind in Gefahr.«

»Wissen Sie was?«, fuhr Ellen fort, als hätte sie ihn nicht gehört, »das erinnert mich an eine kleine boshafte Geschichte, die mein Mann gern erzählt hat. Über eine ältere allein stehende Dame – sind Sie sicher, dass Sie keinen Kaffee mögen? –, die auf der Polizeiwache anrief, um zu sagen, dass sich ein Mann in ihrem Schlafzimmer befinde, woraufhin der Wachtmeister erwiderte, sie seien nicht befugt, bei dieser Art Beschwerde zu ermitteln.«

»Der Mann ist ein schwerer Sexualverbrecher«, sagte Wolford, der einen Zustand kalter Wut erreicht hatte.

»Gute Güte«, bemerkte Ellen und blickte ihn noch einmal jäh an. »Und Sie waren so lieb zu kommen, um mich zu warnen oder zu beschützen. Geht es darum?«

»In gewisser Weise«, entgegnete Wolford steif. »Davon abgesehen bleibt die Frage nach dem Mann, der laut Aussage –«

»Ich frage mich, wer das gewesen sein könnte?«, sagte Ellen. »Ist das nicht spannend? Möchten Sie eine Scheibe Toast? Die Butter ist noch nicht ranzig. Vielleicht mein Nachbar, Mr. Golightly. Er kommt gelegentlich vorbei. Wir reden über Gedichte.«

»Und wo findet das statt?«, fragte Wolford und dachte an das, was Jackson über das Schlafzimmer gesagt hatte. Er hielt es für möglich, dass die beiden eine Art Ferienliebschaft unterhielten.

»Wo wir über Gedichte reden, meinen Sie? Oje, Mr. Wolford, ich glaube, da muss ich die Grenze ziehen. Es ist nicht Ihre Angelegenheit – oder doch? –, die Umstände zu erfahren, unter denen sich zwei mündige Erwachsene über Robert Frost ausgetauscht haben.«

Über dem Stacheldrahtzaun, genau genommen, als sie sich zum ersten Mal begegnet waren. *Gute Zäune, gute Nachbarn*, hatte er gesagt und ihr keine Fragen gestellt.

Die Sonne verschwand hinter einer Wolke und ihre nackten Arme boten ihr den Vorwand zu erklären, sie müsse ins Haus. Als sie Wolford verabschiedete, überlegte sie, was Mr. Golightly von den Rollen halten würde, die sie für sie beide erfunden hatte – zwei verbrauchte Menschen mittleren Alters, die sich in ihrer unfreiwilligen Einsamkeit trösten.

Sie wartete, bis sie sicher sein konnte, dass Wolford gegangen war und begab sich dann zu der Kammer. Als sie die Bettdecke von seinem Gesicht hob, dachte sie: Er nimmt sich so vollkommen zurück, es ist, als ob er gar nicht da wäre.

»Jemand vom Gefängnis«, formte sie mit den Lippen – und er nickte, um zu zeigen, dass er verstand. Sie überlegte, ob es ihn erleichterte, dass endlich etwas geschehen war.

Den ganzen Tag über malte sie in einem Rausch von Klarheit. Noch nie zuvor hatte sie auf diese Weise gearbeitet. Sie ließ die Vögel aus dem luftigen Jenseits zu der verborgenen Kammer ihrer schöpferischen Kraft fliegen und anschließend durch ihren Arm und den Pinsel in ihre Hand. Es waren sonderbare Vögel, Raben – fast menschlich in ihrem Gehabe. Vor langer Zeit, in Gilead, war der Prophet Elia von Raben gespeist worden – eine von vielen Geschichten – eigentümlich, wenn man darüber nachdachte –, in denen Tiere sich den Menschen gegenüber gastfreundlich erwiesen. Warum taten sie das eigentlich? Doch in der Geschichte war es ihr Schöpfer, der die gefiederten Retter ausgesandt hatte …

Als ihr kleines Stück Erdenrund sich vom Licht abkehrte, ging sie, um ihn zu holen. Inzwischen waren die Tage so lang, dass sie es immer später tat. Er war bereits aufgestanden und verharrte dort, ohne Ungeduld zu verraten; ihr schoss durch den Kopf, dass er darauf wartete, abgeführt zu werden.

»Wer war es aus dem Gefängnis?«

»Brian Wolford. Er lebt hier – beziehungsweise seine Mutter.«

Bainbridge schnitt eine Grimasse. »Das ist Pech – er hat was gegen Typen wie mich.«

»Typen wie Sie?«

»Sexualtäter. In Dartmoor gibt es davon nicht viele, weil sie kein Programm zur Behandlung solcher Fälle haben. Nur solche wie ich, die darauf bestehen unschuldig zu sein, kommen dorthin – ›Unschuldslämmer‹ haben sie uns genannt.«

Er tat seine Zeit dort so leichtherzig ab, dass sie nie wirklich drüber nachgedacht hatte. Doch mit einem Mal erfasste Ellen das Ausmaß dessen, was er durchgemacht haben musste. Vor ihren Augen ragte der bedrohliche eckige Haupteingang auf, mit seiner schweren Eisenglocke und dem Motto – »Parcere subiectis et debellare superbos« – und dahinter in kalter Strenge die ausdruckslose Granitfassade.

Jos Bainbridge war lange genug durch die Hölle gegangen – er musste verschont werden –, er durfte nicht mehr dorthin zurück.

»Einer von den anderen ›Unschuldslämmern‹ hat mir erzählt, Wolford hätte weggeschaut, als er von einem Sträfling aus den ›besseren‹ Kreisen fertig gemacht wurde. Wolford wusste Bescheid, hat aber geschwiegen, glaubte er. Er ist bei den anderen Aufsehern nicht beliebt. Sie mögen keine Typen wie Wolford, die ihrem Ruf schaden.«

»Er kommt mir wie ein Muttersöhnchen vor. Streicht großmächtig durch die Gegend und trägt eine selbstzufriedene Miene zur Schau. Eines Abends, als ich beim Malen war, ist er mir nichts, dir nichts hier im Garten erschienen. Der arme Mr. Jackson war ganz aus dem Häuschen.«

Draußen verhüllte der Himmel seidig die verlöschende Lampe der Sonne. Wie stumme Bittsteller schwirrten die Fledermäuse durch den dämmrigen Garten. Ihr Skizzenblock lag in Reichweite, und um sich zu beschäftigen, griff sie danach und skizzierte den Umriss eines Baumes im verblassenden Licht.

Bainbridge saß auf dem Sofa, vorübergeneigt, in sich gekehrt. Du wirst mir fehlen, dachte sie, dann riss sie sich zusammen und erhob sich, um das Tablett mit dem Abendbrot aus der Küche zu holen. Als sie zurückkehrte, hatte er den Skizzenblock ergriffen und betrachtete das Bild.

»Entschuldigung – haben Sie etwas dagegen?«

Es überraschte sie, dass es sie nicht störte. »Machen Sie nur.«

»Nein, es war unhöflich von mir. Ich hätte fragen müssen.«

Mit einem Wink bedeutete sie ihm fortzufahren, und er blätterte zurück und betrachtete die anderen Zeichnungen.

»Wer ist das?«

Er war aufgestanden und reichte ihr den Block – es war das Porträt, das sie von Johnny angefertigt hatte.

»Der Junge, der hier ausgeholfen hat – bei dem Bau Ihres Zimmers.«

»Was ist das für ein Junge?«

»Johnny Spence. Ein Junge aus dem Dorf. Aufgeweckt – ich mag ihn. Was haben Sie?«

Er trug den Skizzenblock zur Tür und dann in den Garten. Dort war es heller als im Haus, doch er wagte sich selten hinaus.

»Das ist Rosie«, erklärte er und trat fast auf ihren Fuß, als er ihr die Seite entgegenhielt. Sein Gesicht war so blass wie der aufkommende Mond.

»Rosie?« So eng, wie es ihr um Herz wurde, wusste sie, von wem die Rede sein musste.

»Das Mädchen, das ich geliebt habe. Sie ist es, fraglos – sie gleichen sich wie ein Ei dem anderen. Wo wohnt er?«

Er hatte ihren Namen nie erwähnt. Sie hatte nie danach gefragt. Sie wusste nicht einmal, wo Johnny wohnte, aber es musste irgendwo im Dorf sein. »Ich kann es herausfinden«, sagte sie. »Mein Nachbar, Mr. Golightly, weiß es bestimmt.«

2

In den Monaten nach dem Tod ihres Mannes glaubte Ellen, vor Einsamkeit zu verdorren. Sie hatte Robert körperlich, seelisch und geistig geliebt, und zu ihrer Überraschung – denn sie war keine Frau, die viel erwartete – schien er jede dieser Regungen zu erwidern. Nur einmal hatte auf ihrem Glück ein Schatten gelegen – eine Phase dumpfer Qual, als er sich sexuell zurückzog und allgemein abgelenkt wirkte; ihr war Dawn Phillips in den Sinn gekommen, die flotte Brünette, die in der Zeitung, für die Robert arbeitete, die Reportagen über Pferderennen schrieb. Nach einer Weile hatte sie mit gerötetem Gesicht und rasendem Herzen das Thema ihrem Mann gegenüber angesprochen und sich auf das Schlimmste gefasst gemacht. Er hatte ihre zaghafte Anfrage mit brüllendem, beruhigendem Gelächter quittiert. »Guter Gott, Mädchen«, hatte er gesagt, »die Frau frisst einen bei lebendigem Leib. Glaubst du, ich bin völlig von Sinnen? Es ist meine verflixte Prostata, nicht Phillips, wegen der ich mir Gedanken mache.«

Doch es war sein Herz, nicht seine Prostata, das ihn ihr schließlich raubte. Später fragte sie sich, ob sie ihre Furcht vor dem dunkelhaarigen Mädchen mit einer weitsichtigen Furcht vor jener anderen dunklen Macht verwechselt hatte, jener Macht, die ihr dann den Geliebten raubte.

Ellen kam über den Verlust von Robert nie hinweg. Doch als die Monate verstrichen, vor dem Erlebnis mit dem Ginsterbusch, begann sie, gleich einer ganz weisen Frau, die im Frühlingswald Heilkräuter sammelt, den einen oder anderen Trost im Alleinsein zu finden. Dazu zählte die neu gewonnene Sicherheit, auf sich gestellt genau zu wissen, wann sie welche Dinge tun würde. Zuvor war sie Roberts willige Erfüllungsgehilfin gewesen. »Komm, wir fahren nach Wien!«, würde er sagen, und sie hätte die Reise anstandslos organisiert. Oder: »Komm, wir essen im Café Royal zu Abend«, oder »wir gehen ins Kino« oder »zum Pferderennen«. Einmal hatte sie den Besuch einer Matisse-Ausstellung in Paris angeregt und war leicht verletzt gewesen, als sie erkannte, wie schwer er sich mit seiner Einwilligung tat. Als er da war, hatte es ihm dann doch gefallen. Sie waren in einem billigen Hotel in der Nähe von St. Sulpice abgestiegen, und er hatte im Spiel so getan, als sei sie eine, die er gegenüber im Lokal aufgelesen und zu einem Schäferstündchen mit ins Hotel genommen hatte. »Komm«, hatte er ihr im verlockenden Pariser Dunkel, das nach Gebäck und zweifelhafter Kanalisation und dem Duft fremder Menschen roch, ins Ohr geraunt. »Ich muss gleich zu meiner Frau zurück, zeig mir noch mal, was du kannst.« Und sie war ihm gern zu Diensten gewesen.

Sie hatte ihren Willen dem seinen angeglichen, und als er tot war, hatte sie lernen müssen, ihren eigenen Weg zu finden. Es war nicht einfach gewesen, doch in dem Maß, in dem sie an Halt verlor, gewann sie an eigenem Urteilsvermögen. Deshalb sagte sie zu Bainbridge, als sie an dem Abend nach Wolfords Besuch Licht im Spring Cottage entdeckte: »Kehren Sie in Ihr Zimmer zurück. Ich bin für eine Weile aus dem Haus.« Und dann, wie in Nachgedanken: »Die Lichter lasse ich aus.«

Mr. Golightly hatte den Tag mit der Lektüre seines eigenen Werkes verbracht. Er hatte es seit ewigen Zeiten nicht mehr gelesen, und, wie er feststellte, gab es Stellen, die er falsch in Erinnerung hatte, andere, die er am liebsten neu geschrieben hätte, und wiederum andere, die ihm entfallen waren und auf deren Erinnerung er gern verzichtet hätte. Er war noch auf, als Ellen leise an das Fenster klopfte. Falls ihn der späte Besuch seiner menschenscheuen Nachbarin überraschte, ließ er es sich nicht anmerken. Er bot Ellen ein Glas weißen Rheinwein an.

»Vielen Dank«, sagte sie und ließ sich auf das unbequeme orangefarbene Sofa sinken.

»Sagen Sie mir, wie er Ihnen mundet«, bat Mr. Golightly, legte das Buch der Pfarrerin aus der Hand und schenkte Wein in den Zahnbecher ein. »Ich selbst finde ihn recht gut. Was Wein und Musik anbelangt, ist auf die Deutschen Verlass.«

»Doch nicht, wenn es um Humor oder um die Juden geht«, ergänzte Ellen.

Dazu gab Mr. Golightly keinen weiteren Kommentar ab, sondern nippte lediglich an seinem Rheinwein. Der Wein leuchtete wie flüssige Goldmünzen. Ellen dachte an den Sovereign, den ihr früher einmal ein Großonkel geschenkt hatte. Er war in Indien gewesen und behauptete, an seinem Gesäß sähe man eine Narbe, die er einem Tiger verdanke. Es hatte zu ihren Kindheitsängsten gezählt, dass er eines Tages käme, um ihr das Wundmal zu zeigen.

»Wo wir von Juden sprechen«, fuhr sie fort: »Ich habe mich gefragt, ob Sie mir vielleicht sagen können, wo Ihr Junge steckt?«

Mr. Golightly zuckte zusammen und war für einen Moment verwirrt. Dann begriff er, dass sie Johnny meinte.

»Ja, er hat eine Art Ghettoleben geführt, doch ich hoffe, dass wir das mit der Zeit ändern werden.«

»Ich muss mich mit ihm in Verbindung setzen«, erklärte Ellen. »Es ist recht dringend.«

Mr. Golightly schaute seine Nachbarin an. Sie war niemand, der ohne Grund Alarm schlug oder für Unruhe sorgte. »Ich kann ihn jetzt holen, wenn Sie möchten«, antwortete er.

»Oh, wenn es nicht zu spät ist, kann ich selbst gehen«, sagte Ellen, die ihm keine Unannehmlichkeiten bereiten wollte.

Doch Mr. Golightly blieb unnachgiebig. Er vermute, dass Johnny noch auf sei, und es mache ihm nichts aus, versicherte er ihr. Er möge zwar so alt wie Methusalem sein, aber er wisse noch immer, was sich gezieme. Und insofern, erklärte er, könne er einer reizenden Dame nicht gestatten, allein durch die dunkle Nacht zu laufen.

Es war nicht unmöglich, dachte Ellen, sich Mr. Golightly in einem Pariser Hotelzimmer vorzustellen. Sie lehnte sich auf dem unbequemen Sofa zurück und trank den kühlen goldenen Wein. Bei der Musik, die aus dem Kassettenrekorder kam, handelte es sich um Mozart; *Don Giovanni*, dachte sie.

Oben in Jacksons Haus stritten sich Paula und Johnny in der Küche.

»Nein, du musst«, sagte Paula.

»Schule kommt nicht in Frage«, wiederholte Johnny. »Da lernt man nichts.« Vielleicht gab es doch einen Grund, bei seinem Stiefvater zu bleiben.

»Quatsch«, erwiderte Paula. »Du bist doch ein helles Köpfchen. Du musst in der Welt vorwärtskommen.«

»Schule ist Scheiße. Ich wette, du bist da nie gewesen.«

Paula, die gerade ein paar Kleidungsstücke aus dem Trockner holte, den sie kürzlich erstanden hatte, weil damit ein Angebot von zwei Jahren zinsfreiem Kredit verbunden war, schlug mit einem Hemd nach Johnnys Kopf. »Was hat das damit zu tun, Dummkopf? Wenn du hier bleibst, gehst du zur Schule, kapiert?«

»Mr. Golightly war da auch nie.«

»Das ist was anderes«, erklärte Paula, während sie ein Handtuch glatt strich. »Künstler, Schriftsteller und so, die sind nicht normal.«

»Und sein Sohn auch nicht, hat er mir erzählt. Und die Queen auch nicht.«

»Du bist aber nicht die Queen, wenn mich nicht alles täuscht. Was sagt denn deine Mum dazu?«

Johnny wurde rot. »Ist ihr egal.«

»Und was ist mit deinem Dad?«

»Er ist nicht mein Dad.«

»Was ist mit deinem richtigen Dad? Was sagt der dazu?« Johnny errötete noch mehr. »Oder weißt du nicht, wo er ist? Mach dir nichts draus«, fuhr Paula unbarmherzig fort, während sie die Handtücher faltete. »Dir geht's wie mir. Keiner von uns hat einen Dad. Kennst du den Namen von deinem richtigen Dad?«

Johnny schüttelte stumm den Kopf. Seine Mum sprach nie über seinen richtigen Dad.

»Ich auch nicht«, sagte Paula fröhlich. »Trotzdem bin ich besser dran als du. Ich hab den Namen von meiner Mum, ich hab nicht den Namen von so einem blöden Mannsbild abgekriegt.«

Ein noch immer unbelehrter Don Giovanni wurde in die Hölle gezerrt, als Mr. Golightly mit Johnny zurückkehrte. Johnny war mehr als erleichtert gewesen, als er die Stimme seines Arbeitgebers an Paulas Tür vernommen hatte. Als er das Wohnzimmer im Spring Cottage betrat, war das Erste, was er dachte, ob er die Melodie dessen, was er hörte, behalten könnte. Ja – das müsste gehen –, jedenfalls das letzte Stück, das leicht war, wenn man es einmal im Ohr hatte.

»Johnny«, hub Ellen an. Sie hatte sich vom Sofa erhoben. »Es tut mir Leid, dich zu behelligen, aber ich frage mich, ob du mir sagen kannst, wo wir deine Mutter finden können?«

Die Dankbarkeit, Paulas Befragung entkommen zu sein, und die belebende Wirkung der Mozart'schen Harmonien milderten Johnnys übliche Abwehrhaltung. Er warf Mr. Golightly einen fragenden Blick zu, der beruhigend nickte.

»Vielleicht. Warum?«, sagte Johnny.

Das Haus von Ellen Thomas lag im Dunkeln, als Wolford zurückkehrte, doch sein sechster Sinn verriet ihm, dass sich jemand darin befand. Jacksons Leiter lag an die Bungalowwand gelehnt auf dem Boden. Wenn es ein Problem gäbe, könnte er immer noch einen Eindringling auf dem Dach erfinden.

Trotz seiner Massigkeit bewegte sich Wolford leichtfüßig. Vorsichtig erklomm er die Leiter und schlich über das Dach zu dem Fenster, durch das man nach innen schauen konnte. Doch es war zu dunkel, um etwas zu erkennen.

Im Spring Cottage nebenan waren die Lichter an. Das weiße Pferd, auf das die Frau so seltsam reagiert hatte, tänzelte in leichtem Galopp um das Feld hinter dem Garten. Wolford mochte Pferde. Als Kind war er durchs Moor geritten und hatte mit dem Gedanken gespielt, sich der berittenen Polizei anzuschließen. Nachdem er die Leiter wieder an die Wand gelehnt hatte, stellte er sich im Garten von Ellen Thomas unter den Birnbaum, dessen grüne Frucht sich gerade herauszuschälen begann, und beobachtetet das Pferd, das im verhangenen Licht des aufgegangenen Mondes lautlos an ihm vorüberlief.

3

Bainbridge war in seinem Zimmer, als Ellen Thomas vom Spring Cottage zurückkehrte. Sie saß auf dem Sofa und schaute hinaus zu dem Mond, der ein leuchtendes Säbelrund in den mattsilbernen Himmel schnitt.

Die Erinnerung schwebte wie eine zarte Daunenfeder herbei – der Tag, an dem sie und Robert geheiratet hatten. Sie hatten ihre Flitterwochen um ein paar Tage verschoben, damit er einen Auftrag beenden konnte, und sie hatte ihm an ihrem Hochzeitsabend eine besondere Mahlzeit zubereitet. Das Gericht – sie entsann sich nun nicht mehr, was es gewesen war – hatte abscheulich geschmeckt, doch Robert hatte es stur gegessen und »prima« gesagt, bis sie die Fassung verloren und ihren Teller an die Wand geschmettert hatte. Anschließend war sie aus dem Zimmer gestürzt und hatte gerufen: »Das stimmt nicht, das stimmt nicht, es schmeckt ekelhaft, und das weißt du genau.«

Er war gekommen und hatte sie im Schlafzimmer entdeckt und ihre Kleidung abgestreift, bis auf die Strümpfe (weiß für die Hochzeit), und er hatte sie geliebt, lachend, leidenschaftlich … vertraut.

Sie betrachtete das Bild auf der Staffelei, das sie am Tag beendet hatte.

»Das sind Raben, nicht wahr?« Er war aufgetaucht, so leise, dass sie ihn auf seinen Socken nicht gehört hatte.

»Ja.« Es spielte keine Rolle, wer das Bild nun sah.

»Früher haben oben auf dem *tor* Raben genistet.«

»Wissen Sie, was ein Rabe und ein Schreibpult miteinander gemein haben?«, fragte sie, weil sie das, was sie ihm mitzuteilen hatte, hinauszögern wollte.

»Nein.«

»Es ist ein Rätsel – aus *Alice im Wunderland.*«

»Das habe ich nie gelesen – ich habe nicht viel gelesen, bis ich im Gefängnis gelandet bin«, entschuldigte er sich.

»Es spielt keine Rolle«, erklärte Ellen hastig. Sie fühlte sich seltsam scheu. »Ich glaube, wir haben Rosie gefunden.«

»Nein!« Er ließ sich auf dem Sofa nieder. »Wie?«

»Jemand, den Sie, glaube ich, mögen würden. Mein Nachbar, Mr. Golightly, kennt Johnny. Sie hatten Recht, als Ihnen die Ähnlichkeit auffiel – sie ist seine Mutter.«

»Mein Gott!«

»Ja.«

»Nun«, fuhr sie reichlich streng fort, denn sie wurde von der plötzlichen Angst befallen, dass sie weinen könnte, »wir müssen praktisch denken. Kein Grund, das Kind mit dem Bad auszuschütten. Rosie ist zurzeit nicht hier –«

»Wollen Sie damit sagen, dass sie hier war? In Calne?«

»Ja, genau. Die ganze Zeit – doch nun ist sie nicht hier, sie ist fort, ich weiß nicht, warum, und ich glaube nicht, dass Johnny es weiß, doch er trifft sich am kommenden Sonntag mit ihr. Er wird Mr. Golightly mitnehmen. Mr. Golightly ist Rosie begegnet, und sie scheint ihm zu vertrauen.«

»Wann sind sie sich begegnet?«

»Das weiß ich ebenfalls nicht. Es tut mir Leid – ich hätte mehr unternehmen sollen, als dieses Zimmer da oben bauen zu lassen.«

Es kam ihr inzwischen wie die Handlung einer Geistesgestörten vor. Warum hatte sie das getan? Weil sie jemanden brauchte, der die Qual teilte, in der sie gefangen war?

»Schon in Ordnung«, erklärte er. »Vorher wäre ich damit nicht fertig geworden. Auch die Blätter an den Bäumen kann man nicht zur Eile treiben – die Dinge entwickeln sich nach ihrem eigenen Gesetz. Ich hätte nicht, ich meine, Sie waren ... niemand hätte, wirklich ...«

Sie schaute ihn an – und er hielt ihrem Blick stand. In einem anderen Leben, dachte sie, wären du und ich Partner gewesen, Zellengefährten, Seelengefährten.

»Wissen Sie, die Sache ist«, sagte er, »dieses hier wird uns niemand nehmen … wir werden darum wissen, so wie die Schafe ihre Gewissheit haben …«

Und es war die Wahrheit, auch das. Echte Liebe ist kein leeres Stroh, dachte sie, es ist kein schwammiges Gefühl oder scheinheiliges Geschwätz – es ist eine unausgesprochene Gewissheit, flüchtig und unwägbar wie das Wetter: wortlos, unangreifbar, gesetzlos, unverletzlich; eigensinnig, eben weil sie nicht stirbt – nicht sterben wird; eine Macht, die stärker ist als die Vernunft, weil sie die Armut der Vernunft verlacht.

»Ich weiß nicht, wer Sie gesehen haben könnte«, sagte sie, auf seine Worte gab es nichts zu erwidern. »Doch wir sind besser auf der Hut. Ich werde Jackson morgen früh entlassen. Offenbar hat er das mit Johnny bereits getan. Und danach heißt es nur noch, die Nerven behalten.«

4

Mr. Golightly war verstimmt, als er am folgenden Sonntagmorgen auf ein beharrliches Trommeln hin die Hintertür öffnete und Nadia Fawns vorfand, in einem Aufsehen erregenden schwarzen Spitzenkleid.

»Hallo. Bin nur vorbeigekommen, um Sie zu erinnern, dass wir Sie für heute zu einem Umtrunk eingeladen haben.« Sie wünschte keine Wiederholung des nachlässigen Gebarens, wie es beim Treffen der Schreibgruppe zutage getreten war.

»Ah«, sagte Mr. Golightly, während er im Geist nach einem Ausweg fahndete.

»Wir empfangen ab zwölf. Für ein oder zwei auserwählte Personen gibt es anschließend einen Lunch – doch behalten Sie das bitte für sich.«

Mr. Golightly versprach, sich jede erdenkliche Mühe zu geben, das Geheimnis zu wahren. Ihm war nicht im Entferntesten nach einem Umtrunk, geschweige denn nach einem Lunch zumute. »Kann sein, dass ich nur kurz vorbeikommen kann«, bemerkte er.

»Sie müssen versprechen zu kommen …« Nadia strich die schwarze Spitze glatt.

»Ich habe eine andere Verabredung, aber ich schaue auf einen Sprung vorbei.«

Es zählt zum Wesen des englischen Sommers, dass er zu jeder Schandtat fähig ist, und der Tag, der als »schön und sonnig« angekündigt worden war, wurde trüb und finster. Eine Warmfront vom Bristolkanal entrollte sich wie ein dicker, feuchter Nebelteppich über dem Westen.

»Ich wollte den Umtrunk im Freien stattfinden lassen«, beklagte sich Nadia bei Sam. Sie hatte extra den Fischteich reinigen lassen und nahm das Wetter persönlich.

Sam war es ganz gleich, was das Wetter brachte, Hauptsache, Paula tauchte nicht auf. Es war schwierig genug gewesen, jene Bemerkung über die Teestube zu erklären, die Paula fallen gelassen hatte, als sie sich am letzten Sonntag so unglückselig auf der Hauptstraße begegnet waren. Das verhängnisvolle Nickerchen hatte weitere Episoden anstrengender Leidenschaft nach sich gezogen. Sam war ausgelaugt, und die Frage, was er tun sollte, falls die beiden Frauen sich abermals träfen, machte ihm zu schaffen. Welch ein Segen, um zwölf die Tür zu öffnen und lediglich auf Morning Claxons Busen zu stoßen!

Zunächst verlief die Unterhaltung etwas einseitig. Hugh sei dabei, seine Leber zu entgiften, erklärte Morning, weshalb er lediglich Apfelsaft und Epsomsalz zu sich nehmen dürfe. Er schicke deshalb sie mitsamt seiner Entschuldigung. Zur allgemeinen Belehrung hielt Morning dann einen kleinen Vortrag über die Philosophie ihres Gurus Swami Chandraseka Ananda (vormals Mr. Eric Handley aus Stevenage). Sam hantierte mit Nussschälchen und Aschenbechern, bis Nadia ihn an die Folgen passiven Rauchens erinnerte und ihm in spitzem Ton erklärte, jeder, der vorhabe zu rauchen, würde ungeachtet des Wetters gebeten, dergleichen draußen zu tun.

Keith traf ohne die Pfarrerin ein, doch zur gleichen Zeit mit Kath Drover aus dem *Stag*, die mehrere Flaschen von dem ungarischen Roten bei sich hatte, mit dem sie gerade einen Lieferanten testeten, der ein Geschäft in Exeter eröffnet hatte. Colin, sagte Kath, sei noch oben im Pub, hoffe jedoch, in Kürze erscheinen zu können … eine wahre Schande, dass Mary Simms immer noch krank sei; ihr hätte man den *Stag* ohne Bedenken anvertrauen können, aber bei der Aushilfe müsse Colin die Kasse zweimal prüfen, das sei bei Mary nie erforderlich gewesen.

Lavinia Galsworthy, die nach Kath erschien, verkündete die Neuigkeit, dass Mary Simms dabei sei, in ihre Einzimmerwohnung zu ziehen, diejenige, die einst von Luke gemietet worden war. Lavinia sagte, Mary schiene es blendend zu gehen. Das Mädchen hätte ordentlich zugelegt und sähe nicht mehr so spitznasig aus wie früher. Sie fühle sich mit einem weiblichen Logiergast wohler, sagte Lavinia. So wie Luke geraucht hätte, hätte sie immer befürchtet, noch bei lebendigem Leib verbrannt zu werden.

Cherie Wolford entschuldigte ihren Sohn Brian, vielleicht käme er später vorbei, denn mit dem neuen Leiter, der einen anderen Dienstplan eingeführt habe, sei der Sonntag für die oben im Gefängnis zum Problem geworden. Dann bemerkte sie, dass sie auf Mary Simms und Luke große Hoffnungen gesetzt hätte. Doch Paulas Mum hätte ihr im Vertrauen erzählt, dass Luke von morgens bis abends mit seiner Schreiberei zugange sei, seitdem er in der Rabbit Row wohne, und dass er kaum noch ein Lebewesen sähe – nicht einmal Mr. Golightly, mit dem er doch so befreundet gewesen war. Eigentlich müsste man ihm mal sagen, dass zu viel Arbeit schädlich ist.

Es stimme, bemerkte Kath Drover, dieser Tage sähe man Luke oben im *Stag* nicht mehr, doch andererseits sei Mary seit Ostern auch nicht mehr auf der Arbeit erschienen, und deshalb, man könne ja nie wissen, stecke vielleicht das dahinter. Woraufhin Morning Claxon dem ganzen Raum verkündete, die Liebe sei alles – eine Bemerkung, auf die niemand etwas zu sagen wusste, und deshalb war es vielleicht ein Glück, dass in diesem Augenblick Mr. Golightly eintraf …

Paula hatte von den Drovers oben im *Stag* von dem Umtrunk erfahren und kochte vor Wut, weil weder sie noch ihre Mum eingeladen worden waren. Das Angebot, die Teestube zu führen, hatte sie gereizt. Sam Noble, der alte Blödmann, brauchte nicht zu denken, er könne sie wie ein Stück Müll auflesen und dann wieder fallen lassen! Wenngleich sie eigentlich auf der Arbeit erwartet wurde, tauchte Paula in ihrem kürzesten Rock und knappsten Oberteil an Sams Haustür auf, gerade als die Pfarrerin erschien. Die Pfarrerin hatte sich ebenfalls herausgeputzt und trug zu einer Seidenhose eine Militärjacke und hochhackige Stiefeletten mit Krokoprägung. Sie machte Paula in Bezug auf ihre Kleidung ein Kompliment und umarmte sie herzlich über dem bronzeähnlichen Cupido. »Los, komm mit rein«, drängte sie und ergriff Paulas Arm.

»Ich bin nicht eingeladen«, erklärte Paula viel sagend.

»Wir sagen einfach, du bist mit mir gekommen«, entgegnete die Pfarrerin, die ihre frühere Sicherheit zurückgewonnen hatte.

Sie kicherten auf eine Weise, die Sam, als er die Tür öffnete, beängstigend vorkam, und betraten, ohne ihren Gastgeber eines Blickes zu würdigen, Arm in Arm das Haus, wo Barty Clarke sie lauthals begrüßte.

»Hier kommen zwei meiner Herzensdamen, eine schöner als die andere.« Nach der Wankelmütigkeit der kleinen Pope war Barty wieder am friedlichen Einvernehmen mit der Pfarrerin gelegen.

»Nein, wirklich«, sagte Mr. Golightly. »Ich muss los …« Er stand in eine Ecke gedrängt und jedweder Fluchtweg wurde von schwarzer Spitze abgeschnitten.

»Oh, aber zuerst müssen Sie meine Kritiken sehen. Wir sind doch beide Künstlerseelen«, betonte Nadia. Sie hatte bemerkt, dass die Pfarrerin gekommen war. Und Paula.

Mr. Golightly hatte die alte ländliche Sitte angenommen, die Türe unverschlossen zu lassen, sodass sein Haus jedem, der vorbeikam, offen stand. Johnny, der dort inzwischen ein und aus ging, wartete im Hausinneren auf Mr. Golightly, als Wolford das Spring Cottage betrat.

Johnny war im Begriff, das Bad zu verlassen, als er durch das Treppengeländer Wolfords rothaarigen Hinterkopf erblickte. Rückwärts schlich er die Treppe hoch in die Schlafkammer (dorthin, wo die Korrespondenz der verstorbenen Emily Pope mit dem Finanzamt ruhte) und verharrte reglos.

Wolford schaute sich im Wohnzimmer um, hustete und machte sich mit Rufen bemerkbar, doch niemand gab Antwort. Auf einem Tisch am Fenster stand der aufgeklappte Laptop. Wolford trat darauf zu und tippte wie aus Langeweile auf die Taste, mit der man die Nachrichten abrief.

Jemand namens »Nemo«. Sah alles reichlich merkwürdig aus. Vielleicht gehörte Golightly einer Bande an, die im Internet Kinderpornos vertrieb, was sein Interesse an dem kleinen Spence erklären würde.

Johnny wartete, bis er ganz sicher war, dass Wolford verschwunden war, und sagte zweihundertmal »Streichholzschächtelchen«, ehe er durch die Hintertür und unter dem Stacheldraht hindurch in den Garten von Ellen Thomas schlüpfte.

Die Tür zum Wohnzimmer stand offen und er betrachtete gerade ihr Gemälde, als Ellen Thomas in den Garten trat.

»Gefällt mir.«

»Danke. Du weißt nicht zufällig, was ein Rabe und ein Schreibpult miteinander gemein haben?«

»Dass in beiden ein ›b‹ und in keinem ein ›n‹ ist?«

»Das ist pfiffig«, entgegnete Ellen.

»Nicht von mir. Aus dem Internet.« Johnny schmückte sich nie mit fremden Lorbeeren. »Mr. Golightly wollte, dass ich's rausfinde.«

»Wo ist er – du solltest allmählich loslaufen.«

»Weiß nicht. Ich war gerade drüben, aber da war nur der Gefängnisbulle.«

»Allmächtiger«, sagte Ellen Thomas. »Hat er dich gesehen?«

»Nein, ich war oben. Er kann mich nicht leiden.«

»Ich glaube nicht, dass er irgendjemanden leiden kann. Der Mann hat etwas ausgesprochen Unheimliches an sich. Es wäre mir wirklich lieber, du wärst fort, ehe er noch einmal kommt, um zu schnüffeln.«

»Nein, nein, es dauert nur eine Sekunde, ich verspreche es Ihnen«, beharrte Nadia Fawns. »Ich habe eine Ausgabe des *Ritters* da.« Fast stieß sie Mr. Golightly vor sich die Treppe hoch. Unten hatte sie Paulas Bauch erblickt, der bis auf einen großen glänzenden »Rubin« im Nabel frei gewesen war.

»Immer noch nichts«, erklärte Johnny, der das Spring Cottage im Auge behielt. »Was soll ich machen? Ich muss los, ehe der Bulle sich wieder blicken lässt.«

»Wir warten noch fünf Minuten«, schlug Ellen vor.

»Nein«, erklärte Nadia, »Signieren muss man mit Tinte. Mein Füller muss irgendwo stecken. Sie wissen ja, wie das mit Handtaschen ist …?«

»Wirklich, ich muss –«

»Madame«, sagte Barty Clarke und tauchte neben ihnen auf, »wenn Sie einen Moment Zeit hätten. Ich möchte was in Ihr Öhrchen …«

»Also gut«, sagte Ellen Thomas. »Du läufst einfach vor. Ob du deiner Mutter das hier gibst?«

»Was ist das?«

»Es stammt von dem Mann, der mit ihr sprechen möchte. Sag deiner Mutter, dass er ihr nicht böse ist, er will einfach nur mit ihr reden.«

Johnny schlug ein Taschentuch auf und starrte auf den schmutzigen zerschlissenen Fetzen von etwas Scharlachrotem. »Was ist das?«

»Ich glaube, es war einmal eine Rose.«

»Warum will er das meiner Mum geben?«, fragte Johnny argwöhnisch.

Ellen zog ihr Gewissen zu Rate. Wenn Johnny das kostbare Erinnerungsstück überbringen sollte, sollte er eigentlich auch wissen, warum. »Vor Jahren waren deine Mutter und er einmal Freunde. Damals hat sie ihm das gegeben. Er möchte, dass sie weiß, dass er immer noch so wie früher über sie denkt.«

»Es ist nicht mein Vater, oder?«

»Das weiß ich nicht«, erwiderte Ellen. »Glaub mir Johnny, die Antwort darauf weiß ich nicht.«

Wolford war an jenem Morgen aus einem Traum erwacht, in dem er ein Kaninchen unter seinem Stiefel zertreten hatte. Das Kaninchen hatte aus dem Maul geblutet und mit flehenden haselnussbraunen Augen zu ihm aufgeschaut. Als er sah, wie Johnny Spence das Haus von Ellen Thomas verließ, erinnerte er sich an diesen Traum wie an ein gefährliches Geheimnis.

Sein Verstand hatte Wolford gesagt, dass es ziemlich unwahrscheinlich war, dass Ellen Thomas jemanden beherbergte, und wenn, dann gewiss keinen entlaufenen Sträfling. Jackson war unzuverlässig – höchstwahrscheinlich hatte er einen zufälligen Besucher erblickt, vielleicht sogar einen Liebhaber, über den die Frau sich begreiflicherweise ausschwieg. Entweder das oder die ganze

Geschichte war der Phantasie eines Betrunkenen entsprungen. Aber der Junge, der bei ihr arbeitete, Johnny Spence, er war es, der ihn mehr als jeder Sträfling interessierte.

Wolford hatte seiner Mutter versprochen, am Vormittag bei einem Umtrunk zu erscheinen. Nachdem er seinen Wagen geparkt hatte und über die Hauptstraße zurückgelaufen war, hatte Wolford beschlossen, im Spring Cottage vorbeizuschauen. Er nahm Golightly die Geschichte, die er sich zu dem Jungen ausgedacht hatte, nicht ab – er wusste, dass da etwas faul war.

Johnnys Magen zog sich zusammen, als er sich zum Buckland Beacon aufmachte. Er hatte seine Mum seit einer Weile nicht gesehen und fast fürchtete er sich vor der Begegnung. Die Nachricht, die er für sie hatte, beunruhigte ihn, ebenso wie das Stückchen Samt in seiner Tasche. Als er die Viehschwelle erreichte, war dichter Nebel aufgekommen, man konnte kaum die Hand vor Augen sehen. Ihm fehlte Mr. Golightly und er wünschte, er hätte noch ein Weilchen gewartet. Mit Mr. Golightly hätte er sich sicher gefühlt.

Als Johnny die Grenze zum Moor überschritt, hörte er hinter sich einen Wagen, der langsam über die Metallschienen rollte. Er blieb stehen, um den Wagen vorbeizulassen, doch der hielt neben ihm an, und das Fenster zu seiner Seite glitt nach unten.

»Da schau an, Mister Spence, wohin so flugs in Nebel und Schnee?«

»Es schneit nicht«, antwortete Johnny barsch und dennoch ängstlich.

»Ho-ho, man ist nicht nur hübsch, sondern auch schlau. Spring rein«, sagte Wolford.

Johnny stand am Wagen, und der Nebel tanzte auf ihn zu und von ihm fort, in sanft verlockenden Drehungen. Noch nie hatte er sich dermaßen allein gefühlt. Sein Instinkt riet ihm auszureißen. Der Bulle wollte etwas von ihm, das war klar; doch seine Mum wartete. Wenn er jetzt geradewegs zu ihr ginge, würde der Bulle ihm gewiss folgen, und wenngleich er nicht genau wusste, warum, ahnte er, dass das nicht sein durfte und dass es an ihm war, es zu verhindern.

»In Ordnung«, sagte er plötzlich, zog die Beifahrertür auf und stieg in Wolfords Wagen.

Wolford war die Straße nicht weiter zu der Party hochgelaufen, als er das Spring Cottage verlassen hatte. Stattdessen hatte er sich am Lammgehege aufgehalten. Von dort aus konnte man das Kommen und Gehen beobachten. Als Johnny aus dem Haus von Ellen Thomas gekommen war, hatte sich Wolfords Herz derart heftig verkrampft, dass er für einen Moment geglaubt hatte, es sei ein Infarkt – sein Vater war einem Herzleiden erlegen. Fast mechanisch war er zu seinem Wagen zurückgekehrt und dem Jungen über die Straße nachgefahren. Er war keiner festen Absicht gefolgt. Johnnys überraschende Nachgiebigkeit brachte ihn aus der Fassung.

»Also, wohin warst du unterwegs, Mister Spence?«, erkundigte er sich vorsichtig. Der kleinste Widerstand, und er würde den Jungen rauslassen und weiterfahren.

Johnny betastete das Stückchen roten Samt in seiner Tasche, das einmal eine Rose gewesen war. »Southbrook«, sagte er und überschlug geschwind die Entfernung – vermutlich würde er von dort aus eine Abkürzung zum Beacon finden. »Sie können mich da absetzen, wenn Sie möchten.«

5

Es war warm, als Rosie aufgebrochen war, und sie hatte weder Mantel noch Strickjacke dabei. Als sie im Nebel oben auf dem Beacon wartete, fröstelte es sie in ihrem dünnen Kleid. Auf der einen Seite drängte es sie Johnny zu sehen, auf der anderen Seite zögerte sie. Wenn man nur noch mal von vorn beginnen könnte, dachte sie, dann könnte man es beim zweiten Mal vielleicht richtig machen …

Sie ließ sich auf dem Felsbrocken bei den Zehn Geboten nieder und zündete sich eine Zigarette an. Jemand hatte die Kerben ausgeputzt. Das hätte ihrer Großmutter gefallen. Unglaublich, dass es heute noch Menschen gab, deren Aufgabe es war, die Zehn Gebote zu säubern. Die Putzaktion schien an dem Gebot, kein falsches Zeugnis zu geben, Halt gemacht zu haben. Nun, das hatte sie jedenfalls gebrochen, und auch den ganzen Rest …

»Hören Sie«, begann Ellen. Als sie sich von Johnny verabschiedet hatte, war ihr, als hätte sie jemanden am Lammgehege gesehen, doch inzwischen war da niemand mehr. »Ich glaube, wir sollten von hier verschwinden. Der Nebel ist so dicht, man wird uns nicht sehen. Ich will nicht, dass Sie hier sind, falls dieser niederträchtige Mensch noch mal wiederkommt. Er könnte die Sache gemeldet haben.«

Sie hatte Bainbridges Zimmer betreten, wo er in seiner üblichen Stellung flach auf dem Rücken lag, er schien noch weniger Raum einzunehmen als sonst.

»Wie Sie meinen …«

Er überließe es ihr, besagte sein Tonfall – um sich selbst sorgte er sich nicht. Doch nach all dieser Zeit übermannte sie plötzlich ein Gefühl lebenswichtiger Dringlichkeit. »Wohin kann ich Sie bringen, wo sind Sie in Sicherheit? Ich werde Mr. G. eine Nachricht hinterlassen.«

Es war merkwürdig, sie hatten kaum Zeit miteinander verbracht, sie und Mr. Golightly, doch wenn sie sich begegneten, war ihr, als sei er ihr ältester Freund. Auch er würde ihr fehlen, wenn er das Spring Cottage verließe – fast bedauerte sie, dass die Liebschaft, die jener schreckliche Mensch angedeutet hatte, nicht zustande gekommen war.

»Ich weiß es nicht.«

»Überlegen Sie – wo sind Sie sicher, bis Sie mit Rosie gesprochen haben?«

»Ich weiß es nicht – vielleicht im Sumpf …?«

In Southbrook sagte Wolford: »Draußen ist es ziemlich ungemütlich. Ich fahre dich dahin, wo du hin willst.«

Johnny hatte sich seine Antwort bereits zurechtgelegt. Der Bulle würde ihm nicht zu der Stelle folgen, wo seine Mum wartete. Mr. Golightly konnte ihr von dem Mann erzählen. Seine Aufgabe war es, Wolford loszuwerden und zuzusehen, dass Wolford sie nicht fand. »Ja, okay. Ich zeig's Ihnen.«

Da man kaum etwas sehen konnte, dirigierte er den Gefängniswärter eher instinktiv. Dabei entsann sich Johnny des Tages, an dem er Mr. Golightly zum Sumpf geführt und von dem Schaf erzählt hatte. Er ließ sich von Wolford an dem Pfad absetzen, der zu dem alten Schafstall führte. Es war so still im Nebel, sie hätten auf dem Mars sein können.

»Na dann, danke«, sagte Johnny, als er aus dem Wagen kletterte. Sein Herz fiel ihm fast in die Hose, als Wolford ebenfalls ausstieg.

»Ziemlich einsames Plätzchen. Was hast du denn hier vor, Junge?«

»Ich muss mal pissen«, erklärte Johnny und marschierte entschlossen den Pfad hoch, über den man hinter die kleine alte Hütte gelangte. Er hatte seinen Hosenlatz geöffnet, als er eine Hand auf seiner Taille spürte.

Johnny wandte sich um und trat mit aller Macht in Wolfords Leistengegend. Dann rannte er auf den Sumpf zu. Bei Tag kannte er sich dort aus, doch im Nebel konnte man die Landschaft kaum erkennen.

Johnnys Tritt hatte Wolford aus dem Gleichgewicht gebracht, doch sein Ziel hatte er verfehlt. Vereitelte Begierde und der Schrecken über das, was er vorgehabt hatte, vermischten sich, Panik und Wut überfiel ihn, und er stürzte dem Jungen hinterher. Er rannte blindlings über den morastigen Boden, stolperte, fluchte und brach ein. Dank seines durchtrainierten Körpers hatte er es fast geschafft, sich zu befreien, als Johnny, der sich über einen Streifen fester Erde näherte, ihn abermals trat, dieses Mal mitten ins Gesicht.

Wolford schrie, ruderte mit den Armen, schnappte Johnnys Fußknöchel und zerrte den Jungen zu sich.

Drinnen im alten Stall hörten sie die Schreie. »Warten Sie hier«, sagte Ellen. »Sie rühren sich nicht vom Fleck, bis ich zurückkomme. Sie warten hier einfach. Versprechen Sie mir, dass Sie keinen Schritt tun …«

Das Letzte, was sie von Jos Bainbridge sah, war sein ergebener Blick, seine Augen wie zwei große, dunkle Regentropfen.

6

Viele fanden es bedauerlich, dass die jüngste Ausgabe des *Wadenbeißer* mit der Überschrift »Schockierende Szenen auf Party von Filmregisseur« so unmittelbar auf die schrecklichen Katastrophen folgte, die sich Great Calne ereignet hatten. Dabei war es Barty Clarke selbst gewesen, sagten die Leute, der die ganze Sache ins Rollen gebracht hatte; er hatte Nadia Fawns auf der Party erzählt, Jenson, der Mann, der sich in Plymouth wegen halbseidener Geschäfte zu verantworten habe, sei Paulas Dad. Allerdings hätte Nadia Fawns danach nicht das sagen sollen, was sie zu Paula gesagt hatte – obwohl, wie Kath Drover bemerkte, eigentlich hätte das kleine Fräulein gar nicht auf der Party sein dürfen.

»Mr. Samuel Noble, der namhafte Filmregisseur unserer Gegend«, hieß es in dem Artikel, »erklärte seine Betroffenheit, nachdem sich zwei seiner Gäste am Sonntag in seinem Haus in Great Calne in die Haare gerieten. ›Ich hatte ein paar Freunde zu einem Umtrunk gebeten‹, sagte Mr. Noble, dessen Film über Fußballerinnen auf dem Filmfestival von Cannes einst als preisverdächtig galt, ›und plötzlich ging dieses Handgemenge los. Bis dahin war es eine äußerst zivilisierte Angelegenheit. Ich kann die Sache lediglich auf ein Missverständnis zwischen den beiden Damen zurückführen, das wohl leider ausgeufert ist.‹«

Sam rief Barty an. »*Brave Mädchen* war ein Film über Jockeys, nicht über Fußballer«, bemerkte er äußerst gereizt. Barty entschuldigte sich, erklärte jedoch bis zur nächsten Ausgabe könne er nichts unternehmen. Er riet Sam, einen Brief an den Herausgeber zu schreiben und den Fehler zu melden.

Nadia Fawns las den Artikel während einer Pediküre bei *Georgina's*. Die jüngsten Tragödien machten den größten Teil der Unterhaltung aus, doch Di hatte auch Erfreuliches zu berichten. Ihr Freund Steve, seines Zeichens Tätowierer, der ganz überraschend in den Westen Australiens gezogen war, hatte ihr ebenso überraschend eine E-Mail geschrieben und erklärt, ohne sie könne er nicht leben und ob sie nicht zu ihm kommen wolle. Er würde sie zu einer ehrbaren Frau machen – oder zumindest könnten sie versuchen, gemeinsam einen Beauty-Salon zu eröffnen und zusehen, wie das liefe. Unterm Strich, erklärte Di, glaube sie, dass es ihm ernst sei – soweit man das bei jemandem, der einem künstlerischen Beruf nachging, überhaupt sagen könne. Sie sei dabei, den Laden zu verkaufen und neu anzufangen, und kein Mensch würde glauben, wer im Begriff stehe, ihn zu erwerben.

Wie Di berichtete, hatte die Pfarrerin dem Bischof geschrieben und erklärt, sie habe den Glauben verloren oder, besser gesagt, entdeckt, dass sie nie einen besessen hätte. Sie hatte mit dem College unten in Plymouth geredet und vereinbart, im kommenden Semester statt der Pastoralpsychologie einen Kurs »Schöne Körper – schöne Köpfe« anzubieten. Es war Paula, die der Pfarrerin vorgeschlagen hatte, *Georgina's* zu übernehmen; die Pfarrerin war sich im Unklaren darüber, ob sie den Namen mit übernehmen sollte.

Der Bischof hatte die Nachricht der Pfarrerin mit seiner üblichen Gelassenheit aufgenommen; aber Keith, der Ehemann – es war doch immer dasselbe, bemerkte Di, während sie Nadias großen Zehnagel feilte – machte einen Aufstand. Doch die Pfarrerin, der christliche Gefühle nun nicht mehr im Weg standen, hatte ihrem Mann wohl klipp und klar erklärt, dass sie sich die Bankbelege angesehen hätte, und wenn er sich nicht schleiche – obwohl in Wahrheit, sagte Di im Vertrauen, seien die Worte wohl drastischer ausgefallen –, würde die Pfarrerin juristische Schritte ergreifen, um den fehlenden Anteil ihrer gemeinsamen Ersparnisse zurückzuerlangen.

Nadia fuhr mit frisch lackierten, scharlachroten Zehennägeln von Oakburton direkt zu Sams Haus, um ihre Küchenutensilien einzusammeln. »Meine Küche ist so gut wie fertig, deshalb kann ich dir das wieder aus dem Weg räumen.« Sam würde in Zukunft nicht mehr viel von ihren Kochkünsten zu sehen bekommen. Der liebe Barty, der ihr verraten hatte, dass diese gewöhnliche kleine Schlampe einen Zuhälter zum Vater hatte, hatte ihr auch zu verstehen gegeben, dass Sam sich äußerst abschätzig über ihren Roman geäußert hatte. Sobald sie mit ihrer neuen Küche zurechtkäme, würde Barty derjenige sein, der zum Essen erschiene. Blut lässt sich nicht verleugnen, hatte sie dieser Schlampe erklärt. Es war gewiss nicht Nadias Schuld, dass die Dinge danach eskaliert waren. Sie musste sich ja schließlich wehren, hatte Barty ihr versichert; jedermann war klar, dass sie Paula deshalb an die Haare gegangen war. Es tat ihr Leid, dass Mr. Golightly etwas abbekommen hatte, doch er war schließlich wie sie schriftstellerisch tätig, und insofern war dieses Erlebnis für ihn ja nur Wasser auf die Mühle eines Literaten.

Di hatte überdies enthüllt, dass Patsy und Joanne bei Hugh gewesen seien, als sie kürzlich in Great Calne vorbeigekommen waren. Wie es schien, hatte Morning sich mit den geheimen Kräften von Getreidekörnern befasst und hatte die Wiedereröffnung der Teestube angeregt; dort wolle sie zeigen, wie man auf uralte Weise Zeichen aus Mehl und Teigstücken lesen könne. Es sah so aus, als ob Patsy und Joanne zurückkehren würden, um die Teestube zu führen, und Morning würde dann dort ihre Arbeitsgruppen abhalten; den lächerlichen Absichten, die Sam Noble in Bezug auf diese kleine Nutte gehegt hatte, würde das ein für alle Mal ein Ende setzen!

»Warum hast du mir nichts gesagt? Ist Jenson tatsächlich mein richtiger Name?« Paula war von Sam Nobles Party nicht gleich in die Rabbit Row gegangen. Nachdem sie diese dusselige Nadia Fawns ihrer Mutter wegen geohrfeigt hatte, hatte sie Zeit gebraucht, um ihre Fassung zurückzugewinnen.

»Woher sollte ich denn wissen, dass es dieser Jenson ist, dein Vater?«, schluchzte Paulas Mum leise. »Es ist doch alles schon so ewig lang her.«

»Oh, vielen Dank, Mum«, erwiderte Paula. »Himmelherrgott, ich bin erst vierundzwanzig.«

»Wer hätte denn ahnen können, dass so was Schlimmes aus ihm würde? Ich war in ihn verliebt, aber das verstehst du ja nicht«, sagte ihre Mum und schnäuzte sich mit einem Stück Küchenpapier die Nase.

»Nein«, erwiderte Paula. »Und dafür danke ich dem Herrn!« Wenn sie es nicht schon vorher gewusst hätte, wäre ihr jetzt spätestens klar geworden, dass die Menschen im Namen der Liebe die unglaublichsten Dinge taten.

7

Mr. Golightly nahm nicht an Ellen Thomas' Beerdigung teil. Er hatte an dem Tag eine andere Verabredung, doch er traf Rosie und Johnny, als sie Hand in Hand vom Friedhof kamen. Die meisten Dorfbewohner, von denen viele nie ein Wort mit Ellen Thomas gewechselt hatten, waren erschienen. In Ermangelung der Pfarrerin hatte der Bischof persönlich die Beisetzung übernommen. Die tragischen Ereignisse, die Calne heimgesucht hatten, erforderten, wie er fand, Zuwendung aus höchsten Kreisen.

Mr. Golightly hatte seit dem Tag des Unglücks weder Johnny noch seine Mutter gesehen. Beide wirkten blass, und Rosie machte fraglos einen mitgenommenen Eindruck, doch sie erklärte ihm, sie käme zurecht, sie und Johnny würden, bis die Dinge geregelt seien, wieder wie früher in Plymouth bei ihrer alten Freundin Jean wohnen. Mr. Golightly lud Johnny zu einer Spazierfahrt ein. Er versprach, ihn anschließend nach Plymouth zurückzubringen.

Der alte Mann und der Junge liefen wortlos die Hauptstraße zum Spring Cottage hinunter, wo der Kombi an seiner gewohnten Stelle im Vorgarten stand. Mr. Golightly wartete, bis Johnny sich auf dem Beifahrersitz niedergelassen hatte. »Wohin sollen wir fahren?«, fragte er.

Aus unerfindlichen Gründen fühlte sich Johnny scheu. »Mir egal«, erklärte er, seinen Blick auf den Boden des Kombis geheftet.

»Was hältst du davon, wenn wir zum Sumpf hochfahren?«

»Ja, okay«, erwiderte Johnny seltsam erleichtert.

Sie fuhren los, und dieses Mal benötigte Mr. Golightly keinen, der ihm den Weg wies. Johnny starrte aus dem Fenster. Kleine Vögel schwirrten in den Zweigen der Ginsterbüsche umher; Gruppen zottiger Ponys standen zwischen dem Farngestrüpp und fraßen das samtige Gras; der Himmel war blau wie Rotkehlcheneier. »Ein Gottestag«, hatten die alten Glöckner in der Kirche gesagt. »Ein Gottestag für Mrs. Thomas' letzten Gang.«

An die Szenerie des vergangenen Sonntags erinnerte nichts mehr, als sie dem holprigen Weg folgten und an dem Pfad parkten, der zum alten Schafstall führte.

Mr. Golightly und Johnny stiegen gemeinsam zum Rand des Sumpfgeländes hinab, und für lange Zeit sprach keiner ein Wort.

Johnny war derjenige, der das Schweigen brach. »Mrs. Thomas hat den Scheißkerl davon abgehalten, mich umzubringen.«

»Ja«, sagte Mr. Golightly. »Das dachte ich mir.«

»Ich habe versucht, von ihm fortzukommen«, sagte Johnny. Er wirkte angegriffen. »Er war hinter mir her ...«

Ringsum herrschte tiefe Stille. Mr. Golightly richtete seinen Blick auf den Sumpf, auf dem sich ein Brachvogel niedergelassen hatte, der mit seinem langen gebogenen Schnabel zierlich nach Nahrung pickte.

»Ich habe ihn getreten. Ich wollte, dass er untergeht«, erklärte Johnny schließlich.

Der Brachvogel unterbrach seine Nahrungssuche und stand mit erhobenem Kopf da, als wolle er ihre Unterhaltung belauschen.

»Nun«, entgegnete Mr. Golightly bedächtig, »sich an das Leben zu klammern, ist einer der stärksten Instinkte, und wie ich bereits einmal sagte, gibt es Menschen, denen der Tod bekommt.«

»Aber Mrs. Thomas ist auch gestorben. Wenn ich auf Sie gewartet hätte, wäre das nicht passiert, oder?«

Weil ihm am Hufeisen ein Nagel fehlte, verlor er das Hufeisen, und weil ihm das Hufeisen fehlte, verlor er das Pferd ... Mr. Golightlys Herz verkrampfte sich. »Das ist tapfer«, sagte er. »Nicht viele Menschen sind dazu in der Lage.«

»Wozu?«, fragte Johnny. Wenn Mr. Golightly es nicht besser gewusst hätte, hätte er glauben können, der Junge wäre zornig.

»Nicht viele Menschen sind bereit, ihren Anteil an einer Verkettung unglücklicher Umstände zuzugeben.« Weil ihm das

Pferd fehlte, wurde die Schlacht verloren ... »Wenn ich nicht abgelenkt worden wäre, wäre ich rechtzeitig bei dir gewesen, und wenn –«

»Und wenn meine Mum bei meinem Dad geblieben wäre, wären wir nicht bei meinem Stiefvater gelandet.« In seiner Tasche hatte Johnny noch immer die Überbleibsel der Rose, die der Mann, von dem er nun wusste, dass er sein Vater war, Mrs. Thomas gegeben hatte, damit er sie seiner Mum geben würde.

»Vielleicht auch das. Doch immer wieder ›wenn‹ und ›aber‹ – das ist das Leben: eine Reihe von Entscheidungen, deren Folgen wir vorher nicht kennen, und wer kann schließlich sagen, welche ›gut‹ und welche ›schlecht‹ sind?«

»Aber Mrs. Thomas ist tot.«

Und das nur, weil der Nagel eines Hufeisens gefehlt hatte ...?

»Ich weiß. Das ist schwer zu verkraften.«

»Ich dachte, ich wäre auch tot.«

Im Geist sah Mr. Golightly einen kleinen Jungen in einer Schreinerwerkstatt, mit gebeugtem Kopf darin vertieft, aus einem Holzstück eine Schleuder zu schnitzen, von dem, was vor ihm lag, ahnte er nichts.

»Ich wollte nicht sterben«, sagte Johnny. Für den Rest seines Lebens würde er vor Augen haben, wie Mrs. Thomas ihn aus Wolfords Griff befreite und dabei selbst im Sumpf einbrach. »Lauf«, hatte sie gerufen, »lauf, Johnny«, und als er instinktiv auf den alten Schafstall zuhielt, »nein, nicht dahin ...«

Dort fanden sie später seinen Dad.

»Sie hat mir zugerufen, ich soll nicht dahin, dahin, wo, Sie wissen schon, wo er war.« Johnny, der nicht bereit war, seinen neuen Vater beim Namen zu nennen, nickte in die Richtung des alten Stalles. »Wir hätten sie retten können, er und ich.« Er betastete die Rose in seiner Tasche, nahezu das Letzte, das Mrs. Thomas berührt hatte – außer ihm und Wolford.

Mr. Golightly, dessen Augen sonst halb unter seinen Lidern verborgen lagen, schaute Johnny voll an – ein offener, wachsamer, fixierender Blick. »Ich verstehe. So gewaltsam der Tod uns beraubt, so gewaltsam rettet uns die Liebe. Es ist nicht einfach, das anzunehmen. Aber sie wollte nicht, dass dein Vater entdeckt würde – sie wollte auch ihn in Sicherheit wissen.«

»Vor diesem verdammten Scheißkerl! Er hat sie umgebracht. Ich habe gesehen ...«

Was hatte er gesehen? Er hatte es bisher nicht gewagt, die Bilder noch einmal vor seinem inneren Auge ablaufen zu lassen. Er war gerannt, bis er dachte, seine Lungen würden platzen, und dann war er stehen geblieben und hatte zurückgeschaut. Der Bulle kämpfte und schrie auf, und Mrs. Thomas schien ihre Arme um seinen Hals zu legen, fast, als ob sie ihn lieben würde und ...

»Dann war da dieses Pferd«, sagte Johnny. Der Brachvogel neigte seinen Kopf zur Seite. »Es kam von dort.« Johnny deutete über das Moor zu dem *High Tor*. Auf ihn war es zugaloppiert, ein riesengroßes Pferd, keins der Ponys, mit fliegender bleicher Mähne. Es war so dicht an ihm vorbeigeprescht, dass er Angst gehabt hatte, von den schweren Hufen getreten zu werden; er hatte den Atem aus seinen Nüstern gerochen und dann ...

Als er dann wieder hingeschaut hatte, war sie fort. Verschwunden. Und er hatte nicht gewusst, was er tun sollte – zurückgehen oder weiterlaufen. Als er weiterlief, hatte sich das Herz in seiner Brust wie ein Brocken Kohle angefühlt, bis er den nächsten Bauernhof erreichte.

Plötzlich sah er Mrs. Thomas' Gemälde vor sich: Du weißt nicht zufällig was ein Rabe und ein Schreibpult miteinander gemein haben? Sie hatte gelächelt, als er ihr diese alberne Antwort gegeben hatte. Sie sah hübsch aus, wenn sie lächelte.

Neben dem Sumpf, aus dem vor einigen Tagen die wassergetränkten Leichen von Ellen Thomas und Brian Wolford gezogen worden waren, stand Johnny Spence und schluchzte, während Mr. Golightly ihn in seinen Armen hielt, und der Brachvogel erhob sich über ihre Köpfe und stimmte aus keinem anderen Grund als dem, dass er am Leben war, einen Wehgesang an.

8

An dem Tag an dem Ellen Thomas beerdigt wurde, war Jackson abends im *Stag and Badger*. Hinterher sagten die Leute, man hätte ihm nichts angemerkt, er hätte nur einen nach dem anderen getrunken, bis geschlossen wurde. Paula übernachtete an dem Tag bei ihrer Mum, und Jackson kehrte in ein leeres Haus zurück, wo er sich daran machte, ihr Bücherregel zu bauen. Doch an Paula dachte er dabei nicht.

Es ist kein wirklicher Verlust, wenn fieberhafte Phantasien von der harten Wahrheit eingeholt werden, doch wie viele andere Menschen fand Jackson das Verlorene unersetzbar. Er hatte nie ernsthaft geglaubt, dass Ellen ihm gehören könne; doch der Gedanke, dass es andere gab, denen sie näher gestanden hatte, war ein zu schwerer Schlag für seine Vorstellung, der einzig Wichtige gewesen zu sein, und machte die Illusion, die Zukunft liege in seiner Hand, zunichte. Im Dienst an Ellen Thomas hatte er sich unterworfen, und um etwas von seiner früheren Macht zurückzugewinnen, hatte er Wolford ihr Geheimnis verraten.

Dass Jackson wusste, was er getan hatte, wurde offenkundig, als man ihn am Morgen nach Ellen Thomas' Begräbnis am Birnbaum in ihrem Garten hängend fand. In dem hohen Gras unter seinen baumelnden Stiefeln, wo im kommenden Frühling die Glockenblumen und Narzissen, die sie gepflanzt hatte, neu erblühen würden, lagen die Fetzen eines Zehn- und Zwanzigpfundscheines verstreut. Wie Konfetti, sagte Paula, als sie kam, um ihn sich anzusehen.

Sie hatte darauf bestanden hinzugehen, obwohl ihre Mum sie

mit allen Mitteln davon hatte abhalten wollen und gesagt hatte, niemand könne ihr Vorwürfe machen, wenn sie fortbliebe. Jacksons aufgedunsener Körper mit dem geschwollenen Hals wurde dort aufgebahrt, wo die Frau, die er geliebt hatte, zu ihren Lebzeiten gelegen hatte, auf dem Sofa bei ihrem Gemälde von den Raben – es ließ Paulas Mum schaudern, weil es sie an den großen, schwarzen Vogel erinnerte, der sich auf einem Baum vor dem Haus ihrer Schwester Edna niedergelassen hatte, als Ron starb.

Die Tragödie musste ihn aus dem Gleis geworfen haben, sagten die Leute. Es sei wundervoll, wie treu der arbeitsscheue Jackson der armen Mrs. Thomas gedient habe, sie würde nun aber das wacklige Gebilde, das der Architekt und Erbauer in seinen letzten Stunden abgerissen hatte, wohl auch nicht mehr brauchen.

9

Jos Bainbridge war allein in seiner Zelle, als er um Mitternacht den Vogel hörte – so nahe wie seinen eigenen Atem, so einfach wie eine Schafglocke und so rein wie das Sternenlicht in einer frostklaren Nacht. Die Laute durchbohrten sein Herz, bis er vor Kummer und Dankbarkeit aufschrie – und jenseits des stillen Moores heulte ein schwarzer Labrador gleichzeitig mit dem Verurteilten den anmutig gleitenden, verständnislosen Mond an.

10

Am Abend vor Ellen Thomas' Begräbnis zog Mr. Golightly sich nicht in das schwarz gestrichene Eisenbett im Schlafzimmer von Spring Cottage zurück. Stattdessen blieb er auf, trank Whisky und las noch einmal die Seiten, die Johnny Spence ihm ausgedruckt hatte. Früh am nächsten Morgen versandte er eine E-Mail und begab sich, ohne die Antwort abzuwarten, zu seinem Lieblingsplatz auf dem *High Tor*.

»Du hast sie also erhalten«, begann er, als er ein wenig außer Atem die Spitze erklomm. »Vielen Dank, dass du gekommen bist. Ist eine Weile her, nicht wahr?«

Sein Konkurrent, dessen Geschäfte ihn auf der Erde hin und her reisen ließen, sah von Kopf bis Fuß ebenso normal aus wie Mr. Golightly. Er stand abgewandt da, als betrachte er den Fluss, der unter ihnen rauschte.

»Nun ja«, erwiderte er, »wie du bin ich ständig unterwegs.«

»Immerhin hast du es geschafft mich hier aufzuspüren.«

Der andere, der weiterhin mit dem Rücken zu ihm stand, zuckte merklich die Achseln. »Glaubst du, solche wie wir können sich tatsächlich eine Pause gönnen – in meinem Fall kann man das wohl kaum ›Urlaub‹ nennen.«

»Der meine scheint eher zu einer Totenwache geworden zu sein«, entgegnete Mr. Golightly. Die Zeile, die sein alter Feind ihm übersandt hatte, kam ihm wieder in den Sinn, spöttelnd: *Haben sich dir des Todes Tore je aufgetan?* »Ich hätte früher dahinterkommen sollen. Ein schlauer Trick, dem Fragesteller seine eigenen Fragen zu stellen.«

»Ein Trick? Das hast du mir selbst beigebracht. Es ist doch meine Rolle, oder? Die Rolle, die du mir in der Geschichte mit dem armen Hiob zugewiesen hast?«

»Tut unser Knecht dir etwa Leid?«, fragte Mr. Golightly.

»Ja, er tut mir Leid«, erwiderte der andere. »Ich kenne seine Verzweiflung aus eigener Erfahrung.« Eine zartes Lüftchen, das den Gipfel des *tor* umwehte, spielte in seinem Haar.

»Hast du dich deshalb entschieden, mich zu quälen?« Mr. Golightlys Stimme klang beherrscht. »Weil ich keine Verzweiflung ›kenne‹ oder gekannt habe ...?«

»Ach, du ...«, bemerkte derjenige neben ihm, »dich quält niemand außer dir selbst. Die Fragen, die ich dir geschickt habe, waren lediglich diejenigen, die du dem rechtschaffenen Hiob gestellt hast. Ich habe sie einfach an dich zurückgehen lassen. Du weißt schon, was dem einen recht ist ... Eine kleine Spielerei meinerseits gewissermaßen – etwas, um dich im Urlaub zu unterhalten. Zur ›Bewusstwerdung‹, wie man das heute wohl nennen würde. Eine meiner althergebrachten Funktionen.«

Mr. Golightly erwiderte nichts, sondern stand in Gedanken versunken da. Es traf zu – abgeschirmt und geschützt wie er lebte, hatte ihn das Leben nicht auf die Probe gestellt, und er hatte eingesehen, dass es ein Mangel gewesen war.

»Ich frage mich«, hub er an, »verzeih mir, es gibt sonst niemanden, mit dem ich dieses Gespräch führen könnte, und mir ist der Gedanke gekommen, du könntest mir helfen.« Er dachte an die E-Mail, die er an diesem Morgen verschickt hatte. »Ich habe sehr viel über das Leid und die Liebe nachgedacht. Weißt du –«

»Ich verstehe«, unterbrach ihn der Gefährte an seiner Seite, »als Ursprung der Dinge hattest du keine persönliche Erfahrung, und dennoch –«

»Und dennoch ist da mein Sohn«, fuhr Mr. Golightly dazwischen, weil er nicht wollte, dass der andere den Namen seines Sohnes in den Mund nahm.

Zum ersten Mal drehte sich sein alter Konkurrent um, um ihm ins Gesicht zu blicken, und seine Augen sahen aus wie verglühte Sterne. »Ich wollte sagen«, bemerkte er sanft, »dass meine zugegebenermaßen seltenen Beobachtungen des Phänomens Folgendes ergeben haben: Einander zu lieben bedeutet in gewisser

Weise, sich selbst in die Person des anderen zu versetzen; dies bedingt jedoch zunächst das Auslöschen der eigenen Person. Ich möchte in aller Demut bemerken –« Mr. Golightly deutete ein Kopfnicken an –, »dass dies vielleicht deinen Sohn –«

»Hast du ihn deshalb umbringen lassen?«, fiel Mr. Golightly ihm ins Wort.

»Ich war für den Tod deines Sohnes ebenso wenig verantwortlich wie du für die Rettung dieses Jungen da, den du so gern hast!«, erwiderte der andere in scharfem Tonfall.

Irgendwo stürzte ein Felsbrocken geräuschvoll in den Fluss.

Der andere hub erneut an. »Wenn ich sonst schon nichts weiß, dann doch wenigstens, was einem Verwandten gebührt. Laste mir nicht jene Grausamkeit an – oder dieses Dorfunglück da unten«, mit einer Handbewegung wies er in die Richtung des Sumpfes.

»Wem sonst?«, fragte Mr. Golightly und spürte, wie in ihm der Zorn darüber aufflammte, dass der Tod seiner Freundin und Nachbarin so leichtfertig abgetan wurde.

»Weißt du es wirklich nicht?«, fragte der andere. »Begreifst du denn nicht, dass weder du noch ich, sondern deine eigene Schöpfung, dein ganzer Stolz den Tod deiner Freundin verursacht und deinen Sohn umgebracht hat: Angenagelt musste er bei lebendigem Leib in der glühenden Sonne hängen, bis sein Kopf vornüberfiel, die Kehle abdrückte, und er langsam erstickte. Eine ausgesprochen unkultivierte Form der Tötung.«

»Dann warst du nicht derjenige, der sie angestiftet hat?«

»Ebenso wenig wie du. Du hast ihnen die Wahl gelassen – erinnerst du dich? Und sie haben entschieden, statt seiner einen gewöhnlichen Mörder zu verschonen. Du solltest nicht spekulieren – ich kenne den einen, der mit ihm hing. Hast du etwas dagegen, wenn wir uns setzen?«

»Solang du keinen Waldbrand entfachst«, sagte Mr. Golightly. »Am besten lassen wir uns hier nieder –« er wies auf einen tafelförmigen Felsen –, »die Gegend wird wie Zunder brennen, wenn du nicht Acht gibst.«

Seite an Seite saßen sie auf dem felsigen *tor*.

»Was ist denn dann die Wahrheit?«, fragte Mr. Golightly schließlich.

»Du fragst wie derjenige, der bei dem Tod deines Sohnes seine

Hände im Spiel hatte und sie in der Art des Bürgertums, die mir so verhasst ist, anschließend in Unschuld wusch. Und du redest, als ob die ›Wahrheit‹ alles wäre. Ist dir jemals der Gedanke gekommen, dass eine Lüge gleichermaßen unsterblich sein und ebenso zu einem Eckstein der Schöpfung werden kann wie eine Wahrheit?«

»Aber wer hat ihren Eckstein gelegt?« Die prahlerische Frage von ehedem klang nun allzu pathetisch in seinen Ohren.

»Nun, auch Raben müssen gespeist werden, um abermals deine Worte aufzugreifen. Immerhin gibt es Stimmen, die behaupten«, fuhr sein Gefährte fort, »zu dichten sei lediglich eine kultivierte Form der Lüge.«

»Nur, wenn man in die Irre führen will«, antwortete Mr. Golightly, leicht beleidigt.

»Vielleicht einigen wir uns auf ›erdichten‹«, erklärte sein Konkurrent. Er zog ein Blechetui aus seiner Tasche – »Möchtest du einen?« und nachdem er einen Zigarillo entnommen und entzündet hatte – »Ja, ja, ich passe auf. Du musst dennoch zugeben, dass es eine schmale Gratwanderung ist: Wo endet die Kunst und wo beginnt die Lüge?«

»Ich würde sagen, dort, wo die Absicht unlauter ist«, entgegnete Mr. Golightly.

»Und wer beurteilt das? Das ist die Frage. Ein Erzählfaden wird gesponnen – du hast das großartig verstanden; ich, in meiner unbedeutenderen Art habe mich lediglich um eine, sagen wir, Variante bemüht –«

»Ich bin versucht ›Entstellung‹ zu sagen«, unterbrach Mr. Golightly.

»Freilich«, fuhr der andere in seinem eher schleppenden Tonfall fort, »aber genau darauf will ich ja hinaus, und übrigens bedeutet Versuchung an und für sich, wie du weißt, Stärke zu testen. Du hast mich deinen Diener auf die Probe stellen lassen, weil er sich beweisen sollte. ›Wer gibt die Weisheit in das Verborgene?‹, hast du deinen Diener Hiob gefragt. Man könnte behaupten, ich war derjenige, der es getan hat, und dass ihn das Leid zum Mann gemacht hat – oder desgleichen deine Freundin zu einer Frau. Nenne es Entstellung, wenn du willst, ich würde es als Weiterentwicklung bezeichnen; der eine sagt Orange, der andere Apfelsine …«

»Dann lass uns das ganze Spiel abblasen«, erklärte Mr. Golightly ungeduldig. Er war kein Metaphysiker.

»Du glaubst, ich spiele mit dir«, erwiderte der andere, »doch wie hat es jemand anderes schon so schön formuliert? ›Das Schauspiel sei die Schlinge.‹ Der Punkt ist, dass alles, was erdichtet wird und nachgedichtet – wie ich eingedenk deines jüngsten Unterfangens hinzufügen sollte –, unterschiedliche Lesarten erlaubt – Alternativen, wenn du willst: Mein Werk ist tragisch, das deine die heitere Variante. Die Menschheit, die du so großartig erschaffen hast, muss sich zwischen unseren Endversionen entscheiden. Als wir uns damals wegen jener anderen Frau überwarfen, war nicht ich derjenige, der sie fehlgeleitet hat, und gewiss habe ich sie nicht, wie du behauptest, in deinem kostbaren Garten verführt –« an dieser Stelle schaute Mr. Golightly ein wenig beschämt drein –, »ich habe ihr lediglich eine andere Interpretation – eine Alternative zu deiner Geschichte zur Verfügung gestellt. Das Gesamtwerk beinhaltet beide Möglichkeiten, keine war richtig oder falsch, positiv oder negativ –« langatmig wie immer, dachte Mr. Golightly –, »was ich dir eigentlich nicht erklären muss, wenngleich du mir freundlich geschmeichelt hast, als du mich batest, meine Ansicht zu diesem Thema zu äußern. Übrigens dachte ich, dass Schmeichelei in mein Gebiet fällt?«

»Nun, Liebe geht tiefer als Schmeichelei«, erwiderte Mr. Golightly knapp, »und trotz all deiner Haarspalterei bleibt die nackte Tatsache, dass in deiner Endversion Männer und Frauen und auch Kinder sterben. Mir scheint, dass nichts mehr zum Lügen verführt als der Tod.«

»Oh, was das betrifft, so sind am Ende alle tot, wie jemand schon bemerkte. Auf deine Bitte hin habe ich Hiobs Leben verschont, wenngleich ich mich frage, ob er dafür nicht bitter büßen musste. Deine Freundin hätte dir sagen können, dass Sterblichkeit auch Vorzüge hat.«

»Es ist wahr«, bekannte Mr. Golightly, »der Tod hat etwas für sich. Doch nicht für die Überlebenden.«

Sein Gefährte rauchte weiter und schlug die Asche in seinem Handteller ab, der blass und ein wenig fleischig war im Gegensatz zu Mr. Golightlys festeren,raueren Händen.

»Die Überlebenden können wählen. Diese seltsame Wahl hast du ihnen selbst gelassen. Einige legen den Tod des Schreinersohnes – ich benutze das Pseudonym, das du ihm gegeben hast – als etwas Heiteres aus. Eine recht bemerkenswerte Entscheidung, wenn ich so sagen darf, eine, die meine bescheideneren dramatischen Absichten vernichtend schlägt. Doch eine, die du selbst wider alle Vernunft ermöglicht hast.«

»Er hat sie dazu ermutigt«, sagte Mr. Golightly versonnen.

»Man könnte sagen, dein Sohn hat sich auf die Rolle geworfen«, bemerkte der andere. »Doch er war ebenfalls ein großer Dramatiker. Ein Original. Wie der Vater, so der Sohn.« Mr. Golightly machte eine abwehrende Handbewegung. »Nein, nein, ich meine es ehrlich – das Dunkle und Lichte waren ihm gleichermaßen gegeben.«

Mr. Golightly, für den tausend Jahre wie ein Tag waren, sah im Geist die Sonne, wie sie in jenem fernen Land still stand und der Welt ihr Licht entzog. Am Himmel über dem *High Tor* befand sich an diesem Tag ein strahlendes Rund. Ein anderer Anblick, doch dieselbe Sonne. »Das heißt, sein Tod ist das, war das, was die Menschen daraus machen, etwas Heiteres oder Tragisches, willst du darauf hinaus?«

»Ich dachte, ich sei derjenige mit den ›teuflischen‹ Eigenschaften«, bemerkte die Gestalt mit den verglühten Sternenaugen. »Ich will darauf hinaus, dass die schreckliche Wahl, die du in deiner Schöpfung angelegt hast, von deinem Sohn überwunden wurde, indem er beide Möglichkeiten in sich vereinte.«

»Es hat ihn dennoch getötet«, hob sein Vater hervor.

Abermals entstand eine Pause. Danach ergriff sein Gefährte wieder das Wort. »Es wird behauptet, dass der ›Tod‹ nicht für ewig …?«

»Ah, was das betrifft«, sagte Mr. Golightly, »das war nicht Teil der Handlung, so, wie ich sie angelegt hatte …«

»Doch wie wir beiden wissen«, erklärte der andere, »hat der Autor bei seinem Werk nicht das letzte Wort. Sobald es erscheint, ist es der Interpretation oder – wenn ich das als jemand sagen darf, dessen Motive so häufig missverstanden werden – der Fehlinterpretation der Welt anheim gegeben. Wie du selbst gesehen hast, birgt das Treiben der Menschen mancherlei Gefahren.«

»Heißt das etwa, dass man nichts machen kann?«, fragte Mr. Golightly und seine Stimme auf dem Gipfel des *tor* klang sehr dünn.

»Das kannst nur du, wenn ich so sagen darf, beantworten«, erwiderte sein Gefährte, »als Urheber alles Guten. Der Junge ist gerettet worden – dein Sohn und andere sind verloren. Und wenn die Dinge so weiterlaufen wie bisher, werden viele Eltern bald weinen und sie werden wissen, weshalb. Doch sieh es einmal so – deine Schöpfung ist zu mehr fähig als ihr Schöpfer selbst. Wir beide haben kein Leben – deshalb können wir es nicht auf waghalsige Weise riskieren, um die Welt oder einen Freund zu retten. Wie auch immer diese außergewöhnliche Begabung zum Bestandteil menschlicher Zuneigung geworden sein mag, muss ich zugeben, dass mir ihr Tollkühnes gefällt.«

»Ja«, stimmte Mr. Golightly zu, »mir ist der Gedanke gekommen, dass meine Charaktere ihrem Verfasser in vielerlei Hinsicht überlegen sind.« Und er seufzte, als er an Ellen Thomas dachte, und an seinen geliebten Sohn.

»Weißt du«, hub sein Kollege an, »wenn ich dich so sehe, muss ich an Grimaldi denken, an den berühmten Clown. Erinnerst du dich?«

»Es ist ja bereits erwiesen, dass dein Gedächtnis besser als das meine ist«, antwortete Mr. Golightly bescheiden. »Seit einiger Zeit stelle ich fest, dass mir das eine oder andere abhanden gekommen ist. Ich fürchte, ich habe auch alle möglichen Dinge geäußert, die ich heute nicht mehr weiß.«

»Grimaldi«, setzte der andere seine Rede fort, »wandte sich in seiner Verzweiflung und ohne seinen Namen zu nennen an einen Arzt, dem er seinen Zustand beschrieb. Es handelte sich um eine ausgeprägte und anhaltende Melancholie. Heute würde man eine Depression diagnostizieren. Der Arzt lauschte sorgfältig und machte einen Vorschlag zur Heilung. ›Sie sind vergrämt‹, sagte er, ›und niedergedrückt und haben die andere Seite des Lebens vergessen. Sie müssen wieder lachen lernen. Ich rate Ihnen zu einem einfachen Mittel. Gehen Sie und schauen Sie sich den größten Komiker aller Zeiten an – gehen Sie zu Grimaldi.‹

Vielleicht«, schloss er sanft, »gibt es für dich, wenn du deinen Urlaub und deine Seifenoper beendet hast, ein glückliches Ende …«

»Für eine Weile vielleicht«, sagte Mr. Golightly.

»Nun«, sagte sein Partner und Konkurrent, »wie wir beide wissen, währt hier alles nur eine Weile …«

11

Paula war gestattet worden, ein paar Tage Sonderurlaub zu nehmen, und Mr. Golightly begab sich eines Abends Ende Juni, statt in den *Stag and Badger* zu gehen, zu Paulas Mum, um Luke aufzusuchen.

Luke war froh, als sein alter Kreuzworträtselgefährte auftauchte und ihn fragte, ob sie ein paar Worte wechseln könnten.

»Na klar«, sagte Luke, liebenswürdig wie immer. »Kommen Sie mit in die Küche.«

Luke gab zu, dass ihm die *Times* gefehlt hatte. Paulas Mum bezog die *Mail*, hinter deren Kreuzworträtsel, wie Luke bemerkte, ein anderes Denkgebäude stand. Er zeigte Mr. Golightly eine der Fragen: »In England wird sein Biss für schlimmer gehalten als sein Bellen, wenn man sich ihm von hinten nähert (3)«. Das erinnerte Mr. Golightly an den Grund seines Besuches. Da sich seine Zeit im Spring Cottage dem Ende zuneige, erklärte er, habe er sich gefragt, ob Luke sich für eine Weile um Wilfred kümmern könne. Letztlich würde Johnny ihn übernehmen, doch das könne erst geschehen, nachdem Rosie Spence eine Wohnung gefunden habe und die Sache mit Johnnys neuem Dad geregelt sei. Augenscheinlich hatte Rosie sich mit Anwälten in Verbindung gesetzt, und es sah so aus, als ob es vielleicht nicht mehr lang dauern würde, bis Jos Bainbridge abermals freikäme.

Luke sagte, er würde sich gern um den Labrador kümmern, aber er müsse das mit Paulas Mum klären – nicht, dass sie je Einwände erhebe, erst recht nicht, seitdem Paula wieder zurück sei. Er bot seinem Gast Nescafé an.

Mr. Golightly erinnerte Luke daran, dass er nur richtigen Kaffee trank. Hauptsächlich sei er gekommen, um auf Wiedersehen zu sagen. Morgen würde er packen, und weil er etwas gegen das Abschiednehmen hätte, ziehe er es vor, das schon einmal hinter sich zu bringen.

»Ach so«, sagte Luke. Es tat ihm Leid, dass sein Dichterkollege abreiste. Doch er war optimistischer Natur und verlieh der Hoffnung Ausdruck, ihn eines Tages wiederzusehen.

»Zweifellos«, versicherte ihm Mr. Golightly. »Einen Freund vergesse ich nie.«

Luke bat um Entschuldigung, falls er in letzter Zeit abweisend gewirkt habe. Er hätte hart gearbeitet, erklärte er, um sein neues Werk zu beenden.

»Ich habe beschlossen, mein Vorhaben zur Seite zu legen«, erwiderte Mr. Golightly. Sein Werk schien sich auf eigene Weise wiederbelebt zu haben.

Er wollte sich gerade nach Paula erkundigen, als die Küchentür aufging und Paula mit einem Müllsack in der Hand auftauchte.

Die Entdeckung, dass ihr abtrünniger Vater in dem gleichen Gewerbe tätig war wie der Mann, der damals offenkundig Johnny Spence' Mutter zusammengeschlagen hatte, hatte Paula nicht gerade beglückt. Für eine Weile war aufgeregt gemunkelt worden, Paulas und Johnnys Vater könnte ein und derselbe sein; doch das stellte sich als hiesiges Wunschdenken heraus.

»Scheiße, bin ich froh!«, sagte Johnny, als er vorbeikam, um sich Paulas Dread-Fox-Bitch-CD auszuleihen, und den jüngsten Klatsch mitbekam. »Du würdest mir ständig mit irgendwas Schrecklichem auf die Nerven gehen, wenn du meine Schwester wärst.«

»Darauf kannst du deinen kleinen Arsch verwetten, vor allem wenn du solche Ausdrücke benutzt!«, entgegnete Paula und versetzte ihm einen Schlag auf sein Hinterteil. Sie versprach ihm, er könne jederzeit kommen und auf ihrem Keyboard spielen. »Du bist nicht so wie die anderen Kids. Eher so wie ich war.«

Ihr Vater hatte die meiste Zeit ihres Lebens durch Abwesenheit geglänzt und Paula hatte ihn schon vor langem aufgegeben. Jacksons Tod traf sie härter. Es zeigte eine Seite an ihm, die sie nicht wahrgenommen hatte, und die Entdeckung machte sie nachdenklich.

Gleichwohl wurde kurz nach seinem Tod eine Nachricht entdeckt, die offenbar von Jackson stammte. In ungelenken Großbuchstaben, die augenscheinlich kurz vor seinem Selbstmord geschrieben worden waren, stand da:

ICH HINTERLASSE ALLES PAULA JENSON.

Die Nachricht war datiert und – ebenfalls in Großbuchstaben – mit J. JACKSON unterschrieben.

Da Jackson keine Angehörigen und im Gegensatz zu Paula auch keine engen Freunde besaß, war das Ausmaß seines Analphabetentums nur wenigen bekannt. Es war klug und aufmerksam von dem verzweifelten Jackson gewesen, den Nachnamen zu benutzen, den Paula selbst erst seit kurzem kannte.

An dem Tag, an dem man Jacksons Leiche am Birnbaum fand, war Paula in die Rabbit Row zurückgekehrt und auf Luke gestoßen, der sich in den letzten Zügen seines Schaffensrausches befand. Luke hatte von dem echten Drama, das sich um ihn herum abspielte, kaum etwas mitbekommen. Mit Menschen aus Fleisch und Blut hatte er wenig Kontakt gehabt, er war gänzlich von seiner tragischen Geschichte in Anspruch genommen gewesen, von der er inzwischen glaubte – jegliche Erinnerung an Bill war verflogen –, dass er sie eigenständig ersonnen hatte. Er wollte unbedingt eine Meinung zu seiner Geschichte hören und drängte sie Paula auf, ohne zu wissen, was ihr in den letzten Tagen widerfahren war; Paula las alles, was er geschrieben hatte, am Küchentisch ihrer Mum, ohne einmal aufzublicken.

»Die Geschichte ist gut«, erklärte Paula schließlich, nachdem Luke sie schon ein paar Mal gefragt hatte, wie sie es denn nun finde. Sie schichtete die Hefte auf dem Tisch zu einem ordentlichen Stapel auf. »Es muss noch sauber mit Computer abgetippt werden, ehe du es jemandem zeigst. Der Anfang ist gut. Das uneheliche Kind und die ärmliche Bude, in der es zur Welt kommt, und dass niemand weiß, wer sein richtiger Dad ist, und auch nicht klar ist, wo es herkommt und so. Das macht es spannend – so was mögen die Leser. Und die Hauptfigur, der Typ, dem es egal ist, was die Leute von ihm denken, und der jedem sagt, was Sache ist, und deshalb umgebracht wird – der hat Mumm, der gefällt mir. Aber der Schluss geht nicht.«

»Warum nicht?«, wehrte sich Luke. »Ich finde, es ist ein phantastischer Schluss – er wird von den Menschen umgebracht, die er retten wollte, wird gedemütigt und in seinem qualvollen Todeskampf allein gelassen.«

Die unerwartete Kritik an dem tragischen Ende seiner Geschichte enttäuschte Luke.

»Weil es so nicht geht«, erklärte Paula bestimmt. Sie hatte noch nie ein Buch mit einem traurigen Ende auf den Bestsellerlisten im Supermarkt gesehen. »Das wird sich nicht verkaufen, so, wie du es geschrieben hast.«

Luke war bedrückt. »Was soll ich denn jetzt machen? Ich kann den Schluss doch nicht ändern. Er muss sterben – darum geht es schließlich.«

»Du könntest noch was dazuschreiben«, bemerkte Paula pragmatisch. »Er kann ja sterben. Alle können glauben, dass er tot ist – doch er ist es nicht. Er kommt zurück und wird nur von ein paar Leuten gesehen. Dann fangen die Leute an zu reden – und er wird eine Kultfigur, wie Elvis, auf die Art kannst du den Tod lassen, die Leute haben was zu heulen, und es geht trotzdem gut aus.«

Als Mr. Golightly vorbeischaute, war sie gerade in ihrem Zimmer und räumte auf. In dem Müllsack seien ihre Puppenstube und die restlichen Spielzeugtiere, sagte sie, als sie kurz darauf in der Küchentür stand. »Luke bringt alles auf den Speicher«, erklärte sie. »Dann haben wir hier beide Platz, auch wenn ich meine anderen Sachen zurückbringe. Früher waren die Spielsachen ja O.K., aber man kann nicht immer ein Kind bleiben, man muss doch irgendwie vorankommen …«

»Ich verstehe«, erwiderte Mr. Golightly und überlegte, ob es angebracht war, dem Paar seine Glückwünsche auszusprechen. »Ein jegliches hat seine Zeit.« Es war ein Gedanke, den er seinerzeit in einer poetischeren Passage seines Werkes ausgeführt hatte.

Paula sagte, sie würde Jacksons Haus verkaufen, wenn der ganze juristische Kram geklärt sei, sie könne sich aber nicht überwinden, dort noch einmal zu übernachten. Für den Moment würden Luke und sie bei ihrer Mum zusammenrücken.

Mr. Golightly nahm diese neue Wendung der Ereignisse ohne Verwunderung auf. Es freute ihn, dass zwei seiner Freunde eine Verbindung eingegangen waren, und sein Aufenthalt in Calne hatte ihn gelehrt, dass sich alles Zwischenmenschliche nach eigenen Gesetzen entwickelte.

Lukes liebenswürdige Gleichgültigkeit hatte Paula wirksamer erobert als es jede Form der Ergebenheit vermocht hätte, doch das Potenzial, das sie in seiner Arbeit erkannte, beeindruckte sie ebenfalls. Sie nutzte die Gelegenheit und fragte ihren Besucher nach seiner Meinung zu Lukes Geschichte.

»Ich habe ihm erklärt, dass sie sich nicht verkauft, wenn er an dem Schluss nichts macht. Man muss den Markt im Auge behalten. Ein anderer Schluss und es könnte ein Bestseller werden. Stimmt's oder hab ich Recht?«

Mr. Golightly schaute Paula an, die dastand in ihren Jeans, mit dem glitzernden T-Shirt und den glänzenden Nasenstickern. Sie erfasste die weltlichen Belange mit weitaus kritischerem Blick, als er oder Luke es jemals vermögen würden.

»Wahrscheinlich haben Sie Recht, mein Kind«, sagte er. Und zu Luke: »Ich würde auf ihren Rat hören, alter Junge – sie weiß, wovon sie redet ...«

12

Als er seine Sachen im Spring Cottage endlich zusammengepackt hatte, war der Abend angebrochen, doch Mr. Golightly ging nicht zum *Stag and Badger*. Für seine Begriffe hatte er oft genug Abschied genommen. Um die anderen würde sich Luke oder besser noch Paula kümmern.

Er begab sich nach draußen, um Samson die Zuckerwürfel zu geben, die er für das Pferd bei seinem letzten Besuch im Pub hatte mitgehen lassen. Samson stand ganz ruhig dort und ahnte nichts von einer Abschiedszeremonie, als Mr. Golightly mit dem Finger über seine samtene Nase fuhr. »Sooft die Trompete erklingt, wiehere ›Hui‹ für mich.«

Er hatte Nicky Pope versprochen, die den Cousin ihres Schwagers zu Besuch hatte und bis über die Ohren in Arbeit steckte, für den neuen Mieter, den Deuter der Tarotkarten, alles picobello in Ordnung zu bringen. Viel musste im Cottage nicht getan werden – Mr. Golightly hatte seine Vorliebe für Hausarbeiten entdeckt. Für alle Fälle ging er aber noch einmal über die avocadogrüne Badewanne und das Waschbecken, besprühte die Kochplatten mit dem restlichen *Mr. Muskel*, den er und Johnny gemeinsam in Oakburton erstanden hatten, und ließ sich auf die Knie nieder, um nachzusehen, ob sich unter dem Bett noch irgendwelche verstreuten Socken befanden. Das bereitete seinem Konkurrenten ein besonderes Vergnügen, Dinge des Alltags in dunklen Ecken verschwinden zu lassen; doch dieses Mal waren seine Socken verschont geblieben. Er hatte den Laptop bereits verstaut, mit ihm den E-Mail-Dialog und die zumindest für den Moment letzte

Botschaft, die Anlass zu dem Treffen mit seinem alten Gefährten gegeben hatte:

»Wer mit dem Allmächtigen rechtet,
kann der ihm etwas vorschreiben?«

Vielleicht hatte dies zu der plötzlichen Anwandlung von Nachsicht geführt? Doch sie würde nicht von Dauer sein; jeder von ihnen beiden führte in einem anderen Stück Regie.

Auf dem Rückweg von Luke und Paula hatte er unter dem sanft leuchtenden Mittsommerhimmel darüber nachgedacht, wie rasch das Leben Brüche heilte und Wunden schloss, die der Verlust gerissen hatte. Er würde Ellen Thomas vermissen, so, wie er seinen Sohn vermisste; doch er würde ihnen nicht fehlen. Sie gehörten zu dem Tribut, den die Erde entrichtete, etwas, das flüchtig, vergänglich, doch auf seine Art grenzenlos und dauerhaft war. Die Natur hält nichts von Tragödien, dachte er, sie hat ihre eigenen Formen der Darstellung: das grüne Licht des Himmels bei Anbruch des Morgens, die warme Frühlingserde, die Ähren des Weizens, die Blüte eines Obstbaumes, das Klappern von Hufen, das Gezwitscher der Stare, die Kühle des Regens, weiße Sterne und Veilchen, das Bellen eines Otters, gefallener Tau, ein in seinen Tanz versunkenes Mädchen, die Tränen eines kleinen Jungen, der um eine Welt weinte, die ihm sowohl ihre wertvollste als auch ihre grausamste Seite gezeigt hatte.

Weder sein Sohn noch Ellen Thomas hatten eine tragische Rolle gespielt – doch das Leben des armen zurückgebliebenen Jackson und das von Brian Wolford und seiner Mutter hatten tragische Züge angenommen. Cherie Wolford war nach dem Tod ihres Sohnes, der ihr Augapfel gewesen war, nicht mehr sie selbst; man glaube nicht, dass sie jemals darüber hinwegkomme, hatte Nicky Pope gesagt.

Johnny Spence lebte; bald hätte er einen Vater, mit dem er streiten, über den er lachen und den er vermissen konnte; und für den er sich zweifellos schämen und der ihn stören und der ihm Schmerz zufügen würde. Die Waagschalen des Universums pendelten sich, wenn auch langsam, immer wieder ein. Zurzeit waren sie im Gleichgewicht, doch dazu hatten weder er noch sein alter

Konkurrent beigetragen. Das zumindest hatte er in seinem Urlaub gelernt.

Als er durch das Fenster in den Garten blickte, sah Mr. Golightly eine der Gänse von Ellen Thomas. Mit ihrem orangefarbenen Schnabel rupfte sie durch den Stacheldraht hindurch am Gras. Er entsann sich, dass Mary Simms, die versprochen hatte, sich um den Viehbestand zu kümmern, vorbeischauen wollte. Es würde ihm gut tun, Mary vor seinem Aufbruch noch einmal zu sehen.

Draußen ertönte ein Pochen, so schwach, dass Mr. Golightly für einen Moment glaubte, es seien die Zweige des Apfelbaumes, die über die Fensterscheibe strichen, doch als es sich wiederholte, schaute er hinaus. Gegenüber, auf der anderen Straßenseite gewahrte er Keith, der seinen voll gepackten Renault mit grimmiger Miene rückwärts aus der Einfahrt der Pfarrei lenkte.

Draußen vor dem Fenster stand ein Mann mit offenem Blick und leicht gebeugtem Rücken. »'n Abend, Sir. Bin wegen dem Garten gekommen.«

»Was?«

»Dem Garten, Sir. Mrs. Pope hat gesagt, ich soll kommen.«

»Nun«, erwiderte Mr. Golightly, »ich hatte von Ihnen nur vom Hörensagen vernommen; aber nun hat mein Auge Sie gesehen. Der Garten gehört Ihnen!« Er deutete auf die üppige Pracht des Löwenzahns.

Er hatte schon fast alles in den Kombi geladen, als Mike und Bill auftauchten, Mike auf dem Soziussitz des Motorrades.

»Michael – Gabriel«, er schloss sie liebevoll in die Arme, seine getreuen Helfer.

Ehe sie aufbrachen, verabschiedete sich Mr. Golightly von dem Gärtner, der sagte, sein Name sei Joe und dass er außer der Gartenarbeit auch Schreinerarbeiten übernehme. Es war die Arbeit an der Einbauküche von Mrs. Fawns drüben in Backen gewesen, die ihn so lange davon abgehalten hatte, im Spring Cottage vorbeizuschauen.

Mike ließ sich flugs auf den Beifahrersitz nieder und Bill preschte mit aufheulendem Motor vor dem Kombi los. Daher verpasste er Mary Simms, die noch rechtzeitig eintraf, um den anderen hinterherzuwinken.

Mary wirkte gesund und munter. Sie hatte eine Erinnerung an Oakburton dabei, einen Milchkrug, der wie eine Kuh geformt war, ein Geschenk der Pfarrerin, die damit beschäftigt war, *Meredith's*, ihren Schönheitssalon, einzurichten; sie konnte sich nicht loseisen, ließ jedoch liebe Grüße ausrichten und bat darum, nicht vergessen zu werden.

Als Mr. Golightly sich umwandte, um einen letzten Blick auf Spring Cottage zu werfen, wo er seinen Urlaub verbracht hatte, bot sich ihm der Anblick von Mary Simms, die am Gatter lehnte, das Licht der untergehenden Sonne auf ihrem kupferfarbenen Haar. Sie unterhielt sich auf ihre gutmütige Art mit Joseph, dem Gärtner.

Später an jenem Abend behauptete Tessa Pope, zwei Engel gesehen zu haben – jeder mit sechs Flügeln –, die einen feurigen Wagen über den Himmel am *High Tor* gelenkt hätten. Doch niemand schenkte ihr Glauben.

»Seht ihr nicht, wie notwendig eine Welt voller Leid und
Bedrängnis ist, um eine Intelligenz zu schulen und zu einer
Seele zu formen? Ein Ort, an dem das Herz fühlen
und leiden muss auf tausenderlei Art! Und nicht bloß eine Fibel
ist das Herz – es ist des Geistes Bibel ...«

John Keats

Die Notizen von Johnny Spence

Aus dem Alten Testament, Buch Hiob

Kapitel 1

6 Es begab sich aber eines Tages, da die Gottessöhne kamen und
vor den HERRN traten, kam auch der Satan unter ihnen.
7 Der HERR aber sprach zu dem Satan: Wo kommst du her? Der
Satan antwortete dem Herrn und sprach: Ich habe die Erde hin
und her durchzogen.
8 Der HERR sprach zum Satan: Hast du Acht gehabt auf meinen
Knecht Hiob? Denn es ist seinesgleichen nicht auf Erden,
fromm und rechtschaffen und meidet das Böse.
9 Der Satan antwortete dem HERRN und sprach: Meinst du, dass
Hiob Gott umsonst fürchtet?
10 Hast du doch ihn, sein Haus und alles, was er hat, ringsumher
beschützt. Du hast das Werk seiner Hände gesegnet, und sein
Besitz hat sich ausgebreitet im Lande.
11 Aber strecke deine Hand aus und taste alles an, was er hat: Was
gilt's, er wird dir ins Angesicht absagen.
12 Der HERR sprach zum Satan: Siehe, alles, was er hat, sei in dei-
ner Hand …

Kapitel 38

1 Und der HERR antwortete Hiob aus dem Wettersturm und
sprach:
2 **Wer ist's, der den Ratschluss verdunkelt mit Worten ohne
Verstand?**
3 Gürte deine Lenden wie ein Mann! Ich will dich fragen, lehre
mich!
4 Wo warst du, als ich die Erde gründete? Sage mir's, wenn du so
klug bist!
5 Weißt du, wer ihr das Maß gesetzt hat oder wer über sie die
Richtschnur gezogen hat?
6 Worauf sind ihre Pfeiler eingesenkt, oder **wer hat ihren Eck-
stein gelegt,**
7 als mich die Morgensterne miteinander lobten und jauchzten
alle Gottessöhne?
8 Wer hat das Meer mit Toren verschlossen, als es herausbrach
wie aus dem Mutterschoß,
9 als ich's mit Wolken kleidete und in Dunkel einwickelte wie in
Windeln,
10 als ich ihm seine Grenze bestimmte mit meinem Damm und
setzte ihm Riegel und Tore
11 und sprach: »Bis hierher sollst du kommen und nicht weiter;
hier sollen sich legen deine stolzen Wellen!«
12 Hast du zu deiner Zeit dem Morgen geboten und der Morgen-
röte ihren Ort gezeigt,
13 damit sie die Ecken der Erde fasste und die Gottlosen herausge-
schüttelt würden?
14 Sie wandelt sich wie Ton unter dem Siegel und färbt sich bunt
wie ein Kleid.
15 Und den Gottlosen wird ihr Licht genommen und der erhobene
Arm zerbrochen werden.
16 Bist du zu den Quellen des Meeres gekommen und auf dem
Grund der Tiefe gewandelt?
17 **Haben sich dir des Todes Tore je aufgetan,** oder hast du gese-
hen die Tore der Finsternis?
18 Hast du erkannt, wie breit die Erde ist? Sage an, weißt du das al-
les?

19 Welches ist der Weg dahin, wo das Licht wohnt, **und welches ist die Stätte der Finsternis,**
20 dass du sie zu ihrem Gebiet bringen könntest und kennen die Pfade zu ihrem Hause?
21 Du weißt es ja, denn zu der Zeit wurdest du geboren, und deine Tage sind sehr viel!
22 Bist du gewesen, wo der Schnee herkommt, oder hast du gesehen, wo der Hagel herkommt,
23 die ich verwahrt habe für die Zeit der Trübsal und für den Tag des Streites und Krieges?
24 **Welches ist der Weg dahin, wo das Licht sich teilt** und der Ostwind hinfährt über die Erde?
25 Wer hat dem Platzregen seine Bahn gebrochen und den Weg dem Blitz und Donner,
26 dass es regnet aufs Land, wo niemand ist, in der Wüste, wo kein Mensch ist,
27 damit Einöde und Wildnis gesättigt werden und das Gras wächst?
28 **Wer ist des Regens Vater? Wer hat die Tropfen des Taus gezeugt?**
29 Aus wessen Schoß geht Eis hervor, und wer hat den Reif unter dem Himmel gezeugt,
30 dass sich das Wasser zusammenzieht wie Stein und der Wasserspiegel gefriert?
31 Kannst du die Bande des Siebengestirns zusammenbinden oder den Gürtel des Orion auflösen?
32 Kannst du die Sterne des Tierkreises aufgehen lassen zur rechten Zeit oder die Bärin samt ihren Jungen heraufführen?
33 Weißt du des Himmels Ordnungen, oder bestimmst du seine Herrschaft über die Erde?
34 Kannst du deine Stimme zu der Wolke erheben, damit dich die Menge des Wassers überströme?
35 Kannst du die Blitze aussenden, dass sie hinfahren und sprechen zu dir: »Hier sind wir«?
36 Wer gibt die Weisheit in das Verborgene? **Wer gibt verständige Gedanken?**
37 Wer ist so weise, dass er die Wolken zählen könnte? Wer kann die Wasserschläuche am Himmel ausschütten,

38 wenn der Erdboden hart wird, als sei er gegossen, und die Schollen fest aneinander kleben?
39 Kannst du der Löwin ihren Raub zu jagen geben und die jungen Löwen sättigen,
40 wenn sie sich legen in ihre Höhlen und lauern in ihrem Versteck?
41 **Wer bereitet dem Raben die Speise,** wenn seine Jungen zu Gott rufen und irrefliegen, weil sie nichts zu essen haben?

Kapitel 39

1 Weißt du die Zeit, wann die Gämsen gebären, oder hast du aufgemerkt, wann die Hirschkühe kreißen?
2 Zählst du die Monde, die sie erfüllen müssen, oder weißt du die Zeit, wann sie gebären?
3 Sie kauern sich nieder, werfen ihre Jungen und werden los ihre Wehen.
4 Ihre Jungen werden stark und groß im Freien und gehen davon und kommen nicht wieder zu ihnen.
5 Wer hat dem Wildesel die Freiheit gegeben, wer hat die Bande des Flüchtigen gelöst,
6 dem ich die Steppe zum Hause gegeben habe und die Salzwüste zur Wohnung?
7 Er verlacht das Lärmen der Stadt, die Schreie des Treibers hört er nicht;
8 er durchstreift die Berge, wo seine Weide ist, und sucht, wo es grün ist.
9 Meinst du, das Einhorn wird dir dienen wollen und wird bleiben an deiner Krippe?
10 **Kannst du das Einhorn fassen,** um Furchen zu machen, oder wird es hinter dir in den Tälern den Pflug ziehen?
11 Kannst du dich auf ihn verlassen, weil er so stark ist, und überlässt du ihm, was du erarbeitet hast?
12 Kannst du ihm trauen, dass er dein Korn einbringt und in deiner Scheune sammelt?
13 Der Fittich der Straußin hebt sich fröhlich; aber ist's ein Gefieder, das sorgsam birgt?

14 Lässt sie doch ihre Eier auf der Erde liegen zum Ausbrüten auf
dem Boden
15 und vergisst, dass ein Fuß sie zertreten und ein wildes Tier sie
zerbrechen kann!
16 Sie ist so hart gegen ihre Jungen, als wären es nicht ihre; es
kümmert sie nicht, dass ihre Mühe umsonst war.
17 Denn Gott hat ihr die Weisheit versagt und hat ihr keinen Ver-
stand zugeteilt.
18 Doch wenn sie aufgescheucht wird, verlacht sie Ross und Reiter.
19 Kannst du dem Ross Kräfte geben oder seinen Hals zieren mit
einer Mähne?
20 Kannst du es springen lassen wie die Heuschrecken? Schreck-
lich ist sein prächtiges Schnauben.
21 Es stampft auf den Boden und freut sich, mit Kraft zieht es aus,
den Geharnischten entgegen.
22 Es spottet der Furcht und erschrickt nicht und flieht nicht vor
dem Schwert.
23 Auf ihm klirrt der Köcher und glänzen Spieß und Lanze.
24 Mit Donnern und Tosen fliegt es über die Erde dahin und lässt
sich nicht halten beim Schall der Trompete.
25 **Sooft die Trompete erklingt, wiehert es »Hui!«** und wittert
den Kampf von ferne, das Rufen der Fürsten und Kriegsge-
schrei.
26 Fliegt der Falke empor dank deiner Einsicht und breitet seine
Flügel aus, dem Süden zu?
27 Fliegt der Adler auf deinen Befehl so hoch und baut sein Nest in
der Höhe?
28 Auf Felsen wohnt er und nächtigt auf Zacken der Felsen und
steilen Klippen.
29 Von dort aus schaut er aus nach Beute, und seine Augen sehen
sie von ferne.
30 Seine Jungen gieren nach Blut, und wo Erschlagene liegen, da ist
er.

Kapitel 40

[1] **Und der HERR antwortete Hiob und sprach:**
[2] **Wer mit dem Allmächtigen rechtet, kann der ihm etwas vor-**
schreiben? Wer Gott zurechtweist, der antworte!
[3] Hiob aber antwortete dem HERRN und sprach:
[4] Siehe, ich bin zu gering, was soll ich antworten? Ich will meine
Hand auf meinen Mund legen.
[5] Einmal hab ich geredet und will nicht mehr antworten, ein
zweites Mal geredet und will's nicht wieder tun.
[6] Und der HERR antwortete Hiob aus dem Wettersturm und
sprach:
[7] Gürte wie ein Mann deine Lenden! Ich will dich fragen: lehre
mich!
[8] Willst du mein Urteil zunichte machen und mich schuldig spre-
chen, dass du Recht behältst?
[9] Hast du einen Arm wie Gott und kannst du mit gleicher Stimme
donnern wie er?
[10] Schmücke dich mit Pracht und Hoheit; zieh Majestät und Herr-
lichkeit an!
[11] Streu aus den Zorn deines Grimmes; schau an alle Hochmüti-
gen und demütige sie!
[12] Ja, schau alle Hochmütigen an und beuge sie und zertritt die
Gottlosen in Grund und Boden!
[13] Verscharre sie miteinander in der Erde und versenke sie ins Ver-
borgene,
[14] so will auch ich dich preisen, dass dir deine rechte Hand helfen
kann.
[15] Siehe da den Behemoth, den ich geschaffen habe wie auch dich!
Er frisst Gras wie ein Rind.
[16] Siehe, welch eine Kraft ist in seinen Lenden und welch eine
Stärke in den Muskeln seines Bauchs.
[17] Sein Schwanz streckt sich wie eine Zeder; die Sehnen seiner
Schenkel sind dicht geflochten.
[18] Seine Knochen sind wie eherne Röhren, seine Gebeine wie ei-
serne Stäbe.
[19] Er ist das erste Werk Gottes; der ihn gemacht hat, gab ihm sein
Schwert.

20 Die Berge tragen Futter für ihn, und alle wilden Tiere spielen
dort.
21 Er liegt unter Lotosbüschen, im Rohr und im Schlamm verbor-
gen.
22 Lotosbüsche bedecken ihn mit Schatten, und die Bachweiden
umgeben ihn.
23 Siehe, der Strom schwillt gewaltig an: er dünkt sich sicher, auch
wenn ihm der Jordan ins Maul dringt.
24 Kann man ihn fangen Auge in Auge und ihm einen Strick durch
die Nase ziehen?

Kapitel 42

1 Und Hiob antwortete dem HERRN und sprach:
2 Ich erkenne, dass du alles vermagst, und nichts, das du dir vor-
genommen, ist dir zu schwer.
3 »Wer ist der, der den Ratschluss verhüllt mit Worten ohne Ver-
stand?« **Darum habe ich unweise geredet, was mir zu hoch ist
und ich nicht verstehe.**
4 »So höre nun, lass mich reden; ich will dich fragen, lehre mich!«
5 **Ich hatte von dir nur vom Hörensagen vernommen; aber nun
hat mein Auge dich gesehen.**

Anmerkung der Autorin und Danksagungen

Die Versuchungen des Mr. Golightly spielt in Dartmoor, in Devon, im Südwesten Englands, und die meisten der geschilderten Orte gibt es tatsächlich. Aus zweckdienlichen Gründen habe ich die Lage des Sumpfes leicht verändert, Great Calne, Oakburton, Backenbridge und der *High Tor* sind erfunden, ebenso wie natürlich alle Charaktere. Es gibt indes Worte anderer Autoren, die zuweilen von meiner Hauptfigur, Mr. Golightly, geäußert oder gedacht werden. Die Anspielungen in Anführungszeichen zu setzen hätte störend gewirkt und darüber hinaus eine bestimmte Absicht vereitelt. Meine Hoffnung war, dass diese Autoren – von denen keiner mehr lebt – es nicht als beleidigend aufgefasst hätten, wenn ich ihre Worte meinem gewissermaßen ranghöchsten Autor in den Mund lege. Ein aufmerksamer Leser wird an einigen Stellen Zitate aus Mr. Golightlys eigenem Opus magnum erkennen und Wendungen aus den Werken von Johannes Chrysostomos, Augustinus, William von Ockham, Jakob Böhme, Shakespeare, Marlowe, George Herbert, John Donne, William Blake, John Keats, Gerard Manley Hopkins, Matthew Arnold, Robert Frost, ee cummings, Saki, C.S. Lewis – sollte ich jemanden vergessen haben, dann nur deshalb, weil sie Bestandteil meines unbewussten Repertoires geworden sind. Ich hoffe, die Autoren, wer immer sie sind, wo immer sie sind, werden mir verzeihen und es als Kompliment und nicht als Diebstahl auffassen. Ich wurde darauf hingewiesen, dass in *Mr. Weston's Good Wine* von T.F. Powys ebenfalls ein Gott in der Gestalt eines Mannes mittleren Alters ein englisches Dorf besucht. Vermutlich wären Mr. Golightly und Mr. Weston sich einig, dass es nichts Neues unter der Sonne gibt, und ich kann lediglich erklären, dass mir die Idee unabhängig von diesem Buch kam. Ich glaube, jeder, der die beiden Bücher liest, wird erkennen, wie verschieden sie sind.

Dennoch hat dieser Roman unter einem ganz besonderen Einfluss gestanden: Ich schulde dem Kritiker Northrop Frye die brillante Erkenntnis, dass wir je nach Temperament geneigt sind, der tragischen oder komischen Sichtweise den Vorzug zu geben. Nach seiner Argumentation waren Dante, Shakespeare und die Verfasser, die sich hinter dem Neuen Testament verbergen, im Wesentlichen Komödianten – daher *Die Göttliche Komödie*. Aber das heißt für ihn nicht, dass ihre Werke schallendes Gelächter auslösen, sondern, dass diese Autoren das Leben selbst als mächtiger ansahen denn die Kräfte, die sich dagegen verschwören. Und dass der Großteil ihrer Werke – trotz all ihrer tiefgründigen Zweideutigkeit – letztlich zu einem Happy End tendiert. Ein »gutes Ende« ist heutzutage nicht in Mode, doch es bedeutet nicht zwingend Optimismus und Beschönigung – oder dass ein Autor glaubt, dass das Leben zu jedem Zeitpunkt erfreulich ist oder dass am Ende alles gut wird. Es beinhaltet lediglich eine bestimmte Blickrichtung, eine, die tief im Kern menschlicher Angelegenheiten das Potenzial entdeckt, Unglück anders auszulegen – eine Sichtweise, die jenes Potenzial womöglich sogar stärkt. Denn wenngleich die Kunst das Leben niemals kopieren kann, berührt und beeinflusst sie es. Insofern sollten wir das Komische als Bestandteil des Realen zumindest nicht übersehen.

Auf bescheidene Weise steht *Die Versuchungen des Mr. Golightly* als Beispiel für diese Sicht der Welt, nicht allein in Thema und Ausgang, sondern auch, was seine Entstehungsgeschichte anbelangt. Der Roman entstand in einer schwierigen Phase meines Lebens. Ich schrieb eigentlich an einem ganz anderen Roman, als die Ereignisse die Fäden meiner Konzentration durchschnitten und ich jenes Buch, an dem ich arbeitete, während der Wirrnisse meines persönlichen Dramas zur Seite legte. Am Tiefpunkt, als ich nachts das Gefühl hatte, dass die Dinge mich umkreisten und alles schlimmer und immer schlimmer wurde, als ich glaubte, dass ich womöglich nie mehr würde schreiben können, stieg die Idee zu *Die Versuchungen des Mr. Golightly* in mir auf, und ich bin überzeugt, dass die Trümmer meiner früheren Pläne den Roman erst ermöglichten.

Doch das Buch hat auch Paten, ohne deren besonderen Beitrag es weder empfangen noch geboren worden wäre. Gerald Beckwith erzählte mir den Witz, in dem selbst die höchsten Mächte von der ewigen Arbeit ausspannen müssen; ich schulde Nicholas de Jongh die Idee, mein Leben am besten als Fernsehseifenoper zu betrachten, die von einer unerreichbaren Instanz geschrieben sei; meine beiden Verleger, Christopher Potter von Fourth Estate und Jonathan Galassi von Farrar, Straus & Giroux unterstützten mich – selbst als ich bekannte, das Buch, das sie gekauft und an das sie geglaubt hatten, aufgegeben zu haben – auf eine Weise, von der ich weiß, dass sie in derzeitigen Verlagskreisen ganz und gar unüblich ist. Verleger sind die Hebammen der Bücher, und wie bei Kindern beeinflussen erste Erfahrungen die Zukunft eines Buches. Jeder Autor, der das Glück besitzt, Verleger wie Christopher und Jonathan zu haben, ist bereits gesegnet. Sie waren sowohl die geduldigsten und gütigsten als auch klügsten aller Hebammen. Captain David Swales, der Kaplan des Gefängnisses von Dartmoor, half mir bei meinen Nachforschungen, trägt jedoch keine Verantwortung für falsche Eindrücke, die sich in meine Darstellungen des Gefängnislebens eingeschlichen haben mögen. Dr. Michael Gormley und Dr. Peter Barwell schilderten mir das Krankheitsbild der Epilepsie. Lily Smith bewahrte mich vor unnötigen Ablenkungen. Meine Söhne Ben und Rupert waren wie immer meine besten Lehrer; sie sind der lebende Beweis, dass der »Schöpfer« den Dialog mit seiner »Schöpfung« braucht und daraus lernt.

Es gibt drei Menschen, denen ich zu besonderem Dank verpflichtet bin. Ru Roberts gewährte mir mit außerordentlicher Großzügigkeit die beiden Dinge, die ich am meisten benötigte: Ruhe und einen Platz zum Schreiben. Paul Rhys bot mir eine weitere Zufluchtstätte und kluge Einsichten, die meine eigenen erhellten und bekräftigten. Und Gillon Aitken, mein Agent, stand mir weit über den Rahmen alltäglicher Pflichterfüllung hinaus zur Seite. Ohne seine bestärkende und unaufdringliche Ermunterung in den beiden vergangenen Jahre wäre ich zu Mr. Golightlys Konkurrenten übergewechselt, was zu einer Tragödie geführt hätte.